Marie Louise Fischer
Hotel Sabina

Marie Louise Fischer

Hotel Sabina

Roman

Marie Louise Fischer: Hotel Sabina
Lizenzausgabe für die
Naumann & Göbel Verlagsgesellschaft mbH, Köln

Gesamtherstellung: Naumann & Göbel Verlagsgesellschaft mbH

ISBN 978-3-625-21034-4
www.naumann-goebel.de

Für meine Tochter Florina,
die mir so sehr geholfen hat.

1

»Bis morgen dann, Frau Meyendorf!«

»Tschau, Sabine!«

Sabine Meyendorf erwiderte mit einem zerstreuten Lächeln die Abschiedsgrüße ihrer Kolleginnen, als sie, eilig wie alle anderen, das Gebäude der Nord-Süd-Versicherung verließ. Dann stand sie im dröhnenden Verkehr der breiten Prinzregentenstraße. Stoßstange an Stoßstange, von einer Ampel zur nächsten, drängten Pkws, Touristenbusse und Lastwagen zur Isar hin und in die Innenstadt von München, in der Gegenrichtung zumeist zur Autobahn nach Salzburg oder zum Flughafen. Auf der anderen Seite der Fahrbahn erhob sich mächtig die klassizistische Fassade des renovierten Prinzregententheaters.

Anders als die meisten Kollegen brauchte Sabine weder ein Auto noch ein öffentliches Verkehrsmittel, um nach Hause zu kommen. Sie ging die wenigen hundert Meter zu Fuß zu ihrer Wohnung heute beschwingter als gewöhnlich, wie sie selber spürte. Vorbei an der Weinstube »St. Georg«, einem im Souterrain des Eckhauses liegenden kleinen Lokal, überquerte sie die Possartstraße und hatte auch schon den Eingang des imposanten, an die hundert Jahre alten Sandsteingebäudes erreicht, in dem sie seit langem lebte.

Sabine schloß die schwere Haustür auf, stieg die fünf Stockwerke hinauf – einen Lift gab es nicht – und betrat ihre komfortable, liebevoll eingerichtete Altbauwohnung. Harry, ihr verstorbener Mann, hatte sie für seine Familie, für Sabine und die kleine Stefanie gekauft, und wie stets, wenn sie die hohen

Räume betrat, empfand sie Dankbarkeit. Diese vier Wände boten ihr Schutz und Sicherheit in einer Welt, die, wie ihr schien, immer unruhiger und unberechenbarer wurde.

Noch in der Diele streifte sie, nachdem sie die Handtasche auf die Garderobe gelegt hatte, ihre eleganten, hochhackigen Pumps ab, hob sie auf und trug sie ins Schlafzimmer, das sie früher mit ihrem Mann geteilt hatte. Inzwischen hatte sie es durch helle Vorhänge und einen wunderschönen Aubussonteppich femininer gestaltet. Das Doppelbett war durch eine großzügig breite Liege ausgetauscht, die mit einem leuchtend bunten Überwurf bedeckt war.

Im Bad ließ sie Wasser in die große, runde Marmorwanne laufen, fügte ein paar Tropfen Öl hinzu und begann sich auszuziehen. Kostümjacke und Rock hängte sie sorgfältig auf einen Bügel, um sie später zum Auslüften auf den Balkon zu bringen, Strümpfe und Unterwäsche warf sie in den Wäschekorb.

Während das Wasser noch in die Wanne lief, betrachtete Sabine sich kritisch im Spiegel. Sie war eine attraktive Frau von zweiunddreißig Jahren. Die recht breiten Schultern betonten ihre schmalen Hüften, ihre Beine waren sehr gerade, lang und schlank. Manchmal störte sie sich an ihrem kleinen Bauchansatz, der ihr von Stefanies Geburt geblieben war und den sie weder durch Gymnastik noch durch diverse Diäten hatte wegbekommen können. Aber es war ein liebenswertes Bäuchlein, fand sie und tätschelte die Wölbung, Stefanie war es wert gewesen.

Mit zwei Kämmchen steckte sie sich das halblange braune Haar aus der Stirn und reinigte mit einem Wattebausch gründlich das Gesicht. Ihre tiefblauen Augen waren umschattet, die Bindehaut gerötet, die Lider geschwollen. ›Witwenaugen‹, hatte Bernhard Heuss sie, gerührt und belustigt zugleich, genannt. – Ach, der gute Bernhard! schoß es ihr durch den Kopf. Nie hätte sie gedacht, daß er ein Problem für sie werden könnte, aber inzwischen sah es ganz so aus. Wie hatte es dazu kommen können?

Sabine lauschte noch einmal in die Wohnung, aber außer dem leisen Knarzen alten Holzes und dem gleichmäßigen Ticken der Standuhr in der Diele war nichts zu hören; sie war immer noch allein.

Sie ließ die Tür offen, bevor sie in die Wanne glitt. Wärme und duftender Schaum umfingen sie. Wohlig streckte sie sich aus und versuchte sich zu entspannen. Nach einer Weile gelang es ihr. Sie drehte den Wasserhahn zu, lehnte sich wieder zurück und schloß die Augen.

Als die Wohnungstür aufgeschlossen wurde, schreckte sie hoch und lächelte dann unwillkürlich. »Stefanie!« rief sie. »Huhu! Hier bin ich!«

Das kleine Mädchen, sehr blond und sehr dünn, aber sprühend vor Leben, stürmte herein. »Du hast's vielleicht gut!« rief sie neidvoll. Sie trug weiße Kniestrümpfe und über ihrem Sommerkleid einen blauen Blazer, der die Farbe ihrer Iris betonte: Stefanie hatte die tiefblauen Augen ihrer Mutter, aber mit den hellen Haaren, die sie von ihrem Vater geerbt hatte, waren sie nicht so auffallend wie bei Sabine.

»Komm doch zu mir!« lud Sabine sie lächelnd ein.

»In die Wanne?«

»Warum nicht?«

Stefanies Blazer flog zu Boden, das Kleid hinterher, Sandalen, Strümpfe und Höschen folgten, bevor sie in die Wanne kletterte.

»Zigeunerin!« schimpfte Sabine, der Stefanies Unordnung schon immer ein Dorn im Auge war, mochte jedoch die gelöste Stimmung nicht durch einen ernsthaften Tadel verderben.

Die Wanne bot reichlich Platz für zwei, und Stefanie streckte sich, der Mutter gegenüber, behaglich in dem weißen Schaum. »Das haben wir lange nicht mehr gemacht!« stellte sie fest und fragte danach: »Warum eigentlich nicht?«

»Dein Vater hat es nicht gern gesehen.«

»Und warum eigentlich nicht?«

Sabine dachte nach. »Das kann ich dir schwer erklären. Wahrscheinlich war er der Meinung, daß zwischen Eltern und Kindern ein gewisser Abstand sein müßte. Das hatte wohl etwas mit Respekt und Disziplin zu tun. Du weißt ja, wie er war.«

Stefanie sah sich bemüßigt, den Verstorbenen zu verteidigen. »Aber verwöhnt hat er uns doch trotzdem.«

»Das kann man wohl sagen. Wir beiden waren die am meisten verwöhnten Frauen in ganz Bogenhausen.«

»Und trotzdem bist du arbeiten gegangen.«

»Ja, aber das hat ihm auch nicht gepaßt.« Daß sie, nachdem Stefanie ins Kindergartenalter gekommen war, eine Stellung als Sachbearbeiterin bei der Nord-Süd angenommen hatte, war der einzige Punkt, bei dem sie sich in ihrer Ehe durchgesetzt hatte – das und die Ausstattung ihres Traumbadezimmers, die er bis zuletzt als übertrieben empfunden hatte. »Finanziell«, erklärte sie, »hatte ich es ja auch wirklich nicht nötig, darin hatte er recht. Aber ich brauchte es einfach. Stell dir vor, ich würde dir vorschlagen: Laß die Schule Schule sein, von jetzt an wollen wir uns einfach nur ein schönes Leben machen!«

»Das kannst du nicht«, erwiderte Stefanie ernsthaft, »in Deutschland muß man in die Schule gehen – oder etwa nicht?«

»Stimmt. Es gibt eine Schulpflicht. Aber in ein paar Jahren ist die für dich vorbei. Dann könntest du aufhören.«

»Willst du das?« fragte Stefanie ziemlich verständnislos.

»Natürlich nicht, du Dummchen. Das sollte nur ein Beispiel sein. Gib zu: dir würde die Schule fehlen, genau wie mir der Beruf.«

»Ah!« Stefanie fühlte sich ihrer Mutter so nahe wie schon lange nicht mehr. »Weißt du eigentlich«, fragte sie und pustete in den Schaum, so daß weiße Wölkchen flogen, »daß du gerade das erste Mal über Papi geredet hast, ohne gleich in Tränen auszubrechen?«

»Habe ich das wirklich sonst immer getan?«

»Na ja, nicht ganz so dramatisch. Ich habe ein bißchen übertrieben. Aber ohne feuchte Augen ging es nie.«

»Das ist mir nicht so bewußt geworden!«

»Doch. So war es. Deshalb habe ich das Thema auch vorsichtshalber gar nicht mehr angeschnitten. Aber heute hast du selber damit angefangen.«

Sabine zögerte. »Ich weiß nicht ...«

»Doch!« beharrte Stefanie. »Soll ich dir mal was sagen?«

»Wenn du etwas auf dem Herzen hast.«

»Du bist heute überhaupt anders als sonst.« Stefanie sah ihre Mutter unter den dichten blonden Wimpern heraus prüfend an. »Ich meine ... anders als in den letzten Monaten. Direkt vergnügt kommst du mir vor.«

Sabine zuckte leicht zusammen.

»Oder hätte ich das nicht sagen sollen?« fragte Stefanie reumütig.

»Vergnügt«, stellte Sabine richtig, »ist vielleicht nicht ganz der richtige Ausdruck.«

»Na ja. So genau kann ich das nicht beschreiben. Aber anders als sonst. Ist was passiert?«

Sabine überlegte: War das die richtige Gelegenheit, mit Stefanie zu sprechen? Aber auf keinen Fall wollte sie ihre Tochter überfahren. »Das Wetter kühlt ab«, erklärte sie ausweichend, »wir sollten aus der Wanne!«

»Nicht jetzt schon!« protestierte Stefanie. »Erst mußt du mir den Rücken schrubben.«

»Einverstanden.« Sabine griff zu Seife und Bürste.

»Und dann du mir!«

Mit viel Geplantsche beendeten sie die Badezeremonie. Danach hatten die beiden alle Hände voll zu tun, den Ort des Geschehens wieder trockenzulegen und in Ordnung zu bringen.

Später saßen Mutter und Tochter einander gegenüber im Alkoven des Wohnraums und nahmen eine kleine Mahlzeit zu sich, die sie ihre *Tea time* nannten, Tatsächlich tranken sie beide Tee, Stefanie mit viel Sahne und Zucker, Sabine schwarz und mit Zitrone. Dazu aßen sie, je nach Laune, Toast mit Butter und Marmelade, mit Wurst, mit Schinken und Käse oder auch mit Krabben oder Ölsardinen.

Stefanie besuchte als Externe das Max-Joseph-Stift gleich um die Ecke in der Mühlbaurstraße, ein Internat, das vom bayerischen Kurfürsten Max Joseph für die Töchter des Landadels ins Leben gerufen worden war. Auch jetzt noch besuchten es Schülerinnen vom Land oder aus dem Ausland, aber vor allem Mädchen aus München, deren Eltern berufstätig waren und nur am Wochenende Zeit hatten, sich um die Familie zu kümmern.

Stefanie bildete eine Ausnahme: Sie nahm zwar am Unterricht des Gymnasiums teil, am gemeinsamen Mittagessen und an den Arbeitsstunden, konnte aber am späten Nachmittag, wenn sie ihre Hausaufgaben erledigt hatte, nach Hause gehen. Meist etwa zur gleichen Zeit, wie Sabine von ihrer Versicherung heimkam. Da es dann noch zu früh zum Abendessen war, hatte sich die Teezeit eingeführt.

Ungefähr zwei Stunden später stand dann, jedenfalls zu Harrys Lebzeiten, eine warme Mahlzeit auf dem Tisch. Inzwischen kochte Sabine nicht mehr regelmäßig, sondern warf nur, wenn sie oder ihre Tochter Hunger hatten, ein Steak in die Pfanne, einen Fisch, Eier oder Kartoffeln, zauberte schnell einen Grießbrei oder einen Flammeri.

Anders als während ihrer Ehe hatte sie sich abends nicht mehr zurechtgemacht, hatte den Büstenhalter fortgelassen und war, wie ihre Tochter, in einen leichten Hausanzug geschlüpft. Trotz der anhaltenden Trauer um ihren verstorbenen Mann empfand sie es als angenehm, sich nicht noch einmal schön machen zu müssen, sondern sich nach der Arbeit entspannen zu dürfen.

Sie trank ihren Tee mit kleinen Schlucken, während Stefanie Toast mit dick Erdnußbutter in sich hineinstopfte und dabei, zuweilen mit vollem Mund, munter drauflosplapperte – über ihre Freundinnen, den Mathelehrer und die geliebte Erzieherin. Sabine hörte nur halbwegs zu. Sie hatte sich wie viele angewöhnt, ihre Tochter und deren Wünsche, Hoffnungen und Kümmernisse immer seltener ganz ernst zu nehmen.

Endlich hatte Stefanie den letzten Bissen unten und rief: »So! Jetzt bist aber du dran, Mami!«

Sabine, die gar nicht mehr damit gerechnet hatte, daß Stefanie auf ihre Andeutungen zurückkommen würde, reagierte leicht verwirrt. »Hol mir doch, bitte, meine Handtasche!«

»Komm schon! Raus mit der Sprache! Keine Ausflüchte mehr!«

»Ich werde mir doch wenigstens vorher noch eine Zigarette anzünden dürfen!«

Stefanie hopste vom Stuhl. »Gerade noch gestattet!« – Sie lief in die Diele, kam mit Sabines Handtasche zurück, machte sich an dem Verschluß zu schaffen, öffnete sie, fand das Päckchen mit den Zigaretten, kickste eine heraus und ließ das Feuerzeug aufspringen.

»Danke, Liebling!« – Sabine nahm einen tiefen Zug. »Also, was war ...«

Stefanie hatte sich wieder gesetzt, legte die Ellbogen auf den Tisch, stemmte das Kinn auf die Fäuste und sah sie erwartungsvoll an.

»Herr Baumgartner hat mich zu sich kommen lassen.«

»Dein Boß?« fiel Stefanie ihr ins Wort.

»Genau der.«

»Und was hat er gewollt?«

»Na, zuerst einmal hat er gesagt: Sie gefallen mir nicht, Frau Meyendorf!«

»Nein, das glaube ich nicht, Mami! Das soll wohl ein Witz sein?«

»Ich war ganz schön betroffen, wie du dir denken kannst.«

»Aber das war doch eine Unverschämtheit! Dir so etwas ins Gesicht zu sagen!«

»Reg dich nicht auf, mein Liebling, die Hauptsache kommt ja noch. Also, er versicherte mir, daß er mich als Mitarbeiterin und Mensch ... hm, hm ... immer sehr geschätzt habe, aber in der letzten Zeit habe er das Gefühl, daß mit mir irgend etwas nicht stimme.«

»Der Quatschkopf! Du bist traurig, daß Papi nicht mehr bei uns ist. Das liegt doch auf der Hand.«

»Für ihn anscheinend nicht. Er erkundigte sich ganz ernsthaft nach meinen Problemen und wollte wissen, ob vielleicht ein Mann dahinterstecke.«

»Der hat sie wohl nicht mehr alle!«

Sabine lachte und versuchte, mit tiefer Stimme ihren Chef zu imitieren. »Lassen Sie mich mal wie ein Vater zu Ihnen sprechen!«

Stefanie warf beide Arme in die Luft. »Ich könnt' mich kugeln! Und du, was hast du ihm darauf geantwortet?«

»Nichts. Gar nichts. Ich hab' ihn reden lassen. Was kann man dazu schon sagen? Es dauerte, bis er die Katze endlich aus dem Sack ließ. Ein Tapetenwechsel, behauptete er, wäre genau das, was ich brauchte.«

Stefanie riß die Augen auf. »Ein was?«

»Das ist bildlich gesprochen«, erklärte Sabine, »eine Metapher.«

»Sprich, bitte, deutsch mit mir, Mami! Rück endlich raus mit der Sprache!«

»Geht es dir nicht schnell genug? Ich wiederhole ja bloß, was er mir gesagt hat.«

»Wenn er so umständlich herumgedruckst hat, brauchst du es doch nicht auch zu tun.«

»Der Boß wollte mir die Sache eben schmackhaft machen.«

»Und du mir, wie?«

Sabine fühlte sich durchschaut. Trotzdem erwiderte sie: »Nein, bestimmt nicht. Ich weiß ja noch gar nicht, ob ich auf seinen Vorschlag eingehe.«

Stefanie sprang auf, nahm die kleine Kupferschale vom Wohnzimmertisch und hielt sie der Mutter unter den überlang gewordenen Aschenkegel.

Sabine tippte ihre Zigarette ab und nahm der Tochter das Schälchen aus der Hand. »Danke, Liebes.«

Anstatt sich wieder hinzusetzen, blieb Stefanie stehen und legte ihr den Arm um die Schultern.

Wenn sie ihrer Tochter nicht mehr in die Augen sehen konnte, fiel es Sabine leichter zu sprechen. »Also, ich will nicht länger um die Sache herumreden«, erklärte sie, »es geht um Folgendes: ich soll für ein Jahr nach Genf gehen.«

Stefanie rückte von ihr ab. »Nach Genf?« schrie sie. »Ja, ist er denn verrückt geworden?«

»Nein, Liebling. Ich bin sicher, er meint es nur gut mit mir.«

»Aber du kannst doch nicht einfach nach Genf ziehen!«

»Na, so umständlich wäre das ja nun auch wieder nicht.«

»Und was ist mit mir?«

»Du kommst natürlich mit. Herr Baumgartner hat sich auch deinetwegen schon erkundigt. Es gibt dort eine internationale Schule. Mit deinen zwei Jahren Englisch kannst du dem Unterricht schon folgen.«

»Und was ist mit dem Max-Joseph-Stift? Mit meinen Freundinnen? Mit Fräulein Liebknecht?«

»Es wäre ja nur für ein Jahr, Liebes.« Sabine nahm noch einen nervösen Zug aus ihrer Zigarette und drückte sie dann aus.

Stefanie, noch immer in ihrem Rücken, blieb ganz stumm. Sabine drehte sich zu ihr um und sah, daß sie Tränen in den Augen hatte.

»Du lieber Himmel, Stefanie!« rief sie. »Nimm es doch nicht so tragisch! Es handelt sich doch nicht um ein Muß, sondern um eine Idee, die ich mit dir besprechen wollte!« Sie zog das Mädchen in ihre Arme.

»Es klang aber ganz so«, murmelte das Mädchen, den Kopf an ihrer Schulter, »als wäre es schon entschieden.«

»Nein. Ist es nicht. Ich weiß ja selbst noch nicht, was ich will. Einerseits ist es verlockend, andererseits doch auch ein bißchen beängstigend. Es ist gar nicht so leicht, sich in meinem Alter noch umzustellen.«

Stefanie rieb die Nase an ihrer Schulter. »Also alt«, meinte sie großmütig, »bist du wirklich noch nicht. Im Vergleich zu anderen Müttern ...« Sie ließ den Satz offen.

Sabine schob sie sanft von sich. »Ich denke, mit diesem Schlußwort sollten wir die Besprechung beenden. Gibt es was Schönes im Fernsehen? Wir könnten aber auch mal wieder in Ruhe lesen. Was meinst du?«

Doch Stefanie ging auf dieses gut gemeinte Ablenkungsmanöver nicht ein, sondern begann, mit nachdenklichem Gesicht, Teller und Tassen auf das Tablett zu stellen.

Sabine und Stefanie waren noch nicht mit der Küche fertig, als es an der Wohnungstür klingelte. Da sie niemanden erwarteten, sahen sie sich einen Augenblick fragend an, dann lief Sabine durch die Diele, um zu öffnen. Sie hatte es nicht gerne, daß ihre

Tochter die Tür aufmachte und so Gefahr lief, einem Fremden gegenüberzustehen.

Doch vor der Tür stand Lisbeth Albers, Sabines beste Freundin. Die beiden hatten zusammen gewohnt, als sie noch Jura studierten. Sabine hatte als erste aufgegeben, um den Rechtsanwalt Dr. Harald Meyendorf zu heiraten, Lisbeth nicht lange danach, um sich zur Sekretärin ausbilden zu lassen.

Wenn ihre Wege auch recht verschieden verlaufen waren, hatten sich die beiden Frauen doch nie ganz aus den Augen verloren, was vor allem Lisbeths Anhänglichkeit zu verdanken war. Immer wieder hatte sie Sabine angerufen, sie besucht oder Ideen für eine gemeinsame Unternehmung gehabt.

Harry hatte Lisbeth abgelehnt, sich über ihren, wie er fand, zu sorglosen und lockeren Lebenswandel mokiert und versucht, sie in Sabines Augen schlecht zu machen. Tatsächlich war ihm die Freundschaft der beiden Frauen ein Dorn im Auge, und die Vorstellung, daß die beiden nicht nur harmlos miteinander plaudern, sondern Einzelheiten ihres Intimlebens austauschen könnten, irritierte ihn.

»Komm rein!« rief Sabine jetzt. »Was für eine Überraschung!«

Die Freundinnen umarmten sich kurz.

»Keine Sorge!« erwiderte Lisbeth. »Ich werde nicht lange bleiben.«

»Aber warum? Du hältst mich von nichts ab.«

In diesem Augenblick wurde ihnen beiden bewußt, wie sehr sich die Freundschaft seit Harrys Tod verändert hatte. Früher war Lisbeth auch manchmal um diese Stunde hereingeschneit, hatte, einen Wodka mit Zitrone schlürfend, Sabine in der Küche bei ihren Vorbereitungen zum Abendessen Gesellschaft geleistet, um sich dann, möglichst bevor der Ehemann nach Hause kam, schleunigst zu verkrümeln.

Betroffen, als hätten sie sich einer Taktlosigkeit zu schämen, blickten sie sich an.

Lisbeth war eine vollbusige Person, einen halben Kopf kleiner als Sabine, und hatte eine Vorliebe für geblümte Kleidung – auch etwas, über das sich Harry lustig zu machen gepflegt hatte. Heute trug sie zudem noch eine mit künstlichen rosa Rosen besteckte Toque auf dem blondierten Haar.

»Du siehst gut aus!« befand Sabine ehrlich; sie war der Ansicht, daß die reichlich verspielte Aufmachung zu Lisbeth paßte.

»Ein süßes Hütchen, wie? Du solltest es mal aufprobieren.«

»Du weißt, so etwas steht mir nicht.«

Lisbeth ließ sich nicht davon abhalten, an ihrem Hut herumzunesteln, als wollte sie ihn abnehmen. »Käme nur auf den Versuch an.«

»Laß nur, Lisbeth!« wehrte Sabine ab.

Sie führte die Freundin ins Wohnzimmer, einen sehr großen, etwas düsteren Raum mit Parkettboden, Stukkaturen an der Decke und einem offenen, gemauerten Kamin. Ohne eine Aufforderung abzuwarten, ließ Lisbeth sich auf das bequeme Ledersofa sinken.

»Immerhin«, konstatierte sie, »läufst du nicht mehr in schwarzen Gewändern herum.«

»Das habe ich zu Hause nie getan.«

»Du wolltest also nur deiner Umgebung deine Trauer bekunden?«

»Halt dich zurück, Kleine! Davon verstehst du nichts.«

»Verzeih mir, wenn ich deine edlen Gefühle verletzt habe.«

Darauf ging Sabine nicht ein. »Mach's dir bequem«, sagte sie trocken, »ich hol' dir deinen Wodka.«

»Du hältst nicht mit?« rief Lisbeth ihr nach.

»Ich habe gerade Tee getrunken«, entschuldigte sich Sabine freundlich über die Schulter zurück.

Ihr war bewußt geworden, daß die Freundschaft mit Lisbeth zwar ihre Ehe und diverse Liebschaften der Freundin überdauert hatte, möglicherweise jedoch an ihrer Witwenschaft scheitern könnte. Harrys Tod hatte sie tief getroffen, und er fehlte ihr immer noch sehr. Lisbeth hatte in Harry immer nur den Tyrannen und Störenfried gesehen, auch wenn sie die Freundin, wie Sabine vermutete, insgeheim um den Ehepartner beneidet hatte. Sabine wollte nicht ausschließen, daß Lisbeth ihr diesen Schicksalsschlag gönnte. Es brauchte sicher eine ganze Menge Diplomatie und Toleranz, um das zerstörte Vertrauen in ihre Freundschaft wiederherzustellen.

Stefanie war inzwischen mit der Küche fertig. Sie hatte den Rest Tee in ein Glas geschüttet, weil sie wußte, daß die Mutter ihn manchmal später noch trank.

»Laß nur, Liebling«, bat Sabine, »ich trinke ihn gleich.« Sie nahm ihr das Glas aus der Hand, stellte es auf ein Cocktailtablett, tat ein zweites Glas dazu, füllte es mit Wodka und spritzte in beide Gläser Zitronensaft. Danach ließ Stefanie zwei Eiswürfel hineinplumpsen.

»Danke, Liebes!« Sabine beugte sich hinunter und küßte die Kleine flüchtig auf die Schläfe. »Komm doch mit und sag Lisbeth ›Guten Tag‹!«

»Wollen wir ihr nicht auch ein paar Erdnüsse anbieten?«

»Gute Idee! Aber, nein, laß nur. Vergiß nicht, daß sie gewissenhaft auf ihre schlanke Linie achtet.« Weil sie wußte, daß Stefanie solche kleinen Aufgaben gern übernahm, hielt sie ihr das Tablett hin. »Trag du's hinein, ja?«

Stefanie mochte Lisbeth, die sie nie wie ein Kind behandelte oder Bemerkungen losließ wie: »Ach, bist du groß geworden!« Nachdem sie die Getränke serviert hatte, gab sie ihr einen Kuß auf die Wange.

Lisbeth überspielte ihre Gerührtheit. »Gib acht auf mein kunstvolles Make-up!« scherzte sie.

»Bloß keine Panik! Ich schlecke dich schon nicht ab.« Stefanie ließ sich in einen Sessel fallen, zog die Füße hoch und verschränkte die Beine zum Schneidersitz. »Sag, Lisbeth, warst du schon einmal in Genf?«

»Ja. Aber nur ein paar Tage. Auf der Durchreise. Ich war unterwegs an die Côte d'Azur.«

»Und ... wie hat es dir gefallen? In Genf, meine ich.«

»Gut, Stefanie. Die Stadt hat ein gewisses – wie soll ich sagen? – Flair.« Da sie fürchtete, daß Stefanie das nicht verstand, fügte sie erklärend hinzu: »Eine interessante Atmosphäre.«

»Möchtest du dort leben?«

»Leben? Darüber habe ich noch nie nachgedacht.« Lisbeth nippte an ihrem Glas und nahm gleich darauf einen kräftigen Schluck. »Wenn du mich so direkt fragst: nein. Aber wie kommst du überhaupt auf so etwas?«

Stefanie zögerte mit der Antwort, weil sie das Gefühl hatte, indiskret gewesen zu sein.

»Mein Chef«, erklärte Sabine an ihrer Stelle, »hat mir den Vorschlag gemacht, nach Genf zu gehen.«

Lisbeth pfiff erstaunt durch die Zähne. »Will er dich loswerden?«

»Aber nein. Es wäre nur für ein Jahr. Meine Stellung in München würde mir natürlich erhalten bleiben.«

»Und was soll dann das Ganze?«

»Eine Art Personalaustausch. Unsere Firma ist, wie du vielleicht weißt, ein internationales Unternehmen. Man hofft, die einzelnen Filialen enger miteinander zu verbinden, den Gemeinschaftsgeist zu fördern.«

»Ob das was bringst?« frage Lisbeth skeptisch.

»Aber darum geht's doch gar nicht!« rief Stefanie.

»Sollen wir nach Genf ziehen? Ja oder nein?«

»Du willst mit?«

»Von wollen kann keine Rede sein.«

»Falls ich mich für Genf entscheiden sollte, nähme ich Stefanie natürlich mit. Ich könnte sie doch nicht mutterseelenallein hier lassen.«

»Das kann ich verstehen.« Lisbeth kramte ein Zigarettenpäckchen aus ihrer weißen Handtasche.

Stefanie sprang ungebeten auf, holte die Zigaretten ihrer Mutter aus dem Alkoven und ließ es sich nicht nehmen, ihr Feuerzeug zu betätigen.

»Danke, Liebes.«

Lisbeth inhalierte tief. »Aber was ich nicht verstehe – warum willst du überhaupt nach Genf? Verdienst du dort mehr? Nicht einmal das. Wo könnte es schöner sein als in München. Und niemand hat es besser als du. Du hast eine traumhafte Wohnung und keinen langen Büroweg wie ich etwa. Stefanie besucht eine angesehene Schule – was treibt dich also?«

»Es wäre mal etwas anderes«, sagte Sabine und spürte selber, daß diese Erklärung sehr wenig überzeugend klang.

»Das Schicksal hat dich verwöhnt, meine Liebe – so maßlos verwöhnt, daß du es nicht einmal mehr merkst.«

»Ohne Harry ist es nicht mehr so, wie es war.«

»Natürlich nicht. Das Leben geht weiter. Die Konstellationen verändern sich. Das geschieht ganz von selber. Es ist durchaus nicht nötig, daß man sich mit einem Gewaltakt befreit.«

»Daran hätte ich ja auch nie gedacht. Ich habe ja nicht darauf hingearbeitet wegzukommen. Aber dieses Angebot – vielleicht ist es ein Wink des Schicksals.«

»Und was ist mit ...« Lisbeth stockte. »Würdest du uns einen Augenblick allein lassen, Stefanie?«

Das Mädchen, das hinten in den Sessel gekauert war, saß plötzlich kerzengerade und sah die Mutter fragend an.

»Bleib nur!« sagte Sabine und, zu Lisbeth gewandt: »Ich nehme doch nicht an, daß du was Unanständiges fragen willst. Wenn doch, kannst du es dir sparen. Ich verweigere von vornherein die Antwort.«

»Sex ist unanständig, ja?« fragte Stefanie.

Sie erhielt keine Antwort.

»Ich wollte nur wissen – was ist mit dem guten Bernhard Heuss? Wie äußert er sich zu der ganzen Angelegenheit?«

»Er weiß noch gar nichts davon.«

»Nicht? Na, wenn das so ist, können wir uns die Diskussion sparen. Er wird dich nie und nimmer ziehen lassen.«

»Und wie könnte er es verhindern?«

»Indem er es dir verbietet.«

»Dazu hätte er gar kein Recht.«

»Aber er liebt dich doch, nicht wahr? Er war all die Jahre verliebt in dich. Das war nicht zu übersehen. Und jetzt, da Harry tot ist ...« Sie stockte.

»... müßte ich ihm vor die Füße fallen wie ein reifer Apfel!« ergänzte Sabine. »Das meinst du wohl, ja?«

»Willst du etwa behaupten, daß du nichts für ihn empfindest? Daß du nur mit ihm gespielt hast?«

»Es ist ein Unterschied, ob man mit einem Mann flirtet oder ob man bereit ist, sich ihm auszuliefern.«

»Was soll denn das nun wieder heißen. Sich ihm ausliefern!«

»Ist eine Ehe denn etwas anderes?«

»Er will dich also heiraten? Ich an deiner Stelle würde einen Freudensprung machen. Eines muß der Neid dir lassen: du hast wahrhaftig das Talent, die Männer zu faszinieren. Wie machst du das nur?« Lisbeth drückte ihre Zigarette so heftig aus, daß es fast aggressiv wirkte. »Sei lieb, Stefanie, bring mir noch einen Wodka! Ich denke, du kannst das schon.«

»Aber sicher, Lisbeth!« Das Mädchen rutschte von seinem Platz, nahm das geleerte Glas, trödelte aber auf dem Weg zur Küche, denn es ärgerte sie, gerade jetzt, da es interessant zu werden schien, hinausgeschickt zu werden. Bernhard Heuss war ein guter Freund ihres Vaters gewesen, auch Rechtsanwalt, und er hatte die Eltern oft besucht. Er war ihrer Mutter gegenüber stets zuvorkommend gewesen, hatte ihr Aussehen, ihre Garderobe, ihren Geschmack und ihre Kochkünste bewundert. Stefanie hatte das immer für ganz selbstverständlich gehalten, für einen Ausdruck etwas übertriebener Höflichkeit. Nun erfuhr sie, daß es sich nicht um bloße Freundschaft gehandelt hatte, sondern daß Onkel Bernhard ein Flirt ihrer Mutter war.

»Er hat mir keinen Antrag gemacht«, stellte Sabine indessen richtig, »ich gehe davon aus, daß er eine engere Bindung will. Vielleicht bilde ich mir das aber auch nur ein. Möglicherweise liege ich total verkehrt.«

Stefanie hatte die Tür erreicht. Plötzlich ging ihr auf, daß sie, wenn sie sich beeilte, recht schnell zurück sein konnte. Sie sauste hinaus.

»Ach was«, widersprach Lisbeth, »versuch bloß nicht, mir was vorzumachen. Du bist dir seiner völlig sicher.« Sie zündete sich eine neue Zigarette an.

Du rauchst zuviel, hätte Sabine beinahe gesagt, aber sie unterdrückte die Bemerkung, weil ihr noch rechtzeitig klar wurde, daß sie das nicht das mindeste anging. »Ohne ihn«, erklärte sie statt dessen, »wäre ich nach Harrys Tod mit der Beerdigung und all den Formalitäten nicht fertig geworden.«

»Wärst du schon. Vor mir brauchst du nicht die Hilflose zu spielen. Aber sicher war er dir eine große Stütze.«

Stefanie war mit dem vollen Wodkaglas zurückgekommen. »Wer?« fragte sie. »Onkel Bernhard?«

Lisbeth überhörte es. »Sei froh, daß du ihn hast!«

»Vielleicht sollte ich das«, gab Sabine zu.

Es war ihr unmöglich, der Freundin zu erklären, warum sie nicht so empfand. Sie mochte Bernhard Heuss, hatte ihn immer gemocht. Er war sympathisch, intelligent, gutaussehend; es war nichts an ihm auszusetzen, außer vielleicht, daß er wenig Humor hatte. Aber was machte das schon? Den hatte Harry auch nicht gehabt. Sabine gestand sich, daß sie trotz ihrer Liebe zu Harry doch auch immer ein wenig in Bernd verliebt gewesen war. Wenn sein Besuch erwartet wurde, hatte ihr Herz höher geschlagen. Sie hatte sich besondere Mühe gegeben, sich für ihn schön zu machen. Wenn er sie zur Begrüßung in den Arm nahm, hatte sie es genossen und, wenn sich die Gelegenheit ergab, hatten sie zum Abschied heimlich heiße Küsse getauscht. Erst als Harry krank geworden war, hatte sie Bernhard in seine Schranken gewiesen, und sie war ihm immer noch dankbar, daß er taktvoll genug gewesen war, ihr Verhalten zu akzeptieren.

Sabine konnte sich keinen besseren Mann als Bernhard Heuss denken. Er war Harry ähnlich: zuverlässig, beherrscht, selbstsicher und – falls es einmal doch nicht ganz so sein sollte – unfähig, das zuzugeben. Er konnte keine Schwäche zeigen, sowenig wie Harry das vermocht hatte.

Falls sie Bernhard heiratete, würde es mit dem bißchen Freiheit, das sie sich nach Harrys Tod erkämpft hatte, vorbei sein. Es würde wie früher werden, und es würde für immer oder zumindest für absehbare Zeit so bleiben: die gleiche Wohnung und die gleichen Gewohnheiten. Es würde kein Ziel, keine Hoffnung, keine Träume und keine Erwartungen mehr geben. Natürlich würde es ihr rundherum gutgehen. In diesem Punkt hatte Lisbeth recht. Aber das genügte ihr einfach nicht. Lisbeth nippte an ihrem frischen Drink.

Stefanie beobachtete sie erwartungsvoll. »Ist er richtig so?«

»Genau getroffen! Wenn dir nichts Besseres einfällt, könntest du zweifellos Cocktailmixerin werden.«

Stefanie lachte. »Aber ich mache mir nichts aus Alkohol.«

»Das wird schon noch kommen.« Sie wandte sich der Freundin zu. »Soll ich ganz aufrichtig sein, Sabine?«

»Ich bitte darum.«

»Das mit Genf ist eine ganz dumme Idee. Erstens wird dort Französisch gesprochen ...«

»Aber ich kann Französisch!« fiel Sabine ihr ins Wort. »Ich müßte es nur ein bißchen auffrischen.«

»... und zweitens herrscht in Genf ziemlicher Frauenüberschuß. Falls du also hoffst, dir ein hohes Tier zu angeln ...«

»Ich denke nicht im Traum daran!«

»... bist du völlig schiefgewickelt. Bei all diesen internationalen Gremien, Ausschüssen und Instituten sind junge Frauen *en masse* beschäftigt.«

»Du verstehst nicht, worauf es mir ankommt.«

»Dann erklär's mir, bitte!«

»Ich möchte einfach raus hier«, sagte Sabine mit einer weit ausholenden Geste, »Abstand gewinnen, zu mir selbst finden.«

»Ach so? Na ja. Da kann ich nur eins sagen: wenn es dem Esel zu wohl ist, geht er aufs Eis tanzen.«

2

Ein paar Tage später holte Bernhard Heuss Sabine abends ab. Er hatte Theaterkarten besorgt.

»Schließ die Tür ab«, ermahnte sie Stefanie, »schieb den Riegel vor und laß niemanden mehr herein!«

Stefanie lachte. »Keine Bange, Mami! Ich nehme mich schon in acht vor dem bösen Wolf.«

»Das ist kein Spaß, Liebling!«

»Was soll denn passieren? Ich bin doch schon zigmal allein geblieben.«

»Aber ganz wohl ist mir dabei nie.«

»Quatsch, Mami. Mach dir einen schönen Abend und laß dir keine grauen Haare wachsen. Du siehst übrigens blendend aus.«

Sabine trug ihr »kleines Schwarzes«, ein ganz schlichtes Chiffonkleid, das ihre Figur besonders vorteilhaft betonte. »Danke, Liebes«, erwiderte sie.

»Du übrigens auch, Bernhard.«

Er fuhr sich über das bläuliche Kinn. »Freut mich, wenn ich dir gefalle. Leider hatte ich weder Zeit mich umzuziehen noch mich zu rasieren.« – Sein grauer Anzug war leicht zerknautscht und sein Hemd nicht mehr blütenrein.«

»Macht nichts«, erklärte Stefanie großmütig, »ein Mann muß nicht immer schön sein.«

Sabine lachte über diese altkluge Bemerkung.

»Aber du bist immer noch schön genug«, setzte Stefanie hinzu.

Das stimmte, fand Sabine. Hochgewachsen, mit einem kantigen Kinn und kühlen grauen Augen war er ein Mann, der Eindruck machte.

Ob er sich über Stefanies unverblümte Komplimente freute oder sich aufgezogen fühlte, ließ er sich nicht anmerken. Er drängte zum Aufbruch und half Sabine in ihr Abendcape. Zu einem Drink blieb ohnehin keine Zeit mehr.

Auf der Fahrt in die Innenstadt redeten sie über Belanglosigkeiten. Sabine war es ganz recht so, denn dies war weder die passende Gelegenheit noch der richtige Zeitpunkt, ihr Problem zur Sprache zu bringen.

Vor dem Eingang des neben dem Theater gelegenen Hotels hielt er an. Ein rot livrierter Portier eilte herbei und half Sabine beim Aussteigen. Bernhard Heuss gab ihm die Wagenschlüssel und einen Geldschein mit der Bitte, das Auto in der Tiefgarage zu parken. Die wenigen Schritte um die Ecke gingen sie eingehakt und sehr flott. Es blieb ihnen gerade noch Zeit, ihre Garderobe abzugeben und die steile Wendeltreppe zum Zuschauerraum hinaufzueilen. Kaum hatten sie ihre Plätze eingenommen – Bernhard nahm in der Regel Randplätze, so daß sie niemanden zum Aufstehen nötigen mussten –, wurde es auch schon dunkel im Saal, und der Vorhang hob sich.

Es war ein heiteres Stück, das auf der Bühne geboten wurde, eine Komödie voller Verwirrungen und Verwechslungen, und es machte Spaß, Schauspieler, die man von Film und Fernsehen kannte, aus der Nähe zu sehen. Doch Sabine vermochte sich nicht zu entspannen. Sie machte sich Vorwürfe, daß sie Bernhard nicht von Anfang an in Baumgartners Vorschlag eingeweiht hatte. Jetzt würde es viel schwerer sein, davon anzufangen.

In der Pause plauderten sie, ein Glas Wein in der einen, eine Zigarette in der anderen Hand, ausschließlich über die Aufführung. Sabine gab sich begeisterter, als sie tatsächlich war, denn sie wußte, daß er sich nichts aus Boulevardtheater machte und nur ihr zuliebe da war.

Als sie nach der Vorstellung auf den »Promenadeplatz« hinaustraten, war es bereits dunkel. Nur die hohen Bogenlampen verbreiteten ein diffuses Licht.

Spontan umarmte sie ihn. »Das war ein schöner Abend! Ich danke dir!«

Er hielt sie ganz fest. »Das soll doch nicht etwa heißen, daß du schon nach Hause willst?«

Sie fühlte sich an seiner Brust geborgen. »Stefanie erwartet mich.«

»Ich wette, die schläft längst.«

»Ich muß sie wecken, damit sie mich hereinläßt.«

»Ob du das nun etwas früher oder später tust ...« Er küßte sie innig. »Komm mit zu mir!«

Sie hätte nachgeben wollen, sie sehnte sich wie er nach Liebe. Doch sie wußte, daß es nicht um diese Stunde ging oder diese Nacht, sondern daß er eine Entscheidung fürs ganze Leben von ihr erwartete.

Mit einem Seufzer machte sie sich frei. »Ich bin noch nicht soweit.«

»Wie lange willst du mich noch warten lassen? Harry liegt seit fast einem Jahr unter der Erde ...«

»Seit sieben Monaten«, verbesserte sie ihn sanft, »das ist ein Unterschied.«

»Für mich nicht. Er ist tot. Das Kapitel Harald Meyendorf ist abgeschlossen. Wir müssen einen neuen Anfang machen. Allmählich bezweifle ich, ob du das überhaupt willst.«

Beinahe hätte sie erklärt: »Doch, ich will! Nur nicht so schnell!« Denn der Gedanke, ihn zu verlieren, schreckte sie. Doch dann zwang sie diesen Anflug von Feigheit nieder und gab zu: »Das ist es eben, Bernhard. Ich weiß es nicht. Ich weiß es selbst noch nicht.«

»Wie lange kennen wir uns schon, Sabine?«

»Das hat damit nichts zu tun. Ich war all die Jahre die Frau eines anderen. Aber jetzt hat sich alles völlig verändert. Ich weiß nicht mehr, wo ich stehe.«

»Ich denke, niemand hat mehr Rücksicht auf deine Gefühle genommen als ich«, sagte er steif.

»Bitte, sei mir nicht böse!« flehte sie. »Bitte, laß uns nicht streiten!« Noch eben hatte sie sich geborgen gefühlt, in seinen Armen jetzt plötzlich überkam sie Hilflosigkeit. Sie wagte nicht einmal, ihn zu drängen, sie nach Hause zu fahren, denn dann hätte er erwartet, daß sie ihn mit hinaufbitten würde, und genau das wollte sie nicht.

»Mir scheint, du bist wirklich ziemlich durcheinander«, sagte er ärgerlich, aber gleichzeitig doch einlenkend.

»O ja, das bin ich«, gab sie zu, »mehr noch, als du denkst.«

»Laß uns noch einen Schluck trinken!« schlug er vor. »Gehen wir ins ›Trader Vic's‹?«

Sabine stimmte erleichtert zu.

Durch die Drehtür, die der Portier für sie in Bewegung setzte, betraten sie das elegante Foyer des Hotels »Bayerischer Hof«. Bernhard nahm ihr das Cape ab, um es zusammen mit seinem Trench zur Garderobe zu bringen. Sie nutzte die Gelegenheit, ihre Tochter anzurufen. Als er auf dem Rückweg von der Garderobe an ihr vorbeikam, lächelte sie ihm zu. Er gab ihr mit einer Geste zu verstehen, daß er vorausgehen und sich um einen Tisch kümmern wollte. Sie nickte.

Wenige Minuten später folgte sie Bernhard hinunter in die Nachtbar des Hotels.

Wenn man aus der hell beleuchteten Halle ins *Trader* eintrat, war es im ersten Augenblick so dunkel, daß sie am Fuß der Treppe stehenbleiben mußte, um sich zu orientieren. Sofort tauchte Bernhard neben ihr auf, legte ihr die Hand unter den Ellenbogen und führte sie. »Alles in Ordnung«, erklärte sie, »Stefanie war noch ganz munter. Sie hat einen uralten Film mit Gregory Peck im Fernsehen entdeckt.«

»Na, siehst du.« Er schob einen Sessel an ihre Kniekehlen, und sie setzte sich.

Als ihre Augen sich umgewöhnt hatten, merkte sie, daß es nicht wirklich dunkel war in dem Nachtlokal, sondern nur schummrig. Windlichter auf den Tischen bildeten die einzige Beleuchtung, die den Gästen ungemein schmeichelte. Selbst Bernhards kantiges Gesicht wirkte weich und gelöst. Von irgendwoher erklang gedämpft hawaiianische Musik.

»Ich habe uns *Planters Punch* bestellt, Liebling. Ich hoffe, daß es dir recht ist.«

»Ja, natürlich.«

Immer neue Gäste kamen die Treppe herunter, lachend, plaudernd, aber nur schemenhaft sichtbar. Man konnte Abendkleider und funkelnden Schmuck eher erahnen als sehen. Balinesische Masken lächelten, umrankt von großblütigen bunten Girlanden, von den Wänden.

»Hier gefällt's mir«, meinte sie.

»Wenn du willst, können wir öfters ausgehen.«

»Lieb von dir«, sagte sie, ohne ihm zu glauben. Sie zweifelte nicht an seinem guten Willen, aber sie wußte, daß es mit ihm nicht anders sein würde, als mit Harry. Zu oft arbeitete er bis in die Nacht, und zu oft kam es auch noch spät zu einer unvorhergesehenen Besprechung. Sie kannte das.

Die Drinks, üppig mit exotischen Früchten dekoriert, wurden serviert. Sie probierten, tranken sich zu. Bernhard bot Sabine Zigaretten an, gab ihr Feuer und zündete sich ebenfalls eine an.

Sie wußte, er würde nicht auf ihre Auseinandersetzung von vorhin zurückkommen, dazu war er zu diplomatisch. Auch eine Bemerkung, die ihr ermöglichen würde, das Thema noch einmal aufzugreifen und ihm ihren Standpunkt klarzumachen, war nicht von ihm zu erwarten. Stefanie hatte sie versprochen, in einer knappen Stunde zu Hause zu sein. Es blieb Sabine nichts übrig, als ohne große Vorrede die Sache zur Sprache zu bringen. »Ich habe dir noch nicht erzählt«, sagte sie unvermittelt, »daß ich wahrscheinlich für ein Jahr nach Genf gehe.«

Bernhard verzog keine Miene. Wenn diese Eröffnung ein Schlag für ihn gewesen war, so ließ er es sich nicht anmerken.

Wider Willen bewunderte sie ihn für seine gute Haltung und berichtete hastig die Einzelheiten. Jetzt, da das Schlimmste überstanden war, fiel es ihr nicht schwer, die richtigen Worte zu finden.

»Wann?« fragte er endlich.

»Nicht sofort. Anfang August, würde ich sagen. Ich muß ja zuerst noch mein Französisch aufpolieren, aber andererseits sollte Stefanie rechtzeitig zum neuen Schuljahr in der Schweiz sein.«

»Und seit wann weißt du es?«

»Baumgartner hat mir Anfang der Woche das Angebot gemacht.« Versöhnlich legte sie die Hand auf seinen Arm. »Am Telefon konnte ich es dir nicht sagen, und ich wollte mir auch erst darüber klarwerden, was ich selber will.«

Er hob die Augenbrauen und fragte mit leiser Ironie: »Und jetzt weißt du es?«

»Ich wollte immer schon ins Ausland. Schon als Kind habe ich mir das gewünscht. Nicht einfach eine Reise in die Fremde machen, sondern dort leben – in Frankreich, England, Italien oder sonstwo. Jetzt ist eben die Schweiz daraus geworden.«

»Und was ist mit uns?«

»Uns kann ein bißchen Abstand ganz gewiß nur guttun. Unsere Beziehung ist irgendwie – ich weiß nicht, wie ich das ausdrücken soll – festgefahren. Hast du das selbst noch nicht gemerkt?«

»Nein. Keineswegs. Was ich merkte, ist nur, daß du dich mir entziehst.«

»Aber warum sollte ich das? Gib mir einen einzigen plausiblen Grund dafür an!«

»Ich habe nicht die leiseste Ahnung.«

»Du bist mir zu nah, schon zu vertraut, bevor ...« Sie unterbrach sich. »Ich weiß jetzt schon, daß ich wahnsinnige Sehnsucht nach dir haben werde. Ich werde dir schreiben. Außerdem gibt es ein Telefon, und natürlich besuchst du uns in Genf. Ein Jahr ist doch gar nichts, weniger als nichts.«

»Und was wird aus deiner Wohnung?« Sabine hätte unendlich erleichtert sein müssen, daß er so nüchtern reagierte. Doch verwundert stellte sie fest, daß es sie enttäuschte. »Du weißt, sie gehört mir. Harry hat sie gekauft. Ich werde sie natürlich behalten.«

»Du könntest sie möbliert vermieten.«

»Das habe ich mir auch schon überlegt. Aber das will ich nicht. Wenn erst einmal fremde Leute drin waren, würde es nie mehr sein wie früher.«

»Es würde dir einen schönen Batzen Geld bringen.«

»Stimmt. Aber das habe ich zum Glück ja nicht nötig. Wenn ich die Wohnung so lasse, wie sie ist, weiß ich, daß ich jederzeit zurückkommen kann. Vielleicht gefällt's mir ja auch gar nicht in der Fremde.«

»Das will ich dir trotz allem nicht wünschen.«

Sabine sah ihn aus großen Augen an. »Wirklich nicht?«

»Glaubst du, ich würde wünschen, daß du auf die Nase fällst?« Er lächelte mit schmalen Lippen. »Für so schäbig wirst du mich doch wohl nicht halten.«

»Natürlich nicht. Ich weiß, du bist ein wunderbarer Mann! Ich habe nie bezweifelt, daß ...«

Bernhard fiel ihr ins Wort. »Das war kein *fishing for compliments*, Liebling. Hör, bitte, auf damit! Trink aus! Es ist schon spät.« Er winkte dem Ober. »Bitte, zahlen.«

3

Am nächsten Morgen – es war ein Samstag – schliefen Sabine und Stefanie aus und gönnten sich dann einen Brunch in ihrem geliebten Alkoven. Sabine, die die Mahlzeiten hergerichtet hatte, war schon geduscht, frisiert und angezogen, ihre Tochter noch zerstrubbelt in Schlafanzug und Bademantel.

Stefanie gähnte herzhaft, während sie die Schale eines weichen Eis mit der Rückseite des Löffels zerklopfte. »War es wenigstens schön gestern abend?«

Sabine hatte sie in der Nacht ganz rasch zu Bett gebracht und sich auf keine Unterhaltung mehr eingelassen. Jetzt nahm sie einen Schluck Kaffee und sagte: »Wie man's nimmt.«

Stefanie pellte die Schale ab und legte sie auf den Rand des Eierbechers. »Was soll das heißen?«

»Ich glaube, ich habe einen Riesenfehler gemacht.«

Stefanie tat uninteressiert. »Ach ja?«

»Ich habe Bernhard erzählt, daß wir nach Genf gehen.«

»Und? Wie hat er reagiert?«

»Ziemlich gleichgültig.«

»Das sieht ihm ähnlich.«

»Du mußt das verstehen, Liebes. Ich wollte dich nicht überfahren, aber da ich es ihm nun einmal sagen mußte, wollte ich nicht mit ›vielleicht‹ oder ›falls‹ kommen, sondern ihn vor vollendete Tatsachen stellen.«

»Hm, hm.« Stefanie trank einen Schluck Kakao und leckte sich anschließend die Lippen ab.

»Wenn dann doch nichts daraus wird, kann ich es ihm ganz leicht erklären. Besser als anders herum.«

»Du hast gedacht, er würde protestieren?«

»Ja.«

»Vielleicht hast du es dir sogar gewünscht.«

»Also wirklich, Stefanie! Spiel jetzt bloß nicht die Amateurpsychologin!«

»Ich versuche bloß dich zu verstehen, und ich sage dir, Mutti, das ist nicht so einfach.« Stefanie biß laut vernehmlich in ihr Toast mit Butter.

»Ganz verstehe ich mich ja selber nicht. Bernhard ist wirklich der ideale Mann zum Heiraten!«

Stefanie hatte ihren Toast hinuntergeschluckt. »Falls die Ehe überhaupt dein Ideal ist.«

Sabine mußte lachen. »Sehr, sehr weise, Liebes!«

»Ich bin ja schließlich nicht weltfremd. Ich höre und lese, wie es so zugeht. Die meisten Ehepaare streiten sich dauernd.«

»Das hast du bei Papi und mir nicht erlebt!«

»Stimmt. Mit euch beiden ging es prima. Ich wäre nie auf den Gedanken gekommen, daß ihr euch scheiden lassen könntet – viele Kinder tun das nämlich, Mami, es ist nicht so, als wenn sie sich für die Geschichten der Erwachsenen nicht interessieren würden.« Sie redete munter weiter, während sie aß und trank. »Aber jetzt, nachträglich, denke ich, muß es doch manchmal ziemlich langweilig für dich gewesen sein. Wenn Bernhard zu Besuch kam, zum Beispiel. Dann gab es zuerst ein feines Essen, für das du dich abgerackert hast. Alles war immer so vorbereitet, daß du nicht bis zum letzten Moment in der Küche stehen mußtest, sondern auch noch Zeit hattest, dich schön zu machen. So war es doch, oder? Dann bekommst du einen Haufen Komplimente für dein gutes Essen und dein Aussehen, alles war Heiteretei. Aber kaum war das Essen vorüber, zogen sich die beiden Herren in Papis Arbeitszimmer zurück, und das Schachbrett wurde aufgestellt. Was für dich übrigblieb, war der Abwasch und Aufräumen. Ich durfte dir nicht mal helfen, denn für mich war's Zeit zum Schlafengehen. Wenn du mit allem fertig warst, die Hände gewaschen und eingecremt, die Lippen nachgezogen, ein bißchen Puder auf die Nase getan hattest, durftest du ihnen Gesellschaft leisten, vorausgesetzt, daß du nicht störtest. Schachspielen erfordert nämlich, wie jedermann weiß, äußerste Konzentration.« – Stefanie legte eine Pause ein, um sich die Finger abzuschlecken.

»So«, sagte Sabine betroffen, »habe ich das nie so gesehen. Ich habe die Abende mit Bernhard immer genossen.«

»Ehrlich?«

»Es kam mir jedenfalls so vor.«

»Und zum Abschluß«, fuhr Stefanie fort, »durftest du dann noch ein paar Schleckereien anbieten, und man war wahrscheinlich des Lobes voll für eine so perfekte Frau, die ihre Rechte und Pflichten kennt und sich auch daran hält.« Stefanie wischte sich die Finger an der Serviette ab. »Mit wem spielt Bernhard eigentlich momentan Schach?«

»Keine Ahnung. Ich weiß nicht, ob er es überhaupt noch tut.«

»Verlaß dich drauf.«

Sabine begriff, worauf Stefanie hinauswollte: Daß Bernhard, nach ihrer Heirat, die gleichen Abende mit einem anderen Partner veranstalten könnte, und das war keine sehr erhebende Vorstellung.

»Warum hast du es eigentlich nie gelernt?«

»Ich kann Schach spielen. Ich kann die Figuren auseinanderhalten, kenne die Grundzüge, weiß, was eine Rochade ist und so weiter. Darum habe ich auch gerne zugesehen. Aber mich so ernsthaft damit zu befassen wie die richtigen Spieler, habe ich nie Lust gehabt. Wir beide könnten es miteinander versuchen, und mit dir würde es mir sicher Spaß machen.«

Stefanie schabte die Eierschale von innen aus. »Eigentlich geht es nicht um Schach, sondern um etwas ganz anderes.« Sie schob den Eierbecher beiseite und fischte sich mit der Gabel ein Würstchen aus der heißen Brühe, tat sich einen Klecks Senf auf den Teller und biß herzhaft hinein. »Es geht um dich, Mami. Wir versuchen herauszubekommen, was für dich das Beste ist.«

»Ja, ich weiß. Aber irgendwie verwirrst du mich mit deinem Gerede.«

»Tut mir leid, Mami, das war nicht meine Absicht.«

»Außerdem weißt du doch schon längst, was ich wirklich will – fort von hier.«

»Auch noch nach gestern abend?«

»Was soll das nun wieder heißen?«

»Daß du Angst bekommen hast, deinen Verehrer zu verlieren, und dich fragst, ob du es riskieren kannst.«

»Pah!« erwiderte Sabine heftig. »Wenn seine Zuneigung nicht einmal ein Jahr Trennung überdauern kann, dann pfeif ich drauf.«

»Gut gebrüllt, Löwe!«

»Sag mal, wie kommst du mir denn eigentlich vor? Ist das ein Verhör, dem du mich unterziehst?«

»Nein, überhaupt nicht.«

»Schließlich liegt es nicht an mir, sondern an dir, ob wir nach Genf gehen oder nicht.«

»Das ist es ja gerade. Vielleicht wirst du mir später Vorwürfe machen.«

Sabine, die ihre Tasse gerade hatte zum Mund führen wollen, setzte sie geräuschvoll ab. »Soll das heißen – du bist einverstanden?«

Stefanie strahlte sie an. »Endlich hast du es geschnallt.«

»Aber warum konntest du mir das nicht direkt sagen? Direkt und frei heraus? Statt so um den heißen Brei zu reden!«

»Wegen der Verantwortung. Weil ich mich verantwortlich für dich fühle.«

»Quatschkopf!« Sabine lachte erleichtert. »Ich bin deine Mutter, und ich bin zwanzig Jahre älter als du.«

»Aber man muß trotzdem auf dich aufpassen.«

Sabine glaubte, sie eigentlich zurechtweisen zu müssen, war aber viel zu erleichtert, um zu protestieren. »Wenn du das meinst, na, bitte! Aber erzählt mir jetzt, wie du dich zu dem Entschluß durchgerungen hast.«

»Hab' einfach noch mal alles überdacht«, behauptete Stefanie. »Es wäre wirklich nicht gut, wenn du was mit Bernhard anfingst. Das käme mir vor wie so 'ne Art Bäumchen-wechsle-dich-Spiel.«

»Also nur mir zuliebe?«

»Nicht ganz.« Stefanie rührte, ohne Sabine anzusehen, gedankenverloren in ihrer Tasse. »Die anderen sagen, es wäre bestimmt toll, in der Schweiz zu leben. Und ich wäre schön dumm, wenn ich mir das entgehen ließe. Und überhaupt. Abwechslung ist das halbe Leben. Der Duft der großen, weiten Welt und so.«

»Es fällt dir also nicht schwer?«

»Doch. Natürlich tut es das. Aber die anderen würden mich auslachen, wenn ich jetzt hierbliebe. Nachdem ich so groß getönt habe.«

Sabine, die wohl wußte, daß Stefanie mit den »anderen« ihre Freundinnen meinte, versuchte, den Gedanken auf den Grund zu kommen. »Vergessen wir mal die anderen, ja? Sie sind nicht so wichtig, finde ich. Man sollte seine Entscheidung nicht von seiner Umgebung abhängig machen, sondern in sich gehen, um herauszufinden, was für einen selber gut und richtig ist.«

»Klar, Mami. Das habe ich auch getan. Und ich bin drauf gekommen, daß es nichts bringt, immer den leichten Weg zu wählen. Wenn man sich für den schwereren entscheidet, kommt wahrscheinlich mehr dabei heraus.«

»Ach, Stefanie«, sagte Sabine gerührt, »ich bin sehr froh, daß ich dich habe. Du bist ein richtiger Schatz. Soll ich dir mal was gestehen? Ohne dich hätte ich wahrscheinlich gar nicht den Mut, das hier aufzugeben. Glaubst du mir das?«

»Na klar. Zu zweit geht alles leichter. Besonders, wenn man sich so gut versteht wie wir.«

Sabine kämpfte mit den Tränen, aber unterdrückte sie tapfer. Es gab doch wirklich keinen Anlaß zu weinen. Im Gegenteil, sie hatte allen Grund glücklich zu sein.

Herr Baumgartner war hoch erfreut, als Sabine ihm mitteilte, daß sie sich entschlossen hätte, das Angebot anzunehmen. »Ich hatte es auch nicht anders erwartet.«

Sabine meldete sich bei einem Französischkurs an. Auch wenn ihr Unternehmen sie für die Fortbildungsstunden freistellte, empfand sie die Fahrten zu dem Sprachinstitut als wirkliche physische Belastung. Der Unterricht selbst machte ihr viel Spaß, doch mußte sie feststellen, daß ihr Schulfranzösisch bei weitem nicht den Ansprüchen ihres neuen Jobs genügen würde. Deshalb saß sie zu Hause oft bis spät in die Nacht über den Büchern. Bald zeigten sich die ersten Fortschritte. Die Schriftsprache bereitete ihr kaum noch Schwierigkeiten, aber gegen ihre Hemmungen, Französisch zu sprechen, kam sie nicht an.

Hoffentlich gibt sich das, wenn ich in Genf bin! dachte sie besorgt.

An *Tea time* mit Stefanie war, außer an den Wochenenden, nicht mehr zu denken. Vor dem Abendessen kam Sabine nie nach Hause.

Auch Stefanie lernte Französisch, wenn auch nicht im selben Tempo wie ihre Mutter. Einmal in der Woche brachte eine Studentin ihr die Grundbegriffe bei, die Aussprache und erste zusammenhängende Sätze. Herr Baumgartner hatte Sabine zwar versichert, daß man in Genf notfalls auch mit Deutsch und Englisch zurechtkam, aber sie hielt es für besser, wenn ihre Tochter wenigstens die Straßenschilder lesen und nach dem Weg fragen konnte. Stefanie teilte diese Meinung durchaus und war mit Feuereifer bei der Sache.

Doch mit dem Lernen allein war es nicht getan. Es hieß sich auf den Abschied vorbereiten. Sabine lud Lisbeth Albers und andere Freundinnen aus der Studienzeit ein, mit denen sie mehr oder weniger festen Kontakt gepflegt hatte. Stefanie gab eine Fete für ihre Mitschülerinnen. Bernhard Heuss lud die beiden häufiger als früher zum Essen ein, und Sabine mochte es ihm nicht abschlagen, um ihn nicht noch mehr vor den Kopf zu stoßen. Daß sie in der Arbeit fast erstickte – sie mußte neben allem anderen ja auch noch ihren Nachfolger in der Versicherung einarbeiten –, wollte er als Entschuldigung nicht gelten lassen.

»Das ist nur eine Frage der Organisation«, pflegte er zu erwidern.

»Wenn man sich seine Pflichten richtig einteilt, bleibt immer auch noch Zeit für das Vergnügen.«

Zu allem Überfluß kamen jetzt auch noch Einladungen aus dem Kreis befreundeter Ehepaare, mit denen Sabine und ihr Mann früher verkehrt hatten. Nach Harrys Tod hatte man sich kaum noch um Sabine gekümmert – oder war sie selber es gewesen, die signalisiert hatte, daß sie in Ruhe gelassen werden wollte? Jetzt, da sie neue Pläne hatte, schien sie wieder interessant geworden zu sein.

Am liebsten hätte sie sich gedrückt, aber Bernhard bestand mit Nachdruck darauf, daß sie die Einladungen annahm und bot sich ihr als Begleiter an. »Diese Leute sind wichtig«, behauptete er, »man muß solche Beziehungen pflegen. Du weißt nicht, ob du nicht eines Tages froh daran sein wirst.«

Mit Unbehagen mußte Sabine feststellen, daß man in Bernhard Heuss, obwohl er sich keineswegs aufspielte, so etwas wie ihren Verlobten, wenn nicht gar ihren Partner sah. Und so übernahm er es auch, die Abschiedsparty für diesen Kreis auszurichten, und zwar in einem Nebenraum bei »Käfer«.

4

Ihrer Mutter, Marianne Kaschny, mit der sie einmal pro Woche telefonierte, hatte Sabine längst von ihren Entschlüssen berichtet. Frau Kaschny hatte es immer bedauert, daß Sabine ihr Studium abgebrochen und sich so früh gebunden hatte. Deshalb gönnte sie ihr auch die Gelegenheit, jetzt noch etwas von der Welt zu sehen.

Der Vater dagegen war seinerzeit erfreut gewesen über »die gute Partie«, die sie gemacht hatte. Und auch jetzt hätte er es für besser gehalten, daß Sabine da bliebe, wo sie »hingehörte«, nämlich in Bayern.

Die Eltern erwarteten natürlich einen Abschiedsbesuch in Rosenheim, den Sabine immer wieder verschob, obwohl sie ihren Eltern nicht verständlich machen konnte, welchen ungeheuren Anforderungen sie momentan ausgesetzt war.

»Kaum zu glauben, daß man dich doch noch einmal zu Gesicht bekommt«, sagte der Vater denn auch sarkastisch zur Begrüßung.

»Oh, *mon cher grand-père*«, flötete Stefanie, »sei nicht böse auf uns!«

Immerhin erreichte sie durch die kleine Kostprobe ihres neuerworbenen Wissens, daß er die schmalen Lippen zu einem Lächeln verzog. Peter Kaschny, Beamter im Finanzamt in Rosenheim, war Mitte Fünfzig. Wenn er auch mit den Jahren kleiner geworden war – zusammengeschrumpft, dachte Sabine –, konnte er immer noch als groß gelten. Sein sorgsam über die Stirn gekämmtes Haar hatte sich gelichtet, aber seine erstaunlich blauen Augen, die er seiner Tochter und seiner Enkelin vererbt hatte, blickten herausfordernd und kampfeslustig in die Welt.

Sabine, die ihre Mutter umarmt hatte, entschuldigte sich: »Du ahnst gar nicht, was wir um die Ohren hatten.«

»Ein Fest jagte das andere, wie?«

Stefanie lachte unbekümmert. »So ähnlich!«

»Aber ich hatte auch jede Menge Arbeit!« erklärte Sabine. »In meinem Alter ist es gar nicht so leicht, wieder die Schulbank zu drücken.«

Es war Sonntag nachmittag. Die Mutter hatte einen Kuchen gebacken, und zu Ehren des Besuches war auch Sabines jüngere Schwester Inge, glücklich verheiratet, mit ihrem süßen Baby Josefine erschienen. Walter, der Nachzügler, lebte noch bei den Eltern. Er gesellte sich zu der Kaffeerunde, um sich jedoch möglichst schnell wieder zu verdrücken. »Du hast ganz recht, daß du abhaust«, war sein Kommentar zu Sabines Plänen.

Inges Mann hatte sich entschuldigen lassen. »Ihm geht es nicht so gut«, behauptete sie verlegen. Jeder der Anwesenden wußte, daß Charly sich nicht mit dem Schwiegervater vertrug.

Die Mutter hatte alles liebevoll vorbereitet und das Gespräch bei Kaffee und Kuchen plätscherte problemlos dahin. Doch Sabine spürte, daß den Eltern – auch ihrer Mutter – ihre Pläne nicht paßten.

»Wenn du nun da draußen krank wirst«, gab Marianne Kaschny zu bedenken.

»Wann war ich je krank?« gab Sabine zurück.

»Aber in München könnte ich mich um dich kümmern.«

»Weißt du was? Wenn mir was passiert, schicke ich dir einfach ein Flugticket.«

»Mit so etwas soll man nicht scherzen!« wies der Vater sie zurecht. »Genf ist nicht der richtige Ort für eine alleinstehende junge Frau.«

»Warum nicht? Ich habe mir sagen lassen, daß es sie dort zu Tausenden gibt.«

»Außerdem ist Mami nicht alleinstehend«, mischte Stefanie sich eifrig ein, »ich bin bei ihr und paß' auf sie auf.«

Der Großvater sah sie düster an. »Du? Was kannst du schon ausrichten gegen ...« Er stockte.

»Das ist wirklich kein Thema, das man in Gegenwart der Kleinen anschneiden sollte«, sagte seine Frau.

»Was meint ihr?« rief Stefanie prompt.

»Wovon sprecht ihr?« fragte Sabine.

Walter hatte sein letztes Stück Kuchen aufgegessen und war aufgestanden. »Sex und Drogen natürlich, was sonst?«

»Oh, die gibt's in München auch!« schrie Stefanie.

»Sex und Drogen, jede Menge!«

Walter fuhr ihr im Hinausgehen durch die Haare. »Aber keine Agenten und Spione, Kleine. Von denen wimmelt's nur so in der Schweiz.«

»Und dann die Ausländer«, ließ Inge sich vernehmen, »die haben wir hier natürlich leider auch. Aber dort sind nichts wie Ausländer.« Sie schauderte. »Schrecklich.«

»Sehr richtig!« pflichtete Peter Kaschny ihr bei. »Ich habe nichts gegen Ausländer. Ich weiß, daß es sehr nette und anständige Menschen unter ihnen gibt. Aber auf die Masse gesehen – also im großen Ganzen – sind sie doch ein Pack. Das organisierte Verbrechen ...«

Sabine fiel ihm ins Wort. »Vati, ich bitte dich! Du weißt, wie ich dieses Gerede hasse.«

»Jetzt hört mal!« Stefanie klopfte mit dem Löffel gegen die Tasse, und alle sahen sie an. »Wißt ihr, was mir gerade aufgefallen ist? In der Schweiz werden wir die Ausländer sein. Habt ihr Worte?«

»Mein kleiner Schlaukopf!« Sabine beugte sich zu ihr hinunter und gab ihr einen flüchtigen Kuß. »Du hast's erfaßt.« Sie nahm die Gelegenheit wahr, das Thema zu wechseln und fragte: »Wie geht's mit Walter?«

Es hatte harte Auseinandersetzungen mit dem Jungen gegeben, da er sich geweigert hatte, auf dem Gymnasium zu bleiben und das Abitur zu absolvieren.

»Wir hoffen, daß ihm die Lehre Spaß macht«, sagte Marianne Kaschny unsicher.

»Es ist ja nichts aus ihm rauszubekommen«, setzte der Vater hinzu, »man sieht ihn höchstens zu den Mahlzeiten.«

»Aber er ist ein guter Bub«, verteidigte Marianne ihren Sohn, »er ist bloß in einem schwierigen Alter.«

»Und er hat die falschen Freunde.«

»Ja, einen schlechten Umgang.« Marianne Kaschny seufzte. »Und den läßt er sich nicht ausreden. Leider.«

Sabine hätte einiges dazu sagen können. Doch sie hielt sich zurück, denn sie wollte keinen Streit aufkommen lassen. Sie mochte ihre Eltern. Aber wie in ihrer Jugend litt sie unter dem Gefühl, nicht verstanden zu werden, auch von Inge. Die Schwester war stets neidisch auf sie gewesen und war es auch wohl immer noch. So waren sich die beiden jungen Frauen niemals wirklich nähergekommen.

»Ich glaube, es wird Zeit für uns«, erklärte Sabine, »wir haben noch viel zu tun.«

Stefanie schnellte wie eine Feder hoch.

»Du kannst ruhig rauchen, Sabine«, sagte die Mutter.

»Danke, ich mag jetzt nicht. Das wäre vielleicht nicht gut für das Baby.«

»Ich kann Josefine nach nebenan bringen«, erbot sich Inge.

»Sehr lieb von dir, aber nicht nötig. Wir müssen jetzt wirklich los.«

»Au revoir, grand-père, au revoir, grand-mère!« Stefanie umarmte ihre Großeltern. *»Au revoir, ma tante«*, sagte sie zu Inge und gab Josefine einen kleinen Stups auf das Näschen. »Mach's gut, du süßer kleiner Liebling. Bin schon gespannt, was du alles können wirst, wenn wir wieder zurück sind.«

Sabine und Stefanie atmeten auf, als sie wieder im Auto saßen.

5

Am 27. Juli war der letzte Schultag. Stefanies Zeugnis fiel gut aus. In Englisch hatte sie sogar eine Eins bekommen. Der zusätzliche Französischunterricht hatte ihr also nicht geschadet.

»Weißt du, Maman«, erklärte Stefanie weise – sie war gerade dabei, sich das deutsche »Mami« abzugewöhnen, »ich glaube, je mehr Sprachen man lernt, desto leichter wird es. Ich werde einmal alle Sprachen dieser Welt können.« Dann wurde ihr die eigene Hybris bewußt, und sie setzte erschrocken hinzu: »Wenigstens die meisten.«

»Möglichst viele«, dämpfte die Mutter sie.

»Einverstanden.«

Am Morgen des 1. August war es dann soweit. Tags zuvor hatte Sabine noch einen Ausstand für die Mitarbeiter ihrer Abteilung bei der Nord-Süd ausgerichtet und sich von jedem einzelnen verabschiedet. Die Koffer waren längst gepackt.

Überraschend erschien Lisbeth Albers, um zu helfen, obwohl es noch recht früh war. »Vielleicht komme ich«, hatte sie am Telefon gesagt. Doch Sabine hatte nicht mit ihr gerechnet. Die Freude war daher um so größer.

Sabine und Stefanie holten jetzt ihr Gepäck herunter, und Lisbeth übernahm es, alles in Sabines Wagen zu verstauen.

Die beiden Freundinnen umarmten sich zum Abschied, Stefanie, die so etwas nicht liebte, kam mit einem kleinen Knuff davon. Sabine setzte sich hinter das Steuer, Stefanie, eine aufgefaltete Landkarte auf dem Schoß, daneben, und los ging es.

Sabine sah im Rückspiegel, wie Lisbeth ihnen nachwinkte. Sie war gerührt. Als sie die Wohnung hinter sich abgeschlossen hatte, war ihr doch schwer ums Herz geworden.

Wie sie gehofft hatte, hatte der Verkehr noch nicht eingesetzt. So waren sie schon bald auf der Autobahn.

Eine Weile schien es, als ob sie geradewegs in die Alpen hineinfuhren, die sich schroff und klar gegen den hellen Sommerhimmel abzeichneten.

Langsam begann es warm zu werden, und Stefanie kurbelte ihre Fensterscheibe herunter. Der Wetterbericht hatte Temperaturen um dreißig Grad Celsius vorausgesagt.

»Ein herrliches Reisewetter«, meinte Sabine aufmunternd.

Stefanie seufzte. »Ich wäre jetzt lieber im Prinzregenten-Bad.«

»In Genf kannst du im See schwimmen. Das ist bestimmt viel schöner.«

Die Fahrt verlief überwiegend schweigsam. Beide hingen ihren Gedanken nach. Erst nach der Schweizer Grenze entschlossen sie sich, Rast zu machen. Sabine fuhr auf den nächsten Parkplatz.

»Uff«, sagte sie und streckte sich, »mir tun alle Knochen weh.«

»Jetzt haben wir's doch schon bald geschafft, Maman!« Stefanie zeichnete mit dem Finger die Route auf der Landkarte nach. »Bern, Fribourg, Vevey, Lausanne, und dann sind wir schon in Genf.«

»Und endlich ein kühles Bad im Genfer See!«

»Wirklich?« fragte Stefanie ungläubig. »Können wir heute noch schwimmen gehen?«

»Wohl kaum. War nur ein dummer Scherz von mir.«

»Hab' ich's mir doch gedacht.«

Sie stiegen aus, Sabine schloß das Auto ab, nachdem sie Stefanie die Kühlbox mit Erfrischungen in die Hand gedrückt hatte.

»Toll!« bemerkte Stefanie. »Wirklich unheimlich sauber hier. Wie geleckt. Und ich dachte immer, das Getöne von der sauberen Schweiz wäre nur ein Reklamegag.«

Unweit des Parkplatzes fanden sie eine Bank und einen Tisch, die nicht besetzt waren. Sie packten ihren Proviant aus, breiteten Papierservietten aus und picknickten mit Genuß. Danach rauchte Sabine eine Zigarette. Alles, was nicht mehr brauchbar war, wanderte anschließend in einen der Abfallbehälter.

Gestärkt ging es weiter gen Südwesten. Es war ihnen bewußt, daß sie die Heimat jetzt endgültig hinter sich gelassen hatten. Für Reue und Wehmut war es zu spät. Stefanie plauderte munter drauflos, und Sabine zwang sich, auf den Ton ihrer Tochter einzugehen.

Die Fahrt durch das idyllische Berner Oberland war angenehm. Dennoch jubelte Stefanie auf, als endlich glitzerndes Wasser in Sicht kam. »Ist das der See?« Sie hopste hoch und warf dann einen Blick auf die Karte. »Ja, das muß er sein. *Lac Léman* steht hier. Heißt er so?«

»Ja, das ist sein französischer Name.«

Zwischen Vevey und Lausanne schlängelte sich die Autobahn immer wieder durch Tunnel nah am Ufer entlang. Der Blick war unvergleichlich schön.

»Der See ist ziemlich groß, was?« meinte Stefanie. »Viel größer, als ich ihn mir vorgestellt habe. Was findest du?«

»Mir geht's genauso.«

»Da hinten, das muß Montreux sein«, erklärte Stefanie, »und die Berge am anderen Ufer gehören zu Frankreich.«

»Da können wir von Genf aus mal hinfahren.«

»Ja, und wir verschicken eine Menge Ansichtskarten. Damit die zu Hause wissen, wie weit ich in der Welt herumkomme!«

Hinter Lausanne, das sich steil am Ufer hinaufzog, tauchten rechts und links der Autobahn zwischen weitläufigen Weinbergen romantisch wirkende Häuser mit roten Ziegeldächern auf. Stefanie fand alles toll und war sehr dafür, die Autobahn bei Rolle zu verlassen und auf der Landstraße, die nahe am See entlangführte, weiterzufahren.

Die hübsche platanengesäumte Promenade des Städtchens verlockte sie, noch einmal Pause zu machen und sich etwas die Füße zu vertreten. Dann nahmen sie auf der Terrasse eines kleinen Cafés Platz. Sabine bestellte, zum ersten Mal auf französisch, zwei Gläser mit frisch gepreßtem Orangensaft. Sie hatte einen Kloß im Hals, mußte sich ausgiebig räuspern und fand, daß ihre Aussprache furchtbar deutsch klang.

»Was willst du?« tröstete Stefanie sie. »Immerhin hat sie dich verstanden.«

Die Bedienung hätte sich sicher auch mit Deutsch oder Englisch abgefunden, aber Sabine wollte sich so schnell wie möglich an die Landessprache gewöhnen. Insgeheim war sie ein wenig stolz auf sich, als das Mädchen tatsächlich frisch gepreßten Orangensaft brachte. Sabine fragte nach dem Preis, was schon leichter ging, verstand die Summe, zahlte gleich und gab ein großzügiges Trinkgeld. Die junge Frau bedankte sich höflich.

»Auf die hast du einen guten Eindruck gemacht«, fand Stefanie.

»Wollte ich auch. Weil sie bestimmt gemerkt hat, daß wir Deutsche sind.«

Der Saft schmeckte köstlich, war kühl und erfrischend. Sabine, die im Auto nie rauchte, nahm sich eine Zigarette und ließ sich von Stefanie Feuer geben.

Auf dem See tummelten sich Hunderte kleiner Boote mit weißen Segeln, manche hatten leuchtend bunte Spinnaker aufgezogen.

Sabine wandte ihr Gesicht in die Sonne. »Ich fühle mich unheimlich wohl, du auch?«

»Ich glaube, man kann's hier aushalten«, stimmte Stefanie ihr fröhlich zu.

Es wäre ihnen schwergefallen sich loszureißen, wenn sie nicht doch darauf gebrannt hätten, endlich ihr Ziel zu erreichen. So stiegen sie nach einer guten halben Stunde wieder in Sabines kleinen Wagen und fuhren weiter.

6

Der erste Eindruck von Genf war überwältigend.

Sabine und Stefanie überboten sich in dem Versuch, die Sehenswürdigkeiten der Stadt als erste zu entdecken. Da waren die gepflegten Uferpromenaden, die über hundert Meter hoch steigende Fontäne im See, »Jet d'eau« genannt, und das dunkle Gebirge, der »Salève«, das sich hinter den ehrwürdigen alten Bürgerhäusern abhob. Alles zusammen wirkte seltsam unwirklich, fast wie das betonierte Bild aus einem Reisekatalog. Sie staunten.

Doch als sie die Peripherie hinter sich gelassen hatten, mußte Sabine sich ganz auf den Verkehr konzentrieren. Stefanie hatte die Landkarte gegen den Stadtplan eingetauscht.

»Hast du das *Hotel Strasbourg* entdeckt?« fragte Sabine.

»Aber sicher. Das habe ich mir schon zu Hause angestrichen.«

Die Versicherung hatte ihnen dort für die ersten Tage ein Zimmer gebucht.

»Und wie kommen wir hin?«

»Also, das ist ganz einfach: immer geradeaus und dann bei der Brücke nach rechts und dann ... Pustekuchen, da fängt 'ne Fußgängerzone an.«

»Mach mich, bitte, nicht nervös!«

»Ich tue mein Bestes. Also ... du fährst jetzt die nächste Straße, die Rue des Alpes, rechts rein ... da muß so 'ne Art Monument sein ...« Stefanie hob den Kopf, um Ausschau zu halten.

»Da vorne ist es«, bestätigte Sabine, »ein recht merkwürdiges rosa Gebilde.«

»Dann sind wir richtig. Jetzt immer weiter geradeaus, bis du links in die Rue de Pradier einbiegen kannst, und da muß dann auch schon unser Hotel sein.«

Sabine befolgte, etwas skeptisch, die Anweisungen ihrer Tochter und war angenehm überrascht, als sie ihr Ziel tatsächlich problemlos erreichten. »Das hast du gut gemacht, Stefanie«, lobte sie.

»Ich bitte dich, Maman! Kartenlesen ist doch keine Kunst.«

»Für manche Leute schon.«

»Jedenfalls bist du sehr gut gefahren.«

»Danke, Liebes.«

Die helle Sandsteinfassade des Hotels war anscheinend frisch gereinigt. Es hatte hübsche kleine Balkons. Fenster und Türen waren blau gestrichen.

Sabine hielt vor dem Eingang. Sie bat Stefanie, im Auto zu bleiben, nahm ihre Handtasche und stieg aus. Die Halle des Hotels wirkte, wenn man aus der strahlenden Sonne kam, etwas düster. Rasch nahm Sabine ihre Brille ab und sah sich um. Es war ein fast gemütlicher Raum mit bunten Orientteppichen auf dem Boden – ob echt oder falsch, das konnte sie nicht beurteilen –, alten, sehr gepflegten Möbeln, die Sitzgruppen bildeten, und einem imposanten Kronleuchter an der holzgetäfelten Decke.

Die Rezeption lag links vom Eingang.

Ein junger, sehr korrekt gekleideter Portier hieß Sabine willkommen. In ihrem immer noch etwas bemühten Französisch erklärte sie, daß die Nord-Süd Société d'assurances für sie und ihre Tochter ein Zimmer reserviert hätte. Der junge Mann wußte schon Bescheid.

»Zimmer Siebenundzwanzig, zweiter Stock«, erklärte er und drückte auf eine Klingel am Empfangspult.

Ein Page erschien und nahm den Zimmerschlüssel.

»Mein Auto steht vor dem Eingang«, erklärte Sabine. »Würden Sie, bitte, das Handgepäck vom Rücksitz nach oben bringen lassen?«

»Selbstverständlich, gnädige Frau.«

Sabine wandte sich an den Pagen. »Warten Sie, bitte, einen Augenblick?«

»Wir werden Ihr Auto dann im Hof parken«, bot der Portier an.

»Danke, das wäre nett.«

Nach diesem Gespräch, das nach dem Muster eines Lehrbuchs abgelaufen war, begann Sabine sich sicherer zu fühlen; es war ihr nicht nur gelungen, sich in der fremden Sprache auszudrücken, sondern sie hatte auch alle Antworten verstanden.

Sie verließ das Hotel, um Stefanie zu erlösen. »Es hat alles geklappt«, erklärte sie, nicht ohne Stolz.

»Wieso auch nicht?« gab Stefanie, wenig beeindruckt, zurück.

Ein Hausdiener tauchte aus dem Souterrain des Hotels auf, und Sabine gab ihm den Wagenschlüssel. In seiner gestreiften Weste und der grünen Schürze mit dem grauen, kurzgestutzten Haar und dem gleichbleibenden Lächeln hatte er etwas geradezu Bilderbuchhaftes. Stefanie kicherte darüber, sobald sie ihm den Rücken zugewandt hatten.

Der Page fuhr mit ihnen im Luft nach oben und schloß ihnen das Zimmer auf. Er ging voraus und knipste das Licht an. Sie traten in einen fensterlosen Gang, auf dessen linker Seite eine Kofferablage und Kleiderschränke vom Boden bis zur Decke eingebaut waren. Rechts öffnete ihnen der Page eine Tür zum Bad, das sich zwar nicht mit dem in München vergleichen ließ, aber mit allem Notwendigen ausgestattet war; auf schimmernden Chromstangen hingen weiße, dicke Frottiertücher in verschiedenen Größen.

»Sehr schön«, sagte Sabine zufrieden.

Der Page war schon weitergegangen und hatte die Tür zum Zimmer aufgestoßen. Es war ein großer heller Raum mit zwei Betten, zwei Sesseln, einer Stehlampe und einem runden Tisch. An der Wand hing ein Ölgemälde, das einen mächtigen, schneebedeckten Berg zeigte.

Stefanie nahm sich ein Herz, zeigte auf das Kunstwerk und fragte: *»Le Mont Blanc?«*

»Oui, Mademoiselle«, erwiderte der Page lächelnd.

Sabine kramte in ihrer Handtasche und gab ihm ein Trinkgeld.

»Merci, Madame«, sagte der Page, *»une bonne journée!«*

Mit einer Verbeugung zog er sich zurück.

»Wieso sagt der uns guten Morgen?« fragte Stefanie.

»Es ist doch längst Nachmittag.«

»Er hat nicht ›Guten Morgen‹ gesagt, das würde heißen: ›Bon jour‹. ›Une bonne journée‹ bedeutet: ›einen guten Tagesverlauf‹ – das sind so die kleinen Feinheiten, auf die man wohl erst mit der Zeit kommt.«

»Du kennst dich doch schon ziemlich gut aus, Maman.« Stefanie streifte ihr Turnschuhe von den Füßen und warf sich auf eines der Betten. »Und wie geht's jetzt weiter?«

»Erst mal müssen wir warten, bis das Gepäck kommt, dann packen wir schnell aus, machen uns frisch, und danach machen wir uns auf zu einem Erkundungsgang. Einverstanden?«

»Oh ja, Maman! Du bist spitze.«

»Wieso das?«

»Andere Mütter hätten bestimmt gesagt: ›Jetzt ruhen wir uns erst einmal aus!‹«

Sabine lachte. »Ich wußte gar nicht, daß du soviel Erfahrung mit anderen Müttern hast«, scherzte sie. Dennoch hatte Stefanies Kompliment ihr wohlgetan.

Als sie eine knappe Stunde später aufbrachen, hatten sie sich umgezogen. Sabine trug ein leichtes, braunes Leinenkleid, Stefanie einen blauen Jeansrock mit weißer Bluse; beide hatten, für den Fall, daß es kühl werden sollte, Strickjacken über die Schulter geworfen.

Zuerst schlenderten sie in Richtung Rue de Mont Blanc. Der Geschäftsführer des Hotels hatte Sabine einen kleinen Stadtplan mit Veranstaltungskalender – *»La semaine à Genève«* – gegeben. Die Straße, die sie schon kannten, führte in der einen Richtung zum Bahnhofsplatz, in der anderen zum Pont Mont Blanc. Sie war eine typische Touristenstraße. Uhren- und Schmuckläden, Schokoladen- und Nippesgeschäfte lösten sich mit überfüllten Straßencafés ab. Hier gab es auch die unvermeidlichen Fast-food-Restaurants, von Jugendlichen aus aller Welt belagert. Die flanierende Menge wirkte kaum noch europäisch; Japaner, Amerikaner, Araber und Afrikaner beherrschten das Straßenbild.

Stefanie staunte, und Sabine gefiel es.

Vor einem imposanten Gebäude, zu dem eine breite Freitreppe hinaufführte, blieben sie stehen.

»Was ist das?« fragte Stefanie. »Die Oper?«

»Nein«, erwiderte Sabine nach einem Blick auf den kleinen Stadtplan, »nur die Hauptpost.«

»Was für ein Aufwand!«

Auch das Bahnhofsgebäude mit seiner klassizistischen Fassade wirkte beeindruckend. Darunter war eine Einkaufspassage mit luxuriösen Boutiquen angelegt. Mutter und Tochter warfen einen Blick hinein, verständigten sich aber rasch, daß sie sich diesen Bummel für heute schenken wollten. Sie wandten sich in Richtung See. Die Uferstraße, der Quai de Mont Blanc, war in beiden Richtungen hoffnungslos verstopft.

»Das muß der Rückverkehr vom Wochenende sein«, meinte Sabine, »es wird bestimmt nicht immer so zugehen.«

Schon bald sollte sich herausstellen, daß sie zu optimistisch gewesen war. Genf ist aufgrund seiner geographischen Lage für ein Verkehrschaos vorprogrammiert. Die Schweizer Stadt ist von zwei Seiten von Frankreich umschlossen. Jeder, der von Ferney nach Annemasse – das sind die beiden französischen Grenzsiedlungen – will, muß sie durchqueren. Außerdem arbeiten viele der benachbarten Franzosen als Grenzgänger – »frontaliers« – in Genf und müssen mindestens zweimal täglich die Grenze passieren. Zu allem Überfluß wird nahezu der gesamte Verkehr über den völlig überlasteten Pont Mont Blanc geleitet.

Aber darüber machten sich Sabine und Stefanie an ihrem ersten Tag in Genf noch keine Gedanken. Sie bewunderten den Mont Blanc, dessen schneebedeckter Gipfel in der Ferne leuchtete, unwirklicher als auf dem Gemälde in ihrem Zimmer, und schlenderten die Uferpromenade entlang.

Die Hitze des Tages war verschwunden, und viele Familien nützten die angenehme Kühle zu einem Spaziergang. Der hohe Anteil an Ausländern verschiedener Gesellschaftsschichten war auffallend.

Indische und ceylonesische Frauen in bodenlangen Saris, tiefschwarze afrikanische Schönheiten mit ihren krausköpfigen Jungen und feingemachten, vielbezopften kleinen Mädchen und verschleierte Damen aus den Emiraten boten ein exotisches Bild. Aber auch Spanier, Marokkaner und Portugiesen, die vermutlich im Hotelgewerbe tätig waren, bevölkerten die Promenade. Stefanie kam aus dem Staunen nicht heraus.

»Genf ist für seine Internationalität bekannt«, erklärte Sabine, »hier ist der Sitz der UNO und vieler anderer internationaler Organisationen.«

»Ich weiß schon, aber so habe ich mir das doch nicht vorgestellt. Einfach toll. Endlich mal 'ne Stadt, wo niemand was gegen Ausländer hat.«

Sabine dämpfte ihre Begeisterung. »Ganz so ist es nicht. Es heißt, die Schweizer seien ausgesprochen fremdenfeindlich.«

»Das glaube ich einfach nicht.«

»Wir werden es erleben. Natürlich ist ein Saudi, der sein Geld ausgeben will, überall willkommen. Bei einem armen Schlucker sieht das anders aus.«

»Vermies mir nicht den ganzen Spaß, Maman!«

»Das hatte ich auch nicht vor, Liebling. Ich wollte dich nur darauf aufmerksam machen, daß der Schein auch trügen kann.«

Stefanie blieb stehen. »Sieh mal, da ist ja unser rosa Zuckerbäckertempelchen von vorhin! Schau doch, bitte, was in deinem schlauen Buch darüber steht!«

Sabine blätterte in ihrem Heftchen. »Das muß das Grabmal des Herzogs von Braunschweig sein.«

»Wirklich? Der ist hier begraben?«

»Scheint so.«

»Begreif ich nicht.«

»Der gute Herzog hat sich das Recht auf diese prominente Grabstätte durch Spenden an die Stadt Genf erkauft«, erklärte Sabine.

»Da haben wir es wieder: Geld regiert die Welt! Aber da hat er wohl eine Menge blechen müssen.«

»Anzunehmen.« Sabine zog ihre Strickjacke über. »Wird dir nicht auch kalt, Liebling?«

»Ich friere überhaupt noch nicht. Sieh mal da drüben!« Sie lenkte die Aufmerksamkeit ihrer Mutter auf ein hohes modernes Gebäude aus Stahl mit dunkel getönten Fenstern. »Noga Hilton Hotel Casino« war in riesigen Lettern auf seiner Front zu lesen. »Ob das ein echtes Casino ist – wie in Monte Carlo?«

»Sehr wahrscheinlich«, meinte Sabine.

»So ein Luxus, das hältst du im Kopf nicht aus. Das müssen wir uns aus der Nähe anschauen, ja?«

»Nicht gerade heute«, wehrte Sabine ab, »ich möchte lieber weitergehen.«

Schon bald hatten sie die Menge der abendlichen Spaziergänger hinter sich gelassen. Eine schmale Landzunge, die an ihrer Spitze von einem Leuchtturm und einer mächtigen Platane beherrscht wurde, ragte ungefähr hundert Meter in den See hinein.

»*Bains de pâquis*«, las Stefanie mühsam und mit deutscher Aussprache, »*Entrée cinquante Centimes.*«

»Scheint sich um ein Freibad zu handeln«, erklärte Sabine, »der Eintritt kostet ...« Sie sprach es richtig aus. »... *cinquante centimes*. Aber was soll ›*Pâquis*‹ heißen? Ich kenne nur ›*Pâques*‹, und das heißt Ostern.«

»Sehr beruhigend, daß du auch mal passen mußt, Maman.«

Später sollten sie erfahren, daß Pâquis der Name des Viertels war, das sich unterhalb des Bahnhofes bis zum See hin erstreckte.

Hier draußen, so nahe am Wasser, war es wirklich frisch geworden, und Stefanie zog sich jetzt auch ihre Jacke an.

Es wurde allmählich dämmrig, und sie beschlossen, zum Hotel zurückzukehren, aber nicht am See entlang, sondern durch die Stadt. Sie wollten sich ein nettes Lokal suchen.

Schon bald, an der Place de Navigation, wurden sie fündig. Das Restaurant »Tamaris« pries seine türkische Küche an. Sie traten ein. Außer einem Herrn um die fünfzig waren sie die einzigen Gäste. Anscheinend wurde in Genf um diese Zeit noch nicht zum Abendessen gegangen.

Gemeinsam studierten sie die Speisekarte, bestellten sich Salat mit Ziegenkäse und Oliven und als Hauptgericht Fleischspießchen. Ein schwarzgelockter junger Kellner servierte, ein weißes Tuch um die Hüften geschlungen. Es schmeckte köstlich; der Salat war frisch und knackig und die Fleischstücke scharf gewürzt. Sabine gönnte sich ein Glas Rotwein und Stefanie eine Cola. Während des Essens plauderten sie halblaut und angeregt über ihre ersten Eindrücke von Genf.

Gerade als Sabine die Rechnung verlangen wollte, kam der Herr vom Nebentisch zu ihnen herüber; er trug einen weißen Leinenanzug und, um den Hals, ein hellblaues Seidentüchlein. Sein kahler runder Kopf war gleichmäßig gebräunt.

»Würden die Damen mir die Freude machen, sich zu einem Minzetee einladen zu lassen?« fragte er mit einer Verbeugung in fast akzentfreiem Deutsch.

»Wirklich, das ist sehr liebenswürdig, aber wir wollen gerade aufbrechen«, stotterte Sabine verwirrt und merkte zu ihrem Entsetzen, daß sie rot wurde.

»Aber, gnädige Frau, das können Sie mir nicht antun! Orientalische Gastfreundschaft darf man nicht abschlagen.« Ohne Aufforderung nahm er sich einen Stuhl und setzte sich zu ihnen an den Tisch. »Darf ich mich vorstellen? Ich heiße Latif, stamme aus Kuwait und lebe schon seit fünf Jahren in Genf. Dieses kleine Restaurant ist mein Stammlokal. Tamaris, ein wundervoller Name, nicht wahr? Wissen Sie, was das bedeutet? Nein? Das ist der Name eines Baumes, der in der Mittelmeerregion wächst, aber auch in den Oasen meiner Heimat. Kommt von ›*tamar*‹, was auf arabisch Dattel bedeutet. Oh, wie vermisse ich die Oasen meiner Heimat!«

Sabine starrte den Mann verwundert an. War das seine Masche, sich an Frauen heranzumachen? Stefanie amüsierte sich.

»Fünf Jahre bin ich schon in Genf«, wiederholte der Fremde, »aber noch nie habe ich so entzückende Damen in diesem Restaurant gesehen.«

»Wir sind heute erst angekommen«, erklärte Sabine, die nicht wußte, ob sie sich über diesen Mann ärgern oder ihn charmant finden sollte.

»Dann hat das Schicksal uns zusammengeführt!« behauptete er mit übertriebenem Pathos. In diesem Moment wurde der aromatisch duftende Tee in einer kleinen Silberkanne mit drei bunten Gläschen serviert.

Latif gab dem Kellner ein Zeichen und schenkte selber ein. »Vorsicht, der Tee ist sehr heiß!« warnte er.

»Und was machen Sie hier in Genf, Herr Latif?« wollte Stefanie wissen.

Sabine warf ihr einen tadelnden Blick zu; ihrer Ansicht nach bestand kein Grund, den aufdringlichen Fremden durch Fragen noch zu ermutigen.

»Ich arbeite natürlich bei der UNO – ohne Amt und Würden, als Beobachter sozusagen, sehr wichtig für meine Nation.«

Stefanie war beeindruckt. »Und wir sind ...« begann sie.

Sabine fiel ihr ins Wort. »... gerade erst angekommen und zu Besuch bei Verwandten.«

»Aber wir können uns wiedersehen?«

Sabine nippte an ihrem Tee; er war stark gesüßt. »Das ist leider unmöglich. Wir bleiben nur ein paar Tage und sind völlig ausgebucht.«

»Woher können Sie so gut Deutsch?« fragte Stefanie. »Oh, ich spreche viele Sprachen – acht? Oder neun? Habe ich gelernt in der Schule und an Universitäten in meiner Heimat. Sonst wäre ich nicht geschickt worden zu UNO.«

»Finde ich toll.«

Sabine leerte hastig ihr Glas. »Trink aus, Stefanie, wir müssen.« Sie winkte dem schwarzgelockten jungen Kellner, zahlte und stand auf. »Komm jetzt!«

Gehorsam erhob sich Stefanie und reichte Latif die Hand. »Es war nett, Sie kennenzulernen.«

»Das Vergnügen lag ganz auf meiner Seite!« Latif wandte sich wieder an Sabine. »Kann ich Sie denn wenigstens nach Hause bringen?«

»Nein, danke!« erwiderte Sabine härter als beabsichtigt.

In dem Gesicht des Fremden glaubte sie echte Enttäuschung zu sehen. Mit einem versöhnlichen

Lächeln fügte sie hinzu: »Jedenfalls vielen Dank für den Tee.« Sie trat in die laue Nacht hinaus.

Stefanie folgte ihr. In der Tür drehte sie sich noch einmal um und sah Latif, der trübsinnig in sein leeres Teeglas starrte. »Warum hattest du es denn so eilig, Maman?« fragte sie. »Wir haben doch alle Zeit der Welt.«

»Weil ich keine Lust hatte, diesem Märchenerzähler weiter zuzuhören.«

»Nicht einmal deine Zigarette hast du geraucht!«

»Das hätte er als Entgegenkommen auffassen können.«

»So ein Quatsch!«

Sabine blieb stehen und sah ihre Tochter strafend an. »Stefanie, bitte!«

»Aber es ist doch wahr. Du hättest nicht so grob sein sollen. Ich fand ihn nett.«

»Mein liebes Kind, du bist naiv! So einem Orientalen darf man nicht über den Weg trauen. Hast du denn nicht gemerkt, daß er nur Phantastereien erzählt?«

»Na, wenn schon. Er hätte uns eine Menge erzählen können, und vielleicht hätte er dich sogar ausgeführt. Genf bei Nacht – interessiert dich das denn gar nicht? Vielleicht hätte er dich sogar ins Hilton Casino begleitet.«

»Danke vielmals. Ich bin nicht für Glücksspiele.«

»Aber du wolltest deine Freiheit, und du wolltest etwas erleben. Deshalb sind wir ja fort aus München. Und kaum ergibt sich eine Gelegenheit, stellst du sämtliche Haare auf.«

»Dieser Mann war nicht mein Typ.«

»Niemand hat erwartet, daß du dich in ihn verliebst. Jedenfalls wäre es eine interessante Bekanntschaft gewesen. Wenn du nur gewollt hättest.«

»Ich bin nicht zum Flirten nach Genf gekommen, sondern zum Arbeiten«, behauptete Sabine im Brustton der Überzeugung.

»Ha, ha, ha!« machte Stefanie respektlos und hakte sich bei ihrer Mutter ein. »Mir hat es leid getan, aber ich bin dir nicht böse. Wahrscheinlich mußt du dich erst akkli... schweres Wort! Akklimatisieren heißt es, nicht wahr? Das nächste Mal wird es schon besser gehn.«

7

Nachdem Sabine ihre Tochter bei einem privaten Sprachinstitut angemeldet hatte – Stefanie wollte und sollte bis zum Beginn der Internationalen Schule im September Englisch und Französisch lernen –, meldete sie sich bei der Nord-Süd Société d'assurances. Sie hatte gehofft, noch ein paar Tage für sich zu haben, um sich besser einzugewöhnen, doch man gab ihr freundlich, aber bestimmt zu verstehen, daß ihre Anwesenheit im Büro sofort erwünscht war.

Das Versicherungsbüro befand sich in der Rue de Rhône, auf dem linken Rhôneufer. Schon nach drei Tagen gab Sabine es auf, mit dem Auto zur Arbeit zu fahren. Der Berufsverkehr war mörderisch, und in der Rue de Rhone, die eine der Haupteinkaufsstraßen war, fand man nur sehr schwer einen Parkplatz. Zu Fuß war das Büro in zwanzig Minuten zu erreichen.

Ihr neuer Chef war eine Frau, eine Tatsache, die Sabine ziemlich aus dem Gleichgewicht brachte. Madame Renée Archinard war um die vierzig, zierlich und elegant, mit perfekten Umgangsformen. Sie behandelte Sabine mit einer distanzierten Freundlichkeit, die sie verunsicherte. Obwohl die Vorgesetzte, wie Sabine bald erfuhr, sehr gut Deutsch sprach, half sie ihr nie, wenn sie mit ihrem Französisch nicht weiterkam.

Sabine hatte erwartet, daß man ihr einen Posten als Sachbearbeiterin geben würde, wie es ihrer Ausbildung entsprach. Jetzt erfuhr sie, daß sie im Laufe des Jahres nacheinander alle Aufgaben, die in der Firma anfielen, übernehmen sollte. Zunächst wurde sie zum Telefondienst eingeteilt, was für sie als Ausländerin besonders schwierig war und sie außerdem überhaupt nicht ausfüllte.

Ihre Kollegen und Kolleginnen waren nicht unfreundlich, schenkten ihr aber kaum Beachtung; sie schienen ganz mit ihren eigenen Problemen beschäftigt zu sein. Für Sabine, die sich nach all den Jahren in ihrer Münchner Firma fast wie in einer Familie gefühlt hatte, war auch das eine Enttäuschung.

Manchmal war sie nahe daran, die Flinte ins Korn zu werfen, ihre Koffer zu packen, Stefanie ins Auto zu setzen und nach Hause zu fahren. Aber etwas in ihr wehrte sich dagegen, die Niederlage hinzunehmen, auch wenn der Gedanke »Das hatte ich nötig!« ihr mehr als einmal durch den Kopf schoß.

Nur die Sekretärin Hélène Muller, ein hübsches, blauäugiges junges Mädchen mit auffallend langem, blondem, sehr gepflegtem Haar, bemühte sich um sie, begann immer wieder ein Gespräch mit ihr oder lud sie zu einem Kaffee ein.

Sabine schätzte, daß Hélène mindestens zehn Jahre jünger war als sie, und sie hatte das Gefühl, daß Welten sie trennten. Aber da Hélène der einzige Mensch im Büro war, der positiv zu ihr stand, mochte sie sie nicht vor den Kopf stoßen. So hörte sie sich denn geduldig den Büroklatsch an und die sehr wenig interessanten Wochenenderlebnisse Hélènes, ohne selber etwas zu diesen Gesprächen beizusteuern.

Mit Hélène oder auch allein nutzte Sabine manchmal die Mittagspause zu einem Schaufensterbummel in der Rue de Rhône. Waren sie zu zweit, so machten sie sich einen Spaß daraus, in dem für ihre Verhältnisse viel zu teuren Modehaus »Bon Génie« Kleider von Kenzo, Rykiel und anderen internationalen Modeschöpfern anzuprobieren. Im vornehmen »Café Auber« gönnten sie sich eine Tasse heiße Schokolade – echten Kakao, kein Tütchenprodukt – und ein Stück Torte.

Meist kauften sie sich aber nur eines der köstlichen Sandwichs, die in jeder Bäckerei zu haben waren.

War sie allein, setzte Sabine sich gern, mit oder ohne Sandwich, unter einen der exotischen alten Bäume im Jardin Anglais, einem am Ufer der Rhône gelegenen kleinen Park. Es machte ihr immer wieder Spaß, die Touristen zu beobachten, die nicht der Verlockung widerstehen konnten, sich vor einer bunten Blumenuhr fotografieren zu lassen. Der Fotografierende riskierte dabei jedesmal sein Leben, denn um Personen von Kopf bis Fuß auf das Bild zu bekommen, mußte er auf dem äußersten Rand der Bordsteinkante des stark befahrenen Quai Général balancieren.

Das waren die kleinen Lichtblicke in Sabines neuem Leben neben den Abenden mit Stefanie. Sabine, die ihre Tochter nicht belasten wollte, achtete darauf, die beruflichen Enttäuschungen und Mißverständnisse in ihren Erzählungen ins Komische zu ziehen.

Es erleichterte sie sehr, daß es Stefanie dagegen wirklich in der neuen Umgebung gefiel. Im Sprachinstitut hatte sie rasch Kontakt zu ihren Mitschülerinnen gefunden, Mädchen aus den verschiedensten Ländern, von denen einige sogar ohne Eltern und Verwandte den Rest ihrer Ferien in Genf verbrachten. Sabine war froh über diese Kontakte zu Gleichaltrigen, denn Stefanie, die als Einzelkind immer schon ein wenig altklug gewesen war, hatte nach dem Tod des Vaters eine gewisse Frühreife entwikkelt, die die Mutter manchmal die Stirn runzeln ließ. Im Umgang mit ihren neuen Kameraden schien sie wieder ganz Kind geworden.

Sabines größte Sorge war zunächst das Wohnungsproblem. Jeden Tag, vor allem donnerstags und freitags, wenn die großen Tageszeitungen ihre Immobilienbeilagen hatten, begann das Telefonieren. Aber da sie es so einrichten mußte, daß die Leitungen im Büro nicht ständig besetzt waren, kam sie stets zu spät. Die Wohnungen, die vom Preis her akzeptabel schienen, waren schon vergeben. Andere waren zu weit außerhalb der Stadt oder boten nicht den minimalsten Komfort. Meist jedoch waren schlicht und einfach die Miete, die Ablösesumme oder die Kaution zu hoch.

In ihrer Verzweiflung vertraute sie sich Hélène an. »Hier in Genf kommst du nur durch Beziehungen zu einer akzeptablen Wohnung«, behauptete die junge Sekretärin, »du kennst wohl niemanden?«

Sabine hatte sich daran gewöhnt, von Hélène ganz ungezwungen geduzt zu werden. »Eigentlich nur dich und unsere Kollegen hier bei der Versicherung. Soll ich mich mal beim Hotelpersonal umhören?«

»Ja, tu das! Schaden kann es nicht. Ich werde inzwischen meine Beziehungen spielen lassen. Aber mach dir keine allzu großen Hoffnungen!«

Doch schon wenige Tage später verkündete Hélène strahlend: »Sabine, ich glaube, ich habe eine Wohnung für dich gefunden. Zwei große Zimmer, Bad und Küche, möbliert, und alles in allem für lächerliche achthundertfünfundzwanzig Francs im Monat. Inklusive Nebenkosten. Was sagst du jetzt?«

Sabine wußte, daß sie auch in München für diesen Preis kaum eine entsprechende Wohnung bekommen hätte. »Klingt fantastisch!« rief sie begeistert. »Und wo liegt sie?«

»In der Rue de Bâle. Das ist zwar nicht gerade das feinste Viertel, aber zentral und nicht allzu laut.«

Sabine ließ sich von Hélène die Straße auf dem Stadtplan zeigen und stellte mit Freuden fest, daß es von dort nur zwei Minuten zu Fuß zum See und zum *»Bains de pâquis«* war.

»Fabelhaft! Da wird sich Stefanie freuen. Wann kann ich die Wohnung besichtigen?«

»Sie gehört einem Freund meines Onkels. Er hat versprochen, sie zwei, drei Tage für dich zu reservieren, bevor er die Annonce aufgibt. Am besten gehen wir heute gleich nach Büroschluß hin. Ich habe nämlich einen Schlüssel.«

»Du bist ein Schatz«, sagte Sabine aus tiefstem Herzen. Sie sah auf die Uhr. Stefanie mußte jetzt im Institut sein. Die Neuigkeit war wichtig genug, sie beim Unterricht zu stören, entschied sie und ließ ihre Tochter ans Telefon rufen.

Stefanie stieß einen Juchzer aus, als sie davon erfuhr, und erklärte, daß sie sehr wohl imstande sei, die Rue de Bâle auf eigene Faust zu finden. Als die beiden Frauen eintrafen, wartete sie schon dort. Die Straße war wirklich ruhig, aber das Gebäude machte einen wenig einladenden Eindruck.

Stefanie zog eine kleine Grimasse.

»Spiel jetzt nur nicht die Prinzessin auf der Erbse!« entfuhr es Sabine, die sich die eigene Ernüchterung nicht anmerken lassen wollte.

»Ich habe ja gar nichts gesagt!« verteidigte sich das Mädchen.

»Sei mir nicht böse, Liebes«, entschuldigte sich Sabine sofort. »Aber ich bin ein bißchen nervös.«

»Schon gut, schon gut, Maman.«

Hélène führte sie drei Stockwerke hoch durch ein schmuckloses Treppenhaus, und zur allgemeinen Erleichterung war die Wohnung dann doch durchaus akzeptabel, hell und modern und sehr zweckmäßig eingerichtet.

»Ihr schlagt also ein?« fragte Hélène.

»Na und ob!« stimmten Sabine und Stefanie fast gleichzeitig zu.

»Ich freue mich, daß ich euch helfen konnte«, erklärte Hélène und versprach die vertraglichen Angelegenheiten zu regeln.

Die Wohnung war vom Bettzeug bis zum Geschirr mit Schweizer Gründlichkeit ausgestattet und für ihre Bedürfnisse günstig geschnitten. Von einem kleinen Gang aus gingen zwei Zimmer – eines für Sabine, das andere für Stefanie –, Küche und Bad ab. Der Umzug war kein Problem. Außer ihren Kleidern und ein paar persönlichen Gegenständen hatten sie ja aus München nichts mitgenommen. Sie besorgten sich ein paar Pflanzen und Blumentöpfe, um es sich gemütlich zu machen. Alles andere würde sich im Lauf der Zeit ergeben.

Als sie das erste Mal nach ihrem Einzug in der winzigen Küche zu Abend aßen – in den beiden Zimmern gab es keinen Tisch in Eßhöhe –, sagte Sabine gedankenverloren: »So schön wie zu Hause ist es doch nicht.«

Stefanie lachte. »Aber, Maman, was hattest du denn erwartet?«

Sabine seufzte. »Ich weiß es selber nicht.«

Obwohl Sabine sich fest vorgenommen hatte, viel in Genf zu unternehmen, blieb es in dieser ersten Zeit bei dem Vorsatz. Sie war von der Versicherung so in Anspruch genommen, daß sie abends völlig erschöpft war.

Zwar gelang es ihr, von Tag zu Tag flüssiger zu telefonieren, aber Madame Archinard schien es darauf abgesehen zu haben, ihr das Leben schwerzumachen. Je besser Sabine verstand, desto weniger gab sich die Vorgesetzte Mühe, langsam und deutlich mit ihr zu sprechen, sondern rasselte die Anweisungen so schnell herunter, daß Rückfragen selten zu vermeiden waren.

Sabine empfand das als demütigend.

»Mach dir nichts daraus«, tröstete Hélène sie, »die Archinard hat einfach Angst vor dir.«

»Daß ich nicht lache!«

»Du kannst mir schon glauben. Sie kommt nicht gut mit den Computern zurecht, und sie hat Angst vor jedem, der es vielleicht besser machen könnte.«

»Sie läßt mich ja gar nicht an den Computer.«

»Eben. Es heißt, die in München hätten dir ein fabelhaftes Zeugnis gegeben, und ich kann mir ganz gut vorstellen, daß sie fürchtet, du würdest sie ersetzen wollen.«

»Du lieber Himmel! Aber ich bleibe doch nur ein Jahr.«

»Das weiß sie nicht oder will es nicht glauben.«

Vergeblich suchte Sabine das Gespräch mit Madame Archinard, um die Situation klarzustellen. Eine offene Auseinandersetzung wagte Sabine nicht, denn sie wußte, daß sie dabei bestimmt den kürzeren gezogen hätte.

Immerhin hatte Hélènes Erklärung Madame Archinards feindseliger Haltung den Stachel gezogen.

Das machte jedoch die Arbeit nicht weniger anstrengend. Noch war Sabine weit davon entfernt, ihr Aufgaben routinemäßig zu erledigen.

Darüber hinaus gab es in der knappen Freizeit noch einiges zu erledigen. Jetzt, nachdem sie sich häuslich niedergelassen hatten, mußte sie sich und ihre Tochter bei der *»Contrôle d'Habitant«* anmelden, einen Telefonanschluß beantragen und sich vergewissern, daß die Aufnahme Stefanies auf die Internationale Schule geklappt hatte.

Am Wochenende beschlossen sie zusammen ins *»Bains de Pâquis«* zu gehen. Stefanie, die von Anfang an jede freie Minute schwimmen gewesen war, fühlte sich dort bereits als Stammgast.

»Zuerst muß man an diesem Schalter ein Ticket ziehen«, erklärte sie, »das mußt du für die Garderobe aufbewahren. Hier links geht es zu den Damenumkleidekabinen. Da oben, auf den Holzplatten, kann man sich oben ohne sonnen. Männer haben keinen Zutritt. Allerdings gibt es da auch ein kleines Café, das die Männer- von der Frauenseite trennt, und da sitzen natürlich immer ein paar Typen, um den Anblick der aufgereihten nackten Busen zu genießen.«

»Und wenn man ganz normal schwimmen will?« fragte Sabine leicht irritiert.

»Das kann man am besten auf der linken Seite, bis zur Platane. Aber ich warne dich, man wird da dauernd angemacht.«

»Ach was! Mich wird man schon in Ruhe lassen. Ich bin schließlich nicht mehr achtzehn.«

»Wie du meinst.«

Also trennten sie sich.

Stefanie ging zu dem kleineren, für Frauen abgetrennten Teil, während Sabine sich sofort ins

Wasser gleiten ließ. Sie schwamm schnell einige Bahnen und war außer Atem, als sie sich endlich zur Sonnenboje hinaufzog. Dort legte sie sich auf den Rücken, schloß die Augen und genoß die Sonnenstrahlen auf ihrem Körper. Sie trug einen sehr dezenten einteiligen braunen Badeanzug. Beinahe hätten die schlingernden Bewegungen der Boje sie eingeschläfert, als sie einen Schatten über ihrem Gesicht spürte.

Sabine öffnete die Augen und sah dicht vor sich das Gesicht eines blonden jungen Mannes, der sich neben sie gekniet und tief über sie gebeugt hatte.

Er lächelte sie vergnügt an. »*Hallo, sweetheart, how are you?*« fragte er mit starkem französischen Akzent. Sabine fühlte sich unangenehm bedrängt. »Lassen Sie mich in Ruhe!« fuhr sie ihn an.

»Oh, ich habe sie beobachtet!« fuhr der junge Mann keineswegs entmutigt fort. »Sie schwimmen wundervoll. Ich mag sportliche Frauen.«

»Verziehen Sie sich, aber schnell oder ...«

Sein Lächeln wurde breiter. »... oder was?«

Es war ihr gelungen, ein Stückchen fortzurutschen und sich auf den Ellbogen aufzustützten. Jetzt boxte sie ihn kräftig mit der freien Hand auf die Brust, so daß er das Gleichgewicht verlor. Mit Schwung kam sie auf die Füße und hechtete gekonnt ins Wasser.

Als sie nach ein paar Metern über die Schulter zurückblickte, stellte sie fest, daß er keine Anstalten machte ihr zu folgen. Der hat seine Lektion gelernt, dachte sie zufrieden.

Am liebsten wäre sie jetzt aus dem Wasser gestiegen, aber sie wollte dem Blonden nicht den Triumph gönnen, sie vertrieben zu haben. Also drehte sie noch ein paar Runden. Wenn sie sich bei Stefanie beschwerte, das wußte sie, würde sie nur Spott ernten.

Doch ihre Tochter hatte den Zwischenfall beobachtet. »Na, warum erzählst du mir nichts!« fragte sie, als sie später am See entlangspazierten.

»Was willst du hören?«

»Ob dir der blonde Jüngling nicht doch ein bißchen gefallen hat!«

Sabine versuchte sich dumm zu stellen. »Wovon redest du?«

Stefanie grinste. »Von jenem jungen Mann, den du so erfolgreich auf die Bretter gelegt hast.«

»Ach so! Daran habe ich schon gar nicht mehr gedacht.«

»Er sah doch sehr gut aus.«

»Ich fand ihn widerlich. Ich mag keine aufdringlichen Menschen.«

»Du solltest das nicht so eng sehen, Maman. Er wollte bestimmt nur flirten.«

»Dann hat er es aber reichlich plump angefangen. Und im übrigen ist es genau das, was ich hasse: Ich will keinen Flirt, und ich will mich nicht wie ein leichtes Mädchen behandeln lassen.«

Jetzt lachte Stefanie herzlich. »Bei all deiner jugendlichen Schönheit – für ein Mädchen wird dich bestimmt niemand mehr halten!«

Fast hätte Sabine beleidigt reagiert, aber dann entsann sie sich eines Besseren und stimmte in das Gelächter ihrer Tochter mit ein.

8

Am Montag morgen kam Sabine braun gebrannt und voller Elan ins Büro.

»Du siehst ja fabelhaft aus!« bemerkte Hélène sofort. »Und so unternehmungslustig!«

»Bin ich auch«, gab Sabine zu, »ich habe die Stubenhockerei satt. Hast du nicht Lust, mit mir zu einem Freiluftkonzert im Rathaushof zu gehen. Stefanie macht sich nichts aus klassischer Musik.«

Hélène legte die schöne Stirn in Falten. »Zu einem der Sommerkonzerte? Was steht denn auf dem Programm?«

»Ein Kammerkonzert. Mozart, Schubert, Berlioz.«

»Das klingt annehmbar. Ich muß dir nämlich gestehen, ich bin auch kein ausgesprochener Klassikfan.«

»Ach, komm doch mit, bitte! Allein werde ich mich wieder nicht aufraffen.«

Die Stirn des jungen Mädchens glättete sich. »Also, weil du es bist – einverstanden. Vielleicht können wir ja anschließend was trinken gehen.«

Sabine machte sich für den Abend mit Sorgfalt zurecht. Sie wählte einen hellgelben Baumwollhosenanzug mit einem weißen trägerlosen Top darunter, der ihre glatte, gebräunte Haut gut zur Geltung brachte. Stefanie bewunderte sie, und sie selber war mit ihrem Spiegelbild sehr zufrieden.

Da Hélène sie gewarnt hatte, daß es unmöglich wäre, in der Altstadt einen Parkplatz zu finden, nahm sie bis zur Place Bourg de Four ein Taxi. Hélène wartete schon an dem mit Blumen geschmückten Brunnen. Sie hatte ihre blonde Mähne mit einem rosa Satinband gebändigt und trug ein tief ausgeschnittenes Volantkleid aus Baumwollspitze.

Sie sah bezaubernd aus, und Sabine kam sich plötzlich hausbacken vor, verscheuchte diesen Gedanken aber sofort – schließlich wollte sie ja nicht mit diesem um so viele Jahre jüngeren Mädchen konkurrieren, sondern nur einen netten Abend verbringen.

»Wir haben noch reichlich Zeit, bis das Konzert beginnt«, meinte Hélène, als sie die Karten besorgt hatten, »wenn du Lust hast, könnte ich dir ein bißchen von der Altstadt zeigen.«

Mit einem kleinen Bummel durch die engen Straßen war Sabine einverstanden.

Hélène schob ihr die Hand unter den Ellenbogen und zog sie mit sich fort. »Da drüben, das Café ›La Clairie‹, das ist ein ziemlich versnobtes Lokal. Wird von Künstlern und angeblichen Intellektuellen frequentiert. Um sich da zu amüsieren, muß man einer Clique angehören.«

Gemeinsam schlenderten sie über die Rue de l'Hôtel de Ville und bewunderten die romantische Fassade der berühmten Kathedrale St. Pierre aus dem 12. Jahrhundert. »Da drinnen finden oft Orgelkonzerte statt«, erklärte Hélène.

Danach bogen sie in die Grande Rue ein, die, im Gegensatz zu ihrem stolzen Namen, eine verhältnismäßig schmale Gasse ist. Hier reihten sich Antiquitätengeschäfte, Juwelierläden, Galerien und urige kleine Restaurants aneinander.

»Das ›Short's‹ und das ›Roi Ubu‹ sind beliebte Treffpunkte unkonventioneller Typen«, erzählte Hélène, »sie sind wie Pubs ausgestattet, und meist spielt jemand Klavier oder klimpert auf der Gitarre. Es sind ziemliche Räucherbuden, und es wird viel gelacht. Aber man sollte lieber mit Freunden hingehen, sonst kann es passieren, daß man isoliert dasitzt.«

Das alles interessierte Sabine sehr. Sie war natürlich schon mit ihrer Tochter in der Altstadt gewesen. Dabei hatten sie sich wie Touristen gefühlt. Durch Hélènes Hinweise sah sie das alte Viertel in einem ganz anderen Licht.

Dennoch warf sie einen unruhigen Blick auf ihre Armbanduhr; sie hatte Angst, das Konzert zu verpassen. »Jetzt müssen wir aber zum Rathaus zurück, sonst fangen die ohne uns an!«

»Nur keine Bange, wir werden bestimmt nicht die letzten sein.«

So war es auch. Sie hatten ihre Sitzplätze schon eingenommen, als andere noch suchend umherirrten. Sabine hatte Gelegenheit sich umzusehen.

Das Hotel de Ville war beeindruckend in seiner Schlichtheit. Es war in Atriumform gebaut, und um den Innenhof zogen sich zwei Etagen mit Galerien. In der Mitte hatte man ein Holzpodest errichtet, auf dem sich die Mitglieder des Kammerorchesters schon versammelt hatten. Jugendliche mit Stehplatzkarten hatten es sich auf den Treppenstufen bequem gemacht.

Es dauerte eine Weile, bis die ersten Klänge von Mozarts Quintett in C-Dur durchdrangen; sie wurden noch von Stühlerücken und Geflüster übertönt, doch dann wurde es endgültig still, und der Zauber der Musik nahm alle gefangen.

Sabine erinnerte sich nicht, etwas Romantischeres erlebt zu haben – diese warme, sternklare Nacht, Mozarts verzaubernde Musik –, ihr wurde ganz beklommen vor Glück.

Als die letzten Töne verklungen waren und herzlicher Applaus losbrach, schrak sie aus ihrer

Versunkenheit auf. Die beiden Frauen lächelten sich zu.

»Grandios!« sagte Hélène.

»Ich fühle mich wie beschwipst«, gestand Sabine.

Die Leute strömten nach draußen, und sie schlossen sich ihnen an. Eine der grauen Steinbänke war frei, sie setzten sich und kramten Zigaretten und Feuerzeuge aus ihren Handtaschen.

Ein außergewöhnlich großer Mann mit einem scharf geschnittenen Gesicht und Hakennase kam auf sie zu. Sabine war überrascht; sie verstand nicht, was er von ihnen wollte.

»Bonsoir, Hélène!« rief er vergnügt. »Ich bin entzückt, dich zu sehen.«

Sabine begriff, daß er ein Freund oder Bekannter Hélènes war und daß sie sich grundlos erschreckt hatte.

Er beugte sich herab, um Hélène auf beide Wangen zu küssen. »Wie geht es dir? Warum hast du nicht angerufen?«

»Du hattest versprochen, dich bei mir zu melden«, erwiderte Hélène lachend, »aber ich wußte gleich, daß ich da lange warten konnte.«

Der große Mann zuckte die Achseln. »Tut mir leid, *chérie*, ich war unterwegs. Paris, London, Kenia. Ich komme kaum zum Verschnaufen. Aber, bitte, stell mich doch deiner reizenden Freundin vor.«

»Ich weiß nicht, ob ich das verantworten kann – bei deinem Ruf als Herzensbrecher!« scherzte Hélène.

»Ich heiße Sabine Meyendorf und bin eine Kollegin von Hélène«, machte Sabine sich selber bekannt.

Ihr Gegenüber blickte wohlwollend auf sie herab. »Und ich bin Frédéric Rodier.«

»Maître Rodier«, fügte Hélène hinzu, »erfolgreicher Rechtsanwalt und unbezwingbarer Junggeselle.«

»Na, na, beschwör es nicht!« warnte er lächelnd. »Jedenfalls müßt ihr nachher auf einen Drink zu mir kommen, einverstanden?«

Das Pausenzeichen ertönte.

»Sehr liebenswürdig«, sagte Sabine rasch, »aber ich muß passen. Leider bin ich zu müde.«

»Aber nein!« protestierten Hélène und Maître Rodier fast gleichzeitig. »Entweder gehen wir alle oder keiner!«

Sabine war nicht überzeugt, daß man sie wirklich dabei haben wollte, aber sie wußte diese Freundlichkeit zu schätzen; sie hätte es als schlechten Stil empfunden, den anderen womöglich den Spaß zu verderben. »Okay – aber nur ein Viertelstündchen.«

»Ganz famos! Dann treffen wir uns nach dem Konzert wieder genau hier. Bis später dann!« Der große Mann schritt davon.

Sabine und Hélène hatten ihre Zigaretten schon ausgedrückt und machten sich jetzt auf den Weg zurück in den Hof des Hôtel de Ville.

»Es ist merkwürdig«, tuschelte Hélène, als sie ihre Plätze wieder eingenommen hatten, »Frédéric hat wahnsinnig viel Erfolg bei Frauen. Es ist keine Angabe von ihm, sondern es stimmt tatsächlich; alle laufen ihm nach. Dabei ist er viel zu groß und sieht nicht einmal besonders gut aus.« – Ihr kleines Gesicht glühte vor Erregung.

»Na, immerhin, er hat Charme und eine gewisse männliche Ausstrahlung.«

»Er gefällt dir also?«

»Nicht so gut wie dir!« gab Sabine amüsiert zurück. »Dir scheint er es wirklich angetan zu haben. Sag, bist du sicher, daß ihr mich heute abend dabei haben wollt?«

»Doch, doch! Unbedingt. Weißt du, zu allem Überfluß hat er einen reichlich kapriziösen Charakter. Er kann sehr gut gelaunt sein und plötzlich – boff! –, irgend etwas paßt ihm nicht, und es muß sofort, aber wirklich sofort aufgebrochen werden. Wenn er zwei Frauen zur Seite hat, ist er besser zu haben.«

»Shut!« – »Ruhe, bitte!« wurde von allen Seiten gezischelt, und erst jetzt wurde ihnen bewußt, daß die Musik wieder eingesetzt hatte.

Aber sie konnte Sabine nicht mehr verzaubern. Sie dachte über diesen sonderbaren Mann und seine Beziehung zu Hélène nach. Hélène war zweifellos verliebt in ihn, obwohl sie nie von ihm erzählt hatte – oder doch? Es war möglich. Sabine hatte nie so genau hingehört. Schade, denn sonst hätte sie die Situation besser einschätzen können.

Und wie stand es mit ihm? Machte er sich überhaupt etwas aus der schönen Hélène? Wahrscheinlich nicht. Für ihn gehörte sie wohl nur zu dem Kranz der bewundernden Frauen, die er um sich scharte. – Eingebildeter Affe, dachte sie respektlos.

Wenn Sabine mit ihm ausging, würde er sie zu dem Kreis seiner Anbeterinnen rechnen. Das paßte ihr eigentlich nicht. Aber was hatte sie denn zu verlieren? Sie kannte so wenige Menschen hier, daß es idiotisch gewesen wäre, eine so harmlose Bekanntschaft vor den Kopf zu stoßen.

Es war noch früh am Abend, und was sollte sie jetzt schon zu Hause? Stefanie vor dem Fernseher Gesellschaft leisten? Das doch sicher nicht. Sie war viel zu aufgekratzt, um schon ins Bett zu gehen.

Plötzlich war Sabine wild entschlossen, sich zu amüsieren.

Wie sie nicht anders erwartet hatte, kannte sich Frédéric Rodier in allen exklusiven Bars und Nachtclubs aus, und er genoß es offensichtlich, den Damen zu demonstrieren, daß er ein beliebter Gast war.

Hélène war beeindruckt, Sabine belustigt. Doch beide fanden es aufregend, daß er sich heute für den »Griffin's Club« entschied. Sie wußten, daß es einer der schicksten Clubs von Genf war, in den nur VIPs eingelassen wurden.

Frédéric wurde mit größter Zuvorkommenheit empfangen. Er nahm das als selbstverständlich hin und führte seine Begleiterinnen zu einer Nische, von der aus man die Tanzfläche gut beobachten konnte. Da es noch vor Mitternacht war, waren noch bei weitem nicht alle Tische belegt, aber auf den meisten stand ein Schildchen »Reserviert«.

Während Frédéric und Hélène einige Worte über einen gemeinsamen Bekannten wechselten, sah sich Sabine in dem halbdunklen Raum um. Die Tanzfläche glänzte, und bunte Lichter zuckten im Takt der Musik der kleinen Band. An den seidentapezierten Wänden hingen raffiniert beleuchtete surrealistische Gemälde. Die Möbel wirkten schwer und sehr edel. Das gesamte Ambiente strahlte selbstverständlichen Luxus aus.

»Was wollt ihr trinken, *mes belles*?« fragte Frédéric. »Champagner, Whisky oder vielleicht einen Cocktail?« Hélène und Sabine entschieden sich für Champagner. Frédéric gab dem Ober einen Wink.

Lebensart hat er schon, mußte Sabine ihm zugeben.

»Mal sehen, wie schnell wir die Flasche leeren«, bemerkte Frédéric gut gelaunt und schenkte selber ein. Der Raum begann sich langsam zu füllen. Mit Erleichterung stellte Sabine fest, daß kaum einer der Besucher unter fünfundzwanzig war. Alle waren mit einer gewissen lässigen Eleganz gekleidet und schienen sich größtenteils untereinander zu kennen.

Ein Araber, traditionell gekleidet, zog Sabines Aufmerksamkeit auf sich, da er von fünf bildhübschen Mädchen begleitet war.

Frédéric bemerkte ihren Blick. »Ja, ja, die Saudis haben es gut.«

»Du kannst dich wirklich nicht beklagen, Frédéric!« meinte Hélène. »Du hast doch Freundinnen wie Sand am Meer.«

»Ach, wenn du wüßtest!« Er seufzte mit übertriebener Dramatik. »Genf ist die Hölle für einen Junggesellen. Man muß ständig auf der Hut sein. Alle Mädchen wollen nur das eine.«

»Was meinst du damit?«

»Heiraten natürlich.«

»Ich bestimmt nicht«, behauptete Hélène.

»Genau das ist es, was ich an dir so schätze«, erklärte er unverfroren, obwohl er sicher wußte, mit welcher Freude sie seine Frau geworden wäre.

Schurke! dachte Sabine.

»Aber sprechen wir nicht von meinen Sorgen«, fuhr er vergnügt fort, »heute bin ich ein Glückspilz! Ich habe das Vergnügen, zwei der reizendsten und charmantesten Frauen dieser Stadt auszuführen.« Er legte ihnen die Arme um die Schultern und zog sie fest an sich.

Sabine zwang sich, steif zu bleiben, obwohl ihr seine Berührung durchaus nicht unangenehm war, doch es lag etwas Vertrauliches darin, das sie ihm nicht zugestehen mochte.

»Komm, Frédéric, alter Junge, laß uns tanzen!« schlug Hélène vor.

»Nichts, was ich lieber täte!«

Die Band spielte einen Jitterbug.

Frédéric richtete sich zu seiner vollen Größe auf und zog die beiden Frauen zu sich hoch. Er hielt sie bei der Hand, bis sie die Tanzfläche betraten. Zu dritt zu tanzen war für Sabine ungewohnt, doch sie merkte bald, daß es Spaß machte. Sie fanden rasch einen gemeinsamen Rhythmus. Frédéric bewegte nur die Schultern und die Füße, Hélène zog eine kleine kokette Schau für ihn ab, und Sabine gab sich ganz der Musik hin.

Erst als die Band eine Pause einlegte, gingen sie zu ihrem Tisch zurück. Bevor sie sich setzten, gab Frédéric erst Hélène, dann Sabine einen leichten Kuß auf die Wange. Dann füllte er wieder die Gläser. Sabine bekam die letzten Tropfen.

»Das bedeutet, daß du noch in diesem Jahr heiraten wirst«, verkündete Hélène im bedeutungsschweren Ton einer Wahrsagerin.

»Weißt du auch schon, wen?« gab Sabine zurück.

»Leider nicht. Da muß ich passen.«

»Wie enttäuschend.«

Lachend holten die Frauen ihre Zigaretten heraus, und Frédéric gab ihnen Feuer. Alle drei genossen die entspannte Atmosphäre.

Als die Band erneut einsetzte, forderte Frédéric wieder beide zum Tanzen auf. Sabine lehnte freundlich, aber bestimmt ab. Hélènes dankbarer Blick bewies ihr, daß sie recht daran getan hatte.

Sie rutschte tiefer in ihren Sessel und beobachtete die Tanzenden. Plötzlich mußte sie gähnen. Es wurde ihr bewußt, daß sie müde geworden war, und sie überlegte, wann der geeignete Moment wäre, um aufzubrechen. In ihren Gedanken verloren, bemerkte sie nicht, wie ein junger Mann sich ihr näherte.

»Madame«, sagte er mit einer leichten, vollendeten Verbeugung, »ich würde gern mit Ihnen tanzen!«

»Tut mir leid, das geht nicht. Ich bin nicht allein hier!«

Er rührte sich nicht vom Fleck. »Bitte!« sagte er beharrlich und sah ihr fest in die Augen.

Er war nicht groß, kaum größer als sie selber, im Vergleich mit Frédéric geradezu ein Zwerg. Dennoch wirkte er geradezu athletisch in seinem tadellos geschnittenen Seidenanzug. Er hatte dichtes, dunkelbraunes, lockiges Haar, sein Mund war fest und voll, die Oberlippe halb verdeckt von einem gepflegten Schnurrbart. Seine schönen braunen Augen, von Lachfältchen umgeben, blickten sie fast flehend an.

Sabine konnte nicht widerstehen. Wie hypnotisiert erhob sie sich und ließ sich auf die Tanzfläche führen. Die Band intonierte den alten Blues »My funny Valentine«, als er sie in die Arme nahm. Ihre Körper schmiegten sich wie selbstverständlich aneinander. Für Sabine war das ein nie gekanntes Gefühl. Sie bewegte sich wie in einem Traum. Als die Musik verklang, fand sie nur schwer in die Wirklichkeit zurück.

Der Fremde begleitete sie zu ihrem Tisch, an dem Frédéric und Hélène inzwischen wieder Platz genommen hatten. »Ich danke Ihnen, Madame«, sagte er.

Beinahe hätte sie erwidert, daß sie es war, die ihm zu danken hätte. Doch sie beherrschte sich, lächelte ihn nur an und ließ sich in ihren Sessel sinken.

Der Fremde entfernte sich nicht. »Entschuldigen Sie, bitte«, sagte er zu den beiden anderen, »daß ich Ihnen ihre bezaubernde Begleiterin entführt habe.«

»Wollen Sie nicht Platz nehmen, Monsieur?« fragte Frédéric unverbindlich.

Unvermutet folgte der Fremde dieser Aufforderung. »Ich heiße Abou Quazzani«, stellte er sich vor und setzte sich neben Sabine.

Was für ein merkwürdiger Name, dachte Sabine, klingt nicht schweizerisch.

»Darf ich Ihnen etwas zu trinken anbieten, Monsieur?« fragte Frédéric mit eisiger Höflichkeit und schüttelte demonstrativ die leere Flasche.

»Nein, danke. Sehr liebenswürdig. Ich will bald gehen.«

»Wir auch«, erwiderte Frédéric, jetzt sichtlich verärgert.

»Wir bringen dich nach Hause, Sabine.«

Bevor sie noch reagieren konnte, sprang Monsieur Abou Quazzani auf. »Nein, nicht nötig, das übernehme ich.«

Hélène sah Sabine an. »Willst du das auch?«

Sabine kämpfte mit sich. So gerne sie noch mit Abou Quazzani zusammengeblieben und mit ihm durch die nächtlichen Straßen geschlendert wäre, wußte sie, daß es ziemlich ungezogen wäre, sich gerade jetzt von den anderen zu trennen. »Nein«, entschied sie, »ich bin mit euch gekommen, und mit euch gehe ich auch.«

»Bravo!« sagte Frédéric. »So ist's recht. Ein bißchen Lebensart sollte schon sein.«

Hélène stand auf. »*Allons*! Laßt uns gehen.«

Abou Quazzani vertrat Sabine den Weg. »Sehen wir uns wieder?«

»Das könnte sein.«

Sie hätte nichts dagegen gehabt, ihre Adresse mit ihm zu tauschen, aber die anderen drängten zum Ausgang. Mit einem Blick und einem bedauernden Achselzucken trennte sie sich von dem Fremden.

Als die drei den »Griffin's Club« verließen, hakte Frédéric sich links und rechts, fast besitzergreifend, bei den beiden jungen Frauen ein. »Nicht zu fassen!« schimpfte er. »Diese Typen werden wahrhaftig immer dreister.«

Sabine hatte das Gefühl, Quazzani verteidigen zu müssen, mochte sich aber keine Blöße geben. »Was hast du an ihm auszusetzen?« wollte sie wissen.

»Alles«, erwiderte er kurz angebunden.

»Versteh' ich nicht.«

»Er ist Marokkaner oder Tunesier oder sonst etwas, jedenfalls Afrikaner«, erklärte Hélène. »Hast du das denn nicht gemerkt?«

»Nein. Ich finde das auch gar nicht so wichtig.«

»Das sagst ausgerechnet du? Als Deutsche?«

»Ich bin Deutsche, ja, aber keine Rassistin.«

Frédéric hielt Ausschau nach einem Taxi. »Unmöglich, daß man solche Typen überhaupt in den Club läßt.«

»Aber gegen den Saudi hattest du nichts«, erinnerte ihn Sabine.

»Was kann man schon gegen einen Menschen haben, der in die Schweiz kommt, um sein Geld auszugeben?«

»Woher weißt du, daß dieser *Afrikaner* nicht aus dem gleichen Grund hier ist?«

»Niemals!« behauptete Hélène. »Ich wette, der gehört zu denen, die die Dreckarbeit machen.«

Sabine hatte nicht erwartet, auf solche Borniertheit zu stoßen. »Wenn es wirklich so wäre, sollte das doch Grund genug sein, sie zu dulden.«

»Nicht in meinem Club«, erklärte Frédéric mit Nachdruck.

»Nicht in unseren Kreisen«, fügte Hélène hinzu.

Sabine begriff, daß es keinen Sinn hatte, mit ihnen zu diskutieren. Sie würden bei ihrer Meinung bleiben und nicht den kleinsten Schritt davon abweichen. Und selbst wenn sie es getan hätten, was hätte es ihr genutzt? Endlich hatte sie einen Mann getroffen, zu dem sie sich hingezogen fühlte, und schon war er für immer aus ihrem Leben verschwunden. Fast bereute sie, daß sie nicht ihre guten Manieren vergessen und mit ihm gegangen war.

Frédéric hatte ein Taxi ergattert, und sie kletterten hinein. Er setzte sich neben den Fahrer und fragte, den Kopf zurückgedreht, bevor er noch das Ziel angab: »Ihr kommt doch noch mit zu mir? Nur auf einen letzten Drink?«

»Nein, bitte nicht!« wehrte Sabine rasch ab. »Ich bin viel zu müde. Ich will nur noch in mein Bett.«

»Dann setzen wir dich zuerst ab.«

Sabine beugte sich vor. »Rue de Bâle, bitte.«

Als das Taxi anfuhr, schloß sie die Augen. Sie hatte keine Lust mehr, sich an einem Gespräch zu beteiligen. Es ging ihr kurz durch den Kopf, ob Frédérics Einladung wirklich so harmlos gemeint gewesen war, wie sie geklungen hatte. Sie traute ihm einiges zu.

Allein würde Hélène wahrscheinlich nicht widerstehen können, mit ihm zu gehen. Sabine hätte sie warnen mögen, aber sie tat es nicht. Hélène war eine erwachsene junge Frau; sie mußte lernen, auf sich selbst aufzupassen.

Sabine merkte, daß sie auf beide, auf Hélène und auf Frédéric, nicht mehr gut zu sprechen war. Fast verstand sie nicht mehr, wie sie sie bisher nett gefunden haben konnte. Kränkte es sie, daß sie so abschätzig über Quazzani gesprochen hatten? Ja. Sie hatte doch solches Gerede schon tausendmal gehört. Aber diesmal empfand sie es als persönliche Beleidigung.

Mehr noch verübelte sie den beiden, daß sie Druck ausgeübt hatten, um sie von Quazzani zu trennen. Die Erinnerungen an die Szene im Club hinterließ einen bitteren Nachgeschmack. Mach dir nichts draus, tröstete sie sich, schon morgen wirst du ihn vergessen haben.

Aber sie vergaß ihn nicht.

9

Immerhin gelang es Sabine, Hélène am nächsten Morgen mit – wenn auch gezwungener – Unbefangenheit zu begrüßen. Die junge Sekretärin war nicht feinfühlig genug, den Ton zu registrieren. Sie strahlte wie eine Katze, die den Milchtopf ausgeschleckt hat. Zwar erzählte sie nichts – noch nichts – , doch Sabine begriff, daß es zu einer Liebesnacht, zumindest zu einem Liebesstündchen mit Frédéric gekommen war.

Wie nicht anders zu erwarten, wurde Hélènes Strahlen von Tag zu Tag matter, bis es endlich ganz erlosch. Mit ihrem Kummer mochte sie nicht allein sein, und so vertraute sie sich Sabine an.

Maître Frédéric Rodier, der Schuft, hatte nicht angerufen, er hatte sich überhaupt nicht mehr gemeldet, und als die zermürbte Frau dann endlich selber zum Telefonhörer gegriffen hatte – etwas, das sie sich vorher geschworen hatte, nie zu tun –, war sie nur auf einen Anrufbeantworter gestoßen. Ihre Nachricht blieb ohne Reaktion.

Was sollte Sabine dazu sagen? Ihr ihre Dummheit vor Augen halten? Sie darauf aufmerksam machen, daß sie den Schurken schon vorher gut gekannt hatte, um zu wissen, wie es weitergehen oder, genauer gesagt, wie es enden würde?

Sabine begriff, daß Vorhaltungen nicht tröstlich waren. Also hielt sie den Mund und beschränkte sich darauf zuzuhören. Hélène lebte allein mit ihrer noch jungen Mutter, die, wie sie behauptete, sie überhaupt nicht verstand. Außer Sabine hatte sie niemanden, bei dem sie sich aussprechen konnte.

Die Unterhaltung fand nach Büroschluß bei Kuchen und heißer Schokolade im »Café Auber« statt. Sabine war erschöpft, sie hatte nur den Wunsch, so schnell wie möglich nach Hause zu kommen, wollte aber sich ihre Ungeduld nicht anmerken lassen. So vermied sie es, ab und an einen Blick auf ihre Armbanduhr zu werfen.

Erst als Hélène ihre Geschichte samt Anklagen und Selbstvorwürfen mindestens das dritte Mal erzählt hatte und eine kleine Pause machte, wagte Sabine einen Einwurf. »Hör mal, wir sollten Schluß machen. Ich glaube, es ist schon furchtbar spät geworden. Meine Tochter wartet.«

Doch anscheinend hatte sie die falschen Worte ausgewählt, denn jetzt kullerten auch noch Tränen aus Hélène Augen. »Wenn doch nur irgendein Mensch soviel Rücksicht auf mich nehmen würde wie du auf deine Tochter!«

Weinend mochte Sabine sie nicht sitzenlassen, also blieb sie wohl oder übel, bis Hélène sich einigermaßen beruhigt hatte. Dann kaufte sie am Buffet noch schnell zwei gefüllte Baisers, rannte los. Sie machte sich wirklich Gedanken um ihre Tochter. Stefanie war ein großes, vernünftiges Mädchen, das sehr wohl ein oder zwei Stunden oder auch eine ganze Nacht allein in der Wohnung bleiben konnte. Aber dann mußte sie doch mindestens wissen, wo die Mutter war und wann sie zurückkommen würde. Unpünktlichkeit hatte Sabine ihr nie zugemutet.

Doch Stefanie hatte sich gar keine Sorgen gemacht und empfing die Mutter quietschvergnügt, geradezu aufgekratzt. Sabines Entschuldigungen erstickte sie im Keim. »Ist doch ganz egal, Maman, jetzt bist du ja da!«

»Aber laß mich doch, bitte, erklären ...«

Stefanie machte eine wegwerfende Handbewegung. »Nicht so wichtig. Hör dir lieber an, was ich dir zu erzählen habe!«

Sabine ließ sich in einen Sessel sinken und streifte die Pumps ab. »Ja?« fragte sie und hielt es nicht der Mühe wert, Interesse zu heucheln.

Stefanie ließ sich nicht beirren. »Ich habe jemanden kennengelernt«, trumpfte sie auf.

Jetzt war Sabine alarmiert. »Einen Jungen?«

»Nein. Einen Mann!«

»Du hast einen Mann kennengelernt? Wo?« – In ihrer Besorgnis hätte sie fast gefragt: Wo hast du dich herumgetrieben? – Doch gerade noch rechtzeitig wurde ihr bewußt, daß sie Stefanie damit Unrecht getan hätte. Die Kleine war keine Herumtreiberin.

»Hier. In unserem Haus.«

»Wohnt er hier?«

»Nein. Er suchte jemanden. Er wartete vor der Wohnungstür, als ich aus der Schule kam.« Stefanie hatte ihrer Mutter das Tablettchen mit den Baisers abgenommen, jetzt lüftete sie das Papier und schnupperte. »Hm, sehr gut.« Sie rieb sich den Magen. »Aber die bewahren wir uns lieber als Nachtisch auf.«

»Sie sind nur für dich. Aber jetzt laß dir nicht jedes Wort aus der Nase ziehen. Er hat dich angesprochen?«

»Genau.«

»Und du hast ihn mit in die Wohnung genommen?«

»Aber Maman! Seit Jahren hast du mir eingebleut, daß man keine Männer in die Wohnung lassen soll, und fremde schon gar nicht.«

»Hat er dich denn nicht gedrängt?«

»Nein, gar nicht. Er war ganz damit zufrieden, sich mit mir im Treppenhaus zu unterhalten. Wir haben es uns auf den Stufen gemütlich gemacht.«

Sabine massierte sich die Knöchel und seufzte vor Erleichterung. »Ein sonderbarer Heiliger.«

»Weder noch. Er ist *très sympathique*, wie die Franzosen sagen würden.«

»Und?«

»Ahnst du es denn immer noch nicht? Oh je, was für eine Enttäuschung! Und er war sich so sicher, daß er Eindruck auf dich gemacht hat.«

Plötzlich erwachte Hoffnung in Sabine, doch sie wagte nicht, es zu glauben; im Widerstreit ihrer Gefühle wurde sie rot.

Stefanie lachte. »›Wir hatten nur einen einzigen Tanz‹«, zitierte sie. »Warum hast du mir nichts von ihm erzählt, Maman? Seit wann haben wir Geheimnisse voreinander?«

Sabine gab sich einen Ruck und sprang auf; sie schlüpfte in bequeme Schuhe. »Nein, nein, das kann nicht sein!« erklärte sie energisch. »Es ist ganz unmöglich. Du willst mich auf den Arm nehmen.«

»Wie könnte ich das, wo du mir gar nichts erzählt hast?«

»Du hast es dir einfach ausgedacht.«

»Du denkst allen Ernstes, ich könnte einen Mann wie Abou Quazzani einfach erfinden?«

Sabine, die gerade dabei war, ihre Kostümjacke auszuziehen, erstarrte in der Bewegung; sie schnappte nach Luft und brachte eine ganze Weile kein Wort hervor. Stefanie, sehr zufrieden mit der gelungenen Überraschung, lachte vergnügt.

»Er war es also wirklich?« fragte Sabine endlich. »Wie hat er mich gefunden? Er wußte ja nicht einmal meinen Namen.«

»Daß du Sabine heißt, hatte er mitbekommen, und daß du Deutsche bist, hat er sich gedacht. Er hat bei den Hotels herumgefragt. Das war gar nicht so schwierig für ihn, weil er selber Hotelportier ist. Er hat jede Menge Beziehungen, sagt er. Und im ›Straßbourg‹ hatten sie zwar die Nachsendeadresse nicht mehr, aber sie konnten sich an uns erinnern. Wir machen eben überall Eindruck, wie du schon gemerkt haben solltest.« Stefanie balancierte auf einem Bein, hielt das Kuchenpaket in die Luft und nahm die Haltung einer Ballerina ein. »Also hat er dort unseren Nachnamen erfahren.«

Sabine zog ein sommerliches Hauskleid über den Kopf. »Und weiter?« wollte sie wissen.

»Höchst einfach. Er hat sich beim Einwohnermeldeamt erkundigt.«

Sabine sah ihre Tochter fassungslos an. »Wenn du mir nicht seinen Namen genannt hättest, würde ich immer noch glauben, du hättest dir das alles nur ausgedacht.«

»Hätte ich bloß soviel Fantasie, dann könnte ich das Lachen nicht lassen. Was würden das für tolle Aufsätze werden! Aber komm jetzt endlich mit in die Küche! Mir zittert schon der Nabel vor Hunger.«

»Wie konntest du das alles bloß verstehen?« fragte Sabine, während sie ihr folgte. »So gut kann dein Französisch doch noch gar nicht sein.«

»Aber, Maman, denk doch mal richtig nach! Ein Hotelportier in Genf muß natürlich Deutsch können.«

»Ach, so ist das«, sagte Sabine, immer noch wie betäubt.

»Er ist übrigens Marokkaner«, plauderte Stefanie munter weiter, »hat Frau und Kinder daheim, eine Tochter, die genau so alt ist wie ich.«

Das ist der Pferdefuß, dachte Sabine, und ihr war, als hätte sie es kommen sehen, immerhin anständig von ihm, daß er es gleich gesagt hat. Aber was rege ich mich auf? Ich bleibe ja nur noch elf Monate hier. Was könnte aus einer solchen Beziehung denn bestenfalls werden? Stefanie hatte Salat aus dem Kühlfach geholt und begann ihn unter dem laufenden Wasser zu putzen. »Du bist so still, Maman«, stellte sie fest.

»Ich bin ziemlich überwältigt.« Sabine schälte eine Schalotte.

»Morgen und übermorgen«, fuhr Stefanie fort, »hat er übrigens keine Zeit. Da hat er Dienst. Aber am Samstag möchte er sich mit dir treffen. Um drei Uhr. Vor dem ›Hilton Casino‹ «.

Sabine sagte nichts.

»Du wirst doch hingehen, Maman?« drängte Stefanie.

»Diesmal wirst du doch nicht kneifen?«

»Ich weiß noch nicht.«

»Aber Abou ist doch so nett! Gib zu, du hast ihn selber nett gefunden.«

»Ja, aber da wußte ich noch nicht, daß er verheiratet ist.«

»Na, und was hat das zu sagen? Daß er keine andere Frau mehr ansehen, sich mit niemandem unterhalten darf? Er war seit zwei Jahren nicht mehr zu Hause, hat er mir erzählt.«

»Ich werd's mir überlegen, Liebling.«

»Er hat sich soviel Mühe gegeben. Findest du nicht, daß das eine Belohnung wert ist?«

Sabine wischte sich mit dem Handrücken Tränen aus den Augen.

»Du weinst ja, Maman!« rief Stefanie entsetzt. »Dazu gibt es doch wirklich keinen Grund.«

»Es sind bloß die Schalotten, Liebling, sie sind so verdammt scharf«, verteidigte Sabine sich, doch sie war nicht ganz sicher, woher die Tränen kamen.

10

Sabine war sich unsicher, ob sie das Rendezvous einhalten sollte oder nicht.

Es war nur zu wahr, sie hatte Abou Quazzani anziehend gefunden, der kühle schnelle Abschied hatte sie geschmerzt, und immer noch schlug ihr Herz ein paar Takte schneller, wenn sie nur an ihn dachte. Aber andererseits: Er war Marokkaner, in Genf nicht gesellschaftsfähig, und er war verheiratet.

Genau diese Nachteile waren es endlich, die sie bewegten, zu dem Treffen zu gehen. Er mußte sich – mit Recht, dachte sie – ungeheuer gekränkt fühlen, wenn sie ihn vergeblich warten ließ. Gerade das aber, meinte sie, hatte er nicht verdient.

Ich will ihn nur wiedersehen, redete sie sich ein, um ihm zu sagen – auf sehr freundliche und verständnisvolle Art –, daß aus uns beiden nichts werden kann. Das versuchte sie auch ihrer Tochter klarzumachen und ärgerte sich, weil Stefanie sie auslachte.

»Wozu machst du dich dann so chic?« fragte die Kleine. »Wozu hast du dir die Haare gewaschen? Dich so sorgfältig geschminkt? Und warum so lange überlegt, was du anziehen sollst? Wenn du ihn loswerden willst, hättest du dich besser wie eine Vogelscheuche zurechtmachen sollen.«

»Du plapperst leichtsinnig daher.«

»Was denn? Soll ich mich dümmer stellen, als ich bin?«

»Wenn ich mich nicht mit ihm einlassen will, heißt das doch nicht, daß ich einen schlechten Eindruck auf ihn machen muß.«

Stefanie lenkte ein. »Aber klar, Maman, du hast ja recht. Hör nicht auf mich. Ich will dich bloß ein bißchen ärgern.«

Sabine betrachtete sich kritisch im Spiegel. »Ich bin nervös genug.«

»Du siehst blendend aus.«

In ihrem blauen Leinenkleid mit weißem Kragen und weißen Manschetten wirkte Sabine sehr frisch und jugendlich. Sie besaß einen passenden Hut und überlegte, ob sie ihn aufsetzen sollte, verzichtete dann aber doch darauf. Sie wollte Abou Quazzani gegenüber nicht die Dame herausstreichen; auch die Handschuhe ließ sie weg. Die weißen Pumps sahen gut aus und betonten ihre schlanken Knöchel.

»Es ist gleich drei Uhr!« drängte Stefanie. »Wenn du zu spät kommst, ist er vielleicht schon weg.«

»Damit«, behauptete Sabine, »hätte sich das Problem dann ganz von selbst gelöst.«

Stefanie kicherte. »Das glaubst du doch selber nicht.«

Sabine wechselte ihre Pumps doch noch gegen bequemere Sandalen, griff nach ihrer Handtasche und machte sich auf den Weg.

»Viel Spaß!« wünschte ihr Stefanie, die sie zur Wohnungstür begleitete.

»Und du, paß auf dich auf! Ich weiß noch nicht, wann ich zurückkomme ...«

»Meinetwegen«, fiel die Kleine ins Wort, »brauchst du dich bestimmt nicht zu beeilen!«

Sabine ließ sich tatsächlich Zeit. Etwas in ihr drängte sie zu laufen, aber ihr Verstand befahl diesem ›etwas‹ nachzugeben. Sie war so aufgeregt wie ein junges Mädchen vor dem ersten Stelldichein. Wenn sie sich jetzt noch in Trab setzte, loshastete und womöglich mit roten Wangen, zerzaustem

Haar und leicht verschwitzt ankam, würde es für Abou Quazzani allzu leicht sein zu erraten, wie es um sie stand.

Nur wenn sie Haltung wahrte, konnte sie mit heiler Haut aus diese Geschichte herauskommen – und das wollte sie, ja, das wollte sie.

Als sie ihn dann entdeckte – er stand ganz lässig da, etwas abseits vom Strom der Passanten, nicht die geringste Spur von Nervosität war ihm anzumerken –, verhielt sie den Schritt. Es wurde ihr bewußt, daß sie noch schneller gegangen war, als sie vorgehabt hatte.

Er trug einen hellen Anzug – Leinen oder Baumwolle, schätzte sie – und darunter einen türkisfarbenen Seidenpulli. Sie hatte vergessen, wie gut er tatsächlich aussah – vielleicht auch schmeichelte das helle Tageslicht seiner Erscheinung mehr als die schummrige Beleuchtung im »Griffit's«. Schnurrbart und Haar glänzten in der Sonne, und seine Haut war eher golden als braun.

Als sie noch einige Meter entfernt war, sah er sie und kam ihr mit leicht erhobenen Händen entgegen, als ob er sie umarmen wollte, ergriff aber nur ihre Rechte und zog sie sanft an die Lippen. »Ich bin so froh, daß Sie gekommen sind. Sabine!«

Sie wollte gegen seine vertrauliche Anrede protestieren, aber der fast hypnotische Blick seiner schönen braunen Augen brachte sie zum Schweigen.

»Sie haben es sich lange überlegt, nicht wahr?« fragte er.

Sie nickte stumm.

»Kommen Sie, Sabine, gehen wir auf die andere Straßenseite!« Er legte ihr die Hand unter den Ellenbogen und führte sie zur Uferpromenade. »Ich haben Sie nicht vergessen können«, behauptete er.

Sein Überschwang verwirrte sie. Er nahm ihr jede Möglichkeit, ihre Bedenken loszuwerden. Sie fand nicht einmal den Ton zu einer Erwiderung. Aber seine Nähe tat ihr unglaublich wohl.

»Noch nie habe ich für eine Frau soviel empfunden!«

Sabine räusperte sich, doch trotzdem blieb ihre Stimme bedeckt. »Sie kennen mich ja gar nicht.«

»Oh, ich weiß sehr viel über Sie.«

»Meine Tochter hat also geplaudert?«

»Stefanie? Sie ist sehr nett und sehr freimütig. Ein bezauberndes Mädchen. Aber ich habe schon eine Menge erkannt, als ich Sie zum ersten Mal sah, Sabine. Sie sind sehr klug und sehr stark – eine tüchtige Frau, wie man so sagt –, aber Sie sind auch sehr einsam.«

»Nun, ich bin noch fremd in Genf und ...«

»Das meine ich nicht, Sabine. Da ist eine viel größere Einsamkeit, die Sie umgibt – eine Aura von Einsamkeit.«

»Seit mein Mann gestorben ist ...« begann sie und verstummte wieder.

»Stefanie hat mir davon erzählt. Aber das hat es mir nur bestätigt. Geahnt habe ich es sofort.«

»Wie unangenehm«, sagte sie mit dem schwachen Versuch zu spotten.

Er blieb stehen und zwang sie, ihm in die Augen zu sehen.

»Wie meinen Sie das?«

»Ich finde es schlimm, wenn jeder sofort in meine Seele sehen kann.«

»Nicht jeder, Sabine – nur ich.«

Sabine gab sich einen Ruck. »Sie schätzen das falsch ein. Solange meine Tochter bei mir ist, bin ich nicht einsam.«

»Ein Kind? Genügt Ihnen ein Kind als Gesellschaft?«

»Sie ist Fleisch von meinem Fleisch und Blut von meinem Blut. Aber davon abgesehen: ich habe Freunde und Freundinnen.«

»Die beiden, mit denen Sie im ›Griffit's‹ waren, passen überhaupt nicht zu Ihnen.«

»Ja, das stimmt«, gab Sabine zu, »ich habe Ihnen ja schon gesagt, daß ich hier in Genf ziemlich wenig Menschen kenne. Aber in München ...«

Abou Quazzani unterbrach sie und verstärkte den Druck seiner Hand auf ihren Ellenbogen. »Wenn das so wäre, warum sind Sie dann aus München fort, Sabine? So leichten Herzens und ohne Grund trennt man sich nicht von seinen Freunden.«

»Ich wollte zu mir selber finden. Ich muß herausfinden, was ich wirklich will.«

»Also ist da doch ein anderer Mann?«

Mit einem nicht ganz echten Lachen löste sie sich aus seinem Griff und lief ein paar Schritte voraus. »Sie sind ganz schön neugierig, mein Freund!«

Er eilte ihr nach und war nach wenigen Schritten wieder an ihrer Seite. »Verzeihen Sie, ich wollte nicht ...«

»Aber Sie sind es!«

Auf der Uferpromenade herrschte rege Betriebsamkeit, über den See glitten Boote mit bunten Segeln, die berühmte Fontäne warf ihren Wasserstrahl gegen den Himmel – doch sie beide achteten nicht darauf, bemerkten es vielleicht nicht einmal, so sehr waren sie mit sich selber beschäftigt.

»Drehen wir den Spieß doch einmal herum«, schlug sie vor, »erzählen Sie mir etwas von sich! Ich wette, Sie haben Hunderte von Freunden und Freundinnen, hier und überall.«

»Wie kommen Sie darauf?«

»Sie machen den Eindruck eines Mannes, der mit Menschen umgehen kann – mit Männern und mit Frauen.«

»Das gehört zu meinem Beruf.«

»Den Sie sicher gewählt haben, weil er Ihrer Begabung entspricht.«

»Ist etwas Schlechtes daran?«

»Nein, ganz und gar nicht. Ich frage mich nur, was Sie – ein Mann wie Sie – an jenem Abend im ›Griffit's Club‹ gewollt hat.«

»Tanzen«, erklärte er schlicht.

»Inmitten der High-Society?«

»Warum nicht? Die Band ist sehr gut.«

»Zugegeben«, erwiderte sie ohne Überzeugung.

»Mich zieht es hin und wieder in die gute Gesellschaft. Ich muß mich vergewissern, daß ich dazugehören könnte. Daß ich kein Mensch zweiter Klasse bin, dem es nur auf Trinkgelder ankommt.«

»Das wissen Sie nicht? Dazu brauchen Sie eine Bestätigung von außen?«

»Es scheint so.«

»Entschuldigen Sie, Abou«, sagte sie und nahm zum ersten Mal seinen Vornamen in den Mund, »daß ich Ihnen das nicht ganz glaube. Dafür ist das Selbstvertrauen, mit dem Sie auftreten, zu groß.«

»Nun, ich stamme aus einer angesehenen Familie – jüngster Sohn, Sie wissen, was das heißt.«

»Und warum sind Sie dann ins Ausland gegangen?«

»Um Geld zu verdienen, harte Währung: Schweizer Franken, Dollar und D-Mark.«

Das war nur zu verständlich, wenn auch sehr unromantisch. Sabine schwieg dazu.

»Sind Sie jetzt enttäuscht, Sabine?«

»Nein. Die meisten Menschen wollen ja Geld verdienen. Aber warum haben Sie Ihre Frau nicht mitgebracht? Und Ihre Kinder? Fehlen sie Ihnen nicht?«

»Es stört Sie, daß ich verheiratet bin?«

»Ja«, gab sie nach kurzem Zögern zu, »sehr sogar.«

»Meine Ehe«, behauptete er, »ist nicht das, was Sie kennen.«

»Nein?«

»Ich war achtzehn, als man mich verheiratet hat. Meine Mutter hat mir eine Braut ausgesucht. Ein einfaches Mädchen. Ich kannte sie vorher nicht. Mit Liebe hatte das nichts zu tun.«

»Mit Geld?«

»Ja. Meine Eltern mußten zahlen, viel zahlen.«

»Aber warum dann ...?«

»Das ist bei uns so. In Europa sagt man, junger Mann soll sich vor der Ehe die Hörner abstoßen. So sagt man doch, oder?«

Sie nickte.

»Bei uns will man verhindern, daß sehr junger Mann Dummheiten macht. Sie verstehen? Sich herumtreibt mit schlechten Weibern, Touristinnen, anderen Jungen. Daß er sich das Leben verdirbt, bevor es eigentlich angefangen hat.«

»Sich eine Krankheit holt?«

»Ja, das auch. Aber für die Mutter ist es das Wichtigste, daß ihre Söhne sich nicht an schlechte Moral gewöhnen. Man kann schlechte Moral nicht einfach abstreifen, wenn man genug davon hat. Schlechte Moral sitzt ganz tief, frißt sich ein.«

»Das ist eine andere Art zu denken«, sagte Sabine, »wir halten ein bißchen Leichtsinn nicht für so schlimm. Ein junger Mann darf ruhig ein paar

Abenteuer vor der Ehe haben und eine junge Frau heutzutage auch.«

»Ja, ich weiß.«

Sie fand seine Einstellung ein wenig überheblich und wollte ihn von seinem hohen Roß herunterholen. »Ich finde es nicht sehr überzeugend, wie Sie ihre Ehe abtun. Immerhin haben Sie drei Kinder gezeugt.«

»Das ist nur natürlich. Unsere Religion erlaubt keine Verhütungsmittel.«

Sabine war nachdenklich geworden. »Unsere auch nicht. Aber die meisten halten sich nicht daran.«

Sie hatten die Spitze der Mole erreicht und blieben stehen.

»Warum sprechen wir über solche Dinge?« fragte er. Sie blickte ihm fest in die Augen. »Um uns kennenzulernen. Ich dachte, das wollten Sie, Abou.«

»Aber nicht so ernst. Ich wollte Sie erheitern.«

»Es war ein wunderschöner Spaziergang.« Sie wollte sich abwenden.

Er packte sie bei der Schulter und hielt sie zurück. »Verstehen Sie denn nicht, daß meine Frau mir nichts bedeutet?«

»Sie ist die Mutter Ihrer Kinder.«

»Aber mehr auch nicht. Sie ist eine gute Frau, ja, sie hat mir nichts angetan. Aber sie hat keine Bedeutung für mich.«

»Wie herzlos!«

»Ja, das ist es, was ich Ihnen klarmachen will. Meine Ehe ist eine Angelegenheit, die mit dem Herzen nichts zu tun hat.«

Sie versuchte kühl zu bleiben. Doch seine Nähe irritierte sie. Unter seinem Griff begann ihre Haut zu glühen. »Lassen Sie mich los«, verlangte sie mit brüchiger Stimme.

»Das ist es doch nicht, was Sie wirklich wollen, Sabine!«

Er streckte auch die andere Hand aus, umfing sie mit beiden Armen, zog sie an sich. Ihr Widerstand schmolz unter dem Blick seiner lächelnden Augen. Ihre Lippen öffneten sich, als sein Mund sie berührte. Sein Kuß war sanft und unaufdringlich, aber so innig, daß sie die Augen schließen mußte. Ein ungeahntes Glücksgefühl durchströmte ihren Körper und ließ ihre Knie weich werden.

Es dauerte nur kurz – zu kurz, wie sie fand –, dann gab er sie frei. Als sie die Augen aufschlug, war sein Gesicht ganz nahe, sein schönes bräunliches Gesicht mit den feuchten, glänzenden Augen. »Das hätten Sie nicht tun sollen, Abou«, flüsterte sie atemlos.

»Ich muß es«, behauptete er und, zu ihrem Entsetzen, fügte er hinzu: »Und du wolltest es.«

Sie widersprach, obwohl sie wußte, daß es die Wahrheit war.

»Schon an jenem Abend«, sagte er.

»Nein, nein.«

»Wären deine Freunde nicht gewesen, du wärst mit mir gekommen.«

»Ja, das wäre ich«, gab sie zu, »ich war unglücklich, dich so schnell wieder aus den Augen zu verlieren.« Beschämt über ihr eigenes Bekenntnis setzte sie hinzu: »Du weißt, ich kenne so gut wie niemanden in Genf.«

»Du bist wundervoll, Sabine!« Er lächelte, und starke weiße Zähne schimmerten auf. »Noch nie habe ich eine Frau wie dich getroffen!«

Sie erwiderte etwas zittrig sein Lächeln. »Und ich habe noch nie einen Mann mit Schnurrbart geküßt.«

»Stört er dich?«

»Nein, gar nicht. Er kitzelt ein bißchen.«

»Wenn du willst, könnte ich ihn abnehmen. Aber du würdest enttäuscht sein.«

»Warum?«

»Es sieht nackt aus. Der Abstand zwischen Nase und Oberlippe ist zu groß. Ich werde dir mal Fotos zeigen, wie ich als Junge aussah.«

»Bestimmt sehr gut.«

»Sehr jung vor allem.« Er hakte ihren linken Arm unter den seinen, und sie schlenderten in Richtung Stadt zurück. »Versprich mir eins, Sabine ...«

»Ja?«

»... laß uns nicht mehr über meine Familie sprechen.«

Sie dachte nach und kam zu dem Entschluß, daß er recht hatte; über seine Familie zu reden brachte nichts und würde die Situation nicht ändern. »Ja«, sagte sie, »einverstanden. Aber erfüll du mir auch eine Bitte: dräng mich nicht.«

Er blieb stehen und legte die Hand auf sein Herz. »Ich werde immer nur tun, was du willst.«

»Den Kuß eben wollte ich nicht«, behauptete sie, war sich dabei aber gar nicht mehr sicher; sie hätte ihn nicht missen und nicht ungeschehen machen mögen.

Aber zum Glück durchschaute er sie nicht. »Es mußte sein«, sagte er, »das Eis mußte gebrochen werden.«

Seine warmen Finger umschlossen ihre Hand, und sie fühlte sich auf ungewohnte Weise geborgen, wenn ihr Verstand ihr auch sagte, daß er kein Mann war, der irgendwelche Sicherheiten bot.

»Leider«, sagte er, »habe ich nicht mehr sehr lange Zeit.«

Die Enttäuschung versetzte ihr einen leichten Ruck. – Du mußt dich zusammennehmen, ermahnte sie sich, du darfst dich nicht an ihn klammern.

»Ich habe heute Nachtdienst«, erklärte er.

»Ach so.«

Der Tisch eines Straßencafés wurde gerade frei.

»Setzen wir uns?« schlug sie vor. »Ich habe Lust auf einen Kaffee.«

»Hunger?«

»Nein.«

Der Platz auf dem Bürgersteig vor dem Café war dicht besetzt. Fetzen von Unterhaltungen in den verschiedensten Sprachen schwirrten durch die Luft.

Abou bestellte zwei Kännchen Kaffee. Sabine kramte die Zigaretten aus ihrer Handtasche, und er ließ sein Feuerzeug aufspringen, noch bevor sie sich selbst bedienen konnte. Die flüchtige Berührung seiner warmen braunen Hand elektrisierte sie, und sie errötete leicht.

»Danke!« sagte sie, und um von der eigenen Verwirrung abzulenken, setzte sie fragend hinzu: »Du rauchst nicht?«

»Habe es mir abgewöhnt.« Seine Augen lächelten sie an. »Außer, ich bekomme eine angeboten.«

Sie schob ihm das Päckchen zu. »Bitte.«

Ungeniert zog er eine Zigarette heraus und zündete sie an. »Weißt du, Sabine, du darfst mich nicht für geizig halten, aber ich spare, wo immer es geht.« Er inhalierte und stieß den Rauch durch die Nase aus.

Für deine Familie? hätte sie beinahe gefragt, erinnerte sich aber gerade noch rechtzeitig, daß dieses Thema tabu war.

»Ich habe nämlich einen Traum«, fuhr er fort, »nein, mehr als einen Traum – ein ganz bestimmtes Ziel.«

»Ja?« fragte sie interessiert.

»Ich will ein Hotel errichten. Das geeignete Grundstück in Tanger habe ich schon. Keine Luxusherberge, sondern ein solides hübsches Hotel mit Swimmingpool. Dafür lege ich jeden Rappen auf die Seite.«

Die Serviererin brachte zwei Kännchen Kaffee, dazu Sahne und Zucker, auf einem Tablett. Sabine schenkte sich und Abou ein. Er tat Zucker, viel Zukker und auch Sahne in seinen Kaffee, während sie ihn schwarz trank. »Dann«, sagte sie, »kannst du dir eine Freundin eigentlich gar nicht leisten.«

»Ich denke doch. Wenn du dir keinen Luxus erwartest.«

»Ich finde es nett, daß du mich gleich warnst.«

»Das ist nicht besonders mutig. Aber ich weiß, du bist eine Frau, die Verständnis hat.«

»Und was wirst du tun, wenn ich trotzdem Ansprüche stelle?«

Er antwortete nicht gleich.

»Mich aufgeben?« hakte sie nach.

»Das wäre vernünftig«, räumte er ein, »aber ich fürchte, ich könnte es nicht. Hier, ganz nahe, du, die Frau, die ich begehre, mehr als alles auf der Welt – und in der Ferne, sich immer mehr verflüchtigend, mein Lebensziel. Ich würde mich ganz schlecht fühlen – wie ein Verräter.« Flehend sah er ihr in die Augen. »Bitte, tu mir das nicht an!«

Sie war tief gerührt. »Keine Angst, Abou«, sagte sie beruhigend, »das werde ich nicht. Zugegeben, ich bin ziemlich verwöhnt, ich war es bisher jedenfalls. Aber ich bin sicher, ich kann auch anders.

Aber erklär mir doch, was so Erstrebenswertes an einem Hotel ist? In meiner Vorstellung macht es viel Arbeit.«

»Es wird mir die Möglichkeit geben, in meine Heimat zurückzukehren, meine wunderbare Heimat. Du weißt nicht, wie herrlich es in Tanger ist, wie süß die Luft, wie prachtvoll die beiden Meere, an denen es liegt, Mittelmeer und Atlantik. Ich werde wieder unter Menschen meinesgleichen leben, muß mich nicht mehr schief von der Seite anblicken lassen, werde ein Herr sein.«

»Und das ließe sich nur mit diesem Hotel erreichen? Falls du genügend Geld auf der hohen Kante hast ...« Er fiel ihr ins Wort. »Aber ich habe das Grundstück! Ich habe es von einem Onkel geerbt. Als ich es bekam, wußte ich sofort: dies ist ein Hinweis.«

Du könntest es auch verkaufen, dachte Sabine, aber sie sprach es nicht aus, um ihm nicht die Freude zu verderben. – »Das hört sich verlockend an«, sagte sie stattdessen.

»Ich sehe es schon vor mir: ein weißes Gebäude an der Strandpromenade, etwas zurückgesetzt, drei Stockwerke, achtundzwanzig Zimmer und ein Frühstücksraum, dahinter der Swimmingpool. Wie gerne ich es dir zeigen würde.«

Sie lächelte ihn an. »Noch existiert es nicht.«

»Aber bald, sehr bald. Ich werde es schaffen. Glaubst du mir?«

»Ja, natürlich. Wenn jemand etwas wirklich will, erreicht er es auch.«

Er nahm ihre Hand und drückte seine Lippen darauf. »Danke, Sabine.«

Sein Kuß erregte sie bis in die Fußspitze: sein Schnurrbart kitzelte leicht.

Rasch zog sie ihre Hand zurück. »Wenn ich dir nur helfen könnte.«

»Das hast du schon. Einfach, indem du da bist.« Er zog ein kleines rotes Notizbuch aus der Innentasche seines Jacketts und begann darin zu blättern. »Dann wollen wir mal sehen. Wenn ich tagsüber frei habe, mußt du arbeiten, also kommen nur die Abende in Frage – und die Wochenenden natürlich.«

Sie hätte ihm beinahe gestanden, daß sie ihm zuliebe das Büro auch einmal schwänzen würde. Aber soviel wollte sie denn doch nicht von sich preisgeben.

Er drückte seine Zigarette aus. »Was würdest du am liebsten unternehmen?«

»Tanzen gehen«, erwiderte sie, ohne nachzudenken, und fügte dann hinzu: »Es muß ja nicht im ›Griffit's Club‹ sein.«

»Es gibt einfachere Discos. Aber die meisten liegen außerhalb. Man müßte erst mal einen Wagen organisieren. Aber das mache ich schon.«

»Nicht nötig. Ich habe ein Auto. Ich habe es untergestellt.«

»Du hast?« Er strahlte auf. »Na, wunderbar. Dann sieh zu, daß es morgen abend fahrbereit ist. Ich hole dich ab, wenn es recht ist. Gegen neun in deiner Wohnung. Vor zehn Uhr ist hier nirgends was los.«

Sabine stimmte freudig zu. Ihr war bewußt, daß es spät werden würde und übermorgen ein Arbeitstag war, aber das kümmerte sie nicht. Es ärgerte sie auch nicht, daß er nur für seinen eigenen Kaffee bezahlte. Sie war es nicht gewohnt, aber darauf gefaßt gewesen. Es war ihr sogar angenehm. Getrennte Portemonnaies, glaubte sie, würden ihr helfen ihre Unabhängigkeit zu bewahren.

Als sie ihm noch eine Zigarette anbot, lehnte er lächelnd ab. »Danke, ich will mich nicht daran gewöhnen.« Aber er gab ihr Feuer.

»Laß mal sehen!« bat sie und hielt ihm die Hand hin.

Er legte sein Feuerzeug hinein. Es war schwer und golden, und auf dem Verschluß waren seine Initialen eingraviert.

»Ein schönes Stück!« sagte sie. »Woher hast du es? Oder ist es indiskret, danach zu fragen?«

Er zögerte. »Es ist ein Geschenk«, gab er dann zu.

»Das habe ich mir gedacht.«

»Von einer schwerreichen englischen Lady. Ich konnte dies und das für sie erledigen.«

»Mehr dies oder das?« fragte sie anzüglich.

Er lachte. »Wie man es nimmt. Ich habe nie behauptet, wie ein Mönch zu leben.« Er merkte, daß sie trotz aller vorgegebenen Großzügigkeit etwas Abstand nahm. »Aber das muß dich nicht kümmern«, fügte er hinzu, »es ist lange her, und wenn nicht das Feuerzeug wäre, hätte ich sie bestimmt längst vergessen.«

Sie plauderten noch eine Weile, nicht unbefangen, sondern bemüht, offen zu sein und doch nicht zuviel von sich preiszugeben. Es knisterte vor Spannung zwischen ihnen, und Sabine meinte, sie körperlich zu fühlen.

Als es kühl wurde, begleitete er sie in die Rue de Bâle. Sie gingen Hand in Hand, und Sabine genoß es. Sie hoffte, daß er versuchen würde, sie zum Abschied zu küssen, aber sie wußte auch, daß sie es nicht zulassen durfte – nicht am hellen Tag und nicht in der Straße, in der sie lebte.

Doch er löste diesen Konflikt ganz leicht. Er nahm ihr den Schlüssel aus der Hand, öffnete die

Haustür und trat hinter ihr ein. Das nüchterne, ein wenig schäbige Treppenhaus war der unromantischste Platz auf der Welt. Aber es war halbdunkel, und sie waren allein. Als er sie küßte, zärtlich und fast schüchtern, fühlte sie sich wie auf einem anderen Stern.

Erst als oben eine Tür knallte, fuhren sie auseinander. Doch er hielt ihre Hände fest und sah ihr tief in die Augen. »Bis morgen, Sabine«, sagte er, »und grüß Stefanie von mir.«

11

Sabine musterte sich im Taschenspiegel, bevor sie die Wohnung betrat, und besserte ihr Make-up aus.

Stefanie hatte vor dem Fernseher gesessen, stürzte aber sofort in den kleinen Vorraum, als sie die Mutter kommen hörte. »Nanu? Schon zurück?«

Sabine warf einen Blick auf ihre Armbanduhr. »Immerhin war ich fast vier Stunden mit ihm zusammen.«

»Ich hatte gedacht, ihr würdet richtig ausgehen.«

»Er hat heute Nachtdienst, aber morgen abend holt er mich ab.«

»Na, fabelhaft. Herzlichen Glückwunsch. Und wie war es?«

»Stell den Fernseher aus, dann werde ich es dir erzählen.«

So nahe sich Mutter und Tochter auch standen, hätte Sabine der Kleinen kaum anvertrauen können, wie stark sie sich von Abou angezogen fühlte. Deshalb war sie jetzt geradezu froh darüber, von seinem Bekenntnis zur Sparsamkeit und seinem Traumziel, dem Hotel am Meer, berichten zu können. Stefanie hörte mit großen Augen zu.

Als Abou am nächsten Abend kam, mußte Stefanie sich zusammennehmen, um ihn nicht anzustarren. Er trug einen seiner hellen Anzüge, schwarzes Hemd und Seidenkrawatte. Seine braunen Augen strahlten vor Unternehmungslust.

Aber als Sabine ihm einen Sherry anbot, lehnte er ab.

Sabine, die sich auf nette Stunden hatte einstimmen wollen, war enttäuscht. »Dann vielleicht ein

Glas Wein?« schlug sie vor. »Etwas Stärkeres habe ich im Augenblick leider nicht im Haus.«

»Mach dir keine Gedanken deswegen. Ich trinke nicht.«

Stefanie, die auf der Sessellehne neben ihrer Mutter hockte, fragte erstaunt: »Überhaupt nicht?«

Er lächelte sie an. »Wasser natürlich, aber keinen Alkohol. Ich bin Mohammedaner, weißt du.«

»Und die trinken nicht?«

»Sie sollten es jedenfalls nicht. Aber hin und wieder tun sie es natürlich doch.«

»Du auch?« fragte Sabine.

Er bejahte.

»Da fällt mir aber ein Stein vom Herzen.«

»Laß dir nur deinen Sherry schmecken, wir haben jede Menge Zeit.«

»Nett von dir, mir das zuzugestehen.«

Sabine griff nach ihren Zigaretten, und Stefanie und Abou wetteiferten darum, ihr Feuer zu geben; er überließ der Kleinen den Vortritt.

»Du wirst bald froh sein, daß du einen wie mich hast«, behauptete er, »so brauchst du dir keinen Zwang anzutun.«

»Vielleicht stört es mich doch, wenn du nicht mithältst.«

»Das wäre schön dumm von dir. Schließlich verzichte ich nicht, weil ich Alkohol nicht mag, sondern weil es auch vernünftig ist. Einer von uns muß schließlich fahren.«

»Und das bist du?«

Er sah sie ohne mit der Wimper zu zucken an. »Aber sicher.«

Sie hätte jetzt argumentieren können, daß das Auto ihr gehörte. Aber sie verzichtete darauf, weil sie einsah, daß er im Grunde genommen recht hatte.

Nur wäre es ihr lieber gewesen, er hätte nicht selbstherrlich darauf bestanden, sondern hätte sie darum gebeten oder es ihr einfach vorgeschlagen. Aber sie empfand ihr Unbehagen selbst als kleinlich und verscheuchte es sofort.

Sie bot ihm eine Zigarette an.

Doch er schüttelte den Kopf. »Danke, jetzt nicht. Vielleicht später.«

»Möchten Sie vielleicht ein Glas Wasser?« fragte Stefanie.

»Sehr lieb von dir. Aber ich habe überhaupt keinen Durst.«

»Gibt es sonst noch was, was ein Mohammedaner nicht darf?«

»Bitte, Liebling, sei nicht so neugierig«, mahnte Sabine.

»Laß sie doch fragen, Sabine, es ist ja keine Indiskretion.« Er wandte sich wieder Stefanie zu. »Der Koran – das ist unser heiliges Gesetzbuch – verbietet uns den Genuß von Schweinefleisch.«

Stefanie schaukelte mit ihren dünnen Beinen. »Ach, darauf könnte ich auch leicht verzichten. Ich finde es überhaupt schlimm, daß man Tiere ißt.«

»Das hat die Menschheit seit eh und je getan«, erklärte Sabine.

Die Kleine rümpfte die Nase. »Das macht es auch nicht besser.«

»Du hast recht«, pflichtete er ihr bei, »die Frage ist nur: könnte die gesamte Menschheit sich ohne Fleisch ernähren?«

»Und? Könnten Sie es?«

»Ich weiß es nicht. Aber ich nehme an, die Chemie wird bald soweit sein, daß man auf Naturprodukte, also auch auf Gemüse und Obst, ganz verzichten kann.«

Stefanie sprang auf. »Und sich nur noch von Pillen ernährt?«

»So ähnlich. Könnte ich mir jedenfalls vorstellen.«

»Pfui Deibel! Und was sagt der Koran dazu?«

»Gar nichts. Mohammed hat an eine solche Möglichkeit noch nicht gedacht. Aber die Priester, nehme ich an, werden Stellung dazu nehmen.«

»Und der Papst bestimmt auch.«

»Jede Wette.«

Stefanie atmete tief durch, bevor sie mit einer Frage herausrückte, die sie offensichtlich schon lange auf dem Herzen hatte. »Monsieur Quazzani, stimmt es, daß Mohammedaner mehrere Frauen heiraten dürfen?«

»Theoretisch schon. Vier. Aber in der Praxis ist das schwierig.«

»Wieso?«

»Weil man sie alle ganz gerecht behandeln muß. Wenn ich, nehmen wir mal an, Ehefrau Nummer eins ein Armband schenke, so müssen Nummer zwei, drei und vier auch ein Armband bekommen, und zwar im gleichen Wert. Das ist mit allem und jedem so. Du merkst, es ist kompliziert und eine sehr teure Angelegenheit noch dazu. Etwas für Ölscheichs, würde ich sagen.«

»Und Sie? Hätten Sie Lust, noch eine zweite Frau zu heiraten?«

»Hör mal, Stefanie, du kannst ruhig Abou zu mir sagen.«

»Einverstanden. Aber bei der Frage bleibt es.«

»Das ist aber nun wirklich ganz schön indiskret«, warf Sabine ein.

Es fiel Stefanie nicht schwer, den sympathischen jungen Mann mit dem verschmitzten herzlichen

Wesen zu duzen. »Ich meine, du hast doch eine Frau in Marokko, Abou, das steht nun mal fest. Wenn du dir hier in Genf eine zweite nähmst, machte das doch gar keine Komplikationen.«

Abou lachte. »Gute Idee, Stefanie. Aber ich bezweifle, daß deine Mutter eine Zweitfrau werden möchte.«

»Abou! Stefanie!« mahnte Sabine mit gespielter Empörung.

»Ich habe das nur ganz theoretisch gemeint!« verteidigte sich Stefanie. »Wenn du später dein Hotel hast, könntest du doch gut mehrere Frauen brauchen – eine für die Küche, eine für die Zimmer, eine fürs Restaurant und die vierte, na, sagen wir, zum Einkaufen. Das wäre dann ein richtiger Familienbetrieb und wahnsinnig praktisch. Du brauchtest keinen Lohn zu zahlen, sondern nur ein Taschengeld!«

»Das ist ein sehr guter Vorschlag«, erklärte Abou ernsthaft, »ich glaube, es lohnt sich, darüber nachzudenken.«

»Ihr seid alle beide verrückt geworden!« behauptete Sabine, leerte ihr Glas und sprang auf. »Gehen wir, bevor ihr den Faden weiterspinnt.« Sie gab Stefanie einen raschen Kuß.

»Viel Spaß, Maman!« rief die Kleine.

»Nur keine Sorge, wir werden uns schon amüsieren«, gab Abou zurück.

Stefanie war es plötzlich zum Heulen zumute. Liebend gern wäre sie noch mit ihrer Mutter und dem Freund mitgegangen, statt mitansehen zu müssen, wie die beiden unternehmungslustig ausflogen. Sie kam sich vor wie ein zurückgelassenes Waisenkind und hatte Mühe, es sich nicht anmerken zu lassen.

»Daran zweifle ich gar nicht«, gab sie ein wenig patzig zurück und spürte, wie ihr Lächeln sich verzerrte.

Als die Tür hinter ihnen zuschlug, entspannte sie sich. Jetzt hätte sie weinen dürfen, ohne der Mutter den Spaß zu verderben oder sich eine Blöße zu geben. Aber wozu sollte das gut sein? Sie war schließlich kein Baby mehr.

»Na wenn schon!« sagte sie laut, als sie die Tür verriegelte, und die eigene Stimme gab ihr Trost. »Wenigstens ist heute was Gutes im Fernsehen.«

12

Für Sabine begann eine wunderbare Zeit.

Sie hatte schon immer gern getanzt, aber so wie mit Abou war es noch nie gewesen. Er versuchte nicht sie zu führen, aber er schien jede ihrer Bewegungen, jeden Schritt vorauszuahnen und paßte sich ihr völlig an.

Mit Abou zu tanzen, gestand sie sich, war ein erotisches Erlebnis, genauso hinreißend wie seine Zärtlichkeiten.

Und er war unermüdlich. Nie schien er genug zu haben und dachte erst an Aufbruch, wenn sie das Zeichen dazu gab. Er kannte, und das war nicht verwunderlich, jede Disco und jedes Tanzlokal in und um Genf und war überall ein gerngesehener Gast, obwohl er kaum etwas verzehrte. Er bestellte höchstens einen Salat oder ein Sandwich, trank selten ein Glas Wein, sondern begnügte sich meist mit Mineralwasser. Aber er hatte überall Freunde, und seine gute Laune und seine Tanzlust wirkten ansteckend.

Im Büro war sie vom Telefondienst erlöst und in die Buchhaltung versetzt worden. Ihr Französisch war inzwischen fast perfekt, und sie fühlte sich in der Versicherung wohler. Aber das zählte nicht. Sie lebte nur für die Stunden, in denen sie mit Abou zusammen war. Stefanie ging inzwischen in die »École Internationale de Genève«. Zum Glück lief alles reibungslos, weil eine Freundin aus dem Sprachinstitut mit ihr in die gleiche Klasse kam, so daß sie von Anfang an nicht allein war. Stefanie hatte viel von den Gepflogenheiten der neuen Schule, über ihre Lehrer und Mitschüler zu erzählen. Sabine revanchierte sich, indem sie Beschreibungen ihrer nächtlichen

Unternehmungen abgab, komische Kellner und exzentrische Gäste schilderte. Die beiden lachten viel miteinander.

»Wie jung du bist, Maman!« sagte Stefanie manchmal. Sabine freute sich darüber und widersprach ihr nicht. Sie selber glaubte, sich niemals so jung gefühlt zu haben, nicht einmal vor ihrer Ehe.

An den Wochenenden unternahmen sie, wenn Abou dienstfrei und Stefanie Lust hatte, etwas zu dritt, ruderten oder segelten auf dem See, machten Spaziergänge oder fuhren aufs Land hinaus und wanderten.

Inzwischen hatte Sabine auch einen Telefonanschluß bekommen.

Da aus der großen Briefeschreiberei, die sie und Stefanie anfangs vorgehabt hatten, nichts geworden war, rief sie hin und wieder die Eltern an und manchmal auch Lisbeth Albers. Bernhard Heuss hatte ein paarmal vergeblich versucht sie zu erreichen.

»Was hast du ihm gesagt?« fragte Sabine ihre Tochter. »Was schon?« Stefanie zuckte die schmalen Schultern. »Daß du aus bist.«

»Und?«

»Was und?«

»Hat er nicht gefragt, mit wem und wo?«

»Hat er nicht. Geht ihn ja auch nichts an. Er wollte bloß wissen, wie das Wetter hier ist, wie es mir in der Schule geht und all den üblichen Quatsch.«

Sabine hatte fast ein schlechtes Gewissen, aber sie redete es sich aus. Bernhard mußte wissen, daß sie nicht nach Genf gegangen war, um sich abends vor den Fernseher zu setzen, zu lesen oder mit Stefanie zu spielen. Das hätte sie in München auch alles haben können, und zwar sehr viel bequemer. Bernhard war ein lieber Freund, aber er hatte kein Recht auf sie.

Eines Abends war sie dann aber doch zu Hause, als das Telefon klingelte. »Hallo, Sabine«, sagte er, »schön, daß ich dich endlich doch mal erwische. Du scheinst ja dauernd auf dem Judelfudel zu sein.«

Sie lachte, etwas verlegen, und doch stolz zugleich. »Halb so wild.«

»Du hast einen Verehrer?«

»Was heißt einen? Ich entwickle mich zur *›femme fatale‹* von Genf.«

»Dann hast du wohl gar keine Lust mich wiederzusehen?«

Sie stutzte, versicherte dann aber rasch: »Doch, natürlich, Bernhard. Liebend gern.«

»Ich habe am Freitag in Zürich zu tun und könnte ein Wochenende in Genf anhängen.«

»Wunderbar! Eine gute Idee. Kommst du mit dem Auto?«

»Nein, mit dem Flugzeug. Wenn ich das um zwanzig Uhr erwische, bin ich einundzwanzig Uhr fünfzehn da, wenn nicht, zwei Stunden später.«

»Ich werde dich auf alle Fälle abholen.«

»Das ist lieb von dir. Ich kann mir aber auch genauso ein Taxi nehmen.«

»Zu meiner Wohnung? Nein, das möchte ich nicht. Die ist alles andere als repräsentativ.«

»Nein, ins Hotel, du Dummchen.«

»Dann geht uns der ganze Abend verloren. Und sehr lange wirst du ja nicht bleiben können, oder?«

»Bis zum Sonntag.«

»Also komme ich zum Flughafen. Soll ich dir ein Zimmer reservieren? Vielleicht im ›Hotel Straßbourg‹? Da ist es ganz nett.«

»Danke, Liebes. Aber die Reservierung geht über meine Kanzlei.«

Sie plauderten noch ein wenig, dann legten sie auf.

»Au weia!« sagte Stefanie.

»Was soll das heißen?«

»Bernhard kommt, falls ich es richtig mitgekriegt habe.«

»Na und?«

»Das wird Abou gar nicht passen.«

»Er wird sich damit abfinden müssen. Noch bin ich mein eigener Herr.«

Stefanie lachte. »Wenn das so ist, wird es nicht mehr lange dauern, bis du einen Schnurrbart kriegst.«

Es war ein friedlicher Nachmittag, als Sabine Abou von dem bevorstehenden Besuch erzählte. Sie saßen im Café auf der Strandpromenade am Quai Gustave Adore. Der Yachthafen war halb leer, weil viele Genfer die steife Brise für einen Segeltörn nutzten. Der *»Jet d'eau«* war wie immer von Touristen umlagert. Von Zeit zu Zeit drang lautes Rufen und Lachen bis zum Café. Sobald der Wind die Richtung änderte, wendete auch der Wasserstrahl und duschte die Schaulustigen auf der Mole mit einem kühlen Guß.

Es hatte Sabine große Überwindung gekostet, Abou die Situation halbwegs verständlich zu erklären, aber daß er so heftig reagieren würde, hatte sie nicht erwartet.

Er brauste förmlich auf. »Was? Ein ganzes Wochenende soll ich dich nicht sehen? Bloß weil ein paar Leute aus München kommen?«

»Es sind nicht irgendwelche Leute, Abou, es sind gute Bekannte, Freunde.« – Sie hatte vorgehabt, ihn sachte darauf vorzubereiten, daß es sich um einen einzelnen Besucher handelte. Jetzt aber, da er sie spüren ließ, wie wütend und verständnislos er war, wagte sie das nicht mehr. Sie kam sich feige und verlogen vor, was ihre Stimmung noch mehr drückte.

»Um mit mir herumzuziehen, war ich gut genug. Kaum melden sich deine Leute aus München, bin ich bei dir abgemeldet.«

»Das bist du nicht, Abou. An unserer Beziehung ändert sich nichts.«

»Und was ist das für eine Beziehung, wenn ich dich fragen darf? Du läßt mich hinter dir herlaufen wie einen Hund mit hängender Zunge.«

»Aber, Abou, das ist doch gar nicht wahr.«

»Und doch ist es so! Du weißt sehr genau, daß ich dich liebe, und du ...«

Sie fiel ihm ins Wort. »Aber das weiß ich nicht, Abou! Du hast es mir noch nie gesagt.«

»Muß man denn immer aussprechen, was man fühlt?«

»Worte schaffen Klarheit.«

»Warum kannst du diesen Leuten nicht einfach sagen, du willst mit ihnen Tee trinken? Oder, von mir aus, ihnen Genf zeigen? Das genügt doch durchaus ...«

»Nein, das tut es nicht, Abou. Ich habe versprochen, mir das Wochenende Zeit zu nehmen ...«

»Aber dann hast du zu deinem Bedauern festgestellt, daß es dir nicht möglich ist!«

»Du verlangst also von mir, daß ich ihnen eine faustdicke Lüge auftische?«

»Es ist ja die Wahrheit. Du mußt dich um mich kümmern.«

Abou war ganz blaß geworden; er sah geradezu verzweifelt aus. Wie ein kleiner Junge, dachte Sabine, dem man sein Spielzeug weggenommen hat.

»Es tut mir ja leid, Abou«, sagte sie und berührte zärtlich seine Hand.

Er zuckte zurück. »Warum stellst du mich nicht wenigstens vor?« – Er forderte das so lautstark, daß man von den Nebentischen zu ihnen herüber sah.

»Pscht!« sagte sie besänftigend. »Wir wollen doch kein Aufsehen erregen.« – Dabei überlegte sie, daß seine Forderung im Grunde genommen durchaus berechtigt war. Doch der Gedanke, ihn mit Bernhard Heuss bekannt zu machen, behagte ihr überhaupt nicht.

Er gab sich selber die Antwort: »Weil du dich schämst. Was bin ich schon für dich? Ein marokkanischer Hotelportier. Das ist kein Mann, mit dem man Eindruck schinden kann.«

»So habe ich das nie gesehen«, erklärte sie schwach, denn sie war sich nicht sicher, ob er vielleicht nicht doch recht hatte.

»Du trittst meine Gefühle mit Füßen!« brüllte er.

»Abou, ich bitte dich! Wenn du dich so benimmst, muß ich an deiner Erziehung zweifeln.«

Das traf ihn. »Wie gemein du sein kannst!« sagte er, plötzlich ganz leise.

»So ist es besser. Wir haben eine Meinungsverschiedenheit, nun ja. So etwas soll vorkommen. Aber wir sollten sie doch wie zivilisierte Menschen austragen.«

Abou schwieg und starrte verbissen zu Boden.

»Ich mache dir einen Vorschlag: wir könnten die Novembertage zusammen verbringen, ja? Wir beide ganz allein. Wie fändest du das?«

»Eine dumme Idee. Du weißt, daß ich mir nicht einfach freinehmen kann.«

»Aber du könntest es versuchen. Meinetwegen.«

»Das nennt man – wie heißt es noch? – den Spieß umdrehen, nicht wahr? Du hast das fein gemacht. Bravo.«

»Bitte, Abou, nun sei doch nicht so!«

»Ich bin, wie ich bin.« Er stand abrupt auf.

»Was ist los?«

»Ich will mich nicht länger mit dir streiten.«

»Ich doch auch nicht, Abou, ganz im Gegenteil. Wir könnten ...«

»Tut mir leid. Ich habe eine wichtige Verabredung.« Er ließ sie sitzen und marschierte davon, ohne sich noch einmal umzusehen.

Sabine widerstand der Versuchung, ihm nachzulaufen. »So ein Kindskopf«, murmelte sie.

Doch sie wußte, daß die Sache so leicht nicht abzutun war. Es war ihm gelungen, sie ins Unrecht zu setzen. Sicherlich, er hatte aus einer Mücke einen Elefanten gemacht. Aber die Mücke hatte er nicht erfunden, sie war dagewesen und hatte kräftig zugestochen.

Fast bereute sie schon, sich mit Bernhard Heuss verabredet zu haben. Aber was hätte sie sonst tun sollen? Ihm rundheraus erklären: Nein, es ist mir nicht recht, daß du kommst! – Damit hätte sie ihn doch total vor den Kopf gestoßen.

Außerdem stimmte es nicht. Sie hatte sich über seine Idee gefreut, und sie freute sich immer noch darauf, ihn wiederzusehen.

Nein, ich lasse mir dieses Wochenende nicht vermiesen! nahm sie sich vor und seufzte, ohne es selber zu merken. Zugegeben, Abou hatte Grund, enttäuscht zu sein. Aber zu einem Aufstand, wie er ihn soeben inszeniert hatte, war doch wirklich kein Anlaß.

Es fiel Sabine schwer, ihre gute Laune wiederzufinden.

13

Beim Abendessen – Sabine hatte gratinierte, mit Hackfleisch gefüllte Zucchini gemacht – fragte Stefanie: »Na, wie hat er es aufgenommen?«

»Er war stocksauer.«

Stefanie kaute noch. »Wie ich es mir gedacht habe«, stellte sie dann zufrieden fest.

»Das ist doch kein Grund, sich zu freuen!« sagte Sabine gereizt.

»Tu ich doch auch gar nicht, Maman«, verteidigte sich Stefanie.

»Er war so wütend, wie ich ihn noch nie erlebt habe.« Stefanie schluckte die Bemerkung, die sie schon auf der Zunge gehabt hatte.

»Dabei weiß er nicht einmal, daß es sich bei dem Besuch aus München um einen einzelnen Herrn handelt. Ich bin einfach nicht dazu gekommen, es ihm klarzumachen.«

»Oh je!« platzte Stefanie heraus.

»Das ist kein sehr hilfreicher Kommentar.«

Stefanie sah ihre Mutter mit großen Augen an. »Was erwartest du denn von mir?«

Sabine kam zu sich. »Entschuldige, Liebling, du hast ja recht. Ich habe mich in eine blödsinnige Situation manövriert, und jetzt muß ich mir überlegen, wie ich da wieder herauskomme.«

»Du bist ja nicht schuld«, behauptete Stefanie.

»Doch. Bin ich. Ich hätte Bernhard gleich am Telefon die Wahrheit sagen sollen. Was mach' ich denn jetzt bloß?«

»Du hast Angst, daß die beiden sich begegnen?« fragte Stefanie hellsichtig.

Sabine trank einen Schluck Rotwein. »Kann sein. Vielleicht. Doch, du hast recht.«

»Dann müssen wir Bernhard aus Genf weglokken.«

»Wie das?«

»Wir planen einen Wochenendtrip«, erklärte Stefanie eifrig und mit vollem Mund, »sagen, daß wir ihm die schönste Ecke der Schweiz zeigen wollen. Das kann er nicht ausschlagen.«

»Und wenn er nun lieber Genf sehen will?«

»Das müssen wir ihm ausreden. Wenn wir uns nur ein bißchen geschickt anstellen, wird das klappen.« Sie lehnte sich auf ihrem Stuhl zurück und markierte ein mächtiges Gähnen. »Genf, puh, wie langweilig! Hier ist doch wirklich nichts los.«

Sabine mußte lachen.

Stefanie grinste. »So gefällst du mir schon besser, Maman. Jetzt iß mal schön deine Zucchini – die schmecken übrigens *délicieux*, wie der Franzose sagen würde –, und nachher nehmen wir uns die Straßenkarte vor.«

»Und den Führer durch die französische Schweiz«, stimmte Sabine, schon fast erleichtert, zu.

So machten sie es dann auch.

Sabine fuhr mit dem Finger über die Landkarte.

»Zuerst könnten wir beim ›Château de Coppet‹ haltmachen. Das ist die ehemalige Residenz von Madame de Staël, der berühmten Schriftstellerin. Hat zu Napoleons Zeiten gelebt. Dann weiter nach Lausanne, die Kathedrale besichtigen und ein bißchen die Stadt erkunden.«

»Mittagessen in Lausanne?«

Sabine hatte ihr Rotweinglas auf dem Tisch gelassen und füllte es nach. »Ob wir da schon Hunger haben? Na schön, einverstanden, wir können eine Kleinigkeit in Lausanne essen. Danach weiter über Vevey nach Montreux. Da suchen wir uns ein nettes Hotel.«

»Und abends lädt Bernhard dich ins Spielcasino ein!« rief Stefanie begeistert.

»Ob er das tut?«

»Wenn du ihn bittest – bestimmt. Dann kannst du mir nachher davon erzählen. Ich wollte immer schon wissen, wie es wirklich in einem Casino zugeht.«

»Sonntag morgen lassen wir es langsam angehen ...«

Stefanie tippte auf ein Foto im Fremdenführer. »Aber das ›Château de Chillon‹ sollten wir unbedingt besichtigen. Das sieht ganz toll aus.« Sie schob ihrer Mutter das aufgeschlagene Buch hin.

»Einverstanden. Das wird auch Bernhard gefallen. In Saint Gingolph könnten wir dann zu Mittag essen und anschließend nach Hermance fahren.«

»Wie heißt es genau?« frage Stefanie nach. »Hermane? Hermance? Jetzt habe ich es. Hier! Romantisches mittelalterliches Dorf.«

»Und gegen Abend sind wir dann wieder in Genf zurück.«

»Na, siehst du!« triumphierte Stefanie. »Schon geritzt.

Wenn wir Bernhard damit nicht kriegen können – ich bin ja selber schon ganz Feuer und Flamme.«

»Aber eines«, sagte Sabine, »hast du nicht bedacht.«

»Was denn?«

»Bernhard übernachtet erst mal in Genf. Und ich weiß nicht, in welchem Hotel.«

Stefanie begriff sofort. »Du meinst, es könnte das ›Beau Rivage‹ sein?«

»Warum nicht?«

»Das wäre aber schon ein irrsinniger Zufall!«

»Aber nicht unmöglich, das wirst du zugeben.«

»Und Abou würde ausgerechnet Dienst haben? Noch zufälliger.«

»Aber nicht ausgeschlossen. Stell dir vor, wir kommen herein, und er steht in seiner roten, goldverschnürten Uniform an der Rezeption. Was dann?«

»Dann sagst du einfach: ›Das ist Abou, ein guter Freund von uns!‹ – Und vielleicht machst du die beiden noch bekannt: ›Abou Quazzani – Doktor Bernhard Heuss‹. – Niemand wird sich was dabei denken.«

»Bernhard wahrscheinlich nicht. Da hast du recht. Er wird annehmen, daß Abou uns vielleicht ein paar gute Ratschläge gegeben oder Konzertkarten besorgt hat oder so.«

»Genau.«

»Und Abou?«

»Der kann sich nicht beklagen.«

Sabine staunte. »Ich wußte gar nicht, daß du so raffiniert sein kannst.«

»Hast du mich etwa für weltfremd gehalten?«

»Nein, das nicht, aber ...« Sabine geriet ins Stokken, denn sie wußte nicht, was sie sagen sollte.

»Mach dir nicht zu viele Gedanken, Mami! Wenn du mich fragst: die Möglichkeit, daß Bernhard und Abou aufeinander treffen, ist eins zu eine Million. Und wenn es doch passiert, wirst du die Situation schon meistern.«

Doch Sabine machte sich Sorgen.

Da sie die Rotweinflasche fast ganz geleert hatte, schlief sie sehr schnell ein. Aber mitten in der Nacht wachte sie auf und sah sich wieder mit ihrem Problem konfrontiert. Es schien ihr größer und drükkender als am hellen Tag. Das Bild, das Stefanie entworfen hatte – Abou in seiner roten Uniform an der Rezeption, während sie und Bernhard in die Halle kamen –, hatte sich in ihrem Kopf festgesetzt. Zwanghaft ließ sie die kleine Szene wieder und wieder vor sich ablaufen. Jedesmal wurde Abou eine Spur blasser, während sie leichthin erklärte: »Ein guter Freund von uns!« – Er wirkte so verletzt und schmerzverzerrt, wie sie ihn noch nie gesehen hatte.

Wenn sie fair sein wollte, gab es nur einen Ausweg: sie mußte sofort, noch am Flughafen, Bernhard erklären, daß sie einen Freund in Genf hatte. Noch war ihre Beziehung zu Abou harmlos – heiße Küsse und durchtanzte Nächte. Es gab keinen Grund, sich zu schämen.

Aber Bernhard war ein kluger Kopf. Er würde ihre Eröffnung nicht einfach hinnehmen, sondern nachhaken. Was würde er davon halten, daß sie mit einem verheirateten Mann herumzog?

Doch konnte ihr das nicht egal sein? Zum Teufel mit Bernhard. Hätte sie ihn wirklich geliebt, wäre sie in München geblieben. Es bestand gar kein Grund, ihn sich warmzuhalten. Das einzige, worauf es ankam, war, Abou zu schützen. Das mußte ihr gelingen, wie auch immer.

14

Am späten Donnerstag nachmittag – Sabine war gerade erst nach Hause gekommen – klingelte das Telefon. Stefanie nahm ab. Tatsächlich war es so, daß die meisten Anrufe von ihren Genfer Schulfreundinnen waren. Sie meldete sich kurz und rief gleich darauf: »Maman, Maman, es ist für dich! Bernhard.«

Sabine nahm ihr den Hörer aus der Hand. »Bernhard, du?« fragte sie irritiert. »Bist du etwa schon da?«

»Keineswegs, Liebes.« Er räusperte sich.

»Es ist doch hoffentlich nichts passiert?«

»Nein, das möchte ich nicht sagen. Nichts Schlimmes jedenfalls.«

»Also bist du gesund und munter?«

»Ja.«

»Das ist die Hauptsache.« Nach einem kurzen Augenblick des Überlegens fügte sie hinzu: »Ist etwas mit meiner Wohnung?«

»Nein, nein, es ist alles in Ordnung.«

»Na, wunderbar.« Sie bemühte sich, ihrer Stimme einen unbekümmerten Ton zu geben. »Ich erwarte dich also morgen.«

»Nein, Liebling. Deshalb rufe ich dich ja gerade an. Es tut mir unendlich leid, das mußt du mir glauben. Mein Termin in Zürich ist geplatzt.«

Sabine glaubte, daß er am anderen Ende der Leitung fast den Stein hören mußte, der ihr vom Herzen fiel. Doch sie zwang sich, die Rolle weiterzuspielen, wie er es von ihr erwartete, auch wenn sie sich dabei verlogen vorkam. »Könntest du denn nicht trotzdem kommen? Es gibt einen Direktflug von München hierher.«

»Ich weiß, Liebling, das hatte ich auch vor. Aber mir ist etwas dazwischengekommen. Ich muß morgen nach Berlin.«

Sabine schwieg.

»Ich weiß, du wirst enttäuscht sein«, sagte er, »und ich verstehe das auch. Aber es wird sich bestimmt eine andere Gelegenheit finden, dich zu besuchen. Was habt ihr eigentlich Weihnachten vor? Kommt ihr nach München?«

»Bis Weihnachten«, erwiderte Sabine, »ist es noch lange hin. Darüber habe ich mir noch keine Gedanken gemacht.«

»Jetzt sei nicht eingeschnappt. Es ist nicht meine Schuld. In meinem Beruf geht es nun mal so. Ich habe Sehnsucht nach dir. Warum mußtest du auch nach Genf ziehen? Wärst du hiergeblieben.«

Und das Einfachste wäre, dachte sie, ich würde dich heiraten, dann könnte ich Abend für Abend auf dich warten! – »Ich weiß ja, wie das ist«, erwiderte sie. »Ich nehm' dir auch nichts übel. Ich war schon einmal mit einem Anwalt verheiratet, erinnerst du dich?«

»Das klingt aber doch ziemlich eingeschnappt.«

»Nein, wirklich nicht – ich bin sogar fast erleichtert. Stefanie und ich wollten dich nämlich zu einer kleinen Rundfahrt durch die französische Schweiz verführen. Wer weiß, ob dir das Spaß gemacht hätte. So fahren wir eben allein. Also, mach's gut!«

»Paß auf dich auf!«

»Werd' ich schon, Bernhard.«

»Er kommt nicht?« fragte Stefanie, als die Mutter aufgelegt hatte.

»Stimmt«, sagte Sabine geistesabwesend.

»Und wir fahren wirklich allein?«

»Mal sehen. Ich weiß noch nicht.«

»Warum hast du das Bernhard dann erzählt?«

»Damit er nicht den Eindruck hat, daß ich vor Enttäuschung zusammenbreche.«

»Wäre das denn so schlimm gewesen?«

»Vielleicht hätte er dann gedacht, er müßte seinen Besuch so schnell wie möglich nachholen.«

»Und das willst du nicht?«

Sabine strich ihrer kleinen Tochter flüchtig über das helle Haar. »Stefanie, Liebling, du weißt doch, wie kompliziert die Dinge sind.«

»Warum sagst du ihm dann nicht einfach, daß du im Moment nicht willst, daß er kommt?«

»Ich will ihn doch auch nicht beleidigen.«

Stefanie verdrehte die Augen. »Du lieber Himmel! Erwachsene!«

Sabine seufzte. »Ich weiß, daß ich kein gutes Vorbild für dich bin.«

»Hast du Angst, daß ich jetzt auch anfangen könnte zu schwindeln?« Stefanie lachte. »Das bestimmt nicht. Es wäre mir viel zu anstrengend. Ich müßte mir dauernd überlegen, was ich wann zu wem gesagt habe.«

»Also – so schlimm treibe ich es nun doch nicht!« protestierte Sabine.

»Immerhin: jede Wette, du wirst Abou weismachen, daß du deinem Besuch abgesagt hast.«

»Das ist gar keine schlechte Idee.«

»Als wenn du nicht von selbst darauf gekommen wärst! Fahren wir nun, oder fahren wir nicht?«

»Erst muß ich mit Abou sprechen.«

»Der kommt bestimmt nicht mit. Dazu ist er viel zu geizig.«

»Und wenn ich ihn einlade?«

»Das nimmt er nicht an. Dazu ist er zu stolz.«

Sabine blickte ihre Tochter skeptisch an. »Das klingt, als würdest du ihn besser kennen als ich.«

»Kann schon sein. Ich sehe ihn, wie er ist – und nicht mit den Augen einer Verliebten.«

»Tue ich das?« fragte Sabine leicht schockiert.

»Und ob, Maman! Aber mach dir nichts draus. Ich denke, so was kann vorkommen.«

»Ich muß mit ihm sprechen.«

»Aber erst einmal essen wir zu Abend.«

Sabine bereitete zwar ein Abendessen für ihre Tochter, leistete ihr sogar Gesellschaft, indem sie ein oder zwei Happen aß. Aber sie brachte es nicht über sich, eine ganze Nacht vergehen zu lassen, bis sie Abou traf. Immerhin nahm sie sich die Zeit, sich in einem warmen Bad zu entspannen, sich die Haare zu waschen und sich mit besonderer Sorgfalt zurechtzumachen.

Gewöhnlich pflegte sie Abou im Hotel anzurufen, wenn sie keine feste Verabredung hatten. Aber sie hatte Angst, daß sie am Telefon nicht die richtigen Worte finden und es zu einer überflüssigen Auseinandersetzung kommen könnte. Sie wollte ihn sehen.

Also bestellt sie sich ein Taxi – mit dem eigenen Auto wollte sie nicht fahren, weil sie befürchtete, keinen Parkplatz zu finden – und ließ sich zum »Beau Rivage« bringen. Wenn Abou keinen Dienst hatte, würde man ihr sagen können, wo er sich aufhielt.

Aber er hatte Dienst. Er stand in seiner roten, goldverzierten Uniform an der Rezeption, ganz wie sie es sich in ihren Alpträumen vorgestellt hatte, gutaussehend und selbstsicher. Munter und weltgewandt plauderte er mit einem jungen Paar, das anscheinend im Begriff stand, zu einem Stadtbummel aufzubrechen.

Sabine betrat das hoch elegante, mit dem eindrucksvollen Prunk vergangener Tage ausgestattete Vestibül und ging entschlossen auf die Rezeption zu. Ein Herr im schwarzen Anzug machte Anstalten, sie nach ihren Wünschen zu fragen, aber sie winkte ab, wartete, bis Abou das Paar verabschiedet hatte, und trat dann vor ihn hin.

Er strahlte, als er sie sah, besann sich aber sogleich wieder auf seine Rolle des Beleidigten.

»Hallo, Abou«, begrüßte sie ihn bewußt heiter, obwohl sie innerlich zitterte.

»Tut mir leid, Madame«, erwiderte er, ohne sie anzusehen, »es ist nicht erwünscht, daß ...«

Sie schnitt ihm das Wort ab. »Ich will dich nicht bei der Arbeit stören«, erklärte sie rasch, »sondern dir nur ganz kurz sagen, daß ich meinen Besuch ausgeladen habe – deinetwegen.« Sie kam sich ein wenig lächerlich dabei vor, weil sie genau das sagte, was ihre Tochter vorausgesehen hatte.

»Ist das wahr?« fragte er ungläubig.

»Ja, Abou. Ich konnte es nicht ertragen, daß du so unglücklich warst.«

»Ich war nicht unglücklich, ich war ...«

Sie legte mahnend den Zeigefinger auf die Lippen. »Streiten können wir uns später. Wie lange mußt du arbeiten?«

»Bis zehn.«

»Dann werde ich auf dich warten. Draußen.«

Beschwingt und glücklich schritt sie durch die Halle und ließ sich von der schweren gläsernen Drehtür ins Freie treiben. Sie überquerte die Straße und setzte sich auf eine Bank am Seeufer.

Abou kam früher, als sie ihn erwartet hatte. Er nahm ihre beiden Hände, zog sie hoch, und sie küßten sich, ohne daran zu denken, daß sie vom Hotel aus zu sehen waren. Dann legte er ihr den Arm um die Taille, und sie gingen.

»Wohin?« fragte sie.

»Zu mir?«

»Ja, Abou, ja!« erklärte sie entschlossen, und fügte hinzu: »Du ahnst nicht, wie sehr ich mich gequält habe.«

»Nicht mehr als ich. Verzeih mir, daß ich so verrückt gespielt habe. Es ist mit mir durchgegangen.«

»Das habe ich ja verstanden.«

»Du weißt nicht, warum.« Er machte eine kleine Pause.

Sie war nahe daran ihm zu sagen, daß sein Anfall von Wut und Eifersucht jedenfalls übertrieben gewesen war, hielt es dann aber für besser, den Mund zu halten.

»Ich hatte schon die Scheidung eingereicht.«

Sie blieb stehen. »Doch nicht etwa meinetwegen?«

»Warum sonst?«

»Aber das kannst du nicht tun, Abou! Du kannst deine Familie nicht verlassen wegen eines Flirts ...«

Er schnitt ihr das Wort ab. »Für mich bist du mehr als ein Flirt.«

Sie wollte ihn darauf aufmerksam machen, daß ihre Liebe, wie immer sie sich entwickeln mochte, zeitlich begrenzt sein würde. »Was ist mit deinen Kindern?« fragte sie statt dessen. »Du kannst doch nicht meinetwegen auf deine Kinder verzichten.«

»Ich hatte keine andere Wahl. Du oder die Kinder, das ist mir klargeworden.«

»Das ist ein Irrtum, Abou! Natürlich hat es mich gestört, daß du verheiratet bist ...«

»Verheiratet war«, verbesserte er sie.

»... aber ich habe nie verlangt, daß du dich scheiden lassen solltest. Geht das überhaupt so einfach?«

»Bei uns ja. Man verstößt eine Frau, wenn man sie nicht mehr haben will. Sie behält das Geld, das für sie gezahlt worden ist.«

»Die Ärmste!« sagte Sabine mit einem Mitleid, das nicht ganz echt war.

»Ach was. Sie wird sich trösten. Sie hatte ja in den letzten Jahren sowieso nichts von mir.« Er legte seine Hand unter ihren Ellenbogen und drängte sie weiter.

»Ich habe nie geglaubt, daß du so kalt sein kannst.«

»Jeder Mensch wird kalt, wenn eine Beziehung tatsächlich zu Ende ist. Ich habe versucht sie zu lieben ... ich habe mich ehrlich bemüht, und eine Weile schien es auch ganz gutzugehen. Sie ist ... wie soll ich sie dir beschreiben? ... hübsch, anschmiegsam und heiter. Aber sie ist träge, so unglaublich träge. Sie hat weder Schwung noch Energie. Sie ist, könnte man sagen, das genaue Gegenteil von dir. Aber wieso reden wir auf einmal über sie? Sie spielt in meinem Leben keine Rolle mehr.«

»Aber sie ist und bleibt die Mutter deiner Kinder.«

»Ach, die Kinder! Meine Familie wird sich um sie kümmern. Ich habe eine große Familie, weißt du, eine Familie, die zusammenhält.«

Sie waren in der Rue de Servette angekommen, und er schloß die Tür zu einem Mietshaus auf und ließ sie eintreten. Das Haus wirkte, innen wie außen, ein wenig verwahrlost. Putz war von den Wänden gefallen und hatte häßliche Flecken hinterlassen. Aber Sabine beachtete das gar nicht. Der Lift, der sie in den dritten Stock brachte, war mit häßlichen Kritzeleien und obszönen Sprüchen verunziert. Aber auch das fiel Sabine nicht auf. Sie hatte nur Augen für Abou, war glücklich, mit ihm in der engen Kabine allein zu sein. Sie preßten sich aneinander und küßten sich. Sie spürte sein leidenschaftliches Begehren, und der scharfe männliche Duft seines Körpers machte sie fast schwindelig. Sie zitterte am ganzen Leib.

Als sie die Wohnung betraten, stürzten sie sich aufeinander und ließen sich kaum Zeit, sich auszuziehen. Ein Knopf sprang von seiner Hose, ein Träger ihres Büstenhalters riß, ohne daß es ihnen bewußt wurde. Beide wollten nur eins: endlich vereint sein, ganz vereint sein.

Nach diesem Auftakt erwartete sie, daß es schnell vorbei sein würde. Aber das war es nicht. Abou war stark und trotz seiner Erregung sehr geduldig. Er schob seinen Orgasmus so lange hinaus, bis sie vor Wollust aufschrie.

Danach brach sie in Tränen aus.

»Was ist?« fragte er erschrocken und besorgt. »Habe ich dir weh getan?«

»Nein. Es ist nur ... ich weiß selber nicht ...« Schluchzend rang sie um Atem. »... wahrscheinlich, weil ich so glücklich bin ...«

»So«, sagte er, »hat noch keine Frau auf mich reagiert.«

Sie lagen jetzt beide nackt auf dem breiten Bett. Er hielt sie in den Armen und leckte ihre Tränen ab.

»Hoffentlich hat es niemand gehört«, sagte sie.

»Doch, hat man bestimmt. Die Wände sind nicht sehr stark.«

»Bitte, entschuldige. Ich konnte nicht anders.«

»Aber das weiß ich doch.«

»Ich habe die Beherrschung verloren.«

»So soll es ja auch sein.« Er fuhr sich mit der Zunge über die Lippen. »Du schmeckst salzig«, stellte er fest.

»Nur meine Tränen.«

Er streichelte sie sanft, und sein Mund erkundete ihren Körper. Sein Begehren wuchs.

Sie legte ihm die Hände auf die Schultern und versuchte ihn von sich zu schieben. »Bitte nicht. Nicht schon wieder. Laß mir Zeit.«

»Du bleibst heute nacht bei mir?«

»Ja«, sagte sie und war überrascht von der eigenen Spontanität, »ich könnte nicht anders.«

»Weiß Stefanie Bescheid?«

Sie war schockiert von der Erkenntnis, daß sie ihre Tochter völlig aus dem Gedächtnis verloren hatte. »Nein. Natürlich nicht.«

»Dann ruf sie an!« Er wälzte sich auf den Bauch, nahm das Telefon vom Boden, stellte es sich auf den nackten Bauch und wählte ihre Nummer. Als Stefanie sich meldete, reichte er Sabine wortlos den Hörer.

»Hallo, Liebling! Ich hoffe, du hast noch nicht geschlafen? Ich wollte dir nur sagen, daß ich heute nacht nicht nach Hause komme.«

»Habe ich mir schon gedacht.«

Sabine verzichtete darauf nachzufragen. »Wir sehen uns dann beim Frühstück, ja? Ich bringe frische Brioches mit.«

»Ist gut, Maman.«

»Gute Nacht, Liebes«, sagte Sabine und legte rasch auf, um zu verhindern, daß Stefanie ihr womöglich »Viel Spaß« wünschen würde.

Abou nahm ihr den Hörer ab und verstaute den Apparat wieder an seiner Seite neben dem Bett. Seine Wohnung war mehr als bescheiden. Es gab keinen Tisch, weder einen Nacht- noch einen Schreibtisch. Das große Bett nahm fast die Hälfte des Raumes ein. Zur Ausstattung gehörte nur noch ein Stuhl, ein schmaler Kleiderschrank und eine Kommode. Dusche und Toilette lagen hinter einer Tür, aber die kleine Kochnische war nicht einmal abgetrennt.

Nie zuvor hatte Sabine so einfache Wohnverhältnisse erlebt. Aber sie störte sich nicht daran. Sie wußte, daß Abou jeden Pfennig sparte, und sie spürte jetzt schon, daß es sie in naher Zukunft in jeder freien Minute hierhin und zu ihm drängen würde.

»Du bist ja so rot geworden«, sagte er, »über und über.« Er ließ seine Lippen über ihren Körper gleiten. »War es denn so peinlich?«

»Ja«, gab sie zu, »es ist schwer, einem Kind so etwas zu erklären, noch dazu der eigenen Tochter.«

»Ich wette, sie weiß alles.«

»Wie könnte sie?«

»Diese Kinder von heute sind nicht, wie wir seinerzeit waren. Sie erfahren alles, was es gibt, aus dem Fernsehen, und Stefanie ist ein besonders kluges und verständnisvolles Mädchen.«

»Abou, wie alt bist du eigentlich?«

»Zweiunddreißig.«

»Das ist gut.«

Er hob den Kopf und sah sie an. »Warum?«

»Dann bist du wenigstens nicht jünger als ich.«

Er lachte. »Du hast Sorgen.« Aber er streichelte sie unablässig weiter.

Sie griff nach seinem Handgelenk. »Tu das nicht, Abou! Ich möchte mit dir reden.«

»Können wir nicht beides? Reden und zärtlich sein?«

»Vielleicht werde ich es von dir lernen. Bis jetzt beherrsche ich diese Kunst noch nicht.«

»Also gut. Wie du wünschst.« Er legte sich auf den Rücken, streckte sich aus und bettete ihren

Kopf auf seiner Brust. »Was hast du auf dem Herzen?«

»Ich habe dir nicht die ganze Wahrheit gesagt!« gestand sie. »Der Besuch aus München war ein Mann, ein guter Freund von meinem Mann und mir, und nicht ich habe ihn ausgeladen, sondern er hat abgesagt.«

»Und warum erzählst du mir das jetzt?« rief er.

Mehr noch als sein heftiger Ton verletzte sie, daß er sie von sich stieß.

»Willst du mich eifersüchtig machen? Liebe ich dich noch nicht genug?«

Sie richtete sich auf und starrte ihn an. »Du verstehst mich nicht! Ich habe dich angeschwindelt, weil ich dich nicht verletzen wollte, aber dann hat es mich bedrückt. Ich will ganz ehrlich zu dir sein.«

»Das solltest du auch«, sagte er sehr viel sanfter, aber doch gebieterisch, »das verlange ich von dir.«

»Und du? Versprichst du mir auch, mich niemals anzulügen? Ich könnte es nicht ertragen.«

»Hast du noch nicht begriffen, daß ich ein ehrlicher Mann bin? Habe ich dir nicht von Anfang an alles erzählt? Von meiner Ehe? Und daß ich dir keinen Luxus bieten kann?«

»Ja, das hast du, Abou. Ich weiß nicht, woher es kommt – aber ich fühle mich deiner trotzdem nicht sicher.«

»Und wenn ich dich bitte, meine Frau zu werden?«

»Nein, das will ich nicht. Das geht nicht gegen dich, Abou. Ich will überhaupt nicht wieder heiraten.«

Er nahm es erstaunlich gelassen hin. »Insch'allah! Warten wir es ab. Wir werden sehen, was das Schicksal uns bestimmt hat.«

»Ach, Abou, ich bin so froh, daß es dich gibt.«

»Dann laß mich dich lieben!«

Er legte seine Hand in ihren Nacken und zog ihren Kopf zu sich herab. Sie gab sich ihm hin, und der Strom ihrer Leidenschaft riß beide mit sich fort.

15

Stefanie fragte nicht mehr nach der geplanten Reise.

Doch Sabine, die das vage Gefühl hatte, etwas an ihr gutmachen zu müssen, schlug vor, daß sie allein fahren sollten. »Abou muß am Wochenende arbeiten«, erklärte sie.

Stefanie wehrte ab, »Nein, danke. Soviel liegt mir gar nicht daran, stundenlang im Auto zu sitzen. Und ins Casino gehst du, wie ich dich kenne, allein ja doch nicht.«

»Was sollen wir denn sonst unternehmen?«

»Was du tust, weiß ich nicht. Ich werde mal mit meinen Freundinnen telefonieren.«

Sie zog dann auch gleich nach dem Mittagessen ab. Sabine war es ganz recht so. Sie nutzte die Gelegenheit, die Wohnung gründlich zu putzen. Normalerweise ließ sie sich von Stefanie dabei helfen, aber diesmal dachte sie, daß ein bißchen Verwöhnung nur guttun könnte. Stefanie hatte auf die Tatsache, daß Abou sich hatte scheiden lassen, mit Entsetzen reagiert. Zwar wußte sie, daß so etwas gang und gäbe war. Doch bei dem Freund ihrer Mutter, der ihr bei ihrer ersten Begegnung von seiner Familie erzählt hatte, war das doch zu plötzlich und unvermittelt gekommen. Sabine begriff, daß das Mädchen sich selbst dadurch verunsichert fühlte.

Aber als sie am späten Nachmittag nach Hause kam, schien sie so munter und vergnügt wie immer; sie freute sich über ihr frisch bezogenes Bett und ihr sauberes aufgeräumtes Zimmer. »Warum hast du das nicht mich machen lassen, Maman?«

»Ich finde, du hattest mal einen freien Tag verdient.« Stefanie lachte. »Weil ich mich in der Schule sooo anstrenge, was?«

Das tat sie zwar ganz und gar nicht. Ihre Leistungen waren ziemlich mittelmäßig. Aber Sabine war ganz zufrieden, daß sie überhaupt mitkam und dem Unterricht in englischer Sprache folgen konnte.

»Du weißt, daß ich das gar nicht von dir verlange, Liebling«, sagte sie.

»Und das finde ich ganz toll von dir.«

Sabine hatte für diesen Abend besonders liebevoll gekocht – überbackene Auberginen, eines von Stefanies Lieblingsgerichten –, und sie beide aßen mit gutem Appetit. Danach spielten sie zwei Partien Schach, auf ihre eigene flotte und ganz unkonventionelle Weise, die Bernhard Heuss wohl nur zu einem Kopfschütteln veranlaßt hätte. Einmal gewann Sabine und einmal Stefanie. Die Entscheidung verschoben sie auf den Sonntag und entspannten sich bei einem Fernsehspiel.

Später kam Stefanie, schon im Schlafanzug, noch einmal in das Zimmer ihrer Mutter, um »Gute Nacht« zu sagen.

Sabine nahm sie liebevoll in die Arme. »Ich werde dich nie verlassen, mein Liebling, das weißt du doch, oder?«

Stefanie stemmte sich leicht von ihr ab. »Warum sagst du mir das?«

»Weil ich denke, daß Abous Scheidung dir gegen den Strich gegangen sein könnte.«

»Stimmt. Ich hätte ihm das nicht zugetraut.«

»Mit ihm und seiner Familie war das ja nie so wie mit uns. Er hat sie nur alle paar Jahre mal gesehen.«

Stefanie sah ihr in die Augen. »Und jetzt will er dich heiraten?«

»Ja.«

»Und du?«

»Ich weiß noch nicht. Aber was auch immer kommen mag – dich werde ich nicht allein lassen.«

»Aber das hast du doch schon getan.«

Sabine verstand sie nicht.

»Letzte Nacht«, erinnerte Stefanie.

»Das war die ganz, ganz große Ausnahme. Es wird nie mehr vorkommen.«

»Wirklich nicht?«

»Versprochen.«

Stefanie gab ihrer Mutter einen Kuß. »Es ist nämlich so – ich bin ja schon ziemlich groß, und es macht mir nichts aus, nachts ein paar Stunden allein zu sein. Wenn ich weiß, daß du irgendwann wiederkommst. Vielleicht schlaf ich dann nur nicht so gut, weil ich mich darauf freue. Aber gestern war es mir doch ein bißchen unheimlich. Es hat so geknackt und geknistert. Und dann morgens aufzustehen, und niemand ist da – das ist gar nicht lustig.«

»Mein armer kleiner Liebling! Ich schwöre dir, es wird nie wieder vorkommen.« –

Sabine hielt sich an ihr Versprechen, und sie war dankbar, daß Abou Verständnis dafür hatte. Es gab keine gemeinsamen Nächte mehr. Aber sie trafen sich so oft wie möglich. Sie gingen auch noch miteinander tanzen, aber es war anders als früher. Sie genossen es nicht mehr entspannt, sondern es drängte sie beide ins Bett, um die kurzen Stunden ganz für sich zu haben.

Theater und Konzerte hatte Sabine ganz aufgegeben, weil es Abou nicht interessierte, und sie vermißte sie auch nicht.

In der Versicherung gab sie ihr Bestes, schon um ihren Münchner Boß nicht zu blamieren. Aber der häufige Tadel und das sehr seltene Lob von Madame Archinard flossen an ihr ab, ohne sie noch zu berühren.

Der Herbst verging ihr wie im Flug.

Als Anfang Dezember Lisbeth Albers anrief und sich erkundigte, ob es ihr recht wäre, wenn sie auf ihrer Ferienreise nach Frankreich in Genf Station machen würde, war Sabine hocherfreut. Sie hätte die alte Freundin gern bei sich aufgenommen – was Lisbeth wohl auch erwartet hatte –, entschied sich aber dagegen. Selbst für eine Nacht würde es in ihrer kleinen Wohnung zu eng und unbequem werden. So reservierte sie ein Zimmer im »Hotel Straßbourg« und bat Abou inständig, sich den Abend frei zu nehmen. Gegen acht Uhr holten sie Lisbeth ab und führten sie in die »Chesa Ruegg«.

Lisbeth sah blendend aus und war sorgfältig zurechtgemacht. Auf dem blondierten Haar trug sie einen sehr dekorativen Hut, eine Art Borsalino.

Lisbeth und Abou gefielen sich auf Anhieb. Anders als Bernhard behandelte er die vollbusige junge Frau ohne jede Ironie, sondern nahm sie durchaus ernst. Ihr zu Ehren trank er sogar ein Glas Wein, was Sabine überraschte.

Um ihr etwas typisch Schweizerisches zu bieten, entschieden sie sich für ein Fondue. Es bot Gelegenheit zu ausgiebigen Gesprächen, wovon die Freundinnen auch Gebrauch machten. Abou, leicht beschwipst, versprühte all seinen Charme.

Als er sich kurz vor zehn verabschiedete, weil er Nachtdienst hatte, verbarg Lisbeth ihre Enttäuschung nicht.

»Er gefällt dir, nicht wahr?« vergewisserte sich Sabine.

»Er ist entzückend, ein richtiger Schatz.«

Der Tisch wurde abgedeckt.

»Trinken wir noch ein Glas Wein?« fragte Sabine. »Oder lieber einen Kaffee?«

»Kaffee, bitte. Sonst kann ich morgen nicht aus den Augen sehen.«

Die beiden Freundinnen zündeten sich eine Zigarette an.

»Es fällt mir schwer«, erklärte Lisbeth, »aber jetzt kann ich es ja zugeben: du hast gut daran getan, nach Genf zu gehen.«

»Ich fühle mich auch sehr wohl hier. Obwohl die Arbeit nicht optimal ist.«

»Ich spreche von Abou. In München hättest du dich mit einem solchen Typen nicht einlassen können.«

Sabine blies Rauch aus. »Unsinn. Wenn ich ihn dort getroffen hätte, hätten wir uns genauso ineinander verliebt.«

»Nie und nimmer. Es gibt zwar auch in Deutschland Frauen, die sich mit Exoten einlassen – siehe Lisa Fitz –, aber du hättest es nie riskiert, schief angesehen zu werden.«

»Das hätte mir nichts ausgemacht.«

»Glaube ich dir einfach nicht.«

»Meinst du, es wäre hier so einfach, mit einem Marokkaner befreundet zu sein? Die Leute haben genauso viele Vorurteile wie anderswo.«

Sie unterbrachen das Gespräch, als die Bedienung den Kaffee servierte. Nachdem sie sich eingeschenkt und den ersten Schluck genommen hatten, nahm Lisbeth den Faden wieder auf.

»Aber du selber bist hier eine Fremde, eine Ausländerin, also kannst du tun und lassen, was dir gefällt. Du gehörst sowieso nicht dazu. Doch was würden die feinen Pinkel, mit denen du in München verkehrst, von eurer Beziehung denken? Diese

Ärzte und Anwälte samt ihren superfeinen Gattinnen?« Sie nahm eines der Petits fours, die mit dem Kaffee gekommen waren, und biß hinein. »Ich weiß, das sollte ich nicht – aber, hui, ist das gut! Wäre 'ne Schande, die verkommen zu lassen. Greif doch zu, Sabine!«

»Nein, danke.«

»Du weißt genau, daß ich recht habe.«

»Aus den besagten feinen Pinkeln, wie du sie nennst, habe ich mir nie etwas gemacht.«

»Und Bernhard? Meinst du, dem würde das gleichgültig sein?«

Sabine zuckte nur die Schultern und zündete sich eine neue Zigarette an.

Lisbeth leckte sich die Finger ab, trocknete sie an der Serviette und griff dann doch zum nächsten Törtchen. »Sag bloß, du würdest dich trauen, ihn deinen Eltern vorzustellen!«

»Doch. Das würde ich.«

»Dann hast du ihnen also schon von Abou erzählt? Ich denke, ihr telefoniert bisweilen. Oder über ihn geschrieben?«

»Dazu bestand kein Anlaß.«

»Sehr richtig. Genau, was ich dir klarzumachen versuche. Hier in Genf kannst du tun und lassen, was du magst. Aber wenn du nach München zurückkommst, muß Schluß sein.«

Sabine gab keine Antwort. Sie ärgerte sich, weil Lisbeth, wie sie fand, zu massiv in ihre Liebe einzugreifen versuchte. Andererseits verstand sie, daß die Freundin mit ihren Bedenken nicht ganz unrecht hatte. Dem Vater mit einem marokkanischen Freund zu kommen – undenkbar. Das würde zum Krach, wenn nicht gar zum Bruch mit ihren Eltern führen. Es war kein Zufall, gestand sie sich, daß sie ihn selbst der Mutter gegenüber noch nicht erwähnt hatte.

»Mach nicht so ein Gesicht, Sabine! Wie lange bist du jetzt schon in Genf?« Lisbeth zählte es an den Fingern ab. »Noch kein halbes Jahr. Also bleiben dir noch gut und gern sieben Monate, bis du die Koffer packen mußt. Mach dir eine schöne Zeit!«

»Ich bin mir gar nicht so sicher, ob ich überhaupt nach München zurückwill«, behauptete Sabine und wußte selber nicht, wie sie auf diese Idee gekommen war.

»Was soll das heißen?«

»Genau das, was ich gesagt habe. Nicht mehr und nicht weniger.«

»Also ehrlich, Sabine, jetzt hast du mich schokkiert. Ich brauche doch noch einen Wodka. Hältst du mit?«

»Aber nur, weil du es bist.«

Tatsächlich war Sabine über ihre eigene Aussage mindestens so überrascht wie die Freundin.

16

In der Silvesternacht war in Genf eine Menge los. Schon am frühen Abend zerplatzten die ersten Feuerwerkskörper, und ausgelassene Paare schlenderten Arm in Arm durch die Straßen, um zwischendurch hier und dort einzukehren. Fast alle Restaurants boten Sonderprogramme an.

Abou und Sabine hatten sich für das »Café Melange« entschieden, ein etwas obskures Lokal am Stadtrand, in dem eine junge englische Band engagiert war. Sabine war glücklich, weil Abou dienstfrei hatte. Er selber war zunächst nicht so angetan gewesen, weil gerade heute eine Menge zu verdienen gewesen wäre. Doch ihre Fröhlichkeit heiterte ihn immer mehr auf. Stefanie war mit einigen Mitschülern von den Eltern einer Freundin über Silvester auf eine Berghütte eingeladen worden, von der sie erst am nächsten Mittag zurückgebracht werden sollte. So würden Sabine und Abou endlich wieder einmal eine ganze Nacht für sich haben.

Die Band war tatsächlich so gut, wie sie erhofft hatten, und so tanzten sie fast unentwegt, wenn ihnen das Gedränge auch kaum Raum für besondere Schritte ließ. Sabine, in einem Abendkleid aus Samt, das ihren Körper umschmeichelte und dessen Blau die Farbe ihrer schönen Augen betonte, fühlte sich wie auf dem Höhepunkt ihres Lebens. Sie war stolz auf Abou, der in seinem gutgeschnittenen Smoking und dem blütenweißen Hemd angenehm auffiel.

Um Mitternacht stießen sie mit Champagner an, zu dem Abou sich ausnahmsweise hatte überreden lassen, küßten sich innig und genossen mitten im Jubel und Wirbel ihr ganz privates Glück.

Sie wollten gerade aufbrechen – Abou hatte schon die Rechnung verlangt –, als eine neue Menschengruppe sich in den Tanzsaal schob, unter ihnen Maître Frédéric Rodier, an seiner Seite eine aparte, nicht mehr ganz junge Rothaarige, und hinter ihm, sozusagen im Schlepptau, die etwas zu stark geschminkte und zu tief dekolletierte Hélène.

Sabine erkannte sie sofort und machte ihnen ein Zeichen, daß ihr Tisch gleich frei würde. Doch Frédéric sah über sie hinweg, als wären sie nicht vorhanden. Hélène lächelte ihnen hinter seinem Rücken mit schmalen Lippen zu.

»Nanu, das sind doch ...« bemerkte Abou und ließ den Satz in der Schwebe.

»Ja, sie sind's. Die arme Hélène.«

Natürlich wußte Abou von den erfolglosen Bemühungen des jungen Mädchens, den Rechtsanwalt einzufangen, wie auch Hélène längst über die Beziehungen Sabines zu ihrem marokkanischen Freund orientiert war.

Inzwischen hatte Frédéric in seiner großkotzigen Art eine Flasche Whisky bestellt und seine rothaarige Begleiterin auf die Tanzfläche geführt. Er, der sich gewöhnlich trotz seiner Größe geschmeidig, ja, fast graziös bewegte, war nicht mehr sicher auf den Beinen; zweifellos war er schwer angetrunken. Hélène saß verkrampft allein am Tisch, in der typischen Haltung eines Mauerblümchens.

»Man sollte sie trösten«, meinte Abou.

»Besser, du mischst dich nicht ein!« mahnte Sabine und stand auf. »Ich mach' mich nur schnell noch frisch, und dann gehen wir.«

Wenn sie in diesem Augenblick nicht auf die Toilette gegangen wäre, sollte sie später zuweilen denken, wäre ihr Schicksal womöglich anders verlaufen.

Als sie zurückkam, schon im Mantel, Abous über dem Arm, stand er neben Hélène, zu ihr hinabgebeugt, eine Hand auf ihrer Schulter. Hélène lächelte zu ihm auf.

Sabine wollte zu ihnen.

Frédéric war schneller. Er hatte seine Begleiterin mitten im Gewühl stehenlassen und stürmte auf Abou los. »Nimm deine dreckigen Finger von der Dame!« brüllte er.

Abou richtete sich auf. »Also erlauben Sie mal ...«

»Nichts erlaube ich!«

Frédéric holte zu einem kräftigen Schwinger aus. Abou bückte sich geschickt. Frédérics Faust verfehlte ihn.

Hélène sprang auf. »Frédéric, bitte!« Sie griff nach seinem Arm. Aber er schüttelte sie ab, holte noch einmal aus und traf Abou mitten auf die Nase.

Abou sank zu Boden. Blut floß ihm über das Kinn und auf sein Hemd. Diejenigen, die den Zwischenfall mitbekommen hatten, schrieen auf. Die anderen tanzten ausgelassen weiter. Frédéric starrte unverwandt auf sein Opfer.

Kellner stürzten herbei und halfen Abou, sich aufzurichten.

Hélène brach in Tränen aus – wahrscheinlich weinte sie nicht wegen Abou, sondern um sich selber.

»Also entschuldigt«, stammelte Frédéric, der sich grob zur Seite gedrängt fühlte.

Sabine warf ihm einen vernichtenden Blick zu. »Sie sind ekelhaft!«

Im Handumdrehen wurden sie und Abou auf die Straße gedrängt und in ein Taxi verfrachtet, während im »Café Mélange« die Feier weiterging, als wäre nichts geschehen.

Der Fahrer ließ den Motor an. »Zur Notaufnahme?« fragte er, halb zurückgewandt.

Abou hielt sich eine Serviette mit Eiswürfeln, die ihm einer seiner Freunde zugesteckt hatte, an die Nase. »Nicht nötig!« murmelte er undeutlich.

»Hast du dir wirklich nichts gebrochen?« erkundigte sich Sabine besorgt.

»Ich glaube nicht.«

»Fahren Sie uns bitte zur Rue de Servette!« wies sie den Chauffeur an.

Unterwegs sprachen sie nichts. Sabine erkannte, daß Frédéric mehr verletzt hatte als Abous Nase – seine Ehre. Mitleid war bestimmt nicht das, was er jetzt brauchte.

»Dieses Schwein!« schimpfte sie. »Dieses ekelhafte Schwein! Und so was nennt sich Maître!«

»Ja, so sind sie, die großen Herren«, stimmte der Fahrer ihr zu, »denken, sie können sich alles herausnehmen. Aber es werden auch andere Zeiten kommen!«

In der Rue de Servette half er Abou beim Aussteigen.

»Soll ich ihn raufbringen?« fragte er Sabine.

»Sehr lieb von Ihnen, aber nicht nötig. Das mache ich schon selber.« Sie gab ihm ein großzügiges Trinkgeld.

»An den Beinen fehlt mir ja nichts«, bemerkte Abou mit einem Anflug von Galgenhumor.

Sabine lachte, obwohl ihr nicht danach zumute war.

Im Lift legte Abou immer noch den Kopf in den Nacken, die Serviette, inzwischen durch und durch mit Blut getränkt, vor die Nase gepreßt. »Jetzt bin ich für dich ein Feigling«, behauptete er.

»Quatschkopf!« entgegnete sie rauh. »Du hättest Kleinholz aus dem Lümmel machen können, wenn du es gewollt hättest.«

»Ich habe mich nicht gewehrt!«

»Mir brauchst du nicht erklären, warum. Bei der Polizei hättest du, als Ausländer, bestimmt den kürzeren gezogen. Falls man dir nicht sogar die Arbeitserlaubnis entzogen hätte.«

Er riß sich die Serviette vom Gesicht. »Sollen sie doch!« Seine Augen funkelten so wild, wie sie es bei ihm noch nie erlebt hatte. »Ich hasse dieses verfluchte Land!«

»Ich glaube, deine Nase blutet nicht mehr.«

»Meine Nase! Meine Nase! Was kümmert mich meine verdammte Nase?«

Der Lift war im dritten Stock angekommen; die Tür glitt auf.

»Mich schon, Abou. Mir wäre es arg, wenn du von nun an mit zerbeulter Nase herumlaufen müßtest.« Als sie seine Wohnung betreten hatten, fügte sie hinzu: »Obwohl es meiner Liebe keinen Abbruch täte.«

Er ging nicht darauf ein, sah sie nicht einmal an, sondern verzog sich ins Bad und warf die Serviette samt den Resten der Eiswürfel ins Waschbecken. Dann zog er sich aus und ging unter die Dusche. Dabei gab er sonderbare Geräusche von sich. Sabine war unsicher, ob er stöhnte, weinte oder fluchte.

Sie sammelte seine Kleidungsstücke auf. Sein Smoking mußte zur Reinigung, und ihr Abendkleid auch. Sie streifte es ab und legte es zu seinem Anzug auf den Boden des Kleiderschrankes. Dann machte sie sich daran, die Serviette und das Hemd in kaltem Wasser, so gut es ging, auszuspülen.

Nach einer Weile drehte er die Hähne zu, kam aus der Dusche, schlang sich ein Badetuch um die schlanken Hüften und warf sich, tropfnaß wie er war, auf das aufgeschlagene Bett. »Komm zu mir!« verlangte er.

»Moment noch!« bat Sabine, die dabei war, die Wäschestücke auszuwringen.

»Sofort, Weib!« befahl er im Ton eines Paschas.

Sabine gehorchte, wenn auch unter Protest: »Es ist nicht gerecht, daß du deinen Frust an mir ausläßt.«

»An wem sonst?«

Sie mühte sich, das Badetuch unter ihm vorzuziehen. »Wenn du so naß daliegst, erkältest du dich noch. Ich trockne dich ab.«

Und das tat sie denn auch, betupfte Stück für Stück seines geliebten Körpers.

»Das macht dir Spaß, wie?«

»Dir doch auch.«

»Aber Spaß ist nicht das, worauf es im Leben ankommt.«

Sie holte ein frisches Handtuch und rubbelte ihm die Haare. »Aber es ist immerhin eine Menge wert.«

»Sabine!« Er sprach ihren Namen ganz weich aus, französisch, wobei er das e am Ende verschluckte. »*Sabine*, versuch doch mich zu verstehen. Ich bin ein Mann, der nicht leicht so etwas sagt. Ich ertrage es nicht länger.«

»Ich weiß, wie dir zumute ist.«

»Rechtlos zu sein ...«

»Jetzt übertreibst du!«

Er ließ sich nicht unterbrechen. »Keine Freunde zu haben ...«

»Den Eindruck hatte ich nie.«

»Ja, es gibt Menschen, die zu mir halten. Aber was sind sie? Kellner, Laufburschen, Taxichauffeure und Köche, ja, die mögen mich, denn für sie bin ich ihresgleichen. Nur in meiner Heimat bin ich ein Herr!« Nach einer langen Pause, in der Sabine auch nichts zu sagen wußte, denn er hatte ja recht, erklärte er: »Ich will zurück.«

»Kannst du das denn?« fragte sie sachlich.

»Wenn ich meinen Traum begrabe – jederzeit.«

»Dann laß uns doch nach Marokko gehen.«

»Das würdest du tun?«

»Natürlich. Was für eine dumme Frage.«

Sein Gesicht, ein wenig komisch und sehr rührend mit der geschwollenen Nase, verdüsterte sich wieder. »Ich könnte dich nicht ernähren.«

»Ich würde mir eine Arbeit suchen.«

»Als meine Frau kannst du das. Aber du hast keine Vorstellung, wie niedrig die Löhne dort sind!«

»Dann sind die Lebenskosten sicher auch entsprechend.«

»Nein, Sabine, nein. Das kann ich dir nicht zumuten.«

»Was dann?«

»Ich muß durchhalten, bis ich das Geld zusammen habe.«

»Wie lange wird das dauern?«

»Vielleicht drei, vielleicht vier Jahre.«

»Und ich muß noch in diesem Jahr nach Deutschland zurück. Meine Arbeitserlaubnis wird bestimmt nicht verlängert.«

Sie klammerten sich aneinander wie verirrte Kinder.

»Abou«, fragte sie plötzlich aus einer Eingebung heraus, »wieviel Geld brauchst du denn noch?«

»Wieso fragt du?«

»Du weißt, ich bin keine reiche Frau, aber ...«

Er ließ sie nicht aussprechen. »Ich würde niemals Geld von dir annehmen!«

»Wir wollen doch heiraten, Abou, nicht wahr? Wir wollen beide dieses Hotel. Dann ist es doch nur natürlich, daß ich dir helfe.«

»*Sabine*, du meinst es gut.« Er seufzte schwer. »Aber du kannst mir nicht helfen. Niemand kann das.«

Sie beharrte auf ihrer Frage. »Wieviel?«

»Dreihunderttausend.«

Sabine dachte nach.

»Das kann kein Sterblicher von heute auf morgen aufbringen!« fügte er fast triumphierend hinzu.

»Ich vielleicht doch.«

»Hör auf damit! Falsche Hoffnungen nützen mir nichts.«

Sie löste sich sachte von ihm und begann mit dem Zeigefinger kleine Kreise über seine glatte Brust zu ziehen. »Ich bin keine reiche Frau ...«

»Das weiß ich!« unterbrach er sie heftig.

»Nun laß mich doch mal aussprechen! Ich habe eine Eigentumswohnung in München. Hypothekenfrei. Fünf Zimmer mit allem Komfort. In bester Lage. Die könnte ich verkaufen.«

Jetzt war er eine Weile ganz still. »Das würdest du wirklich tun?« fragte er dann erstaunt. »Für mich?«

»Nein. Für uns!«

»Das würde bedeuten – du brichst alle Brücken hinter dir ab.«

»Genau das will ich. Du hast das sehr hübsch ausgedrückt. Ich will einen neuen Anfang mit dir machen.« Seine Lebensgeister erwachten; der Schlag auf die Nase und die erlittene Demütigung waren vergessen. *»Sabine, Sabine!«* rief er. »Warum hast du mir das nicht längst gesagt?«

»Auf Anhieb wollte ich dich ja nicht heiraten.«

»Daß du Geld hast, meine ich.«

»Meine schöne Wohnung wollte ich eigentlich auch nicht aufgeben.«

»Du wirst es nie bereuen. Das schwöre ich dir. Niemals.«

Seine Küsse schmeckten nach Blut und erinnerten sie an seinen Kummer, den sie ihm hatte abnehmen können. Doch jetzt war er wieder jung und stark und voller Leben, und seine Leidenschaft verführte sie. Um nicht laut aufzuschreien, vergrub sie ihre Zähne in seiner Schulter. Er spürte es nicht einmal.

17

Am nächsten Tag, allein in ihrer Wohnung, war Sabine ihrer Sache nicht mehr ganz so sicher. War sie möglicherweise kurz davor, die größte Dummheit ihres Lebens zu begehen? War es wirklich richtig, alles über Bord zu werfen?

Aber es gab kein Zurück. Unmöglich, Abou zu eröffnen, daß sie sich die Sache anders überlegt hätte. Sie liebte ihn zu sehr, um ihn so enttäuschen und verletzen zu können.

Und was hatte sie schon zu verlieren? Einen Job, der sie immer weniger befriedigte. Ihre schöne Wohnung, die ihr bisher stets Sicherheit geboten hatte. Aber war es nicht gerade diese verdammte Sicherheit, die sie so unruhig und unzufrieden gemacht hatte? War sie nicht gerade deswegen ins Ausland gegangen, weil sie davon genug gehabt hatte? Zweifellos. So war es gewesen. Wie kläglich, wenn sie jetzt anfangen würde, Angst vor der eigenen Courage zu bekommen.

Als Stefanie am frühen Nachmittag nach Hause kam, war Sabine bemüht, sich heiter und ausgeglichen zu geben. Aber so ganz gelang es ihr nicht.

Stefanie, die gleich losgelegt hatte, von ihren eigenen Erlebnissen zu erzählen, wurde bald stutzig und blickte sie prüfend an. »Maman! Was ist los mit dir? Du hörst mir ja gar nicht zu.«

»Tu ich doch. Du erzählst gerade, daß der Vater deiner Freundin schon um zehn Uhr einen Schwips gehabt hat.«

»Stimmt. Aber es interessiert dich überhaupt nicht. Hast du Streit mit Abou gehabt? Nein, so siehst du nicht aus. Los, sag schon: Was ist passiert?«

»Abou und ich werden heiraten.«

Stefanie zuckte nicht mit der Wimper. »Wann?« fragte sie trocken.

Sabine wußte nicht, ob sie erleichtert oder enttäuscht sein sollte. »Du scheinst nicht sehr überrascht zu sein.«

»Natürlich nicht. Das war doch vorauszusehen.«

»Für mich nicht.«

»Alle Liebespaare heiraten, falls sie sich nicht trennen. Das weiß man doch.«

»Heutzutage gibt es eine Menge Paare, die unverheiratet zusammenleben«, gab Sabine zu bedenken – eigentlich nur, weil das altkluge Gehabe ihrer Töchter sie ärgerte.

Doch Stefanie ließ sich nicht beirren. »Du und Abou, ihr würdet Schwierigkeiten bekommen.«

Damit hatte sie so recht, daß Sabine ihr nicht mehr widersprach.

»Also wann?«

»Nicht sofort. Erst im Sommer, wenn wir nach Marokko gehen.«

Jetzt bekam Stefanie doch große Augen. »Ihr wollt nach Marokko?«

»Ja, Liebes. Abou möchte in seine Heimat. Er fühlt sich hier – wie soll ich dir das erklären? – schlecht behandelt. Außerdem hat er ein schönes Grundstück in Tanger. Direkt am Meer. Dort wollen wir ein Hotel bauen. Bitte, sieh mich nicht so an wie ein verstörtes Kaninchen. Du kommst natürlich mit. Zwischen uns wird sich gar nichts ändern.« Sie wollte ihre Tochter in die Arme ziehen.

Aber Stefanie machte sich steif. »Und sicher gibt es in Tanger auch eine Internationale Schule«, sagte sie mit einem Grinsen, wenn auch nicht ohne Bitterkeit.

»Ja, eine High School, ein amerikanisches Gymnasium. Dort kann man sich aufs College vorbereiten.«

»Also werde ich international – internationaler geht es gar nicht mehr.«

»Das wird dir in deinem späteren Leben nur von Vorteil sein.«

»Und jetzt? Was ist mit jetzt? Du fragst nicht einmal, ob ich will. Du entscheidest einfach über meinen Kopf hinweg.«

»Nein, Stefanie, das siehst du falsch. Bestimmt hätte ich mit dir darüber diskutiert, bevor ich einen solchen Entschluß gefaßt hätte. Das ist doch selbstverständlich. Aber ich habe es ja selber bis heute gar nicht gewollt – oder jedenfalls nicht gewußt, daß ich es will. Es hat sich so ergeben. Über meinen Kopf hinweg. Aus meinem Herzen.«

»Sehr romantisch.«

»Bitte, Liebes, spotte nicht! Versuch doch zu verstehen. Ich weiß, daß du das kannst.« Und als Stefanies Miene verschlossen blieb, erzählte Sabine ihr von dem Zwischenfall im »Café Mélange«, den sie ihrer Tochter eigentlich hatte verschweigen wollen, um sie nicht zu erschrecken. »Er war so unglücklich, so niedergeschmettert, ich mußte mir einfach etwas Tröstendes einfallen lassen!«

»Armer Abou!« sagte Stefanie mitfühlsam.

»Du magst ihn doch auch, nicht wahr? Du hast nichts Grundsätzliches dagegen, daß wir heiraten?«

Stefanie schwieg, und Sabine glaubte zu sehen, wie es hinter ihrer Stirn arbeitete.

»Wenn du es denn ganz und gar nicht willst, dann werde ich es nicht tun. Dann werde ich Abou erklären, daß es deinetwegen nicht geht.«

Stefanie schlug die Augen nieder und zeichnete mit der Fußspitze ein unsichtbares Muster auf den Boden. »Das ist nicht fair.«

»Daß du mir trotz allem wichtiger bist als Abou?«

»Das stimmt ja gar nicht.«

»Doch. Ich würde ihn aufgeben, wenn du es verlangst.«

»Glaube ich dir nicht.«

»Warum sollte ich dir dann so etwas sagen?«

»Um mir was vorzumachen.«

»Stefanie!«

»Wenn es doch wahr ist. Ihr würdet euch heimlich weitertreffen.«

»Kann sein«, räumte Sabine ein, »wahrscheinlich würde ich nicht die Kraft haben, von heute auf morgen mit ihm Schluß zu machen. Aber heiraten würde ich ihn gegen deinen Willen nicht.«

Jetzt hob Stefanie den Blick und sah ihre Mutter forschend, ja, fast durchbohrend an. »Mal ehrlich, Maman – suchst du etwa nach einer Ausrede, um dein Wort zurückzunehmen?«

»Nein. Tu ich nicht!« erklärte Sabine mit fester Stimme, konnte aber nicht verhindern, daß sie rot wurde.

»Dann willst du also nur mir die Verantwortung zuschustern.«

»Wie meinst du das?«

»Das weißt du sehr gut. Aber wenn du darauf bestehst, will ich es dir ganz genau erklären. Damit du später, wenn eure Ehe nicht funktioniert, mir vorhalten kannst: ›Hättest du damals nein gesagt, hätte ich ihn nicht genommen!‹ «

»Du hast vielleicht Ideen!« sagte Sabine ganz erschüttert. »Was du dir da ausdenkst! An so etwas hätte ich nicht im Traum gedacht.«

»Um so besser. Jedenfalls werde ich nicht nein sagen. Du mußt selber wissen, was du willst. Du bist die Erwachsene.«

»Wie kannst du nur so pessimistisch sein! Unsere Ehe wird bestimmt wunderbar. Und dir wird es in Marokko gefallen. Das Wetter ist dort fantastisch. Es gibt herrliche Strände. Man kann reiten und Tennis spielen.«

»Klingt verlockend«, gab Stefanie widerwillig zu. Jetzt endlich ließ sie sich von der Mutter in die Arme nehmen.

Sabine drückte sie fest an sich. »Glaub mir, Liebes, wir werden sehr, sehr glücklich sein.«

Erst später, als die Mutter sie in die Badewanne gesteckt hatte und ihr die Haare wusch, fragte Stefanie: »Woher hat Abou denn auf einmal das Geld? Ein Hotel zu bauen, das muß doch teuer sein.«

»Er hat Ersparnisse«, erwiderte Sabine, und nach einer Weile fügte sie hinzu: »Und ich werde unsere Wohnung verkaufen.«

Stefanie blieb stumm. Sabine, die hinten auf dem Rand der Wanne saß, konnte ihr Gesicht nicht sehen.

»Was ist los?« fragte sie, nachdem gar keine Reaktion kam. »Hat es dir die Sprache verschlagen?«

»Du trennst dich von deiner Wohnung?« wiederholte Stefanie staunend. »Das hätte ich dir nie zugetraut.«

»Bist du wütend?«

»Nein. Sie gehört ja dir. Aber ich hätte nicht gedacht, daß du das fertigbringst.«

»Tauch unter!« befahl Sabine.

Stefanie legte den Kopf zurück und ließ sich ins Wasser gleiten. Mit geschlossenen Augen lag sie da, und ihr Haar, dunkel und glatt vor Nässe, umrahmte ihr Gesicht. Ihr magerer fester Körper war ganz gestreckt. Sie wirkte rührend kindlich und sehr verletzlich.

Bei ihrem Anblick wurde Sabine bewußt, wieviel sie von ihrer Tochter verlangte und wie sehr sie ihre Interessen außer acht ließ. Wenn es auch stimmte, daß sie, die Mutter, die Wohnung geerbt hatte, so hatte doch ihr verstorbener Mann damit gerechnet, daß Stefanie, solange sie es wünschte, dort bleiben und sie später vielleicht sogar selber übernehmen würde. Harry hatte gar nicht in Betracht gezogen, daß seine Witwe sie eines Tages veräußern würde, um sich Geld zu beschaffen – sonst hätte sein Testament wohl anders gelautet.

»Verzeih mir, Harry«, bat sie stumm, »und auch du, Liebes – ich kann nicht anders!«

Laut sagte sie: »Setz dich nur wieder auf, Stefanie, und kneif die Augen zu! Ich werde dich jetzt duschen.«

Stefanie richtete sich auf, tastete nach dem Waschlappen, der an einem Haken hing, und preßte ihn sich vor das Gesicht. Sabine spülte ihr den letzten Rest Shampoo aus dem Haar. Als sie dann aus der Wanne stieg, hüllte die Mutter sie in ein vorgewärmtes Badetuch und rubbelte sie trocken.

Stefanie liebte diese Prozedur. »Schade, daß wir nicht mehr zusammen baden können, nicht wahr, Maman?«

»Ja, sehr schade.«

»Weißt du, was ich mir überlegt habe?«

»Nein.«

»Daß Menschen sehr viel wichtiger sind als Wohnungen – als Dinge überhaupt.«

»Ein sehr kluger Gedanke von dir – ja, genauso ist es.«

18

»Bernhard«, sagte Sabine, »ich habe mich nicht mit dir getroffen, um darüber zu diskutieren, ob es richtig ist zu verkaufen oder nicht. Mein Entschluß steht fest. Die Frage ist nur, ob du mir dabei helfen willst oder ob ich mich an einen Makler wenden muß.«

Sie standen sich in dem schönen geräumigen Münchner Wohnzimmer gegenüber. Sabine mit geröteten Wangen und blitzenden blauen Augen. Sogar der sonst so ruhige und beherrschte Bernhard Heuss war erregt.

Sie hatten sich so heftig gestritten, daß sie dabei aufgesprungen waren.

»Sei nicht so laut!« mahnte Bernhard. »Du störst Stefanie.«

Sabine hatte die Osterferien genutzt, um mit ihrer Tochter nach München zu fliegen und ihre Angelegenheiten zu ordnen. Stefanie hatte Bernhard begrüßt und sich dann, wie abgemacht, in ihr Zimmer zurückgezogen.

»Sorg dich nicht um Stefanie!« erklärte Sabine jetzt. »Die schläft sowieso nicht ein, bevor sie weiß, wie es nun weitergeht.«

»Hast du überhaupt daran gedacht, was du ihr antust?«

»Sicher habe ich das. Wir haben alles gründlich besprochen. Sie ist durchaus einverstanden.«

»Was bleibt ihr übrig?«

»Du kannst dir deinen Sarkasmus sparen. Für mich ist das Ganze auch nicht einfach. Du weißt, wie sehr ich diese Wohnung geliebt habe. Aber es bleibt mir keine Wahl. Ich brauche das Geld.«

Bernhard schüttelte den Kopf, als müßte er einen Schwarm Fliegen vertreiben. »Um deinem Geliebten in Tanger ein Hotel zu bauen.«

»Meinem Mann, ja, zusammen mit meinem Mann.« Sie atmete tief durch, trat auf Bernhard zu und legte ihm mit einer versöhnlichen Geste die Hand auf den Arm. »Bitte, Bernhard, hör auf mich zu maßregeln. Ich bin kein kleines Mädchen mehr. Sieh mich doch an: ich bin eine erwachsene Frau.«

»Das eben bist du nicht!« Er nahm ihre Hand und führte sie an die Lippen. »Du bist ein ganz junger Mensch geblieben – eine junge Frau, die noch an die große Liebe glaubt.«

Ihre Augen weiteten sich. »Du willst behaupten, es gibt sie nicht?«

»Doch. Sie ist hier. Ganz nahe bei dir. Das, was ich für dich empfinde, ist Liebe.«

»Abou und ich ...«

Er ließ sie nicht ausreden. »Ich will gern unterstellen, daß ihr glaubt, euch zu lieben – daß er es nicht einfach auf dein Geld abgesehen hat.«

»Bernhard!«

»Aber was ihr füreinander empfindet, kann keine Liebe sein. Die Kulturkreise, zu denen ihr gehört, sind zu verschieden, die Gegensätze zu gravierend. Was euch zueinanderzieht, ist, im besten Fall, nur Leidenschaft.«

»Und?« fragte sie herausfordernd. »Ist das schlecht?«

»Darüber maße ich mir kein Urteil an. Jedenfalls ist es keine Grundlage für eine Lebensgemeinschaft.«

»Du weißt nicht, was für ein Mensch Abou ist. Er ist intelligent, hat Charme und Humor, fleißig ist er auch ...« Sie überlegte, mich welch anderen guten Eigenschaften sie Bernhard beeindrucken könnte.

»Und vor allem«, ergänzte der Anwalt trocken, »ist er sehr gut im Bett.«

Sabine wurde rot und warf trotzig den Kopf zurück.

»Ja, das ist er auch.«

»Na dann – ich gratuliere.«

»Danke!« sagte sie kühl, setzte sich wieder und schlug die Beine übereinander. »Nur fürchte ich, daß wir so keinen Schritt weiterkommen. Wir reden aneinander vorbei!« Sie zündete sich eine Zigarette an.

Bernhard hatte ihr Feuer geben wollen, aber er kam zu spät.

»Hier geht es ja nicht um meinen Geliebten, meine zukünftige Ehe, um Marokko oder was auch immer, sondern einzig und allein darum, daß ich meine Wohnung verkaufen will, und zwar so günstig wie möglich. Kannst du mir wenigstens einen guten Makler empfehlen?«

»Wer sagt dir denn, daß ich es nicht machen will?«

»Du! Du nutzt die Situation, um mir weise Lehren zu erteilen, die ich durchaus nicht brauchen kann.«

Er stand vor ihr, das Feuerzeug immer noch in der Hand. Jetzt machte er eine Bewegung, als wollte er sich vor ihr niederknien, unterließ es dann aber doch. Er steckte sein Feuerzeug ein und nahm Platz. »Begreifst du denn nicht, daß ich mich um dich sorge?«

»Völlig unnötig. Was kann mir denn schon passieren?«

»Der Verlust deines Vermögens.«

Sie reagierte mit einer wegwerfenden Handbewegung.

»Ist dir klar, daß du das Geld, das du in Marokko anlegst, nie mehr zurückholen kannst?«

»Das will ich ja auch gar nicht.«

»Auch wenn du es wolltest, es ginge nicht. Die marokkanischen Gesetze verbieten es. Ich habe mich darüber informiert.«

Sie hatte eine zynische Bemerkung schon auf der Zunge, schluckte sie aber hinunter, weil sie erkannte, daß er ihren Spott nicht verdient hatte. »Danke, Bernhard«, sagte sie unterwürfig, »das weiß ich jetzt also auch.«

»Und hast du schon darüber nachgedacht, wie ihr heiraten wollt?«

»In Tanger.«

»Also nach marokkanischem Recht?«

»Ja.«

»Er legt also keinen Wert auf die deutsche Staatsbürgerschaft?«

»Nein. Wieso auch? Wir wollen ja in Tanger leben.« Sie drückte ihre Zigarette aus. »Wenn wir in Deutschland heiraten würden – ich frage das ganz theoretisch –, würde er dann die deutsche Staatsbürgerschaft bekommen?«

»Erst wenn er fünf Jahre hier gelebt hätte.«

»Dann kommt das also nicht in Frage.«

»Was soll aus den Möbeln werden?«

»Wir werden aussondern müssen. Das, was ich später brauchen kann, wird in einem Lager untergestellt werden ...«

»Vielleicht bei Schenker & Co«, schlug er vor, »die können dann zu gegebenem Zeitpunkt die Spedition übernehmen.«

Sie war dankbar, daß er zu einem sachlichen Ton gefunden hatte, und strahlte ihn an. »Sehr gut. Ich wußte ja, daß du das alles viel besser organisieren kannst als ich.«

Er erwiderte ihr Lächeln nicht; sein sehr männliches Gesicht glich einer düsteren Maske. »Wenn du sie entsprechend markierst, kann ich das für die erledigen. Und was ist mit den anderen? Verkaufen lohnt sich nicht. Gebrauchte Möbel haben einen Minimalwert, es sei denn, es handelt sich um Antiquitäten.«

»Wenn du es sagst« – sie hatte sich das anders vorgestellt, überwand ihre Enttäuschung aber sofort –, »dann sollte man sie wohl der Caritas oder irgendeinem anderen gemeinnützigen Verein stiften.«

»Wie lange bleibt ihr in München?«

»Nur diese Woche.«

»Das ist gut. Dann werde ich euch Kisten besorgen.«

»Kisten?«

»In die ihr Geschirr, Besteck, Wäsche et cetera packen könnt.«

»Ach so. Ja, natürlich. Denk dir nur, an so etwas habe ich gar nicht gedacht. Ich hatte angenommen, unsere Koffer würden ausreichen.«

»Wohl kaum.«

»Komisch«, sagte Sabine, »im allgemeinen halte ich mich für eine ziemlich kluge Frau. Nur wenn ich mit dir zusammen bin, komme ich mir früher oder später dumm vor.«

»Hoffentlich ist dein ...« Er räusperte sich. »... Verlobter praktischer veranlagt als du. Was hat er eigentlich für einen Beruf?«

Sabine straffte die Schultern. »Er ist Portier im ›Beau Rivage‹.«

»Also Hotelportier.«

»Er spricht fünf Sprachen.«

»Kein Grund, ihn zu verteidigen, Sabine. Hotelportier ist ein interessanter und durchaus ehrenwerter Beruf.«

Sabine entspannte sich. »Ich bin froh, daß du das so siehst.« Sie griff nach der Cognacflasche, die zwischen ihnen auf dem Couchtisch stand. »Magst du noch einen Schluck?«

»Nein, danke. Lieber nicht. Wir sollten beide einen kühlen Kopf bewahren.«

Mit leichtem Bedauern gab sie die Flasche aus der Hand. »Du hast recht«, gab sie zu und fragte in einem Atemzug: »Was, denkst du, wird die Wohnung bringen?«

»Wieviel hat sie seinerzeit gekostet?«

»Vierhunderttausend hat Harry dafür gezahlt.«

»Inzwischen sollte sie im Preis gestiegen sein. Hast du die Unterlagen?«

»Ich habe sie schon herausgesucht. Sie liegen auf Harrys Schreibtisch.«

Sie stand auf und ging in den Nebenraum, der früher einmal das Arbeitszimmer ihres Mannes gewesen und seitdem nicht mehr genutzt worden war. Er folgte ihr. »Die Wohnung wäre jetzt für Stefanie und mich sowieso zu groß gewesen«, stellte sie fest.

Er ging nicht darauf ein, sondern zog die Dokumente wortlos aus der Klarsichthülle und überflog sie.

»Bitte, setz dich doch!«

»Nein, danke. Mit deiner Erlaubnis werde ich sie mitnehmen.«

»Du willst das also wirklich für mich tun?« fragte sie dankbar.

Er lächelte plötzlich. »Das ist kein Opfer. Natürlich behalte ich die übliche Provision.«

Eine Sekunde war sie wie vor den Kopf gestoßen, doch sehr schnell begriff sie, daß es so viel besser war. Bernhards Aktivitäten legten ihr keinerlei Verpflichtungen auf. »Ja, natürlich«, bestätigte sie hastig, »ich will ja nichts geschenkt. Was werde ich dem Fiskus zahlen müssen?«

»Nichts.«

»Gar nichts?« fragte sie ungläubig.

»Du hast richtig gehört. Der Verkauf von privat genutzten Wohnungen ist eines der wenigen Geschäfte, bei denen der Staat die Hand nicht aufhält.«

»Wunderbar!«

Er stand etwas unschlüssig da, die Klarsichtfolie und die Papiere in der Hand.

»Brauchst du vielleicht eine Aktentasche? Die von Harry müßte noch dasein.« Sie bückte sich und öffnete die linke Tür des Schreibtisches. »Da ist sie.« Sie zog die Tasche aus handgenähtem Schweinsleder heraus.

»Ein schönes Stück«, sagte er anerkennend.

»Wenn sie dir gefällt, kannst du sie gerne behalten.«

»Danke. Mit Vergnügen.« Er verstaute die Papiere.

Sie standen sich gegenüber und sahen sich an. Für beide war es ein seltsames Gefühl, wieder in dem Raum zu sein, in dem sie einst zusammen mit Harry so viele schöne Stunden verbracht hatten. Aber, obwohl nichts an der Einrichtung geändert worden war, strahlte er Harrys Geist nicht mehr aus. Vielleicht lag es daran, daß sie einst im warmen Licht der Stehlampe beieinandergesessen hatten. Jetzt hatte Sabine im Hereinkommen nur das Deckenlicht angeschaltet.

»Du hast dich schnell getröstet«, sagte er.

Sie hielt seinem Blick stand. »Nicht so schnell, wie du es gewünscht hättest.«

»Es sollte kein Vorwurf sein.«

»Klang aber ganz so.«

»Bevor wir wieder anfangen zu streiten, will ich doch lieber gehen«, sagte er, ohne sich von der Stelle zu rühren.

»Schon? Es ist noch nicht einmal zehn.«

Er verzog die schmalen Lippen zu einem schwachen Lächeln. »Stefanie wartet auf deinen Bericht.«

»Das habe ich nicht vergessen.«

»Ruf mich an, damit wir einen Termin ausmachen. Du mußt mir noch die nötigen Vollmachten unterschreiben. Das geschieht am einfachsten in meiner Kanzlei.«

»Ja. Gut. Ich denke dran.«

Beide schienen nicht imstande zu sein, sich zu trennen.

»Und, Liebling«, sagte er, »behalte die Buchhaltung in der Hand.«

Sie hob die Augenbrauen.

»Prüf die Rechnungen für den Bau, und stell die Schecks aus. Dein Hotelportier wird wohl kaum die Übersicht behalten.«

Damit war der Bann gebrochen.

»*Mein* Hotelportier?« Sie wandte sich zur Tür.

»Ich bin nicht aus Eis«, sagte er, während er ihr folgte, »ein bißchen Eifersucht solltest du mir schon zugestehen.«

Ehe sie in der Garderobe noch Licht anmachen konnte, riß er sie in die Arme und küßte sie, und zu ihrer eigenen Überraschung stieß sie ihn nicht zurück, sondern erwiderte seine Küsse mit der süßen heimlichen Leidenschaft, die sie zu Lebzeiten Harrys empfunden hatte, einer Leidenschaft, die immer unerfüllt geblieben war. »Du treibst mich zum Wahnsinn«, stöhnte er.

»Verzeih mir, Bernhard! Ich war selbst nicht darauf gefaßt.«

»Soll ich bleiben?«

Beinahe hätte sie ja gesagt, denn, ohne sich selber zu verstehen, wünschte sie, daß er blieb. Aber sie dachte an Abou und daß sie ihm das nicht antun durfte. Auch wenn er es nie zu erfahren brauchte. Sie konnte auch Stefanies Anwesenheit nicht vergessen, die sie vor dem Eindruck bewahren wollte, ihre Mutter sei eine leichtlebige Person.

»Es ist unmöglich, Bernhard«, sagte sie mit einem tiefen Seufzer.

»Willst du dir das mit deinem Marokkaner nicht doch noch einmal überlegen? Ich habe nicht den Eindruck, daß er wirklich deine große Liebe ist.«

»Doch, er ist es!« Sie trat einen Schritt zurück und fuhr sich mit der Hand über das Haar.

»Wie konntest du dann ...?«

»Ich weiß es selber nicht. Ich bin ganz durcheinander. Bitte, hör auf, mich zu quälen!«

Er hob die Tasche auf, die er zu Boden hatte fallen lassen, schlüpfte in seinen Trench und küßte sie auf die Lippen, diesmal ganz zart. »Dann schlaf gut, Kleines, träum was Schönes, und morgen, im hellen Tageslicht, denkst du noch einmal über alles nach, ja?«

Doch Sabine wußte, nachdem sie mit Stefanie geredet hatte, daß sie nicht so schnell einschlafen würde. Sie kehrte ins Wohnzimmer zurück, schenkte sich ein Glas Cognac ein und zündete sich eine Zigarette an. Sie wußte nicht mehr, wo ihr der Kopf stand.

Seit Harrys Tod hatte sie sich Bernhard gegenüber ganz bewußt zurückgehalten. Wie kam es, daß sie nun, da sie Abou liebte, seinen Kuß so leidenschaftlich erwidert hatte? Wurde Bernhard gerade deshalb wieder interessant, weil eine Beziehung zu ihm tabu war? Und was empfand sie wirklich für ihn?

Nicht Liebe, nein, denn sonst hätte sie sich längst entschieden. Freundschaft, aber nicht nur – eine zärtliche Freundschaft, wenn es so etwas gab.

Und jetzt war noch große Dankbarkeit hinzugekommen. Er würde ihr den Verkauf der Wohnung abnehmen und ihr alle Unannehmlichkeiten ersparen. Das war eine große Hilfe.

Damit war ihre Mission in München fast erledigt. Jetzt brauchte sie nur noch die Möbel durchzugehen, die Kisten zu packen, ihre Unterschrift zu leisten und sich vielleicht mit Lisbeth zu treffen. Dann ging es zurück zu Abou.

Aber als sie den Aschenbecher leerte und das Glas in die Spüle stellte, wurde ihr bewußt, daß sie sich etwas vormachte. Das Schwierigste stand ihr noch bevor: Sie mußte mit ihren Eltern sprechen.

Mußte sie das wirklich? Würde nicht ein Telefonat oder, besser noch, ein ausführlicher Brief genügen? Nein, das würde ausgesprochen feige sein. Harry hatte immer gesagt: »Schwierigkeiten darf man nicht aus dem Weg gehen, man muß sie anpakken.«

Sie hatte sich für den Ostersonntag bei ihnen angesagt, und dabei würde es auch bleiben. Sabine seufzte. Wie einfach wäre es gewesen, ihnen Bernhard Heuss als neuen Schwiegersohn zu präsentieren. Aber sie hatte sich für Abou entschieden. Also mußte sie es durchstehen.

19

»Warum bist du eigentlich so nervös?« fragte Stefanie auf der Fahrt nach Rosenheim.

Es war ein kühler, regnerischer Sonntag, so daß nur wenige Städter sich zu einem Ausflug ins Grüne entschlossen hatten. Die große Reisewelle in den Süden war längst abgeebbt, und auf der Gegenfahrbahn waren schon die ersten Rückkehrer unterwegs.

»Bin ich das?« gab Sabine leichthin zurück. »Das kommt dir wohl nur so vor.«

»Aber ja doch, Mutti. Ich merke es an der Art, wie du schaltest.«

»Tut mir leid, Liebes. Ich werd' versuchen, es besser zu machen.«

»Du brauchst doch keine Angst zu haben. Verbieten können sie dir gar nichts.«

»Aber sie könnten sich aufregen.«

»Na, wenn schon.«

»Ich wäre so froh, wenn sie mich verständen. Weißt du, meine Eltern und meine Geschwister haben sich nie so nahegestanden wie du und ich und auch Papi. Aber sie sind doch meine Familie, und ich will sie nicht verlieren. Verstehst du das?«

»Ist nicht allzu schwierig.«

»Ich will, daß sie Abou akzeptieren.«

»Das werden sie schon, auf die Dauer.« Stefanie starrte nachdenklich auf die vorbeigleitende Landschaft. »Es gehört sich nicht, so etwas zu sagen. Kinder dürfen ihre Eltern nicht kritisieren, aber ...« Sie stockte.

»Nun sag schon!«

»Wirst du mir auch bestimmt nicht böse sein!‹

»Du kennst mich doch.«

»Eben drum.« Stefanie lachte. »Also – ich finde, du hast einen Fehler gemacht.«

»Worauf willst du hinaus?«

»Du hast doch oft mit Oma telefoniert. Aber ich wette, daß du ihr nie etwas von Abou erzählt hast.«

»Stimmt.«

»Das war der Fehler. Du hättest es ihr portionsweise erzählen sollen, dann hätte sie es inzwischen bestimmt auch Großvater beigebracht.«

»Ich wollte sie nicht beunruhigen, und dann wußte ich ja auch lange Zeit nicht, daß etwas Ernsthaftes draus werden würde. Wenn ich wenigstens angedeutet hätte ...«

»Ganz genau: daß du jemanden kennengelernt hast, daß du mit ihm tanzen gegangen bist, daß du dich verliebt hast und so weiter und so fort. Aber das läßt sich jetzt nicht mehr ändern. Warum habe ich dich bloß darauf aufmerksam gemacht?«

»Weil du eine Rechthaberin bist.«

Stefanie war nicht beleidigt. »Jetzt ärgerst du dich über dich selber, wie? Und läßt es natürlich an mir aus.« Sie verschränkte die Arme. »Das habe ich nötig.«

Der Rest der Fahrt verlief schweigend.

Es war Sabine klar, daß es nicht angebracht sein würde, beim Mittagessen oder bei Kaffee und Kuchen mit ihrer Neuigkeit herauszuplatzen. Also richtete sie es so ein, daß sie kurz vor elf Uhr vor ihrem Elternhaus parkte. Jetzt, dachte sie, würde Gelegenheit für ein ruhiges Gespräch sein.

Doch die Mutter, die ihnen mit erhitztem Gesicht geöffnet hatte, erklärte ihnen kurz nach der Umarmung: »Ich muß zurück in meine Küche.«

Den Vater, Peter Kaschny, fanden sie im Wohnzimmer. Er hatte es sich in seinem Lieblingssessel bequem gemacht, die Füße auf einem Hocker, und blätterte in seiner Sonntagszeitung. Zwar ließ er sie, den Zeigefinger zwischen den Seiten, auf die Knie sinken, machte auch Anstalten sich zu erheben, ließ sich aber sehr leicht davon abbringen. Stefanie küßte ihn auf die Stirn, ganz ohne »Grand-père-Getue«, und er notierte, daß sie gewachsen war. Auch Sabine begrüßte ihren Vater liebevoll und erkundigte sich nach seinem Befinden. Doch es gelang ihr nicht, eine Unterhaltung in Gang zu bringen, denn er brannte offensichtlich darauf, seine Lektüre fortzusetzen.

Sie gab bald auf. »Wir wollen mal sehen, ob wir Mutter helfen können«, schlug sie vor.

»Ja, tut das!« stimmte er erleichtert zu und hatte die Nase schon wieder in seine geliebte Zeitung gesteckt, noch bevor sie das Zimmer verlassen hatten.

Marianne Kaschny lehnte jede Hilfe ab. »Aber ihr könnt mir Gesellschaft leisten. Es ist schon besser, wenn Vater seine Ruhe hat.«

Die Küche war klein. Sabine blieb im Türrahmen stehen.

Stefanie kniete sich auf den einzigen Stuhl und beobachtete, wie die Großmutter den Teig für die Semmelknödel bereitete. »Wo ist Josefine?« fragte sie. »Wir dachten, sie wäre bei euch.«

»Nein. Leider nicht. Inge und Charly wollen ihr die Ostereier zu Hause verstecken. Dabei wäre es viel schöner in unserem Garten gewesen.«

»Ja, das weiß ich noch«, sagte Stefanie, »es war immer ein Riesenspaß.«

»Du bist inzwischen zu groß dazu, aber ein Ei hat der Hase doch für dich gebracht – ein schönes großes Krokantei.«

»Toll!« Stefanie lachte. »Der scheint ja meinen Geschmack zu kennen.«

»Und wo ist Walter?« erkundigte sich Sabine.

»Nach Italien gefahren. Mit Freunden.« Marianne schlug Eier auf und knetete sie in das eingeweichte Semmelbrot. »Und ich hatte mir so sehr gewünscht, daß wir wieder mal alle zusammen sein würden!«

»Na, Stefanie und ich sind wenigstens da«, versuchte Sabine zu trösten.

»Ich möchte nur wissen, wozu man Kinder in die Welt setzt, wenn sie sich dann in alle Winde verstreuen.«

»Du hattest eben immer schon die Vorstellung von einer idealen Familie.«

Die Mutter richtete sich auf und strich mit dem Unterarm eine Strähne aus der Stirn. »Und was ist daran falsch?«

»Daß das Ideal selten mit der Realität übereinstimmt.«

»Wie gut, daß wir dich haben studieren lassen.« Marianne wandte sich wieder ihrem Teig zu und knetete ihn, als wenn es ihr Feind wäre. »Du kannst mir Muskat reinreiben, Stefanie.«

»Mit Vergnügen, Oma.« Stefanie machte sich ans Werk.

»Aber paß auf, daß du dir nicht weh tust.«

»Werd' ich schon nicht.«

»Na, jedenfalls werde ich froh sein, wenn ihr beide wieder in München seid. Dann können wir uns wenigstens gelegentlich sehen.«

Das war ein Stichwort. Stefanie warf Sabine einen Blick zu, um sie darauf aufmerksam zu machen.

Als es nicht wirkte, sagte sie wie beiläufig: »Mami hat in Genf jemanden kennengelernt. Stell dir vor, Oma, er wußte weder ihren Nachnamen noch ihre Adresse. Trotzdem hat er die ganze Stadt abgeklappert, bis er sie endlich gefunden hatte. Ist das nicht toll?«

»Genug Muskat!« befahl Marianne, richtete sich auf und nahm ihre Tochter aufs Korn. »Soll das heißen, du hast dich verliebt?«

»Ja, Mutter.«

»Verliebt und verlobt«, fügte Stefanie hinzu.

»Du willst wieder heiraten?«

»Ja.«

»Ist er …« Marianne stockte. »… Schweizer?«

»Nein. Er stammt aus Afrika.«

»Ein Schwarzer?« fragte Marianne voll Entsetzen.

»Nein, Mutter, Abou ist Marokkaner.«

»Alle Araber sind Terroristen!«

»Nur ganz wenige, Mutter. Die meisten sind ruhige, anständige Leute. Abou jedenfalls ist weder ein Terrorist noch ein Fundamentalist.«

»Er ist wirklich sehr nett«, erklärte Stefanie, »richtig nett. Du wirst ihn mögen.«

»Ist er denn hier?« fragte Marianne erschrocken.

»Nein, nein. Er ist in Genf geblieben. Er konnte sich leider nicht freimachen.«

»Da bin ich aber froh. Das wäre ein schwerer Schlag für Vater gewesen.«

»Wir müssen es ihm sagen.«

»Nein, bitte, tut das nicht. Nicht ausgerechnet an Ostern. Es ist alles sowieso schon traurig genug.«

»Eine Hochzeit ist doch kein Trauerfall, Mutter. Mach nicht so ein Gesicht. Du solltest dich mit mir freuen, daß ich einen Mann gefunden habe. Wir werden ein Hotel in Tanger bauen. Du und Vater, ihr könnt uns dort besuchen.«

»Und was ist mit Stefanie? Wirst du sie ins Internat stecken?«

»Natürlich nicht.«

»Ich gehe mit!« erklärte Stefanie fröhlich. »Auf zu den weißen Stränden Marokkos!«

Sabine berichtete alles, was es über ihre Pläne und neue Ehe zu sagen gab, aber sie konnte ihre Mutter nicht beruhigen. Sie war nur froh, daß Marianne wenigstens nicht in Tränen ausbrach.

Beim Essen herrschte eine bedrückte Stimmung. Sabine litt unter dem Gefühl, daß es doch eigentlich an ihr gewesen wäre, dem Vater die Neuigkeit zu berichten. Aber es fehlte ihr der Mut dazu, und sie entschuldigte sich vor sich selber mit dem ausdrücklichen Wunsch der Mutter zu schweigen.

Dennoch fürchtete sie, daß der Vater – trotz Stefanies unbekümmerten Geplauders – merken müßte, daß etwas nicht in Ordnung war. Sie wartete auf seine Frage. Aber die Frage blieb aus.

Am Abend, auf der Heimfahrt, war Sabine bedrückt. Stefanie merkte es. »Sei nicht traurig, Mami!« sagte sie. Seit sie in Deutschland waren, hatte sie ihr »Maman« vorübergehend fallenlassen. »Sie werden sich an Abou schon gewöhnen.«

»Großmutter tut mir leid. Immer muß sie alle schlimmen Nachrichten an Opa vermitteln. Früher waren es die schlechten Schulnoten, die dummen Streiche – und jetzt das!«

»Aber sie will es doch so, glaube ich. Sie hätte doch leicht sagen können: ›Aber das erklärst du deinem Vater gefälligst selber!‹, nicht wahr?«

»So ist sie nun einmal. Schon immer hat sie sich für die Familie aufgeopfert – und was ist der Dank dafür?«

»Meinst du, du hättest ihr zuliebe Bernhard heiraten sollen?«

»Das wäre nun doch zuviel verlangt.«

»Na siehst du! Und niemand kann von Inge verlangen, daß sie auf ihren Charly verzichtet, bloß weil Opa ihn nicht leiden kann. Daß Walter mit seinen Freunden lieber eine Tour macht, als zu Hause zu hocken, ist doch auch nur ganz natürlich.« Nach einer langen, nachdenklichen Pause fügte sie hinzu: »Ich glaube, deine Eltern stellen zu große Ansprüche. Deshalb sind sie unglücklich.«

»Ich finde das schlimm.«

»Ach was, Mami, für dich ist das ganz gut so. Wenn sie mit ihren anderen Kindern zufrieden wären, wärst du das schwarze Schaf. Aber so macht es doch kaum was aus.«

»Du bist eine kleine Philosophin«, sagte Sabine, halb gerührt, halb spöttisch.

Stefanie ließ sich nicht beirren. »Wir beide«, behauptete sie, »wir machen es besser. Wir nehmen uns so, wie wir sind.«

Sabine wurde bewußt, daß ihre Tochter ihr noch nie ernsthafte Schwierigkeiten gemacht hatte, und sie empfand plötzlich tiefe Dankbarkeit. »Du bist ganz wie dein Vater«, sagte sie, »ich bin sehr froh, daß ich dich habe.«

Zu Hause nahmen sie noch einmal zusammen ein Bad in der großen runden Badewanne. Sie wußten, daß sie dieses Vergnügen weder in Genf noch in Tanger würden wiederholen können. Beide wurde ein bißchen wehmütig bei diesem Gedanken.

20

Die letzten Tage in München vergingen rasend schnell. Stefanie besuchte Freundinnen, die in den Osterferien nicht verreist waren, Sabine traf sich noch ein-, zweimal mit Bernhard. Aber die meiste Zeit verbrachten die beiden damit, Möbel, Teppiche und Bilder zu sortieren und Kisten zu packen. Ohne Stefanie, die mit Feuereifer dabei war, dachte Sabine und sprach es auch aus, hätte sie es nicht geschafft.

Als Lisbeth kam, wurde sie gleich mit eingespannt. Die Freundin nutzte die Gelegenheit, einiges für sich selber abzustauben, und Sabine gönnte es ihr von Herzen. Es war überraschend, wieviel geliebter Krimskrams sich im Laufe der Jahre in der Wohnung angesammelt hatte. Lisbeths Bedenken gegen ihre Heirat berührten Sabine ganz und gar nicht. Der verborgene Neid war allzu deutlich spürbar. Es gelang Sabine sogar, die Freundin mit ihrer Begeisterung für das Hotel am Meer anzustecken.

»Wenn es erst steht, komme ich euch besuchen«, versprach sie.

»Ja, tu das.«

»Weil du es bist«, fügte Stefanie vorwitzig hinzu, »machen Maman und Abou dir vielleicht sogar einen Sonderpreis!«

»Plappermaul!«

Stefanie quittierte diese Bemerkung mit einer Grimasse.

Auf der Rückfahrt lag Sabines Auto schwer auf der Straße; sie hatten sämtliche Koffer und Taschen mit Kleidungsstücken vollgepackt.

Am liebsten wäre Sabine in einem Rutsch durchgefahren, wie Stefanie es vorschlug. Nur die Vernunft befahl ihr, hin und wieder eine Pause einzulegen. Sie hatte unendliche Sehnsucht nach Abou; es war ihr, als wären sie Monate getrennt gewesen.

Immerhin trafen sie, von Ungeduld getrieben, früher als angenommen, in Genf ein. Sie fanden einen Parkplatz in der Rue de Bâle, nahmen das leichtere Gepäck heraus und ließen das Auto abgeschlossen stehen.

In der Wohnung angekommen, hätte Sabine gern ein Bad genommen. Aber das war nicht der richtige Augenblick, denn Abou konnte jeden Moment erscheinen.

Tatsächlich kam er eine halbe Stunde später, sehr adrett in einem seiner hellen Anzüge, wenn auch ohne Krawatte.

Sabine warf sich ihm in die Arme. »Oh, bin ich froh, daß ich wieder hier bin!«

»Ich auch!« stimmte Stefanie zu. »Du wirst eine Menge zu schleppen haben, Abou!«

»Trink eine Tasse Tee mit uns!«

Abou zog sich schon die Jacke aus. »Nein, nein. Erst die Arbeit, dann das Vergnügen, wie ihr Deutschen so schön sagt. Gib mir die Autoschlüssel!«

Er war stark und geschickt. Es gelang ihm, fünf Koffer auf einmal die Treppen hinauf zu expedieren. Sabine und Stefanie bewunderten ihn.

»Nichts dabei für jemanden, der auch schon den Gepäckträger gemacht hat«, wehrte er ab, stapelte die Koffer in dem engen Eingang und schlüpfte wieder in seine Jacke.

Danach setzten sie sich in Sabines Zimmer mit schwarzem Tee und trockenen Keksen zusammen. Sabine und Stefanie erzählten, wie tüchtig sie gewesen waren und wie viele Kisten sie gepackt und Teppiche gerollt hatten. »Auch meine Familie weiß jetzt

Bescheid«, verkündete Sabine und wechselte einen verschwörerischen Blick mit ihrer Tochter, der besagte, daß sie die Einzelheiten für sich behalten wollten.

»Und was ist mit deiner Wohnung, *Sabine*?« fragte er.

»Wird verkauft. Bernhard macht das. Du weißt, Doktor Bernhard Heuss – der mich mal in Genf besuchen wollte.«

Abous hübsches Gesicht verfinsterte sich. »Warum?«

»Aber wir haben uns doch geeinigt, daß sie verkauft werden soll.«

»Warum gerade von diesem Mann?«

»Er war so freundlich, mir zu helfen. Abou, wir müssen froh und dankbar dafür sein.«

»Das sehe ich nicht so. Dieser Mann liebt dich. Ich weiß es.«

»Wo denkst du hin!« protestierte Sabine, konnte aber nicht verhindern, daß sie errötete.

»Du wirst rot, weil du dich schämst. Du hast dich hinter meinem Rücken mit deinen alten Freunden getroffen. Das ist nicht gut so.«

»Ich schäme mich für deine schmutzige Phantasie!« sagte sie heftig.

»Eine anständige Frau tut so etwas nicht.«

»Abou, ich bitte dich! Ich kenne Bernhard seit vielen Jahren. Er war der beste Freund meines Mannes. Ich mußte ihm doch wohl erzählen, daß ich heiraten werde.«

»Ein Anruf hätte genügt.«

»Nein, eben nicht. Er hätte denken können, daß ich ihm nicht mehr ins Gesicht sehen könnte. Vielleicht springt ihr in Marokko mit Freunden so um. Bei uns ist das nicht üblich.«

»Wir Marokkaner verstehen von Freundschaft viel mehr als ihr. Wir sind treu bis in den Tod. Aber Freundschaften zwischen Mann und Frau gibt es nicht. Wir wissen das. Deshalb ist es verboten, daß eine verheiratete Frau mit einem anderen Mann unter vier Augen zusammenkommt.«

»Aber ich war ja dabei!« behauptete Stefanie.

»Noch bin ich nicht verheiratet!« protestierte Sabine. »Abou, ich muß dir sagen: deine Eifersucht ist einfach kindisch. Wenn du mir zutraust, dich bei der ersten Gelegenheit zu betrügen, wie kannst du dann überhaupt erwägen, mich zur Frau zu nehmen? Wenn du so anfängst, dann ändern wir doch besser unsere Pläne.« Wütend funkelte sie ihn aus ihren schönen blauen Augen an; gerade weil ihr Gewissen nicht ganz rein war, gelang es ihr um so besser, sich in eine Wut hineinzusteigern.

»Ich mag diesen Mann nicht«, sagte er verbissen.

»Aber du kennst ihn doch gar nicht.«

»Ich fühle seine Aura. Er ist mir durch und durch unsympathisch.«

»Du spinnst.«

»Versprichst du mir, daß du ihn nie wiedersehen wirst?«

»Nein, das kann ich nicht. Da er meine Angelegenheiten regelt, ist es durchaus möglich, daß ich ihn irgendwann wiedersehen muß.«

»Gerade darauf hat er es abgesehen. Siehst du, ich hatte recht.«

»Andererseits ist eine erneute Begegnung nicht sehr wahrscheinlich. Er wohnt in München, wir werden in Tanger leben. Also wird es wohl kaum passieren, daß er mir über den Weg läuft.«

»Er wird das schon arrangieren.«

»Abou, wie kannst du nur! Ich war so stolz, daß ich alles geschafft habe, so glücklich, wieder bei dir zu sein, und du benimmst dich wie der Teufel aus der Kiste, der alles kaputtmachen muß.«

Jetzt, endlich, begann er nachzugeben. »Tut mir leid, *Sabine*, du warst so lange fort.«

»Zehn Tage!«

»Für mich war es eine lange Zeit. Ich habe mir Sorgen gemacht. Was ist, wenn ihre Familie nicht einverstanden ist? Was wird sein, wenn der alte Freund verlangt, daß sie Schluß mit mir macht? Es war schlimm. Ich hatte große Angst, dich zu verlieren.«

»Verlieren wirst du mich nur, wenn du dich aufführst wie eben. Dann bist du nämlich ganz und gar unausstehlich.«

»Es tut mir leid, *Sabine*.«

»Sag: Es wird nicht wieder vorkommen!«

»Es wird nicht wieder vorkommen!« wiederholte er brav und fügte überraschend hinzu: »Darf ich euch heute abend zum Essen einladen?«

»Na klar«, rief Stefanie, sehr erleichtert, daß der Streit vorbei war.

»Aber erst wollen wir uns frisch machen«, sagte Sabine.

Er stand auf. »Ich hole euch in einer halben Stunde ab.«

Als sie allein waren, nutzten sie die Zeit zu duschen und sich umzuziehen. Sabine war dankbar, daß Stefanie keinen Kommentar zu Abous Benehmen abgab. Die Eifersuchtsszene war ihr peinlich. Aber bewies sie nicht nur, wie sehr er sie liebte und wie groß seine Angst war, sie zu verlieren? Doch das war ein Thema, über das sie mit ihrer kleinen Tochter unmöglich diskutieren konnte.

Beim Essen im »Tamaris« war die Stimmung dann ausgesprochen munter und gelöst. Alles Mißtrauen schien geschwunden. Abou und Stefanie alberten wie zwei Kinder. Sabine wäre gerne endlich mit ihrem Geliebten allein gewesen, aber sie hätte es als unfair empfunden, Stefanie fühlen zu lassen, daß ihre Anwesenheit überflüssig geworden war. So gab sie sich Mühe, genauso heiter zu sein wie die anderen.

Es war Stefanie selber, die die Initiative ergriff. Nachdem sie ihr Dessert verspeist hatte, gähnte sie ostentativ, wenn auch hinter vorgehaltener Hand. »Ich lasse euch jetzt allein«, verkündete sie, »es zieht mich in mein Bett.« Schon stand sie auf. »Ihr werdet mir deswegen nicht böse sein.«

»Ein feines Mädchen«, sagte Abou, als sie gegangen war.

»Ja, das ist sie.«

Klaglos beglich er die Rechnung, die sicher höher ausgefallen war, als er sich vorgestellt hatte; Sabine und Stefanie hatten die seltene Einladung gehörig ausgenutzt. Ihr fiel auf, daß er sich noch gar nicht danach erkundigt hatte, wie hoch der Erlös aus dem Verkauf ihrer Wohnung ausfallen würde. Aber von sich aus mochte sie jetzt nicht darüber sprechen. Das Thema schien ihr zu profan.

Sie sehnte sich danach, in seinen Armen zu liegen.

Die Nacht hatte die Stadt am See schon in Dunkelheit gehüllt, als sie das Restaurant verließen. Das Licht der alten Laternen schimmerte diffus in der regenfeuchten Luft.

Als er sie küßte, wurden ihre Knie weich. Es war ihr, als schmölze sie dahin. Sie fühlte sich einer Ohnmacht nahe.

»Ich kann's kaum noch erwarten«, flüsterte sie heiser. »Ich auch nicht«, gestand er.

Sie faßten sich bei den Händen und begannen, wie auf Verabredung, loszulaufen.

Außer Atem kamen sie in seiner Wohnung an, entkleideten sich gierig. Doch obwohl sein Verlangen gewaltig und unübersehbar war, nahm er sich Zeit, viel Zeit, sie zum Höhepunkt ihrer Lust zu bringen. Seine Hand auf ihrem Mund dämpfte die Schreie, die sie nicht unterdrücken konnte.

Später, als sie allmählich wieder zu sich selbst zurückfand, keuchte sie: »Oh, Abou, ich liebe dich so sehr.«

»Du wirst diesen Mann fallenlassen, ja?«

Es störte sie, daß er in diesem Moment eine Forderung an sie stellte, verstand auch ihren Sinn nicht ganz, war aber nicht in der Verfassung sich zu wehren. »Alles, was du willst«, versprach sie.

»Gut«, sagte er zufrieden und zog ihren Kopf an seine glatte Brust.

21

Die letzten Monate in Genf schienen sich endlos zu dehnen. Sabine und Abou konnten es kaum erwarten, ihr neues Leben in Tanger in Angriff zu nehmen. Stefanie, von ihrer Ungeduld angesteckt, erging es fast genauso.

Die Arbeit in der Versicherung hatte Sabine schon lange keinen Spaß mehr gemacht. Nur aus Pflichtgefühl hatte sie trotzdem ihr Bestes gegeben. Jetzt aber fand sie keinen Grund mehr, sich zusammenzureißen.

Soll sie mich doch rauswerfen, dachte sie, wenn Madame Archinard wieder einmal etwas zu tadeln hatte.

Wahrscheinlich wäre Madame Archinard sie, da Sabine das Arbeitsklima störte, auch nur zu gerne losgeworden. Aber ihr waren die Hände durch einen Vertrag gebunden. Die Münchner Filiale hatte Sabine längst darüber informiert, daß sie nicht zurückkommen würde.

Das Verhältnis zu Hélène hatte sich ganz von selber wieder eingerenkt. Frédérics Benehmen in der Neujahrsnacht hatte sie ernüchtert. Sie hatte aufgehört ihm nachzulaufen, aber je abweisender sie sich gab, desto mehr bemühte er sich nun um sie. Die Geschichten, die sie zu erzählen wußte, hatten sich nicht sehr verändert. Sie schienen Sabine immer gleichzubleiben, wenn auch unter veränderten Vorzeichen. Es fiel ihr schwer, das gewünschte Interesse aufzubringen.

Sie selber konnte sich nicht überwinden, die soviel jüngere Frau ins Vertrauen zu ziehen. Sie hatte ihr nur gesagt, daß sie Abou heiraten und mit ihm nach Tanger ziehen wolle.

Hélène hatte darauf nur in einem, wie es Sabine schien, recht abschätzigen Ton erwidert: »Na ja, da unten in Marokko kann das mit euch beiden vielleicht sogar gehen.«

Das hatte nicht gerade ermutigend geklungen. Also zog Sabine es vor, ihre Gefühle, ihre Hoffnungen und ihre Sorgen für sich zu behalten.

Der Sommer war sehr schön. Sabine und Stefanie gingen, wie im vergangenen Jahr, so oft wie möglich schwimmen, segelten zuweilen mit Abou, ruderten oder machten Spaziergänge.

An regnerischen Tagen unternahmen sie Schaufensterbummel oder streiften durch die Geschäfte und Kaufhäuser. Am liebsten hätten sie sich ganz neu eingekleidet.

Doch Abou hielt sie davon ab. »Das alles gibt es in Tanger auch!« verkündete er stereotyp und: »Wir haben sowieso schon zuviel Gepäck.«

Das waren Argumente, denen sich Mutter und Tochter nicht verschließen konnten.

Endlich war es Juli. Stefanie war dreizehn geworden und gab eine Party für ihre Mitschüler. Sabine lud ihre Kolleginnen und Kollegen zu einem Aperitif ein. Dabei bemerkte sie, daß sie beliebter gewesen war, als sie selber geglaubt hatte. Selbst Madame Archinard versicherte ihr ihre guten Wünsche für die Zukunft.

Dann endlich war der Tag der Abreise gekommen. Bei einem letzten Blick aus dem Flugzeug auf dem »Jet d'eau« wurde Sabine bewußt, daß eines der glücklichsten Jahre ihres Lebens zu Ende ging.

22

Die Ankunft in Tanger hätte nicht besser verlaufen können.

Abous Bruder Noureddine erwartete die Ankömmlinge und schleuste sie, da er mit einem Polizisten befreundet war, an dem Touristenstrom vorbei, der an der Paßkontrolle Schlange stehen mußte. Offensichtlich hatte er auch einen Freund beim Zoll, denn die Koffer bekamen ihre weißen Kreidezeichen, ohne daß sie kontrolliert worden wären.

Es war noch hell, doch die Hitze des Tages hatte bereits nachgelassen. Auf der Fahrt in die Stadt blickten Sabine und Stefanie interessiert aus dem Wagenfenster. Die Straße führte durch eine hügelige, fast baumlose Landschaft. Die Felder waren bereits abgeerntet und die Wiesen von der Sonne versengt. Sabine fragte sich, wann es hier zuletzt geregnet haben mochte. Sie kamen am »Ahlen Village« vorbei, einem in Parks gebetteten Hotelkomplex. Hier schien es keine Probleme mit der Wasserversorgung zu geben, denn alles grünte üppig.

Die ersten Lichter von Tanger leuchteten auf. Die Straße war jetzt auf beiden Seiten von Palmen gesäumt, unter denen Marokkaner in bunten, wallenden Gewändern flanierten. Zuweilen sah man auch einen vollbepackten Esel, der von seinem Herrn mit einem Stock angetrieben wurde.

Für Sabine und Stefanie war dies die allererste Begegnung mit einem orientalischen Land. Von Tanger selbst bekamen sie an diesem Abend nicht viel mit; sie waren müde und gingen früh zu Bett.

Abou hatte Zimmer in Tangers feinstem und teuerstem Hotel, dem »El Minzah« reserviert. Doch auch die Eleganz dieser palastartigen Anlage konnten Sabine und Stefanie nicht mehr würdigen. Sie waren schon früh aufgestanden und nach all den Aufregungen müde.

Abou und Noureddine indes tranken noch in dem friedlichen palmenbewachsenen Innenhof beim Plätschern eines kleinen Springbrunnens Tee und plauderten bis spät in die Nacht. Als Abou dann endlich in ihr gemeinsames Zimmer kam, war Sabine schon tief und fest eingeschlafen.

Die nächsten Tage fühlte Sabine sich wie in Trance. Sie hatte sich Tanger nicht viel anders als die Städte Spaniens vorgestellt. Jetzt fühlte sie sich wie im tiefsten Orient.

»Das ist noch gar nichts!« erklärte Abou vergnügt. »Warte nur ab, bis wir einmal in den Süden reisen, zu den Kisbahs und in die Wüste – dagegen wird dir Tanger europäisch vorkommen.«

Obwohl viele Marokkanerinnen europäisch gekleidet waren, sah man überall Frauen in knöchellangen Djellabahs, mantelähnlichen Gewändern, an der Vorderseite und den Ärmeln mit Bordüren benäht und mit einer kleinen Kapuze versehen. Man sah Djellabahs in allen denkbaren Farben und Stoffen – der Stolz einer Marokkanerin war es, eine besonders ausgefallene Djellabah aus einem aus dem Ausland mitgebrachten Stoff zu besitzen.

»Müssen sich die Frauen hier verhüllen?« fragte Sabine.

»Nein. Aber so eine Djellabah ist ein äußerst praktisches Kleidungsstück. Man sieht immer korrekt angezogen aus. Morgens zieht man sie einfach über das Nachthemd, wenn man schnell etwas einkaufen muß.«

Bei näherem Hinsehen bemerkte Sabine, daß diese züchtigen Gewänder ausgesprochen verführerisch wirken konnten, zum Beispiel, wenn sie aus einem fließenden Stoff waren und zu hochhackigen Schuhen getragen wurden. Dazu kam, daß die Djellabahs seitlich bis zum Knie geschlitzt waren und man bestickte und mit Spitzen verzierte Beinkleider hervorblitzen sah.

Es gab auch Frauen, vor allem ältere, die nonnenähnliche Gewänder mit festgesteckten Kapuzen trugen; sie waren durch ein kleines, besticktes Tuch, das sie sich um die Nase und Mundpartie gebunden hatten, verschleiert. Viele Männer trugen Gewänder, die Soutanen ähnelten. Die Jungen zogen im Sommer oft die »Gandoura« einer Jeans vor. Sie war sehr weit geschnitten, aus Baumwolle, mit einem V-Ausschnitt und einer großen Tasche auf der Brust versehen.

Sabine kannte die Gandoura bereits von Abou, der sie als »Hauskleid« trug, allerdings war er darunter nackt, was Sabine besonders attraktiv fand.

Abou war ein geübter Fremdenführer. Schon als Junge hatte er, wenn er bei Verwandten in Tanger zu Besuch war, sich damit ein bißchen Geld nebenbei verdient. Er kannte alle Routen und Tricks der »Guides«. Ihr Hauptverdienst bestand nämlich nicht aus den paar Dirhams, die der zufriedene Tourist ihnen zusteckte, sondern – sofern ein Kauf zustande gekommen war – aus der Kommission der Händler, die auf den Stadtgängen besucht wurden.

Vom »Hotel Minzah« aus schlenderten Sabine, Stefanie und Abou die Rue de Liberté in Richtung Großer Socco.

»Socco ist die spanische Form von Souk, was soviel wie Markt bedeutet«, erklärte Abou.

Der Socco war ein weiter Platz, der von Menschen und Autos überquoll. Sogar jetzt, um zehn

Uhr vormittags, war es sehr heiß. Sabine hätte am liebsten eine Bermuda und ein Top angezogen, aber Abou hatte ihr abgeraten.

»Die Marokkaner sind hinter den Touristinnen her wie der Teufel hinter der armen Seele. Du mußt sie nicht auch noch dazu verleiten, oder?«

Daher hatte Sabine mit Bedacht ein kurzärmeliges, hellblaues Hemdblusenkleid angezogen. Auch Stefanie hatte sich Abous Anweisungen gefügt und trug Jeans und ein T-Shirt. Als sie erlebten, wie die leichtgeschürzten Touristinnen, denen sie immer wieder begegneten, von den Marokkanern angesprochen und verfolgt wurden, waren sie froh darüber.

Vor dem Eingang zum überdeckten Souk standen und saßen viele auffallend gekleidete Frauen. Um die Hüften hatten sie ein rot-weiß oder rot-weiß-schwarz gestreiftes grobes Tuch geknotet. Dazu trugen sie Oberteile aus synthetischer Spitze, manchmal sogar mit Silberfäden durchzogen. Die älteren Frauen waren fast durchwegs dicklich, und man sah ihre schweren Brüste sich gegen den Stoff abzeichnen. Den Kopf und die Schultern hatten sie mit altmodischen Handtüchern verhüllt, deren Zipfel sie mit den Zähnen festhielten, um sich so zu verschleiern. Manche Frauen trugen auch einen großen Strohhut mit Wollpompons. Sie hatten ihre Waren vor sich auf alten Plastiktüten ausgebreitet: ein paar Tomaten, Zwiebeln, Kartoffeln, rote Beete, Salate, Eier oder Blumen.

»Was sind das für Frauen?« fragte Stefanie. »Und was ist in den aus Palmblättern geflochtenen Körben?«

Abou freute sich über Stefanies Neugierde. »Das sind Berberfrauen, die zweimal wöchentlich nach

Tanger zum Markt kommen. Sie wohnen in den Bergen oder auf dem Land, dem ›Campo‹, und kommen zu Fuß, mit dem Bus oder auf einem Esel, um die spärlichen Erträge ihrer Felder zu verkaufen. In den Palmkörben wird Käse transportiert.«

Die drei traten durch das große steinerne Tor in das Halbdunkel des überdachten Souks. Ein undefinierbarer, strenger Geruch schlug ihnen entgegen.

»Ih, hier stinkt's!« Stefanie rümpfte die Nase. »Und sauber ist es auch nicht gerade!«

Sabine nahm die Bemerkung ihrer Tochter gar nicht wahr. Sie war von dem Anblick der verschiedenen Läden gefangengenommen. Einige waren nur so groß, daß sich der Eigentümer gerade noch darin umdrehen konnte. Seine Ware hatte er um sich in Regalen aufgestapelt.

Vor allem die Gewürzhändler hatten es ihr angetan. In großen Schalen hatten sie Berge von verschiedenfarbigen Pulvern aufgehäuft.

Abou deutete auf einen roten Berg. »Das ist *felfla hloua*, süßer Paprika. Daneben, nicht so fein gemahlen und richtig dunkelrot, *felfla harra*, scharfer Paprika. Hier: *ibzar*, schwarzer Pfeffer, *kamoun* – Kreuzkümmel, *karfa* – Zimt, *chkinjbir* – Ingwer et cetera. Gewürze spielen in der marokkanischen Küche eine große Rolle.«

»Und dieses olivfarbene Pulver, was für ein Gewürz ist das?« fragte Sabine.

Abou lachte. »Das ist kein Gewürz, das ist Henna, mit dem sich die Frauen hier die Haare färben.«

Er führte sie durch den Souk, an einem Geflügelhändler vorbei, der hinter den an den Füßen aufgehängten Hühnern kaum zu sehen war, an Gemüseständen, deren pyramidenförmig aufgetürmte Ware in vielen Farben leuchtete, zu einem Stand, der nur unterschiedlich zubereitete Oliven verkaufte.

»Wollt ihr probieren?« fragte er.

»Natürlich!« riefen Sabine und Stefanie wie aus einem Munde.

Der Händler lächelte freundlich, als Abou einige Worte auf arabisch zu ihm sagte, und reichte Sabine und Stefanie mit einer großen Holzkelle verschiedene Oliven. Die kleinen, schwarzen schmeckten sehr scharf, die grünen, entkernt, waren mit Knoblauch mariniert worden, Sabine und Stefanie bedankten sich auf französisch. *»Maslama, Sidi!«* sagte Abou, und sie gingen weiter. »*Maslama* heißt ›Auf Wiedersehen‹?« wollte Stefanie wissen.

»Ja. Und ›Sidi‹ ist die höfliche Anrede für einen Mann.«

Später stellte Abou ihnen einen Mann namens Ibrahim vor. »Er macht die besten Nudeln, Ravioli und Cannelloni von Tanger!«

»Es ist mir ein Vergnügen, meine Kunden zufriedenzustellen, vor allem, wenn es sich um so hübsche Damen handelt!« antwortete Ibrahim in einem blumigen Französisch.

»Maslama!« sagten sie zum Abschied.

Abou sah sie erfreut an. »Ich sehe, ihr seid fest entschlossen, Arabisch zu lernen!«

Dann schlenderten sie durch einen schmalen Gang und kamen zum Fischmarkt. Der Boden war schmutzig, es roch stark nach Fisch, die Händler priesen laut ihre Waren an: Sardinen, Seezungen, Thunfisch, Crevetten.

»Laß uns an die frische Luft gehen«, bat Sabine.

»Seid ihr schon sehr müde, oder wollt ihr euch noch ein bißchen die Medina, die Altstadt, ansehen?« fragte Abou.

»Nur zu, wo wir nun schon mal hier sind«, meinte Stefanie. Auch Sabine war einverstanden.

Sie gingen eine Gasse entlang, in der sich ein Juweliergeschäft an das nächste reihte und bogen dann links ab. Dies schien die Straße der Stoffhändler zu sein. Verschleierte Frauen suchten sich Stoff für ihre nächste Djellabah oder einen Kaftan, das Festgewand, aus. Barfüßige Kinder schlüpften durch die Menge.

Unter lauten »Balek! Balek!« – Rufen bahnte sich ein alter Mann mit Turban, europäischer Jacke und Sarouel, einer Art Pumphose, bekleidet, einen Weg durch die Menge. Seinen mit Holzkohle bepackten Esel zog er unerbittlich hinter sich her.

Sabine riskierte einen Blick in eine der dunklen Seitengassen. Vor den Haustüren standen Eimer mit Abfällen, die einen üblen Geruch verbreiteten; daneben spielten Kinder, barfuß, schmutzig, mit triefenden Nasen, die Fremden schüchtern anlächelnd.

Wie kann man hier nur leben, ohne Sonne ... in diesem Gestank! dachte Sabine schockiert.

Aber dann wurde sie von den ersten Bazaren abgelenkt.

Die Händler hatten farbenprächtige Teppiche an die Mauern gehängt, um die Touristen anzulocken.

»Where do you come from?« – »English!« – »Deutsch?« riefen die Händler ihnen zu.

Und als sie zugaben, daß sie Deutsche waren, redeten alle in mehr oder weniger korrektem Deutsch auf sie ein.

»Deutsche gute Leute! Rummenigge.«

»Ich sprechen Deutsch. Ihr kommt zu mir, ich euch machen guten Preis!«

»Kommen Sie in meinen Bazar – nicht kaufen, nur ansehen!«

Trotz der warnenden Blicke Abous ließ Stefanie sich in eines der Geschäfte ziehen.

Sabine hatte sich bei Abou eingehängt und wartete draußen.

Nach zehn Minuten stieß Stefanie wieder zu ihnen.

»Du hast was versäumt!« sagte sie zu Sabine. »Es gibt da drinnen wirklich herrliche Sachen!«

Sabine wollte ebenfalls hineingehen, aber Abou hielt sie zurück. »Das ist sicher nicht der letzte Bazar, den du sehen wirst«, meinte er ironisch. »Wenn du dich für so etwas interessierst, gehen wir lieber zu einem Händler, den ich persönlich kenne. So sind wir sicher, nicht übers Ohr gehauen zu werden.«

Sabine mußte zugeben, daß er recht hatte.

»Ich habe jedenfalls einen schönen Armreifen gefunden!« beharrte Stefanie. »Da, seht mal! Bitte, Maman, gibst du mir ein paar Dirhams dafür?«

»Wieviel will der alte Gauner denn dafür haben?« fragte Abou.

»Zweihundert Dirhams.«

»Was? Fast siebzig Mark!« rief Sabine.

»Aber er ist doch aus Silber und ganz schön schwer!«

»Silber?« Abou musterte den Reif. »Das glaubst aber auch nur du! Willst du ihn wirklich haben?«

»Ja!« sagte Stefanie trotzig.

Abou nahm das Streitobjekt und ging zu dem Händler in den Bazar. Nach einigen Minuten kam er mit einem kleinen Päckchen wieder heraus und reichte es Stefanie.

»Wieviel hast du nun bezahlt?« wollte Sabine wissen. »Fünfundzwanzig Dirhams. Er ist hübsch gearbeitet, aber von Silber keine Spur.«

Stefanie wurde knallrot. »Der Kerl hat mich betrügen wollen! So eine Unverschämtheit!«

»Immer mit der Ruhe. Zum Betrügen gehören immer zwei. Wenn du so naiv bist ... kein Händler würde das nicht ausnutzen. Du wirst dich daran gewöhnen müssen, daß hier gefeilscht wird. Das gehört einfach dazu.«

»Du hast recht, Abou«, gab Stefanie nach einigen Minuten nachdenklichen Schweigens zu. »Ich habe mich wie eine Touristin verhalten!«

Inzwischen waren sie an einen kleinen Platz gekommen, auf dem Frauen, verschleiert auf Holzkisten sitzend, Brot verkauften.

»In vielen Familien wird das Brot noch selber gebacken, sei es für den Hausgebrauch, sei es, um sich etwas dazuzuverdienen«, erklärte Abou.

Sabine stieg der angenehme Geruch frischen Brotes in die Nase. »Ich hätte Lust, eines zu probieren.«

»Ich auch!« rief Stefanie.

Sie wählten ein großes, rundes, weiches Fladenbrot. Es war noch warm und schmeckte ausgezeichnet.

Abou führte die Frauen durch die Medina. Alleine hätten sie sicher sehr bald die Orientierung verloren.

Unterwegs wurden sie immer wieder aufgehalten, weil Abou von befreundeten Händler in ein kurzes Gespräch verwickelt wurde.

Sabine und Stefanie standen dann hilflos daneben.

Abou kam nie auf die Idee sie vorzustellen. Nur einmal ließ er es zu, daß man sie zu einem Tee einlud.

Driss, ein junger Mann mit heller Haut und gekräuseltem schwarzen Haar, stammte aus der gleichen Familie wie Abou und genoß sein Vertrauen.

Mit ein paar barschen Worten schickte Driss seinen Helfer, einen Jungen von höchstens zwölf Jahren, Tee zu holen. Zehn Minuten später kam er mit vier dampfenden Gläsern, die er in einem speziell dafür konstruierten Metallgestell hielt, zurück.

Driss sprach sehr gut Französisch und hieß sie herzlich in Marokko willkommen. Dann palaverte er mit Abou arabisch.

Nach einiger Zeit begann Sabine, die ihren Tee bereits ausgetrunken hatte, unruhig zu werden. Sie stand auf und begann sich im Laden umzusehen. Die ausgestellten Messinggefäße, die in weichem Leder gearbeiteten Handtaschen, nichts gefiel ihr besonders gut.

Abou und Driss redeten immer noch.

Sabine stellte sich ostentativ in die Tür und versuchte Abou mit den Augen ein Zeichen zu geben.

Abou sah sie an, reagierte aber nicht.

Kurz entschlossen nahm sie Stefanie bei der Hand. »Entschuldigt uns, bitte, einen Moment, wir schauen uns nur mal draußen ein bißchen um. In zehn Minuten sind wir wieder zurück.«

Ohne die Zustimmung Abous abzuwarten, traten Sabine und Stefanie aus dem Halbdunkel des Bazars auf den sonnenüberfluteten Platz.

»Uff, ich habe fast 'nen Anfall von Klaustrophobie bekommen!« stöhnte Stefanie. »Von dem starken Ledergeruch ist mir ganz flau im Magen!«

Sie schlenderten die Straße entlang, hatten aber doch zuviel Angst, sich zu verlaufen, so daß sie in einer kleinen Runde wieder zu ihrem Ausgangspunkt zurückkehrten.

Abou wollte gerade aufbrechen.

Sabine bedankte sich besonders herzlich für den Tee, und sie verabschiedeten sich.

»Über was habt ihr denn die ganze Zeit geredet?« erkundigte Stefanie sich neugierig.

»Über Familienangelegenheiten.«

»So lange?« fragte Sabine, ehrlich verwundert.

»Hier braucht alles seine Zeit. Es ist eine Frage der Höflichkeit, des Taktes, nicht gleich mit seinen Anliegen herauszuplatzen, sondern erst einmal Konversation zu machen. Es war jedenfalls nicht richtig von dir, einfach aufzustehen und zu gehen.«

»Und was hätte ich, deiner Meinung nach, tun sollen? Dich um Erlaubnis bitten? Wie ein Opferlamm dasitzen und mich tödlich langweilen?«

»Jedenfalls ...« versuchte Abou einzuwerfen.

Aber Sabine war richtig in Fahrt gekommen. »Ich finde es wirklich sehr unhöflich, in unserer Gegenwart nur arabisch zu sprechen. Gut, ich kenne deine Familie noch nicht, aber ihr hättet eben ein Gesprächsthema finden müssen, das für alle Anwesenden interessant gewesen wäre.«

»Mein armes Mädchen! Du hast mal wieder nichts begriffen! Natürlich hätte Driss sich mit dir unterhalten können, aber er hätte dadurch nur gezeigt, daß er dich nicht als meine Frau, sondern als ein x-beliebiges Betthäschen betrachtet ... und da hätte er ernste Schwierigkeiten mit mir bekommen!«

»Ich pfeife auf diese Art von Respekt! Ich bin kein Ausstellungsstück, sondern eine Frau! Und ich bin keine Marokkanerin, also behandle mich wie eine selbständige Frau!«

»Wenn das so ist, dann hättest du dich wohl lieber nicht mit einem Marokkaner einlassen sollen!« sagte Abou kalt. »Entweder du paßt dich hier an, oder du nimmst das nächste Flugzeug nach Deutschland.«

Stefanie zog es vor, sich nicht einzumischen, und so gingen sie schweigend nebeneinander her.

Plötzlich gab Sabine Abou einen Kuß auf die Wange. »Ich will versuchen mich anzupassen. Vielleicht ist es ein Fehler, aber ich liebe dich eben. Versprich mir nur, mir das Leben nicht allzu schwer zu machen!«

Abou wehrte geniert ihre Zärtlichkeit ab. »Bitte, Sabine, nicht hier auf der Straße!«

»Oh«, sagte sie gespielt pikiert, »ist das auch schon wieder so ein marokkanisches Tabu?«

»Du hast es erraten!«

»Wenn das so ist ... Ich verspreche dir hiermit hoch und heilig, dir niemals mehr meine Zuneigung öffentlich zu zeigen, sei es in Worten oder Taten. Aber wehe dir, wenn du dich in mein Bett verirrst – ich warte auf dich wie eine Spinne auf die Fliege!«

Jetzt mußte auch Abou lachen, und Stefanie stimmte erleichtert mit ein.

Sie waren nun dem Labyrinth von engen Gassen entronnen, und als sie ein paar Stufen zu einer Aussichtsterrasse hinaufstiegen, bot sich ihnen ein herrliches Panorama.

Direkt unter ihnen befand sich der Hafen, dann konnte man die Strandpromenade erkennen und die berühmte Bucht von Tanger mit ihrem kilometerlangen Strand.

»Da hinten ist das Cap Malabata mit seinem Leuchtturm. Dahinter, kaum noch zu erkennen, der Djebl el Moussa, der ›Mosesberg‹«, erklärte Abou.

Sabine war von der Schönheit der weißen Häuser der Kasbah, die sich gegen den wolkenlosen Himmel abzeichneten, wie verzaubert. »Wir werden hier sehr glücklich sein«, flüsterte sie.

23

Sabine und Stefanie genossen ihre »Ferien«.

Abou hatte sich von einem Freund ein Auto ausgeliehen und kutschierte sie nach Belieben herum, auch zu seinem Grundstück. Es lag am Ende der Strandpromenade, leicht verwildert und von achtlos weggeworfenen Schachteln, Dosen und Flaschen übersät. Doch seine Größe und Lage waren vielversprechend. Sabine und Stefanie waren begeistert.

Allerdings war es jetzt im August doch so heiß, daß Sabine und Stefanie es vorzogen, bis vier Uhr nachmittags am Schwimmbad des »Minzah Hotels« zu liegen. Abou leistete ihnen tagsüber nur selten Gesellschaft. Er kümmerte sich um Verwaltungsdinge, suchte Freunde und Verwandte auf, versuchte, Geschäftsverbindungen zu knüpfen.

Sabine vermutete ihn zu Recht die meiste Zeit in einem der fast ausschließlich von Männern besuchten Cafés – Kontaktzentren der Stadt. Er bemühte sich um eine Baugenehmigung, und das schien ziemlich kompliziert zu sein.

Sie war froh, sich ungestört erholen zu können. Bereits nach einer Woche war ihre Haut tief gebräunt, und sie sah hübscher aus denn je.

Einmal nahm Abou Sabine und Stefanie zum Cap Spartel mit. Die Straße führte in Richtung Westen, zur »Montagne«, was soviel wie Gebirge bedeutet. In Wirklichkeit handelt es sich eher um eine von Pinien und Eukalyptus bewaldete Hügellandschaft. Hier ist es auch im Hochsommer angenehm kühl, und man hat einen schönen Blick auf Tanger.

Auf der »Montagne« befindet sich auch der Sommersitz des marokkanischen Königs Hassan II. und der Königsmutter. Wer in der Gesellschaft von Tanger eine Rolle spielen will, erklärte Abou, täte gut daran, sich hier anzusiedeln, möglichst in der Nähe der weitläufigen und prunkvollen Palastanlagen der kuwaitischen und saudischen Prinzen.

Sabine hatte ihr Fenster ganz geöffnet und atmete den frischen Geruch des Eukalyptus tief ein.

Nach einer Weile kamen sie in ein felsiges Gebiet, der Atlantik rollte mit aller Kraft gegen die Felsküste. Bei genauerem Hinsehen bemerkte Sabine, daß selbst auf diesen Klippen Wellblechhütten standen; jedes Fleckchen kultivierbarer Erde war ausgenutzt worden.

Abou parkte das Auto vor einem kleinen Restaurant beim Cap Spartel, und gemeinsam gingen sie zum Leuchtturm. Kleine Fischerboote und große Tanker liefen zu ihren Füßen langsam durch die Meerenge von Gibraltar. Der Wind peitschte in ihre Gesichter.

Weiter ging es dann zu den Herkuleshöhlen, einem beliebten Ausflugsziel für Touristen.

Ein alter Mann mit einem Öllämpchen führte sie durch die teilweise überfluteten Grotten. Er machte die Besucher auf die Spuren der Steinzeitbewohner und der Phönizier aufmerksam, die den Kalkstein für die Herstellung von Mühlsteinen verwendet hatten.

Leicht fröstelnd kletterten die drei wieder ans Tageslicht. Sie beschlossen, einen Umweg zu machen und über eine andere Straße heimzufahren.

Die Armut des Landes zeigte nun ihr wahres Gesicht. Sabine fand die sonnenverbrannten Felder, mageren Kühe und geschundenen Esel nicht mehr malerisch. Hier kam man nicht durch niedliche Dörfer, sondern stieß überall nur auf Verhau, Hütten oder armselige Häuschen.

Frauen, das kleinste Kind auf den Rücken gebunden und lediglich mit einem Tuch gegen die Sonne geschützt, von einer Kinderschar begleitet, liefen am Straßenrand den mühseligen Weg vom Markt nach Hause.

Wie viele Kilometer hatten sie wohl in dieser Hitze schon zurückgelegt? Sabine war von den Bildern tief getroffen, aber Abou schien es nicht einmal zu bemerken. Sabine sprach ihn darauf an.

»Sabine, Marokko ist ein armes Land, das weiß ich so gut wie du«, antwortete er, »aber du darfst die Zustände hier nicht mit europäischen Maßstäben messen. Die Leute sind seit ihrer Kindheit gewohnt, lange Strecken zu Fuß zu machen. Sie empfinden das nicht als erniedrigend. Und wenn sie ein Stückchen Land, ein paar Hühner und zwei Kühe haben, preisen sie sich glücklich.«

»Machst du es dir da nicht ein bißchen einfach? Könnte man nicht doch etwas gegen diese Zustände tun?«

»Meine kleine Samariterin!« spottete er. »Was wirst du erst sagen, wenn du die Leute siehst, die in den Slums von Tanger, wohnen! Wellblechhütten, die bei jedem Regen aufs neue überflutet werden und in denen es im Sommer brütend heiß ist. Sie alle kamen vom ›Campo‹ und hofften, in der Stadt Arbeit zu finden. Es gab aber weder genug Arbeit noch Wohnungen. Die Leute schlagen sich mit Betteln und Gelegenheitsarbeiten durch, die kleinen Mädchen verdienen sich ein paar Dirhams in den Teppichknüpfereien. Wie willst du da helfen?«

»Aber der Staat, die Verwaltung ...«

»Da kümmert sich keiner ernsthaft drum. Man sagt den Leuten, der Sahara-Krieg verschlinge Millionen, die man sonst vielleicht in Industrieprojekte gesteckt hätte. Aber das ist Allahs Wille, da kann man nichts machen.«

»Daß du und ich nichts an der Situation ändern können, weiß ich selber. Aber wir können doch nicht wortlos darüber hinwegsehen!«

»Wozu?«

»Weil diese armen Leute Menschen sind wie du und ich!«

»Jeder von uns hat sein Schicksal, und jeder muß es tragen, wie es kommt. Man kann sich nicht dagegen aufbäumen, man muß sich abfinden.«

»Und du hast dich über die Trägheit deiner ersten Frau aufgeregt!«

»Das steht auf einem anderen Blatt, *Sabine*. Ich habe immer versucht, aus meinem Schicksal das Beste zu machen, und ich bemühe mich auch weiter darum. Aber ich bin weder zum Reformer noch zum Revolutionär geboren. Sei ehrlich! Würdest du dir das wünschen?«

»Nein«, mußte Sabine zugeben.

»Na, endlich hört ihr auf, euch zu streiten!« ließ Stefanie sich vom Rücksitz vernehmen. »Es ist ja auch in Europa nicht alles in Ordnung, Maman, das wirst du zugeben. Zu Hause hast du dich um Elend und Ungerechtigkeiten nie gekümmert. Ich finde nicht, daß du gerade jetzt damit anfangen solltest. Marokko ist trotz allem ein schönes Land, und ich freue mich, daß wir hier sind.«

»Ich ja auch«, stimmte Sabine zu, aber sie wußte, daß sie Marokko nie mehr nur mit den Augen einer Touristin würde sehen können.

24

Die marokkanische Heiratszeremonie war, wie Sabine fand, eine reichlich unromantische Angelegenheit. Sie wurde von einem Adoul, dem zuständigen moslemischen Rechtsvertreter, in Gegenwart zweier rechtgläubiger Zeugen in einem nüchternen Büro vollzogen.

Sabine verstand kein Wort und war froh, als alles überstanden war. Nach marokkanischem Gesetz war sie jetzt rechtsgültig verheiratet, nicht aber nach deutschen Bestimmungen, die eine nur religiös geschlossene Ehe nicht anerkennen würden. Sabine schien dies aber ohne weitere Bedeutung zu sein, denn schließlich wollte sie mit Abou in Marokko und nicht in Deutschland leben.

Mit der Heirat rückte eine Prüfung immer näher, vor der Sabine sich fürchtete: Sie mußten Abous Eltern besuchen.

Obwohl er ihr immer wieder versicherte, daß seine Eltern sie mit offenen Armen empfangen würden, konnte sie ihr Unbehagen nicht abschütteln. Sie stellte sich mit Entsetzen vor, wie ihre Eltern Abou als Schwiegersohn aufgenommen hätten. Seine Eltern hatten ihr gegenüber vielleicht ähnliche Vorurteile, zumal er sich ihretwegen hatte scheiden lassen. Außerdem spürte sie, daß Abou sich, insgeheim, gar nicht so sicher war, wie er vorgab. Seine Mutter hatte seine erste Frau immer gern gemocht, und sein Vater war nicht besonders begeistert darüber, daß sein Sohn eine Christin zur Frau gewählt hatte.

Trotzdem, es führte kein Weg an diesem Besuch in Chaouen vorbei.

Beide waren froh, daß Stefanie es vorzog, im Hotel zu bleiben. Sie hatte Anschluß an ein Berliner Ehepaar gefunden, das mit seinen Kindern – eines in ihrem Alter – Ferien in Tanger machte. Frau Lübecke erklärte sich bereit, sich um Stefanie zu kümmern.

Liebevoll, wenn auch nicht ganz frei von Schadenfreude, wünschte Stefanie ihrer Mutter zum Abschied viel Vergnügen und winkte dem alten Mercedes nach, bis er auf dem Boulevard Pasteur verschwunden war.

Dann zog sie sich erleichtert um und suchte sich einen guten Platz am Schwimmbecken.

Es war erst acht Uhr morgens. Sabine und Abou hofften ihr Ziel noch vor der größten Hitze zu erreichen.

Chaouen war nur 120 Kilometer von Tanger entfernt, aber die Straße war kurvenreich und schmal, so daß man nur langsam vorankam.

Sie verließen Tanger in Richtung Osten.

Sabines Aufmerksamkeit wurde von einer großen Arena angezogen – ein Überbleibsel der spanischen Kolonisation. Zu ihrer Verwunderung stellte sie fest, daß sich in dem baufälligen Gebäude Menschen eingenistet hatten. Wäscheleinen liefen von Galerie zu Galerie, Kinder und Hunde tummelten sich vor den großen Toren. Wie lebte man dort wohl, ohne Wasser, Strom und sanitäre Anlagen?

Bald ließen sie das Industrieviertel und die Außenbezirke Tangers hinter sich und erreichten die Vorläufer des Riff-Gebirges. Hier spendeten Pinien Schatten, und ab und zu sah man auch ein schmales Rinnsal, wo nach Regen ein Wasserfall herunterstürzte.

Wenig später erreichten sie eine Hochebene, und in der Ferne sah man Tetouan, als weißen Fleck an dem dunklen Berghang. Tetouan, ehemalige Verwaltungshauptstadt der Spanier, verdankte seine Bedeutung einerseits einem kleinen Industriezentrum, andererseits der Nähe zu Ceuta, am Mittelmeer gelegene spanische Enklave und Hauptversorgungsquelle der Schmugglerbanden. Ceuta und Mellila wurden immer wieder von der marokkanischen Regierung von Spanien zurückgefordert, aber selbst überzeugte marokkanische Patrioten waren nicht sicher, ob ein Nachgeben von spanischer Seite wirklich wünschenswert wäre. Eine ganze Reihe von Waren, angefangen von Alkohol und Zigaretten über Käse, Joghurt und andere Lebensmittel bis hin zu Radios, Videogeräten und anderen elektrischen Geräten, würden damit fast vollständig vom einheimischen Markt verschwinden.

Abou und Sabine beschlossen, kurz in Tetouan haltzumachen, um sich zu erfrischen.

Abou wählte ein kleines Café am Hauptplatz, sie tranken einen frisch gepreßten Orangensaft, und langsam begann Sabine sich zu entspannen.

Es gefiel ihr hier auf Anhieb gut. Der Platz wurde von einer runden Gartenanlage beherrscht, mit Geranien, Rosen und Orangenbäumchen bepflanzt. In der Mitte gab es einen kleinen Springbrunnen und einige Steinbänke, auf denen es sich europäische Jugendliche bequem gemacht hatten.

Obwohl sie sich eigentlich hatten beeilen wollen, zeigte Abou Sabine auch noch den Souk – wegen seiner großen Auswahl an ausländischen Artikeln auch bei den Tangerois sehr beliebt. Der Souk war in drei Etagen direkt an einen Berghang gebaut, mit Holz oder Wellblech überdacht und beherbergte eine Vielzahl von kleinen Ständen, die Seife, Jeans, Kinderkleidung, Pullover etc. feilboten. Doch Abou sah auf seine Armbanduhr und trieb sie zur Eile an.

Die letzten fünfzig Kilometer nach Chaouen zogen sich endlos hin. Aber der Anblick der kleinen Stadt entschädigte Sabine für die lange Fahrt. Inmitten einer kargen, ausgetrockneten bergigen Landschaft glich Chaouen, dank einer Quelle, einem Paradies. Selbst jetzt, Ende August, da alle Felder nach Wasser lechzten, war Chaouen von einem grünen Gürtel umgeben.

Abous Familie wohnte in einem Mietshaus am Rande der Stadt. Als der Mercedes vor dem dreistöckigen schmucklosen Gebäude hielt, drückte Abou fest Sabines Hand und lächelte ihr zu.

»Es ist alles halb so schlimm, *Sabine*. Denk immer daran: du bist mit *mir* verheiratet und nicht mit meiner Familie!«

Sabine lächelte dankbar zurück. Aber innerlich zitterte sie.

Doch der Empfang, den man ihr bereitete, war mehr als herzlich.

Aisha, Abous Mutter, küßte sie auf beide Wangen. Mohammed, sein Vater, umarmte sie. Dann kam der Rest der Familie an die Reihe.

Die Mädchen, alle in schönen, bodenlangen Kaftans, küßten Sabine, und die jungen Männer gaben ihr, ein wenig schüchtern, die Hand.

Einige Kinder drückten sich am Eingang herum, waren aber nicht zu bewegen, ihr guten Tag zu sagen.

Immer wieder hörte Sabine das Wort *»Marhaba«*, was soviel wie »Willkommen« bedeutet. Sie, die kaum ein Wort arabisch sprach, konnte nur freundlich nach allen Seiten lächeln.

Man führte Abou und Sabine in den Salon. Alle zogen vor der Tür ihre Schuhe aus.

Nach typisch marokkanischer Art befand sich in dem Zimmer, rund herum die Mauer entlang, eine lange gepolsterte Bank, die mit einem bordeauxfarbenen Samt bezogen war. Darauf waren viele mit dem gleichen Stoff bezogene Kissen verteilt. An der Wand war ein Foto von Hassan II. und ein kunstvoll geschriebener Koranspruch aufgehängt. Die Tüllvorhänge vor dem vergitterten Fenster waren zugezogen. Ein Lüster – Sabine fand ihn entsetzlich kitschig – erhellte dem Raum. Vor den Bänken standen zwei niedrige, runde Tische, und in der Ecke lief ein Farbfernseher, selbst wenn sich niemand für das Programm zu interessieren schien.

Abou und Sabine nahmen Platz, die männlichen Familienangehörigen ebenfalls. Die Frauen verzogen sich in die Küche.

Die Männer redeten angeregt mit Abou; sie hatten ihn lange nicht gesehen. Um Sabine kümmerte sich keiner. Dann kam eine »Fatma«, ein Hausmädchen, sicher höchstens dreizehn Jahre alt, ärmlich gekleidet und barfuß. Sie legte geschickt Plastikdekken auf die Tische, verteilte Teller, Bestecke und Servietten und stellte Körbe hin, die aufgeschnittenes Fladenbrot enthielten. Zuerst wurde eine »Harira« mit Hühnerstückchen serviert, eine mit Mehl gebundene Suppe auf Linsenbasis. Bevor der erste Löffel zum Mund geführt wurde, sagte Mohammed *»Bismillah«*, und alle Anwesenden wiederholten dieses Wort.

Später erfuhr Sabine, daß *»Bismillah«* »Im Namen Gottes« bedeutet und den Segen Gottes beschwören sollte. Man sagte auch *»Bismillah«*, bevor man in ein Auto stieg, eine Arbeit unternahm, kurzum, fast immer.

Sabine fand die gebotenen Speisen köstlich.

Die Suppe war nicht zu scharf gewürzt und schmeckte leicht nach Zitrone. Dazu wurden kandierte Datteln gereicht. Die Kerne der Datteln und auch die Knochenreste aus der Suppe, legte man einfach auf die Tischdecke.

Anschließend gab es ein wunderbar duftendes »Tajin«, ein Schmorgericht, auf einem großen tönernen Teller mit konischem Deckel serviert. Es handelte sich offensichtlich um Rindfleisch mit Backpflaumen in einer Öltunke.

Auch dieses Gericht schmeckte Sabine, und sie bediente sich reichlich, bis ihr bewußt wurde, daß die Frauen nicht bei Tisch saßen. Wahrscheinlich mußten sie in der Küche das essen, was sie hier übrigließ.

»Warum können die Frauen nicht mit uns essen?« flüsterte sie Abou zu.

»Das ist nicht üblich. Jedenfalls nicht in meiner Familie«, antwortete er lakonisch.

Als nächster Gang wurde ein mit Kartoffeln und Tomaten geschmorter Fisch gereicht.

Sabine war eigentlich schon satt und aß nur aus Höflichkeit ein paar Bissen.

Als sie ihre Serviette zusammengelegt hatte, kam die Fatma noch einmal in den Salon. Sie trug eine große Schüssel mit einem üppigen Couscous – die Marokkaner nennen es Xsu-Xsu.

Sabine wurde plötzlich ganz blaß.

»Was ist los?« fragte Abou besorgt.

»Ich kann unmöglich noch einen Bissen hinunterbringen!« stöhnte sie.

»Mußt du aber, mein Schatz. Das Couscous ist der Höhepunkt der Mahlzeit. Wenn du da schlappmachst, kränkst du meine Mutter tödlich!«

Sabine warf ihm einen wütenden Blick zu. Er hätte sie doch wirklich vor dieser Eßlawine warnen können, dann hätte sie sich bei der Harira und dem Tajin etwas zurückgehalten.

Das Couscous, mit Lammfleisch, Karotten, Kichererbsen, Auberginen und Zucchini angerichtet, duftete ganz vorzüglich. Doch Sabine war froh, daß es direkt aus der Schüssel gegessen wurde. So fiel es niemandem auf, wie wenig sie aß.

Das Mädchen deckte den Tisch ab und wischte die Tischdecke mit einem Schwamm sauber.

»Was gäbe ich jetzt für eine Zigarette!« seufzte Sabine. Aber sie wußte, das hätte einen schlechten Eindruck auf die Schwiegereltern gemacht.

Zur Teezeremonie traf sich die ganze Familie.

Aisha zog ein weißes Spitzentuch von einem ovalen, reich ziselierten Silbertablett, auf dem drei zylinderförmige Gefäße, die Rbaia, für Zucker, frischer und verbrauchter Minze, standen.

Auf einem ähnlichen, aber größeren Tablett standen die kleinen, vielfarbig verzierten Teegläser und zwei bauchige Teekannen aus Silber mit den typischen konischen Deckeln.

Aisha tat drei Teelöffel grünen Tee in jede Kanne. Dann fügte sie reichlich Zucker und die Minze – *naana* – hinzu, die sie vorher leicht mit der Hand zerdrückt hatte, damit sich das Aroma besser entfalten konnte.

Der Tee mußte nun einige Minuten ziehen.

Aisha goß, die Teekanne ungefähr zwanzig Zentimeter über den Gläsern haltend, ein wenig Tee ein, kostete, schüttete den Inhalt der Gläser wieder in die Kanne zurück und goß erneut ein.

Zum Tee wurden traditionelle Süßigkeiten gereicht: mit Mandeln gefüllte »Gazellenhörner« – *kaab el ghzal* – die von Honig triefenden *briouts*, ein Blätterteiggebäck, und *ghoribas*, eine Art Mandelplätzchen.

Sabine mußte natürlich alles probieren und nachdrücklich loben.

Der heiße aromatische Tee hatte ihr gutgetan, und das Völlegefühl in ihrem Magen ließ nach.

Nach dem Tee zogen sich die Frauen mit Sabine in einen anderen Salon zurück. Die Wohnung umfaßte außer Küche und Bad das Elternschlafzimmer und drei Salons, von denen einer europäisch eingerichtet war.

Sabine kam sich inmitten dieser Frauen reichlich exotisch vor. Alle beäugten sie, kicherten und sprachen furchtbar schnell miteinander. Sie konnte nur dasitzen und unausgesetzt lächeln. Dabei versuchte sie, die Frauen genau zu beobachten.

Aisha, deren Gesicht durchaus als schön gelten konnte, während ihr Körper zu viele Rundungen angesetzt hatte, trug nach Berberart auf der Stirn und am Kinn eine kleine Tätowierung.

Sabine fragte sich, ob es als Schönheitsideal galt.

Alle Frauen hatten sich die Handflächen und Fußsohlen mit Henna gefärbt, was Sabine scheußlich fand. Abou hatte ihr erklärt, daß dies eine Tradition war, um die bösen Geister abzuwehren. Doch es wunderte sie, daß die jungen Mädchen es auch als schön zu empfinden schienen.

Als Aisha den Salon verließ, um sich, wie Sabine richtig vermutete, um das Abendessen zu kümmern – ihr wurde schon beim bloßen Gedanken an Essen schwindelig –, hatte die fünfzehnjährige Touria, eine von Abous Schwestern, ihre Schüchternheit überwunden. Touria ging noch zur Schule und sprach recht gut Französisch.

Jetzt bestürmte sie Sabine mit Fragen: Wie es ihr in Marokko gefiele, ob sie Kinder habe, wie die europäischen Männer seien. Da Touria nun einmal ihre Scham überwunden hatte, schreckte sie vor keiner Frage mehr zurück.

Sabines Antworten übersetzte sie den anderen, die sie, unter leisem Gekicher, kommentierten.

Sabine begann nun ihrerseits Touria zu befragen: Ob sie schon einen Verehrer habe, ob es wahr sei, daß die Ehen immer noch von den Eltern arrangiert würden. Touria bejahte das.

Sabine wollte auch wissen, welche Chancen sie als Frau hätte, später einmal einen Beruf auszuüben.

Als sie zum Abendessen gerufen wurden – diesmal aß die ganze Familie zusammen, und man hatte auch auf Teller verzichtet, jeder bediente sich mit einem Löffel und mit Hilfe der Finger aus einer großen Schüssel, die in der Mitte des Tisches stand –, hatte Sabine das Gefühl, einen angenehmen Nachmittag verbracht zu haben.

Auch Abou war gut gelaunt. Seine Eltern hatten Sabine als Schwiegertochter akzeptiert.

Nach dem Essen wurde nochmals Tee gereicht. Gemeinsam saß man vor dem marokkanischen Fernsehprogramm.

Es begann, wie jeden Abend, mit einer Lesung des Korans. Darauf folgte eine Sendung für Kinder, die »Biene Maja« auf arabisch. Dann kamen die Nachrichten. Die Hälfte der Meldungen befaßte sich mit Hassan II. Die noch folgenden Werbespots amüsierten Sabine sehr, weil sie so naiv gemacht waren. Obwohl sie kein Wort verstand, genoß sie die Folge einer ägyptischen Serie, eine pathetische Geschichte von einem jungen Mann, der in die Fänge einer älteren, verdorbenen Frau geraten war und Schande über seine Familie gebracht hatte. Aber zum Schluß, vor den Trümmern seiner Existenz stehend, gelang ihm ein neuer Anfang mit Hilfe des anständigen jungen Mädchens, das ihn, trotz allem, immer noch liebte.

Sabine war bereits rechtschaffen müde, aber sie mußte noch einen alten amerikanischen Spielfilm, diesmal auf französisch, über sich ergeben lassen, bevor das Programm mit dem Koran ausklang.

Danach wurden die Bänke in Windeseile in Schlaflager verwandelt.

Sabine teilte das Zimmer mit Touria, zwei anderen Mädchen und den Kindern. Sie sehnte sich nach Abous Nähe. Aber die Regeln des Familienlebens verboten anscheinend, daß sie die Nacht gemeinsam verbrachten, so wickelte sie sich in ihre Leintücher und Decken und war bald eingeschlafen.

Gegen vier Uhr wurde sie vom Ruf eines Muezzin geweckt.

Für die Gläubigen war es jetzt, bei Sonnenaufgang, Zeit für das erste der fünf obligatorischen Gebete des Tages. Mehrere Muezzins fielen in den Gesang des ersten ein. Sabine fand den ungewohnten Singsang unheimlich.

Bald daran fing ein Hund an zu bellen, ein anderer antwortete, ein Hahn krähte, ein paar aufgeschreckte Gänse schnatterten wild durch die Dunkelheit.

Die marokkanischen Nächte waren voller Geräusche.

Sabine gelang es nur schwer wieder einzuschlafen.

Während der nächsten Tage war Sabine nur selten, und auch dann nur für kurze Zeit, mit ihrem Mann allein.

Er wurde völlig von seiner Familie mit Beschlag belegt, ging seine alten Freunde besuchen – Frauen hatten da nichts zu suchen – und verbrachte ganze

Nachmittage im Café, Trik-Trak spielend, Tee trinkend und lautstark diskutierend.

Sabine blieb der Obhut der Frauen überlassen. Sie sah, wie die Schwestern, auf dem Boden sitzend und singend, den Grieß für Couscous zwischen ihren Handflächen rollten, immer wieder, bis kein Körnchen mehr am anderen klebte. Sie sah, wie die Wäsche in großen Bottichen mit kaltem Wasser gewaschen wurde.

Sabine half mit, das Fladenbrot zuzubereiten. Touria zeichnete den Teig mit einem kleinen, hölzernen Stempel, deckte ihn mit einem weißen Tuch zu und trug ihn zu dem nahe gelegenen öffentlichen Ofen – einem großen, dunklen Kellerraum, in dem es herrlich nach frischem Brot und Kuchen duftete.

Die Mädchen nahmen Sabine aber auch mit in eine »Kassaria«, eine Geschäftspassage, in der sich hauptsächlich Stoffhändler und Schneider niedergelassen hatten. Gemeinsam suchten sie einen hellblauen Brokatstoff aus, der, mit einer silbernen Bordüre versehen zu einem Kaftan für Sabine verarbeitet werden sollte. Ein einziges Mal gelang es Sabine doch, mit ihrem Mann der Familie zu entrinnen. Hand in Hand gingen sie durch die wunderschöne Medina von Chaouen.

Die Häuser kamen ihr wie gemütliche Höhlen vor, alle Ecken und Enden waren abgerundet. Um die Türöffnungen sah man noch Reste von hellblauer Farbe, die die Djnoun, die bösen Geister, aber auch die Mücken abschrecken sollte.

Sabine bewunderte das schöne Minarett der Moschee am Uta-el-Hammam-Platz. Chaouen war lange eine Hochburg des Islam und für Ungläubige verboten gewesen.

Abou begleitete Sabine auch zu dem Wasserfall des Oued Laou, des Flüßchens, dem Chaouen seine blühenden Gärten verdankte.

Nahe dem Wasserfall, unter schattigen Bäumen, war ein kleines Café. Sabine spürte den Frieden, der von diesem Ort ausging. Sie und Abou sprachen kein Wort, fühlten sich dennoch sehr verbunden.

Sabine genoß die Zeit in Chaouen und lernte eine ganze Menge über die marokkanische Lebensweise. Trotzdem war sie doch sehr erleichtert, als sie mit Abou wieder auf der Heimreise nach Tanger war.

Ihre Flitterwochen waren damit vorüber. Was würde ihnen die Zukunft bringen?

25

Gleich am nächsten Tag besichtigten Abou, Sabine und Stefanie die Wohnung, die ihm sein Bruder Noureddine überlassen hatte.

Die Wohnung lag in Kastillia, einem nicht besonders vornehmen, aber verhältnismäßig zentralen Viertel von Tanger. Die Straßen waren schmutzig, Schwärme von Fliegen schwirrten über dem Abfall. Als Abou die Wohnungstür aufschloß, schlug ihnen ein unangenehmer Geruch entgegen – die Wohnung stand seit Monaten leer. Der Strom war abgestellt.

Abou ging voraus, um einen Fensterladen zu öffnen.

Sabine sah die ganze Misere: alle Wände waren von schwarzen Feuchtigkeitsflecken und Schimmel bedeckt, der Putz bröckelte an mehreren Stellen ab.

Sabine konnte sich nicht beherrschen; sie brach in Tränen aus. Zu sehr hatte sie sich auf ihr erstes Heim mit Abou gefreut, zu groß war die Enttäuschung. Wie könnte sie je in einer so entsetzlichen Wohnung leben? »Reg dich nicht auf, wir kriegen das schon wieder hin. In Tanger haben alle Probleme mit der hohen Luftfeuchtigkeit, aber mit Hilfe von ein paar Handwerkern richte ich das prima her!« versuchte Abou sie zu beruhigen. »Schau dir doch erst einmal den Rest der Wohnung an!«

Aber was Sabine sah, trug nicht dazu bei, sie aufzuheitern. Die Wohnung bestand aus drei kleinen Zimmern. Die Türen waren von den Vermietern aus den Angeln gehoben und vermutlich verkauft worden. Der gekachelte Fußboden war abgenutzt. Die Küche bestand aus einem Spülbecken mit Kaltwasser-Anschluß, einer Arbeitsfläche aus Stein und einer Art Einbauschrank unter dem Spültisch.

»Ih, da sind ja Kakerlaken!« rief Stefanie.

Abou warf ihr einen bösen Blick zu.

Sabine zog sich angeekelt in den Salon zurück.

»Kein Grund zur Panik! Da streuen wir ein bißchen Gift, und morgen sind sie alle tot«, erklärte Abou.

Das Badezimmer sah kaum besser aus. Ein Stehklo, ein Waschbecken, eine notdürftige Duschvorrichtung, ein Wasserboiler, der mit Gasflaschen geheizt wurde. Auch hier spazierten Kakerlaken über den Fußboden.

»Mensch, hier gibt's ja nicht einmal eine Badewanne!« rief Stefanie. »Und das Klo ist wirklich eine Zumutung!«

Sabine konnte kein Wort herausbringen. Sie wünschte, sie hätte Marokko nie betreten. Wie in Trance folgte sie Abou und Stefanie zurück ins Hotel. Erst dort fand sie ihre Sprache wieder.

»Abou, ich kann in dieser Wohnung nicht leben«, sagte sie so ruhig, wie es ihr möglich war.

»Das ist keine Wohnung, das ist ein Loch!« echote Stefanie.

»Halt du dich da, bitte, ganz raus!« fauchte Abou sie an.

Stefanie, die an sich gerne ihre Kräfte mit ihm gemessen hätte, zog es vor, sich in ihr Zimmer zu verziehen. »Sabine«, sagte Abou fast flehend, »ich gebe zu, die Wohnung ist in einem schlimmen Zustand, aber wenn sie erst einmal frisch gestrichen ist ...«

»... wird sie immer noch ein Alptraum sein!« ergänzte Sabine. »Gib dir keine Mühe, Abou, ich werde meine Koffer packen und nach Deutschland fliegen.«

»Benimm dich doch nicht wie ein verwöhntes kleines Mädchen! Hör mir endlich mal zu!«

»Gut, ich höre ...«

Abou sah Sabine direkt in die Augen und sprach betont langsam auf sie ein. »Eine anständige Wohnung kostet hier mindestens fünfzehnhundert Dirhams im Monat. Und ich habe nicht die geringste Lust, eine derartige Summe einem Vermieter in den Rachen zu stecken. Wir müssen unser Geld zusammenhalten. Der Bau des Hotels wird teuer werden, wenn es wirklich so werden soll, wie wir es uns vorstellen. Auch der Transport deiner Möbel wird nicht billig sein. Mit anderen Worten: wir haben fünfzehnhundert Dirhams im Monat einfach nicht übrig.«

Sabine war wie vor den Kopf gestoßen; so hatte sie sich ihr Leben in Marokko nicht vorgestellt.

»Wir müssen jetzt durchhalten!« fuhr Abou fort. »Wenn das Hotel erst steht, werden wir eine traumhafte Wohnung haben. Mit allem Komfort. Vielleicht schaffen wir es sogar, daß wir für uns einen Bungalow bauen. Am Ende des Gartens. Das schwebt mir jedenfalls vor. Aber das ist natürlich nur zu machen, wenn wir jetzt sparen. Du mußt Geduld haben.«

»Wie lange?«

»Wie meinst du das?«

»Wie lange muß ich Geduld haben?«

Abou atmete auf. »Laß mich mal rechnen. Wenn wir Ende September mit den Bauarbeiten beginnen, werden wir im Frühjahr einziehen können.«

»Das ist lange, wenn man die Zeit in einer unsagbaren Wohnung verbringen muß.«

»Du wirst sehen: sie wird wie im Flug vergehen, und inzwischen können wir uns ja schon mit den

Plänen für unseren Bungalow beschäftigen.« Er setzte all seinen Charme ein.

»Auf jeden Fall mußt du ein schönes, großes Badezimmer für mich vorsehen«, seufzte sie lächelnd.

Abou hatte die Schlacht gewonnen. Sabine wußte nicht, ob es richtig war, ihm nachzugeben. Aber sie haßte es, sich mit ihm zu streiten. Seine Berechnungen klangen vernünftig. Also blieb ihr nichts anderes übrig, als in den sauren Apfel zu beißen.

Ihr Grauen vor der primitiven, schäbigen Wohnung hatte sich nicht gemindert. Aber sie liebte ihren Mann und glaubte, mit ihm glücklich werden zu können, gleichgültig wie und wo.

Sabine sah ein, daß sie auf Dauer nicht in dem sündhaft teuren »Minzah« wohnen konnten. Stattdessen mietete Abou seine Familie in einer netten kleinen Pension ein, dem »Hotel Andalusia«. Auch Stefanie nahm es verständnisvoll hin; ihre Berliner Freunde waren inzwischen ohnehin abgereist.

»Unsere Wohnung ist fertig«, verkündete Abou ein paar Tage später, »ihr werdet sie nicht wiedererkennen.«

Sabine war überzeugt, daß er übertrieb, sagte aber doch freundlich: »Wundervoll!«

Stefanie, nicht so gefügig, spöttelte: »Abou, der große Zauberer!«

Tatsächlich wirkte ihre neue Unterkunft, nachdem er sie geweißelt und die Kakerlaken vernichtet hatte, ganz freundlich.

»Du könntest jetzt deine Möbel kommen lassen«, erklärte Abou stolz.

»Aber die passen nie und nimmer hier herein. Jedenfalls nicht alle. Besorgst du uns mal einen Zollstock?« Er eilte davon und war – anstatt sich festzureden, wie Sabine und Stefanie befürchtet hatten – erstaunlicherweise in wenigen Minuten zurück. Sie machten sich ans Vermessen, und es stellte sich heraus, daß Sabine recht gehabt hatte.

»Ich fürchte, ich muß nach Hause fliegen ...«

»Hier ist jetzt dein Zuhause!« unterbrach er sie schroff.

»Oh, pardon, nach München meine ich natürlich. Dann komme ich mit einem Teil der Möbel zurück. Wenn wir den Rest hier irgendwo unterstellen, gehen sie vor die Hunde. Soweit kenne ich mich jetzt schon aus.«

»Das ist wieder nur ein Vorwand«, behauptete er.

»Was willst du damit sagen?« fragte sie ehrlich erstaunt.

»Daß du diesen Mann treffen willst.«

»Du spinnst wohl!« rief Stefanie.

Abou warf ihr einen so bösen Blick zu, daß sie erschrak.

Aber sie spielte die Gleichmütige. »Ich glaube, ich lasse euch jetzt lieber allein. Bis später dann!« sagte sie und schlug die Wohnungstür hinter sich zu. Der Knall hallte in den leeren Räumen.

Sabine hatte sich inzwischen gefaßt. »Wenn du mit ›diesem Mann‹ Doktor Bernhard Heuss meinst«, erklärte sie eisig, »dann nenn ihn gefälligst beim Namen! Sprich nicht von ihm, als wäre er eine Unperson. Das ist er nämlich ganz und gar nicht.«

»Ich will nicht, daß du nach München fliegst und ihn triffst.«

»Das habe ich auch gar nicht vor!« behauptete sie, obwohl sie wußte, daß es nicht der Wahrheit entsprach; es wäre ihr geradezu unnatürlich erschienen, in München zu sein, ohne ihn wiederzusehen. Aber Abou das klarzumachen, war wohl unmöglich, und deshalb versuchte sie es erst gar nicht.

»Schwöre es mir bei allem, was dir heilig ist! Bei Stefanies Leben!«

»Das kann ich nicht.«

»Also doch.«

»Es könnte ja sein, daß ich ihm zufällig begegne ... auf der Straße oder in einem Lokal.«

»Lüg mich nicht an!«

»Abou! In was für einem Ton sprichst du denn mit mir!«

»Du und dieser Mann – ich kann es nicht ertragen.«

»Bernhard und ich sind nichts als gute Freunde. Warum geht das nicht in deinen Kopf hinein?« Da ihr bewußt war, daß dies nicht ganz der Wahrheit entsprach, änderte sie rasch ihre Taktik. »Glaubst du denn, es macht mir Spaß, nach München zu fliegen? Gerade jetzt, wo wir unser neues Leben beginnen? Es geht mir doch bloß um die Möbel.«

»Das Wohnzimmer werde ich im hiesigen Stil einrichten«, schlug er, ein wenig besänftigt vor.

»Gut. Einverstanden. Trotzdem brauchen wir Betten, Schränke, Wäsche, Geschirr. Meinst du, es ist praktischer, wenn wir das alles hier einkaufen?«

»Das wäre rausgeworfenes Geld.«

»Was schlägst du also vor?«

»Ich weiß es nicht«, sagte er betrübt, »ich weiß nur, daß ich dich liebe.«

Sie trat auf ihn zu. »Wieso hast du dann sowenig Vertrauen zu mir?«

Er nahm sie in die Arme, und sie küßten sich, beide noch erregt von dem Streit, den sie miteinander ausgefochten hatten. Sabines Leidenschaft ließ sie schwach werden, und ihre Knie wurden weich. Sie wehrte sich nicht, als er sie in die Arme nahm und auf den abgewetzten Boden legte. Dann war er über ihr und verschmolz mit ihr, als müßte es so sein. Kein Schrei kam über ihre Lippen, aber ihr war, als berste sie vor Glück. Wie konnten wir nur! dachte sie, als sie später ihr zerrissenes Höschen auszog und ihr Kleid glättete, aber dann kam sie sich plötzlich spießig vor.

»Na, jedenfalls«, sagte sie laut, »war das wohl unsere Einweihungsparty.«

Er küßte sie noch einmal sanft auf den Mund. »Wenn du nur lernen könntest, *Sabine*, daß Liebe mit Vertrauen nichts zu tun hat.«

Sie riß die Augen auf. »Nichts?«

»Gar nichts.«

Noch am selben Abend einigten sie sich darauf, daß sie Bernhard Heuss anrufen sollte.

Im »Hotel Andalusia« gab es nur beim Empfang ein Telefon. Doch Abou meinte, es müßte Sabine unangenehm sein, daß die Geschäftsführerin oder auch andere Gäste mithören konnten. Also schlug er vor, das Gespräch im Büro des Cafés seines Bruders Noureddine zu erledigen. Das, so argumentierte er, wäre auch billiger. Noureddine empfing sie freundlich wie immer, aber ein wenig zerstreut. Abou redete auf arabisch auf ihn ein. Er hörte schweigend zu, und Sabine fürchtete schon, daß er ihr Anliegen ablehnen würde. Sie wußte nicht recht, wie sie sich unter den neugierigen Blicken der Männer benehmen sollte, die an den kleinen Tischen saßen, rauchten und Tee oder Kaffee tranken. Als Abou und Sabine das Café betraten, hatten sie ihre Spiele oder Gespräche unterbrochen. Sabine tat so, als würde sie das Aufsehen, das sie erregte, gar nicht bemerken.

Endlich sagte Abou: »Geh mit ihm. Gib ihm die Nummer. Ich warte hier auf dich.«

Sabine folgte ihrem Schwager ins Hinterzimmer, einen winzigen Raum, der ganz von einem Schreibtisch, zwei wackligen Sesseln und einem Aktenschrank ausgefüllt war. An einer Wand hing der bunte Kalender einer Brauerei, der jedoch, streng nach moslemischem Kodex, keine Abbildungen von Menschen, sondern nur schäumende Biergläser vor einem abstrakten Hintergrund zeigte. Da der Raum kein Fenster hatte, war die Luft recht abgestanden.

Noureddine wies Sabine mit einer Handbewegung, auf dem Sessel vor dem Schreibtisch Platz zu nehmen, und sie reichte ihm ihr aufgeschlagenes Notizbuch, in dem sie Bernhards private Nummer unterstrichen hatte.

Er nickte, nahm ihr gegenüber Platz und begann zu wählen.

»Ich weiß gar nicht«, sagte sie unsicher, »ob er um diese Zeit zu Hause ist.«

Noureddine äußerte sich nicht, und sie wußte nicht, ob er sie verstand. Sie hatte ihn noch nie französisch, geschweige denn deutsch reden hören.

Stumm reichte er ihr den Hörer, als das Freizeichen ertönte. Sabine nahm ihn entgegen und wartete. Sie errötete leicht, als Bernhard Heuss sich meldete.

»Guten Abend, Bernhard!« sagte sie. »Hier ist Sabine. Ich rufe aus Tanger an.«

Während er seiner Überraschung Ausdruck gab, hielt sie die Sprechmuschel zu und erklärte Noureddine: »Es ist gut, ich habe ihn an der Strippe.«

Sie hoffte, daß er nun das Büro verlassen würde. Doch Noureddine fing an in einem Stoß Rechnungen zu blättern, prüfte Zahlenkolonnen, indem er mit der Spitze eines Kugelschreibers an ihnen entlangfuhr. Sie hätte es nicht beschwören können, aber sie hatte das Gefühl, daß sie kontrolliert werden sollte.

»Ja, es geht mir gut«, sagte sie in die Sprechmuschel, »es ist alles in Ordnung. Du brauchst dir keine Gedanken zu machen. Wir haben auch schon eine Wohnung gefunden.«

»Ist sie schön?« fragte Bernhard.

»Nein, ist sie nicht«, erwiderte Sabine, wobei sie unwillkürlich zu Noureddine hinsah, »aber sie ist zentral gelegen. Abou meint, wir müßten unser Geld für den Hotelbau zusammenhalten.«

»Da hat er sicher recht.«

»So, findest du?«

»Unbedingt. Auch wenn man noch so scharf kalkuliert, kommen bei so etwas immer unvorhergesehene Kosten auf einen zu.«

»Du scheinst Erfahrung zu haben«, sagte sie ein wenig spöttisch.

»Und ob! Als Rechtsberater hat man allzuoft mit Menschen zu tun, die in Schwierigkeiten geraten sind, weil sie sich bei einem Bauprojekt übernommen haben.«

»Daran hatte ich jetzt gar nicht gedacht«, gab sie betroffen zu.

»Es ist sehr gut, daß dein Freund für dich mitdenkt. Du warst ja immer eine kleine Prinzessin auf der Erbse.«

Sie ärgerte sich über ihn. »Er ist mein Mann«, wies sie Bernhard zurecht, »wir sind inzwischen verheiratet.«

»Meinen herzlichen Glückwunsch. Wie konnte ich das vergessen.«

»Sei nicht so zynisch!«

»Verzeih mir! Das war nicht beabsichtigt.«

Sabine holte tief Atem; sie haßte es, Bernhard noch einmal um etwas bitten zu müssen. »Ich brauche deine Hilfe, Bernhard.«

»Ach ja?« fragte er, scheinbar uninteressiert; er hatte offensichtlich nicht die Absicht, es ihr leichter zu machen als nötig.

»Die Wohnung ist winzig, verstehst du, alle meine Möbel gehen unmöglich hinein. Aber einiges brauche ich eben doch. Die Einrichtung von Stefanies Zimmer, mein Bett, meinen Nachttisch, zwei Schränke und die Kisten. Wie soll ich das Schenker klarmachen?«

»Am besten kommst du für zwei, drei Tage her.«

»Das will Abou nicht.« Hastig fügte sie hinzu: »Es wären ja auch wieder unnötige Ausgaben.«

»Ein sparsamer Junge, dein Mann«, spöttelte er.

»Könntest du das nicht, bitte, für mich in die Wege leiten?«

Bernhard schwieg. Sie wartete und sah in Noureddines betont gleichgültiges Gesicht.

»Wenn es denn sein muß«, erklärte Bernhard endlich. »Du bist ein Schatz! Es ist auch das letzte Mal, daß ich dich um etwas bitte.«

»Das wage ich kaum zu hoffen.«

»Stell dich nicht an! Jeder weiß, daß du ein von Natur aus gefälliger Mensch bist. Hast du was zu schreiben? Ich habe mir eine Liste gemacht.« Sie diktierte ihm, was sie brauchte.

»Und das natürlich so schnell wie möglich?« fragte er. »Ja, bitte. Wir sind nicht mehr im ›Minzah‹, sondern in einem bescheidenen kleinen Hotel.« Sie gab ihm die Telefonnummer. »Es ist nicht sehr teuer dort, aber es läppert sich doch zusammen.«

»Wieder einmal die berühmten unnötigen Kosten.«

»Spotte nur! Für uns ist das eine ernsthafte Sache.« Sie hätte ihn gern gefragt, wie es ihm ging, was er in letzter Zeit erlebt und ob er Lisbeth oder einen ihrer anderen Bekannten getroffen hatte. Aber in Noureddins Anwesenheit hatte sie Angst, womöglich in einen allzu freundschaftlichen Ton zu verfallen. »Also, mach's gut, Bernhard«, sagte sie deshalb nur, »und unternimm bald etwas!«

»Schon morgen«, versprach er, »in der nächsten freien Minute. Sag mal, bist du etwa nicht allein?«

»Wie kommst du darauf?«

»Du hörst dich merkwürdig gehemmt an. Irgendwie nicht wie du.«

»Das kommt dir nur so vor«., behauptete sie mit einem kurzen Seitenblick auf ihren Schwager.

»Oder hast du etwa schon die Rolle der folgsamen moslemischen Ehefrau angenommen?«

»Ich bin ganz die, die ich immer war!« wehrte sie sich. »Wenn unser Hotel erst steht, mußt du uns unbedingt besuchen kommen.«

»Nichts lieber als das.«

»Dank für alles!« sagte sie noch und legte dann rasch auf. Sie spürte, daß eine Anwandlung von Sentimentalität sie zu überwältigen drohte, die sie sich Noureddine gegenüber nicht anmerken lassen wollte.

Sie stand auf. »Das war's dann, Noureddine. Das Finanzielle wird wohl Abou erledigen.«

Auch er erhob sich und sah sie an. Überrascht entdeckte sie einen Funken von Verständnis in seinen braunen Augen, die denen Abous so sehr ähnelten, nur daß sie ganz ernst und ohne Lachfältchen ins Leben schauten.

26

Wenn Sabine an das Telefonat mit Bernhard zurückdachte, konnte sie sich nicht des Eindrucks erwehren, daß dabei wichtige Dinge nicht zur Sprache gekommen waren. Sie hätte aber nicht sagen können, warum sie das Gespräch als so unbefriedigend empfand. Falls Noureddine, wie sie vermutete, Abou über den Inhalt und Ton unterrichtet hatte, war seine Beurteilung jedenfalls positiv ausgefallen, denn Abou unterließ die gewohnten Vorwürfe. Als Bernhard Heuss ein paar Tage später telegrafierte, daß das Speditionsgut von München abgegangen war, zeigte er sich hoch erfreut.

Von da an ging er jeden Morgen zum Hafen, um zu sehen, ob der Container mit Sabines Möbeln schon angekommen war. Doch es dauerte mehr als zwei Wochen. Sabine begleitete ihn, um das Umzugsgut in Empfang zu nehmen. Alle Kisten, Kartons und Teile der auseinandergenommenen Möbel waren abgeladen und in einer großen Halle gelagert worden. Als sie kamen, war ein Zöllner gerade dabei, die Ladung zu inspizieren und mit der Inventarliste zu vergleichen. Dann kam er auf Abou zu und richtete ein paar Fragen an ihn.

Eine längere Diskussion entstand.

Sabine, die daneben stand und nicht verstand, um was es ging, wurde immer nervöser.

Endlich erklärte ihr Abou das Problem: Der Beamte behauptete, ihre Waschmaschine sei neu. Sie hätten folglich Zoll zu zahlen.

»Nein, die Maschine ist nicht neu, ich habe sie schon über ein Jahr. Aber da ich in Genf war, habe ich sie natürlich nur selten benutzt.«

Abou übersetzte Sabines Worte dem Zöllner, der nicht überzeugt zu sein schien.

»Und wenn wir einfach den Zoll bezahlen würden?« schlug Sabine vor. »Sonst werden wir noch die ganze Nacht hier stehen und diskutieren.«

»Bist du verrückt? Bezahlen? Der Zoll für eine neue Waschmaschine beträgt mindestens hundert- bis hundertfünfzig Prozent ihres Wertes! Willst du das Geld zum Fenster rauswerfen?«

Sabine schwieg betroffen.

Nach einiger Zeit gelang es Abou, wie durch ein Wunder, den Zollbeamten zu überreden, die Maschine durchzulassen.

Sabine mußte diverse Papiere ausfüllen und unterschreiben. Dann war das Umzugsgut vom Zoll freigegeben.

Jetzt wurde alles auf einige große Holzkarren verladen, die von je zwei Männern geschoben bzw. gezogen wurden. Die Kolonne brachte alles in die neue Wohnung und schleppte die Sachen bis in den dritten Stock.

Abou entlohnte sie großzügig mit einem *»baraka lla-hofik«*, was, wie Sabine inzwischen wußte, auf deutsch mit »Gott segne dich« übersetzt werden kann und, je nach Zusammenhang, auch »bitte« oder »danke« bedeutete.

Einer der Träger meldete sofort Interesse an den Kisten und Kartons an, und Abou versprach, ihn holen zu lassen, sobald alles ausgepackt sei.

Abou hatte, wie abgemacht, das Wohnzimmer marokkanisch eingerichtet: mit der obligatorischen Rundbank und einem niedrigen runden Tisch, der nach Zedernholz duftete. Als Stoff für die Kissenbezüge hatten sie handgewebte gelbe Seide gewählt.

Mit Hilfe von Noureddine gelang es ihnen, Betten und Schränke zusammenzubauen.

Dann begann das Auspacken der Kisten und Kartons. Steh- und Tischlampen kamen zutage, Wäsche und Geschirr verschwanden gleich in den Schränken.

Zuletzt öffnete Sabine eine Kiste mit Büchern, die ihr besonders am Herzen lagen.

»Du hast Glück, daß der Zöllner die Bücher nicht gesehen hat!« erklärte Abou. »Du hättest eine Liste anfertigen müssen, die dann von einer Behörde kontrolliert worden wäre – bis dahin wären sie beim Zoll blockiert gewesen. Und man hätte vermutlich angenommen, du wolltest verbotene politische Schriften ins Land schmuggeln.«

»Du meine Güte! So ein Aufwand für ein paar Bücher! Da bin ich ja gerade noch mal davongekommen!« sagte Sabine vergnügt.

Nach getaner Arbeit, Sabine und Stefanie waren rechtschaffen müde, verabschiedete sich Noureddine.

Abou zündete ihnen das Gas für den Wasserboiler an, und sie duschten sich ausgiebig. Anschließend wollte sich Stefanie ihr Haar föhnen, doch als sie den Stecker in die Dose steckte, passierte gar nichts.

»Abou, komm doch mal!« rief sie enttäuscht. »Warum funktioniert das Ding nicht?«

»Weißt du nicht, daß wir hier hundertzehn und nicht zweihundertzwanzig Volt Stromspannung haben?«

»Dann funktioniert der Kühlschrank auch nicht?«

»Nein, wir müssen einen Transformator vorschalten.«

»Wahnsinnig praktisch!« entfuhr es Sabine, die die Unterhaltung mit angehört hatte. »Aber von solchen banalen Problemen wollen wir uns doch die Laune nicht verderben lassen. Sobald unsere Haare einigermaßen trocken sind, gehen wir erst mal eine Kleinigkeit essen. Und morgen sieht alles schon viel besser aus.«

Doch nach der ersten Nacht mußte Sabine erkennen, daß alles noch viel schlimmer war, als es am Vorabend den Anschein gehabt hatte. Sie hatten alle eine schlechte Nacht verbracht.

Waren Sabine die Nächte in Chaouen schon unruhig vorgekommen, so war in Kastillia ein Höllenspektakel los. Ihr Nachbar ließ das Radio auf voller Lautstärke laufen, unter ihnen stritt man sich, daß Sabine jedes Wort hätte verstehen können, sofern sie des Arabischen mächtig gewesen wäre. Ein Baby plärrte, und eine Terrassentür schlug im Wind auf und zu.

Abou und Sabine wagten nicht, sich zu lieben, da Stefanie im Nebenzimmer sicher auch nicht schlafen konnte. So lagen sie nur eng aneinandergeschmiegt und hingen ihren Gedanken nach.

Plötzlich kam Stefanie mit einem Kassettenrecorder ins Zimmer.

»Was willst du denn hier?« fragte Abou ungehalten.

»Oh, ich will nur die Tonkulisse ›Heiße Nächte in Tanger‹ auf Kassette bannen. Die schicke ich dann meinen Freundinnen, damit sie hören können, was hier so vor sich geht.«

»Dann warte lieber noch, bis der Muezzin zum ersten Gebet ruft«, meinte Abou trocken.

Wie auf ein Stichwort begann der Muezzin der nahe gelegenen Moschee mit seinem Singsang. Alle drei mußten lachen, und sie beschlossen, jetzt endgültig zu schlafen.

Beim Frühstück versuchte Sabine das Thema »Türen« aufs Tapet zu bringen. »Wieviel werden wohl drei Türen kosten?« fragte sie ihren Mann.

»Zuviel. Sie müssen extra bei einem Schreiner angefertigt werden – das dauert Wochen –, und dann klemmen sie trotzdem. Und außerdem: das lohnt sich gar nicht, wo wir doch sowieso bald umziehen werden.«

»Bald ist gut gesagt«, warf Stefanie mit vollem Mund ein, »nach meinen Berechnungen dauert es noch mindestens drei Monate, bevor auch nur das Fundament eures Traumhauses gelegt ist. Also werden wir sicher bis zum nächsten Sommer hier hausen.«

»Dich habe ich nicht um deine Meinung gefragt!« fauchte Abou sie an. »Kümmere du dich gefälligst um deine eigenen Angelegenheiten!«

»Schon gut, schon gut, ich sag' kein Wort mehr.« Stefanie spielte die Zerknirschte, aber in ihren Augen blitzte der Schalk.

Sie konnte es sich nicht verkneifen, Abou von Zeit zu Zeit ein bißchen zu provozieren, und es war ihr auch diesmal wieder gelungen.

»Was sollen wir also machen?« hakte Sabine nach.

»Laß dicke Vorhänge anfertigen, das ist sowieso hübscher als Türen«, schlug Abou vor.

Sabine wollte sich nicht geschlagen geben. »Und wenn wir uns erst einmal einen Kostenvoranschlag für die Türen besorgen und uns dann entscheiden würden?«

»Macht, was ihr wollt! Aber wenn ihr Türen haben wollt, dann kümmert euch gefälligst selber darum. Ich kann meine Zeit nicht mit solchen Nebensächlichkeiten vertrödeln!« rief Abou aufgebracht, warf seine zerknüllte Serviette auf den Frühstückstisch und verließ die Wohnung.

Sabine und Stefanie sahen sich verblüfft an.

»Nebensächlichkeiten! Der hat gut reden!« – Stefanie hatte als erste die Sprache wiedergefunden.

Sabine war ganz blaß geworden; sie verstand auch nicht, warum Abou so wütend geworden war. »Weißt du, Stefanie, das Schlimme ist, daß wir gar keine Wahl haben. Ich kann hier nicht einfach in ein Geschäft gehen und ein paar Türen kaufen. Ich weiß nicht, wo ich in Tanger einen Schreiner finde. Und dann spricht er sicher nur arabisch. Mich als Europäerin wird er sowieso nicht akzeptieren, und ich habe keine Ahnung, wieviel eine Tür nun wirklich kostet.«

»Auf gut deutsch: ohne den lieben Abou sind wir aufgeschmissen.«

»Du hast's erfaßt.«

»Also, liebe Maman, welche Farbe schwebt dir dann für die Vorhänge vor?« fragte Stefanie. »Und wie sollen wir sie befestigen?«

»Türen oder Vorhänge, was soll's?« Sabine stand auf und räumte das Geschirr zusammen. »So wichtig ist das alles doch nicht, oder?«

Stefanie zog es vor, nicht zu antworten.

Sabine wurde es immer deutlicher bewußt, daß sie ohne Abou wirklich hilflos war. Dinge, die für sie in Deutschland problemlos gewesen waren – einkaufen, Handwerker bestellen usw. –, waren hier auf einmal unmöglich.

Dazu kam, daß Abou endlich seine Baugenehmigung bekommen hatte und nur noch selten verfügbar war. Er war mit der Aufsicht der begonnenen Bauarbeiten voll beschäftigt. Kam er dann nach Hause, hatte Sabine gleich eine Liste von Dingen zusammengestellt, die er unbedingt noch erledigen mußte. Das trug natürlich nicht gerade zu seiner guten Laune bei.

Die Waschmaschine stand unangeschlossen in der Küche, der Transformator ließ immer wieder die Sicherungen durchbrennen. Sabine hätte gerne ein Regal für die Küche gekauft – all das war ohne Abou nicht möglich.

Also wuschen Sabine und Stefanie abwechselnd die Wäsche in großen Bottichen und hängten sie, von den Nachbarinnen neugierig beobachtet, auf der Gemeinschaftsterrasse auf. Die Teppiche wurden zweimal pro Woche ausgeklopft, weil der Staubsauger nur mit 220 Volt funktionierte.

Dann wollte Abou unbedingt eine neue Antenne für den Fernseher kaufen.

Sabine wandte ein, daß das nun wirklich keine lebensnotwendige Ausgabe sei, aber Abou war da anderer Meinung.

»Ich schufte den ganzen Tag, da will ich, wenn ich mich mal entspannen kann, zumindest einen anständigen Fernsehempfang haben. Und außerdem können wir die Antenne ja später auf unser Hotel montieren.«

Dagegen fand Sabine keine Argumente, und die Anschaffung war beschlossene Sache.

Merkwürdigerweise fand Abou gleich am nächsten Tag Zeit, einen Fachmann zu mobilisieren. Der Mast und die Antenne wurden auf dem Flachdach montiert.

Nun war aber Kastillia fernsehtechnisch sehr ungünstig in einer Mulde gelegen. Dem ersten Team gelang es nicht, die Antenne so anzubringen, daß man einen guten Empfang hatte. Ein zweiter Fachmann wurde zu Rate gezogen. Der Antennenmast wurde um einige Meter erhöht und erneut verankert, ein Verstärker gekauft – natürlich ein ausländisches Produkt, doppelt so teuer wie ein marokkanisches –, die Antenne neu ausgerichtet.

Das Ergebnis fand Sabine nicht besonders befriedigend. Zwar konnte man jetzt das marokkanische und ein spanisches Programm gut empfangen, aber im zweiten spanischen Programm schneite es, und Gibraltar, das einzige Programm, das Sabine und Stefanie interessiert hätte, war nur bei ganz bestimmten meteorologischen Verhältnissen zu empfangen.

Sabine rechnete sich insgeheim aus, was die ganze Operation gekostet hatte, sicher mehr als die von ihr so sehnlichst gewünschten Türen, verbiß es sich aber, Abou gegenüber eine kritische Bemerkung zu machen. Sollte er seinen Spaß haben – wenn es ihnen finanziell erst einmal besser ging, würde sie sich auch ihre Wünsche erfüllen können.

27

Ab Mitte September ging Stefanie in die amerikanische Schule. Ihr gefiel es dort gut, sie kam problemlos im Unterricht mit und hatte, kontaktfreudig, wie sie nun mal war, bald Anschluß an eine Clique gefunden.

So kam es, daß Sabine ihre Tochter tagsüber nur selten sah. Stefanie verließ morgens früh das Haus, um mit dem Bus in die Schule zu fahren. Mittags aß sie in der Schulkantine, nachmittags hatte sie Unterricht und kam erst anschließend nach Hause. Sie erzählte, wie früher, von den Erlebnissen des Tages, spielte mit der Mutter Schach oder Sechsundsechzig oder sah mit ihr zusammen fern. Aber eine gleichberechtigte Gesprächspartnerin konnte sie natürlich nicht sein.

Abou dagegen schlief lange, fuhr erst gegen zehn Uhr zur Baustelle und kam gegen eins zurück. Dann verlangte er sein Mittagessen und, vorher oder nachher, Liebe. Wenn ihr manchmal nicht danach zumute war, wagte sie nicht, es zu zeigen. Sie wußte, daß er kein Verständnis dafür haben würde. Es störte sie die Selbstverständlichkeit, mit der er sie nahm, das Fehlen jeglicher Romantik. Für ihn gehörte »fair l'amour« zu seinen Lebensbedürfnissen. Zuweilen empfand sie noch das große Glück und nahm es als Geschenk, aber meist war ihr, als ob sie die Rolle der Geliebten nur noch spielte. War sie einmal tatsächlich indisponiert, so war das für sie geradezu eine Erleichterung. Abou aber, der sie während ihrer Tage nie angerührt hatte, reagierte mit schlechter Laune und Nervosität. Sabine litt unter der Situation. Nicht, daß sie nicht genug zu tun gehabt hätte – einen Haushalt ohne technische Hilfsmittel zu führen war gar nicht so einfach –, sie fühlte sich allein und verlassen.

Seit vielen Jahren war sie berufstätig gewesen, und obwohl die Arbeit ihr zuletzt in Genf keinen Spaß mehr gemacht hatte, vermißte sie sie doch. Immerhin hatte sie sie tagtäglich mit anderen Menschen zusammengebracht. In Tanger konnte sie, selbst wenn sie Zeit hatte – und das war vor allem nachmittags, wenn Abou gegangen und Stefanie noch nicht aus der Schule gekommen war –, nichts unternehmen.

Für den Strand war es schon zu kalt, und außerdem wäre sie dort nur belästigt worden. Das wunderschöne Cap Spartel war ohne Auto unerreichbar.

Allein in die Medina zu gehen war undenkbar, und wenn sie sich mal zum Boulevard Pasteur, der Geschäftsstraße, wagte, um einen kleinen Schaufensterbummel zu machen, ärgerte sie sich, weil sie des öfteren anzüglich angesprochen wurde. Eine Europäerin ohne Mann – das bedeutete für die marokkanische Männerwelt eben Freiwild.

Einmal war sie von einer Cousine Abous zum Tee eingeladen worden. Aziza war eine rundliche, warmherzige Person, zu der sich Sabine sofort hingezogen fühlte. Und bei Aziza traf sie auch andere Frauen, die Sabine sogleich in das Gespräch einbezogen.

Es wurden Minztee und eine Art Crêpes, die *»rghaif«*, die noch warm mit Butter und Honig bestrichen wurden, serviert. Die Frauen unterhielten sich angeregt und mit Humor über ihre Kinder, Männer und, mit unerwarteter Freizügigkeit, über ihre frauenspezifischen Probleme.

Sabine wurde wie eine der ihren behandelt, doch trotzdem trennten sie Welten. Aziza und ihre Freundinnen pflegten nicht allein auszugehen, höchstens zum Markt oder ins »Hammam«, das Dampfbad. Nie würde Aziza auf die Idee kommen, mit Sabine etwas zu unternehmen, ins Kino zu gehen oder eine Spazierfahrt zu organisieren.

Sabine bedauerte dies aufrichtig, wollte aber den Kontakt, so oberflächlich er auch sein mochte, aufrechterhalten. Deshalb war sie auch gleich einverstanden, als Aziza sie aufforderte, sie einmal ins Hammam zu begleiten.

Abou war von dieser Einladung nicht sonderlich begeistert. Einerseits fand er es gut, daß sich Sabine den marokkanischen Gepflogenheiten anpaßte, andererseits hatte er eine Europäerin geheiratet und wollte nicht, daß sie wie die Marokkanerinnen wurde. Als er merkte, daß Sabine schon an der Idee gelegen war, erklärte er sich bereit, die Frauen mit seinem geliehenen Mercedes hinzufahren.

Das Hammam »Sheherazade« lag in M'sallah, einem der Medina ähnlichen Viertel im Stadtzentrum. Es war ein kleines Hammam, tagsüber hatten Frauen Zutritt, abends die Männer.

Sabine hatte mit Azizas Hilfe alle nötigen Utensilien in eine große Nylontasche gepackt: Seife, Haarwaschmittel, einen Massagehandschuh, eine kleine Plastikschale, Handtücher, frische Unterwäsche, ein Kopftuch.

Stimmengewirr schlug ihnen entgegen, als sie durch die Schwingtür eintraten. Sie befanden sich im Umkleideraum.

Sabine sah sich, ein bißchen eingeschüchtert, um. Die Wände waren beige gekalkt, drei Sitzbänke, mit rotem abgenutzten Plastik überzogen, bildeten geräumige Vierecke. Aziza begrüßte eine der Badewärterinnen, sie hieß Zohra, mit einem Wangenkuß, und man erkundigte sich nach dem gegenseitigen Befinden.

»*Tina labaisse?*« – »Wie geht es dir?«

»*Labaisse, el amdullilahi!*« – »Danke, gut, Gott sei gelobt!«

Dann begann Aziza sich ungeniert bis auf ihren Slip auszuziehen. Sabine tat es ihr nach.

Aziza und Sabine nahmen ihr Waschzeug, überließen ihre Taschen einer Badewärterin zur Aufbewahrung und betraten das eigentliche Hammam.

Sabine war auf die Welle heißen Dampfes nicht gefaßt gewesen, die ihr nun entgegenschlug. Der Raum – eigentlich waren es drei ineinander übergehende, einer immer etwas heißer als der vorherige – wimmelte von Frauen und Kindern. Auch kleine Jungen gingen in der Regel mit ihren Müttern, später mit ihren Vätern ins Hammam.

Aziza bahnte sich einen Weg, und Zohra scheuchte eine Gruppe junger Mädchen auf, um den beiden Frauen Platz zu schaffen. Sie setzten sich auf den mit Marmorplatten ausgelegten Boden.

Aziza war anscheinend eine gute Kundin, denn während die anderen Frauen am Heißwasserbecken und Kaltwasserhahn Schlange stehen mußten, brachte Zohra ihnen je vier schwarze Eimer mit temperiertem Wasser.

Aziza begann mit einer kleinen Messingschale Wasser über ihre Haare und ihren Körper zu gießen. »So haben sich hier schon vor Jahrhunderten die Frauen gewaschen, ein alltäglicher Vorgang ist zu einem Ritual geworden«, erklärte sie.

Sabine fing an, wie Aziza, langsam und mit Sorgfalt jeden Zentimeter ihres Körpers mit dem Massagehandschuh abzurubbeln. Danach kam wieder etwas Wasser über den Körper.

Bei den Rückenpartien half Zohra.

Danach gab Aziza Sabine ein Zeichen, sich flach auf den Rücken zu legen. Zohra seifte sie ein und massierte kräftig ihren ganzen Körper. Plötzlich stimmte sie ein Lied an, ein paar junge Mädchen fielen mit ein. Aus dem Gelächter der Frauen schloß Sabine, daß es sich um einen zweideutigen Text handeln mußte. Sie schloß die Augen und genoß die sinnliche Berührung der Hände. Nach einiger Zeit forderte Zohra sie mit einem kleinen Klaps auf, sich nun auf den Bauch zu legen, und massierte weiter. Zum Abschluß schüttete sie einen ganzen Eimer Wasser über Sabine.

Sabine bedankte sich auf arabisch.

»Wieviel soll ich Zohra nachher als Trinkgeld geben?« fragte sie Aziza.

»Möchtest du wieder hierherkommen?«

»Warum nicht?«

»Dann gib ihr zehn Dirham. Das ist großzügig, aber nicht übertrieben. Sie soll nicht glauben, daß du die Marktpreise nicht kennst.«

Aziza hatte sich aus Chassoul, einer fetten Erde, und Wasser einen dicken Brei bereitet und wusch sich damit die Haare. Sabine wollte es unbedingt auch probieren. Obwohl es eine ziemliche Schweinerei war, machte es ihr Spaß. Danach wurde das Haar gut ausgespült und mit einem normalen Shampoo nachgewaschen.

Schließlich kam Zohra und wickelte sie in Handtücher. Als sie sich im Ankleideraum hinsetzten, merkte Sabine auf einmal, daß sie erschöpft war. Doch gleichzeitig fühlte sie sich auch wie neugeboren; ihre Haut war seidenweich und makellos sauber. Hätte sie es sich zu Hause träumen lassen, daß sie daran Gefallen fände, sich mit vierzig anderen

Frauen zusammen zu waschen? Sicher nicht. Ihr Verstand sagte ihr, daß ein Hammam nicht unbedingt ein hygienischer Ort war. Alle saßen auf dem Boden, Haarbüschel und Orangenschalen – manche Frauen aßen zur Erfrischung im Hammam Orangen – verstopften die Abflüsse, bis sie von den Badewärterinnen mit nicht sehr sauberen Besen weiterbefördert wurden. Trotzdem hatte sich Sabine, die sonst eher etwas zimperlich war, nicht geekelt.

»Vielen Dank, daß du mich mitgenommen hast«, sagte sie lächelnd zu Aziza, »allein hätte ich sicher nicht den Mut dazu aufgebracht.«

Aziza zog sich frische Wäsche an, eine knielange Spitzenhose und ein Nachthemd. Darüber zog sie dann ihre Djellabah und band sich ein farblich passendes Kopftuch turbanartig um den Kopf.

Sabine zwängte sich in ihre lange Hose und Bluse, was ihr gar nicht praktisch vorkam.

»Wenn ich nicht Angst hätte, lächerlich zu wirken, würde ich mir eine Djellabah zulegen«, bekannte sie.

»Warum nicht?« meinte ihre Freundin. »Du brauchst ja nicht gleich auf dem Boulevard damit rumspazieren.«

Sabine mußte bei dem Gedanken lachen. »Ich werde mal mit Abou darüber reden.«

Zum Abschied riefen ihnen Zohra und die anderen Badewärterinnen ein *»Saha«* zu, was soviel wie »alles Gute« bedeutet.

Draußen wartete schon Abou auf sie, um sie nach Hause zu fahren.

Von da an ging Sabine regelmäßig ins Hammam.

Die Marokkanerinnen, die anfangs etwas scheu und distanziert gewesen waren, begannen sie zu grüßen, sich von ihr Shampoo zu leihen und sie zu bitten, ihnen den Rücken zu schrubben, wenn die Badewärterinnen zu lange Pausen machten. Sabine war voll akzeptiert.

Zweimal in der Woche nahm Sabine ihren großen Strohkorb, um auf dem Markt einzukaufen. Manchmal gelang es ihr, ein »kleines« Taxi zu ergattern, einen grünen, altersschwachen Fiat, der sie für zwei Dirham in die Rue de Fes brachte. Manchmal aber mußte sie ein »großes« Taxi akzeptieren, einen schwarzen Mercedes, und, wenn sich nicht auf der Strecke noch andere Mitfahrer dazugesellten, fünf Dirham bezahlen.

Am Tor des Fes-Marktes, der von einer hohen, mit Bougainvilleas bewachsenen Mauer umgeben war, war sie sofort von einer Horde kleiner Jungen umringt.

»Madame, Madame, heute bin ich dran!«

»Nein, der da hat gar keine Kraft! Mich müssen Sie nehmen!«

»Nein, mich!«

Diese Jungen, acht bis fünfzehn Jahre alt, verdienten sich ein bißchen Geld, indem sie den Frauen die schweren Einkaufskörbe trugen.

Sabine hätte den ihren sehr gut alleine heben können, aber sie wußte, daß in vielen Familien jeder Dirham zählte. Sie wußte auch, daß Abou recht hatte, wenn er auf äußerster Sparsamkeit bestand. Aber sie selbst fand trotzdem, daß es auf ein oder zwei Dirhams nicht ankam. Da sie dem Träger meistens noch ein paar Centimes drauflegte und die Jungen freundlich behandelte, war sie bei ihnen sehr beliebt. Die Jungen kannten die Händler, bei denen Sabine einzukaufen pflegte, und folgten ihr auf dem Fuß.

Abou hatte ihr in Genf immer vorgeschwärmt, daß Lebensmittel in Marokko viel billiger als in Europa seien. Aber Sabine machte die Erfahrung, daß das nur teilweise zutraf. Obst und Gemüse waren zwar preiswerter und von besserer Qualität, die Fleischpreise gerade noch annehmbar. Aber Lebensmittel, an die ein Europäer nun mal gewöhnt ist, wie zum Beispiel Käse, Tee, Kaffee, Reis, und alle importierten oder geschmuggelten Waren kosteten erheblich mehr – sofern man sie überhaupt fand. Sabine hatte ihre Eßgewohnheiten entsprechend ändern müssen.

Unter der Woche kaufte sie Kleinigkeiten wie Eier, Butter, Brot und Milch bei einem Gemischtwarenhändler ein. In einem »Bakkal«, wie diese Läden heißen, konnte man auch telefonieren – Telefonzellen gibt es in Tanger nicht. Für Auslandsgespräche mußte man sich, auf harten Holzbänken auf der Post sitzend, auf lange Wartezeiten gefaßt machen.

Ein einziges Mal hatte Sabine versucht, Bernhard Heuss anzurufen. Aber dann war ihr bewußt geworden, daß sie im Begriff war, ihren Mann zu hintergehen. Sie würde ihm nicht erklären können, warum sie mit Bernhard telefonieren wollte. Sie wußte es auf einmal selber nicht mehr. So verließ sie das Postamt, bevor die Verbindung durchgestellt war.

Dennoch bedrückte dieser Vorfall ihr Gewissen, und sie schämte sich, als wäre sie Abou wirklich untreu gewesen. Dieses Gefühl und seine Zärtlichkeit erweckten ihre Leidenschaft zu neuer Glut, und sie war in seinen Armen so glücklich wie in der allerersten Zeit ihrer Liebe.

Er spürte, daß sie verändert war, ohne zu ahnen, woran es lag. »Ich liebe dich, *Sabine*«, sagte er, »das weißt du doch. Ich liebe dich so sehr.«

Sie wagte einen Vorstoß. »Könnten wir nicht wieder einmal zusammen ausgehen?«

»Wozu? Geld ausgeben für eine teure Mahlzeit? Du kochst doch sehr gut. Ich bin zufrieden.«

»Ich würde so gerne mit dir tanzen.«

»Das wirst du auch wieder. Später. Wenn das Hotel erst steht.«

»Wir können doch nicht unser ganzes Leben von diesem verdammten Hotel abhängig machen!«

Er lachte und schwang sich aus dem Bett. »Es steht dir, wenn du wütend bist.«

»Mach dich nicht über mich lustig!« Sie war den Tränen nahe.

»Du mußt aus allem ein Drama machen, ja? Sonst bist du nicht glücklich.«

Sie biß sich auf die Lippen. Sie hätte noch viel sagen können, aber sie sah ein, daß es sinnlos war, mit ihm zu streiten. Es blieb ihr nichts anderes übrig, als die Situation so zu nehmen, wie sie war.

28

Ende Oktober, als es merklich kühler geworden war und die ersten Regenschauer auf die ausgetrocknete Stadt niedergingen, begleitete Sabine ihre Tochter zum deutschen Vizekonsulat, weil Stefanies Paß erneuert werden mußte. Dem Antrag mußten Fotos und eine Fotokopie der marokkanischen Aufenthaltsbewilligung beigelegt werden.

Als sie den neuen Paß abholen wollte, wurden sie zu Sabines Verwunderung in das Büro des Vizekonsuls geführt.

»Herzlich willkommen in der deutschen Kolonie von Tanger!« begrüßte sie Herr Schmidt, ein robuster blonder Mann Ende Vierzig. »Ich sehe, Sie sind schon seit einiger Zeit in Tanger. Warum sind Sie denn nie bei uns vorbeigekommen?«

Sabine erklärte, daß sie mit dem Umzug beschäftigt gewesen wäre.

»Die deutschen Frauen treffen sich reihum jeden Mittwoch. Nächste Woche ist meine Frau dran. Dazu sind Sie beide herzlich eingeladen.«

Erfreut bedankte sich Sabine.

»Also, bis nächste Woche!« sagte Herr Schmidt, und damit waren sie entlassen.

Sabine lebte mit fast kindlicher Neugierde dem Ereignis entgegen.

Stefanie, die nur mit Mühe dazu zu bewegen war, ihre Mutter zu begleiten, sah ihr belustigt zu, wie sie ratlos vor ihrem Kleiderschrank stand. »Ich weiß wirklich nicht, warum du soviel Getue um diese Einladung machst, Maman.«

»Ich mache kein Getue«, wies Sabine sie zurecht, »ich möchte nur korrekt angezogen sein. Was hältst du von diesem hier?« fragte sie und hielt sich ein sportlich geschnittenes Kleid aus altrosa Rohseide vor.

»Steht dir prima, aber glaubst du nicht, daß es zu elegant ist?«

»Vielleicht lieber meinen Leinenhosenanzug?«

»Du siehst immer süß aus, Maman.«

»Das ist lieb gesagt, aber du bist mir keine große Hilfe.«

»Und was soll ich anziehen?« fragte Stefanie. »Etwa ein Kleid?«

»Das ist doch nicht zuviel verlangt, oder?«

»Wenn's denn unbedingt sein muß ... dir zuliebe!« stöhnte Stefanie und verzog sich in ihr türloses Zimmer. Sabine wußte selber nicht, warum sie soviel Aufhebens um diese Nachmittagseinladung machte. Insgeheim hoffte sie natürlich, in diesem Kreis eine verwandte Seele zu finden, jemanden, mit dem sie über ihre Probleme sprechen konnte. Sie sehnte sich danach, Menschen aus ihrem eigenen Kulturkreis zu begegnen.

Als sie dann mit Stefanie, die sich wirklich alle Mühe gegeben hatte, seriös auszusehen, vor der Apartmenttür der Schmidts stand, klopfte ihr Herz bis zum Hals. Frau Schmidt, etwa gleichaltrig wie Sabine, schlank, mit einem etwas spitzen Gesicht und kinnlangem aschblondem Haar, begrüßte sie übertrieben herzlich. Lächelnd nahm sie den großen Blumenstrauß entgegen, den Sabine in letzter Minute auf dem Fes-Markt erstanden hatte.

»Kommen Sie nur herein, die anderen Damen sind schon alle da!«

Der Blick, den man aus dem Wohnzimmerfenster des Apartments hatte, verschlug Sabine die Sprache. Man sah den Hafen, das Meer bis zur spanischen

Küste hin und einen großen Teil des Mittelmeerstrandes. Die Wohnung mußte eine der teuersten in Tanger sein.

»Sie haben eine wunderschöne Wohnung«, sagte Sabine ehrlich begeistert.

»Finden Sie? Wir wollen eigentlich umziehen – auf dem Balkon ist es ziemlich windig, und die Nachbarn sind auch nicht das, was wir uns vorgestellt haben.«

Du solltest einmal meine Wohnung und die Nachbarn in Kastillia sehen, dachte Sabine. Sie merkte, daß Frau Schmidt auf eine Antwort wartete. »Hoffentlich werden Sie wieder einen ähnlich schönen Blick haben.«

»Wenn Sie die Wohnung interessiert, könnte ich mich für Sie verwenden.«

»Oh nein, danke!« beeilte sich Sabine zu sagen. »Im Moment wollen wir nicht noch einmal umziehen.« Und, wie um sich zu rechtfertigen, fügte sie rasch hinzu: »Wir sind dabei, ein Hotel zu bauen. An der Strandpromenade.«

»Dann wollen Sie für immer in Tanger bleiben?« fragte Frau Schmidt verwundert.

»Ja. Ich bin mit einem Marokkaner verheiratet.«

»Das wußte ich nicht. Ihr Name ...«

»Ich habe den Namen meines verstorbenen ersten Mannes behalten, das ist alles. Das macht es für meine Tochter einfacher.« Sabine zwang sich zu einem Lächeln; die ganze Situation war ihr sehr peinlich.

»Dann will ich Sie mal mit den anderen Damen bekannt machen.«

Die Frauen hatten es sich bei einem Sherry in den Ledersesseln bequem gemacht und sahen den Neuankömmlingen mit unverhohlener Neugier entgegen.

»Meine Lieben, das ist Frau Meyendorf mit ihrer Tochter Stefanie.«

Die Frauen murmelten ein paar Begrüßungsworte, und Frau Schmidt stellte Sabine jede der anwesenden Damen einzeln vor.

»Frau Verena Loderer, ihr Mann arbeitet als Chefbaumeister in Tanger. Frau Susi Wexel, ihr Mann leitet das hiesige Lufthansabüro. Frau Marina Dupuy, sie ist mit einem Franzosen verheiratet, der ein Import-Export-Unternehmen hat. Und, last not least, Frau Trixie Kehrle. Ihr Mann ist Produktionsleiter einer deutschen Textilfirma.«

Stefanie und Sabine setzten sich zu den anderen.

Frau Schmidt sagte ihrem Hausmädchen Bescheid, daß sie auf den Kaffee warteten.

»Was macht denn Ihr Mann in Tanger?« wollte Frau Loderer, eine üppige Frau mit kastanienrot gefärbtem schulterlangem Haar wissen.

»Er wird ein Hotel leiten, das gerade im Entstehen ist«, gab Sabine Auskunft.

»Er ist ... Marokkaner?«

Sabine wurde rot, nicht aus Scham, sondern aus Wut. Was bildeten sich diese Gänse denn ein! War es ein Verbrechen, mit einem Marokkaner verheiratet zu sein? »Ja, natürlich«, antwortete sie mit erzwungener Gelassenheit.

Daraufhin herrschte erst einmal Schweigen.

Frau Wexel, eine zierliche, betont elegant gekleidete Frau, rettete die Situation, indem sie von belanglosen Dingen redete: das Wetter, die Kinder, die betrügerischen Händler auf dem Fes-Markt, die Probleme, die sie mit ihrer Fatma hatte.

»Wenn ich nicht ständig hinter meiner Fatma her bin, rührt sie keinen Finger«, beklagte sich Frau Kehrle.

»Da haben Sie noch Glück gehabt. Meine Fatma ist plötzlich nicht mehr zur Arbeit gekommen, und mir fehlten mehrere T-Shirts und Hemden im Schrank. Die Nachbarn haben mir sogar erzählt, daß sie das für den Hund bestimmte Fleisch aus dem Haus geschmuggelt hat!« empörte sich Frau Loderer.

»Sie wird wahrscheinlich Hunger gehabt haben!« meinte Frau Dupuy trocken. »Ich jedenfalls bin mit meiner Khadija sehr zufrieden. Ich bezahle sie korrekt, und sie weiß, daß sie, wenn sie selber oder eines ihrer sieben Kinder krank wird, mit meiner Hilfe rechnen kann. Sie putzt nicht perfekt, aber immer noch besser als ich. Ihre Tochter Najat, die das Abitur vorbereitet und ab und zu mein Töchterchen hütet, erbt alle alten Kleider von mir. Warum also sollte Khadija mich belügen oder bestehlen? Sie hat einen guten Job, und sie weiß das auch.«

Sabine fand, daß das die ersten vernünftigen Worte waren, die sie an diesem Nachmittag gehört hatte.

»Und Sie, Frau Meyendorf, wie kommen Sie mit Ihrer Fatma aus?« wollte Frau Schmidt wissen.

»Ich habe keine!«

»Keine Fatma?«

»Wir haben nur eine kleine Wohnung, da komme ich allein ganz gut zurecht.«

Frau Schmidt zog die Augenbrauen hoch. »Trotzdem ... als Europäerin muß man doch eine Fatma haben! Ich werde mich um eine für Sie kümmern.«

Sabine ließ das Thema auf sich beruhen.

Der Kaffee war fertig. Drei herrliche Torten zierten den Tisch.

»Ich habe sie selbst gebacken. Das Zeug, das man hier bekommt, finde ich ungenießbar«, erklärte

Frau Schmidt. »Die deutschen Kuchen sind eben die besten«, fügte Frau Wexel hinzu.

Sabine, die die Erzeugnisse der marokkanischen Bäcker durchaus schätzte – man bekam bei ihnen sowohl marokkanische als auch »europäische« Kuchen –, mußte sich das Lachen verkneifen.

Stefanie rollte in gespielter Verzweiflung mit den Augen, und Sabine gab ihr schnell einen leichten Tritt gegen das Schienbein.

Sabine dankte dem Schicksal, daß sie sich neben Frau Dupuy gesetzt hatte. Diese Frau, Mitte Zwanzig, mit der sportlichen Frisur, roten kurzgeschnittenen Haaren und dem offenen Lächeln, wurde ihr immer sympathischer.

Stefanie, die beim besten Willen nicht wußte, worüber sie sich mit ihrer Tischnachbarin, Frau Schmidt, hätte unterhalten sollen, beschränkte sich darauf, ein Stück Kuchen nach dem anderen zu verzehren.

»Wir sind erst vor kurzem in eine Altbauvilla umgezogen«, erzählte Frau Dupuy, »das Haus ist recht hübsch, hohe Decken mit Stuckverzierung, aber nur mit einem Kamin zu heizen. Sie können sich nicht vorstellen, wieviel Fuhren Holz mein Mann im Winter anschleppen muß. Und das Badezimmer! Eine Antiquität!«

»Warum haben Sie denn diese Villa gewählt?« wollte Sabine wissen.

»Sie hat einen gewissen Charme. Sie ist zentral gelegen, in der Rue Prince Héritier. Und außerdem ist die Miete nicht so hoch.«

Sabine fand es sehr taktvoll von Marina Dupuy zuzugeben, daß auch sie nicht im Geld schwamm. »Was mich bei meiner Wohnung so stört, ist die Feuchtigkeit«, berichtete sie, »ich muß täglich mindestens eine Stunde lüften, sonst riecht es muffig.«

»Wem erzählen Sie das! Warten Sie erst einmal ab, bis sich im Winter dunkle Flecken auf den Wänden bilden. Dagegen ist kein Kraut gewachsen.«

»Das sind ja rosige Aussichten!« meinte Sabine betroffen.

»Nehmen Sie es nicht tragisch. Im Frühling wird dann einfach wieder gestrichen.«

»Das schon. Aber bis ich meinen Mann dazu gebracht habe, sich um die Maler zu kümmern, wird es Sommer sein«, gab Sabine zu.

»Oh, so ist das! Dann schicke ich Ihnen am besten mal Monsieur Dépannage ins Haus!«

»Monsieur Dépannage – Herr Pannenhelfer? Was ist denn das für ein merkwürdiger Name?«

»Dépannage heißt eigentlich Khalil, er ist sechsundzwanzig Jahre alt, spricht gut Französisch und ist absolut zuverlässig. Er ist gelernter Elektriker, seit einem Jahr arbeitslos und schlägt sich durch, indem er repariert, bastelt, anstreicht, mauert, klempnert – er kann einfach alles. Und wenn er wirklich mal überfordert ist, kennt er sicher einen Kumpel, der alles in Ordnung bringen kann.«

»Dann könnte er vielleicht meine Waschmaschine anschließen?« fragte Sabine hoffnungsvoll.

»Kein Problem. Ich schicke ihn gleich morgen zu Ihnen rüber. Aber seien Sie, bitte, nett zu ihm und bezahlen Sie ihn korrekt – er ist nämlich eine Perle, und ich möchte es mir nicht mit ihm verderben.«

»Ich bin Ihnen ja so dankbar!« sagte Sabine überschwenglich.

»Wenn sich Landsleute untereinander nicht helfen – wer denn sonst?« Marina Dupuy sah auf ihre Armbanduhr. »Mein Gott, schon fünf Uhr! Und ich habe Jérôme versprochen, spätestens um halb fünf zu Hause zu sein, um ein paar Briefe für ihn zu tippen!«

»Ich muß leider auch gehen«, behauptete Sabine, die keine Lust hatte, mit den anderen Damen Konversation zu machen.

»Dann nehme ich Sie mit. Mein Wagen ist zwar etwas klapprig, aber er fährt.«

»Vielen Dank, Frau Dupuy, das ist sehr nett von Ihnen.«

»Nächste Woche, findet das Kaffeekränzchen bei mir statt. Wenn Sie kommen wollen ...« erklärte Frau Kehrle.

»Falls ich Zeit habe, gerne.«

Sabine und Stefanie bedankten sich bei Verena Schmidt. Sie atmeten erleichtert auf, als sich die Wohnungstür hinter ihnen schloß.

Jetzt haben die Damen wenigstens Gesprächsstoff! dachte Sabine boshaft.

Marina Dupuy fuhr sie, wie versprochen, in ihrem gelben VW-Käfer nach Hause.

»Seien Sie, bitte, morgen vormittag zu Hause, ich schicke Ihnen Dépannage!« sagte sie zum Abschied.

In ihrer Wohnung machten es sich Sabine und Stefanie erst einmal bequem.

»Hast du Lust, nächste Woche zu Frau Kehrle zu gehen?« fragte Sabine ihre Tochter.

»Nein. Du etwa?«

»Ich eigentlich auch nicht. Außerdem könnte ich nie die Einladung erwidern – könntest du dir all diese feinen Damen in unserer bescheidenen Klause vorstellen?

Und ich möchte auch nicht in den Ruf einer Schmarotzerin kommen.«

»Diese Marina Dupuy scheint doch ganz okay zu sein«, wandte Stefanie ein.

»Ja, aber sie hat mir nicht mal ihre Telefonnummer gegeben. Vielleicht war sie ja auch nur nett zu mir, weil sie Mitleid hatte. Hast du die Gesichter der anderen gesehen, als ich gesagt habe, daß ich mit einem Marokkaner verheiratet bin?«

»Das sind doch alles Rassisten. Sei nur froh, daß du mit denen nichts zu tun haben mußt.«

Das war Sabine auch. Doch sie hatte fühlen müssen, daß sie durch ihre Heirat in den Augen ihrer Landsleute eine ganze Stufe, wenn nicht noch tiefer herabgesunken war. Jetzt erst konnte sie wirklich nachempfinden, was Abou in der Schweiz durchgemacht hatte, und das brachte ihn ihr näher.

Ich bin seine Frau, dachte sie, und wenn er mich auch noch so schlecht versteht, ich werde zu ihm halten. Immer.

Als Abou nach Hause kam, hatte sie ihre Enttäuschung schon überwunden. Sie schilderte ihm ihren Besuch bei der Frau Konsul so komisch, daß er laut lachen mußte. Stefanie gab ihren Senf dazu, und alle drei lachten, bis ihnen buchstäblich die Tränen kamen. Doch das war auch schon das Ende von Sabines Abstecher in die europäische Kultur.

Dépannage kam, wie versprochen, am nächsten Tag. Er war wirklich ein Retter in der Not. An einem Vormittag hatte er die Waschmaschine angeschlossen und die Sicherungen ausgewechselt.

Er war ein höflicher junger Mann, und Sabine tat alles, um ihn bei Laune zu halten: sie bereitete eine kleine Jause für ihn, bezahlte die An- und Rückfahrt mit dem Taxi und einen angemessenen Stundenlohn.

Dépannage kümmerte sich um das Küchenregal und nahm selber dafür Maß. Außerdem wollte er bei Gelegenheit mit einem Freund, einem Antennenfachmann, vorbeischauen, um die Antenne besser auszurichten.

Als Sabine zum ersten Mal die Waschmaschine in Betrieb nahm und sie tatsächlich funktionierte, stieß sie einen Seufzer der Erleichterung aus. Sie war ein ganzes Stück weitergekommen, von nun an würde sie ihr Leben besser organisieren können.

29

Inzwischen war es Anfang Dezember geworden. Tagelang regnete es in Strömen, in Bächen rann das Wasser die Straßen hinunter und wusch sie sauber. Dann hellte es sich für ein paar Stunden auf, der Himmel war strahlend blau, aber ein eiskalter Wind fegte vom Meer her über die Stadt.

Sabine wußte nicht, wie sie ihre Wäsche trocken bekommen sollte. In der Wohnung war nicht genug Platz, um sie aufzuhängen. Also beeilte sie sich beim kleinsten Sonnenstrahl, die Wäsche auf die Terrasse zu bringen und, sobald sich die ersten grauen Wolken näherten, alles schnell wieder ins Haus zu holen. Manchmal verpaßte sie aber den richtigen Zeitpunkt, und die Wäsche war hinterher nasser als zuvor. Ein Wäschetrockner wäre ideal gewesen. Doch zu dieser Anschaffung war Abou genausowenig zu bewegen wie zu einem elektrischen Heizkörper.

»Zieht ein paar Pullover übereinander an, wenn ihr friert!« meinte er. »So ein Heizkörper frißt viel zuviel Strom.«

Nie hätte Sabine gedacht, daß man in Afrika so frieren könnte. Doch diesmal war sie nicht bereit, klein beizugeben.

Dépannage besorgte ihr einen gebrauchten Heizkörper, und sie bestand darauf, daß er angeschlossen wurde.

Als Abou eines Tages wegen der hohen Kosten meuterte und den Stecker herausziehen wollte, erklärte sie zornig: »Was regst du dich auf? Du brauchst es ja nicht zu zahlen.«

Abou fuhr hoch. »Was soll das heißen? Bis jetzt bin ich noch immer für alle Nebenkosten aufgekommen.«

»Stimmt. Aber die waren auch niedrig genug. Von jetzt an werde ich sie eben übernehmen. Zum Glück habe ich ja Geld.«

»Ich habe nur darauf gewartet, daß du mir das vorhältst.«

»Aber bis jetzt habe ich es nicht getan, obwohl es mir schwer genug gefallen ist.«

Er funkelte sie wütend an, und ihr war es, als könnte sie Haß in seinen Augen lesen. Aber sie war nicht bereit nachzugeben oder auch nur den Blick zu senken.

»Es stört dich ja auch nicht, daß ich den Bau des Hotels zahle«, fügte sie hinzu.

»Du glaubst, es stört mich nicht? Es macht mich wahnsinnig!« brüllte er.

Mit diesem Ausbruch hatte sie nicht gerechnet. »Wieso das denn?« fragte sie. »Es war doch abgemacht ...«

»... daß du mir das Geld überläßt«, ergänzte er, »nicht, daß du mir gnädig kleine Schecks für die Rechnungen ausstellst.«

»Na, so klein sind die Rechnungen inzwischen gar nicht mehr«, erwiderte sie, obwohl sie wußte, daß das nicht der springende Punkt war.

»Du hast eine Freude daran, mich zu erniedrigen«, beklagte er sich.

»Aber, Abou, das ist doch gar nicht wahr.«

»Meinst du, daß es mir Spaß macht, um jeden Pfennig betteln zu müssen? Wie kannst du einem Mann – wie kannst du deinem Mann so etwas antun?«

»Wenn dir meine Schecks nicht passen, dann mach mir einen Vorschlag, wie wir das Verfahren ändern können. Wir waren uns doch darin einig, daß mein Kapital besser in Deutschland als auf einer marokkanischen Bank angelegt ist. Oder denkst du jetzt anders darüber?«

»Gib mir eine Vollmacht, daß ich selbst die Schecks unterschreiben kann.«

Sie war betroffen. Die Vorstellung, daß Abou ihr Geld nach Belieben ausgeben konnte, paßte ihr durchaus nicht. Zwar war er sparsam bis zum Geiz – aber sie war nicht sicher, ob er das bleiben würde, wenn er eine große Summe zur Verfügung hatte, Geld, für das er nichts getan, sondern das ihm in den Schoß gefallen war.

»So einfach geht das nicht. Wir müßten nach München fliegen und zusammen zur Bank gehen, damit du deine Unterschrift dort hinterlegen kannst.«

»Und warum tun wir das nicht? Auf dem Bau geht bei diesem Wetter ohnehin nichts weiter.«

»Wäre das nicht in deinen Augen rausgeworfenes Geld? Zwei Hin- und Rückflüge plus Übernachtung?«

Sie sah, wie es in ihm arbeitete. Hätte er auf seiner Vollmacht bestanden, hätte sie ihm nachgegeben. Aber er tat es nicht. Sie hatte ihn mit seinen eigenen Argumenten geschlagen. Er konnte nicht über seinen eigenen Schatten springen.

»Du hast recht«, sagte er, »ich muß diese Demütigung wohl hinnehmen.«

»Es ist ganz unsinnig, das so zu sehen. Das Kapital in Deutschland gehört ja nicht mehr mir, sondern uns zusammen, und was spielt es für eine Rolle, wer die Schecks unterschreibt?«

»Du verstehst mich nicht«, sagte er kalt und wandte sich zur Tür.

»Wo willst du hin? Du hast noch nicht einmal etwas gegessen!«

»Danke, mir ist der Appetit vergangen.«

Er ging.

Sabine wußte, daß sie hätte großzügiger sein sollen. Das hätte ihrer Ehe gutgetan. Aber sie verteidigte sich: Es muß doch genügen, daß ich mein ganzes Geld in dieses verdammte Hotel stecke. Was kann er mehr verlangen?

Doch die bittere Tatsache war, daß sie nicht genug Vertrauen zu ihm hatte.

Nach dieser Auseinandersetzung vermieden es Sabine und Abou, über Geld zu sprechen. Er brachte die Rechnungen für den Hotelbau mit, die sie in einem Ordner sammelte, und sie stellte Schecks aus, die er wortlos entgegennahm. Sie hätte gerne Kostenvoranschläge gehabt, aber dies sei, so behauptete er, in Marokko nicht zu machen. Also bestand sie nicht darauf.

Sie gab sich Mühe, besonders lieb und nett zu ihm zu sein, spürte aber, daß es sie Mühe kostete.

Abou und Stefanie spürten, wie deprimiert sie war, und versuchten sie aufzuheitern, hatten aber nur geringen Erfolg. Ja, ihr Verhalten machte alles nur noch schlimmer. Sabine fühlte sich zunehmend unwohl in ihrer Rolle.

Eines Nachmittags, sie war gerade dabei zu bügeln, hörte sie es von der Straße her dreimal hupen. Unwillkürlich sah sie aus dem Fenster. Sie entdeckte Abou, der neben seinem grauen Mercedes stand – er hatte das Auto anfangs von einem Freund geliehen und später – sehr billig, wie er erklärte – kaufen können. Jetzt gab er ihr durch Zeichensprache zu verstehen, daß sie zu ihm herunterkommen solle.

Rasch zog sie sich einen Regenmantel und Gummistiefel an – der Himmel versprach nichts Gutes – und rannte die Treppen hinunter.

»Ich habe eine Überraschung für dich«, sagte Abou, als er ihr den Wagenschlag öffnete. Er lächelte verschmitzt wie ein kleiner Junge, der weiß, daß er ungezogen gewesen ist, und seine Mami jetzt durch ein schönes Bild versöhnen will.

Sein Charme rührte sie. »Eine Überraschung?« rief sie. »Erzähl!«

Er stieg auf der anderen Seite in sein Auto. »Wenn ich es dir erzähle, ist es keine Überraschung mehr, oder? Du mußt schon ein bißchen Geduld haben.«

»Okay, Boß«, sagte Sabine und lehnte sich bequem zurück, »let's wait and see.«

Abou fuhr den Boulevard de Paris hinauf und bog dann in Richtung Montagne ein. Sabine versuchte herauszufinden, auf welches Ziel er zusteuerte, aber er fuhr weiter kreuz und quer durch die Stadt, bis sie die Orientierung völlig verlor. Erst als das Meer vor ihr auftauchte, grau und aufgewühlt bei diesem Wetter, begriff sie, daß er sie zur Strandpromenade gebracht hatte.

Vor ihr erhob sich der Rohbau des Hotels.

»Oh, gut!« rief Sabine begeistert, obwohl das Bauwerk in diesem Zustand eher unansehnlich wirkte und es viel Phantasie brauchte, sich unter diesem fenster- und türlosen Kasten ein anheimelndes und gepflegtes Haus vorzustellen.

Er faßte sie bei der Hand. »Komm mit!«

Über den Bauschutt hinweg führte er sie an dem zukünftigen Hotel vorbei. Am rückwärtigen Ende des Grundstücks stand, ebenfalls noch im Rohbau, aber schon überdacht, ein Bungalow.

»Das ist sie«, erklärte Abou stolz, »unsere Villa!«

»Unglaublich!«

»Es ist vielleicht unvernünftig«, erklärte er, »ganz bestimmt sogar, aber ich habe den Bau unserer Villa vorgezogen. Weil du in Kastillia so unglücklich bist. Die Aussicht ist nicht gerade erhebend, aber zwischen dem Hotel und unserem Haus soll ein kleiner Park entstehen, habe ich mir gedacht. Dann schauen wir den Gästen nicht in die Fenster, sondern wir blicken auf Bäume.«

Sabine war begeistert. »Ach was, Aussicht! Das ist doch ganz egal. Hauptsache, wir bekommen richtige Zimmer mit Türen dazwischen. Es wird doch Türen geben?«

»Aber ja, mein Herz. Alles, was du willst. Gehen wir hinein!«

Über ein schmales ausgelegtes Brett balancierten sie in das Innere des Bungalows. Zuerst kam sich Sabine wie in einem Puppenhaus vor, aber dann stellte sie fest, daß die Räume großzügig geschnitten waren.

»Wir werden zwei Bäder haben«, erklärte Abou, »eines für uns und ein separates für Stefanie. Das ist dir doch recht?«

»Und ob!«

»Die Küche wird nicht sehr groß sein, ich hoffe, das macht dir nichts aus. Ich dachte, die Bäder wären wichtiger.«

»Sind sie auch. Ganz richtig.«

»Im Salon haben sicher deine eigenen Möbel Platz.«

»O ja!« Sabine konnte sich das fast quadratisch geschnittene Wohnzimmer schon eingerichtet vorstellen.

»Vielleicht«, gab Abou zu bedenken, »wäre es aber doch besser, es marokkanisch zu halten. Für den Fall, daß Familie zu Besuch kommt.«

Sabine fiel ihm spontan um den Hals. »Ach, Abou, darüber brauchen wir uns jetzt ja noch nicht den Kopf zu zerbrechen! Hauptsache ist, daß die Grundmauern stehen. Wann werden wir einziehen können?«

»Das ist noch nicht ganz abzusehen. Wir sollten nichts überstürzen, meine ich. Die Wände müssen ja auch erst trocknen.«

»Abou, du hast recht, wie immer. Jetzt kommt es auf ein paar Monate mehr oder weniger ja auch nicht mehr an.«

Sie küßte ihn zärtlich, und unversehens entbrannte ihre Leidenschaft.

Es hatte zu regnen begonnen. Die Tropfen prasselten auf das flache Dach wie das wilde Trommeln eines Schamanen. Sie fühlte sich in eine Zauberwelt entführt.

30

Sabine hatte ihr Tief überwunden.

Selbst als sie feststellen mußte, daß ein Paar Schuhe in ihrem Schrank verschimmelt war, nahm sie es gelassen hin. Noch vor wenigen Wochen wäre sie darüber verzweifelt gewesen. Jetzt machte sie sich mit Zeitungspapier, Bürsten und Politur daran, sie wieder herzurichten.

Es regnete immer noch reichlich, aber sie hatte begriffen, daß dieser Regen für das Land lebensnotwendig war. Außerdem war der Winter in Marokko keine tote Zeit. Schon im Dezember fingen die Wiesen zu grünen an, die ersten Blumen zeigten sich, und Sabine spürte, daß der Frühling nicht mehr fern war.

Am Tag der »Ashoura«, einem religiösen Fest, das für die moslemischen Kinder die Bedeutung von Weihnachten hat, führte Abou seine Frau und Stefanie in die Medina.

Es war bereits dunkel. Eine Menschenmenge, darunter natürlich besonders viele Kinder, verstopfte die Straßen. Sabine klammerte sich an Abous Arm, aus Angst, ihn im Gedränge zu verlieren.

Auf den Trottoirs der Rue d'Italie waren Buden aufgestellt. Süßigkeiten, Nüsse, Mandeln und Trokkenobst, billige Spielsachen aus Plastik und Töpferwaren wurden zum Kauf angeboten. Ein traditionelles Geschenk für die Ashoura ist die Tarbouka, eine aus Ton geformte, bunt bemalte und mit einer Haut bespannte Trommel. Es gab sie in allen Größen, und die Verkäufer verstanden sich darauf, sie meisterlich zu spielen und dazu noch zu singen.

Die Stände waren mit kleinen Öllämpchen beleuchtet, die im Wind flackerten.

Abou kaufte für Stefanie als Andenken eine besonders schön bemalte Tarbouka. Für Sabine erstand er einen großen Teller aus Safi, ganz in Blautönen gehalten, auf dem man Obst oder auch Couscous servieren konnte.

Sabine war ein wenig sentimental gestimmt. Sie sah Abou und Stefanie von der Seite an; sie war stolz auf ihre kleine Familie.

Stefanie und Sabine beschlossen, Weihnachten nicht zu feiern. Stefanie war nun wirklich aus dem Alter heraus, beschenkt zu werden, und Sabine fand es albern, einen Tannenbaum aufzustellen. Die Atmosphäre war einfach nicht danach. Sie nahm das Fest jedoch zum Anlaß, einen langen und versöhnlichen Brief an ihre Eltern zu schreiben. Sie hatte zwar keine große Hoffnung, daß er auf fruchtbaren Boden fallen würde, aber sie hatte zumindest das gute Gefühl, alles Menschenmögliche getan zu haben, um den Frieden wiederherzustellen.

Eines Tages platzte Stefanie, als sie aus der Schule kam, mit einer Bitte heraus: »Maman«, rief sie aufgeregt, »ich möchte unbedingt reiten lernen!«

»Seit wann bist du denn eine Sportskanone?« fragte Sabine verwundert.

»Maman, hör auf, mich zu necken! Ich will wirklich reiten lernen! Tatjana hat ein Pferd, und sie sagt ...«

»Stefanie, was deine Freundin Tatjana sagt, interessiert mich nicht! Als fast erwachsenes Mädchen müßtest du eigentlich von selber wissen, daß wir im Moment kein Geld für solche Scherze haben!«

»Natürlich weiß ich das, aber ...«

»Kein Wenn und Aber! Betrachte die Angelegenheit als erledigt.«

Niedergeschlagen zog Stefanie sich in ihr Zimmer zurück. Sabine, die gerade das Abendessen vorbereitete, erinnerte sich daran, wie gern sie selbst als junges Mädchen geritten hätte. Aber für ihre Eltern war Reiten ein Sport für reiche Leute gewesen, und so wurde dieses Thema nicht einmal diskutiert.

Plötzlich wurde ihr auch bewußt, daß Stefanie, wäre sie in Deutschland geblieben, viel größere Freiheiten gehabt hätte, als es hier in Tanger der Fall war. Das Mädchen mußte ihrer Mutter zuliebe auf vieles verzichten. Hatte sie nicht zumindest das Recht, daß man ihre Bitten geduldig anhörte?

Sabine ging in das Zimmer ihrer Tochter. Stefanie saß an ihrem kleinen Schreibtisch und gab vor zu lernen, während sie in Wirklichkeit mit ihren Gedanken ganz woanders war. Sie schrak zusammen, als ihre Mutter sie ansprach.

»Stefanie, entschuldige bitte, ich habe eben wirklich dumm reagiert. Diese Geldprobleme machen mich ganz nervös. Also, erzähl mal der Reihe nach.« Sie setzte sich auf Stefanies Bett, und ihre Tochter drehte sich zu ihr.

Stefanie witterte eine Chance und begann sofort mit Feuereifer zu erzählen. »Also: Tatjana reitet, sie hat ein eigenes Pferd, und das Reiten macht ihr wahnsinnigen Spaß. Und neulich hat sie mich auf ihrem Pferd reiten lassen, und Maruschka hat gesagt …«

»Wer ist denn, bitte, Maruschka?«

»Maruschka ist Tatjanas Reitlehrerin. Sie ist Polin und eine irre nette alte Dame. Sie hat eine Pferdepension, und Tatjanas Pferd ist bei ihr untergestellt.«

»Was sagt diese Maruschka also?«

»Maruschka sagt, daß ich begabt wäre und daß sie bereit wäre, mich zu unterrichten!« Stefanies Gesicht glühte vor Stolz.

»Und was soll das Ganze kosten?«

»Nichts!«

»Was soll das heißen, nichts? Das ist doch nicht möglich!«

»Nun ... der Unterricht kostet nichts ...«

»Aber? Nun laß dir doch nicht alles aus der Nase ziehen!«

»Für das Pferd müßte ich natürlich schon zahlen.«

»Ich denke, es gehört Tatjana?«

»Die reitet ihr Pferd Fiquiria selber. Aber da ist ein Pferd, Eco, seine Besitzerin studiert in Frankreich und kommt nur ab und zu nach Tanger. Ich könnte die halbe Pension für das Pferd übernehmen.«

»Ich sehe, du hast alles perfekt vorbereitet. Wieviel soll der Spaß denn nun wirklich kosten?«

»Dreihundertfünfzig Dirhams im Monat – das ist nicht viel, wenn man bedenkt, daß ich reiten kann, sooft ich will!«

Sabine rechnete, »circa hundertfünfzig Mark. Ich gebe zu, das ist nicht teuer. In Deutschland würdest du dir gerade ein Viertel eines Pferdes dafür mieten können. Aber in unserer momentanen Finanzlage – Stefanie, sei mir, bitte, nicht böse, aber es ist einfach unmöglich.«

Stefanies Augen füllten sich mit Tränen. »Maman, bitte!« stieß sie unter Schluchzen hervor.

Sabine hatte ihre Tochter, seit sie ein kleines Mädchen gewesen war, nicht mehr so verzweifelt erlebt. »Ist dir das Reiten denn so wichtig?« fragte sie erstaunt.

Stefanie nickte stumm.

Sabine seufzte. Abou, das wußte sie, würde toben. Für ihn wäre Reiten eine völlig unnötige Geldausgabe. Aber bestimmt war es besser, wenn Stefanie unter Maruschkas Aufsicht reiten lernte, anstatt mit ihren Freundinnen durch die Stadt zu streifen und auf dumme Gedanken zu kommen, vielleicht sogar das an jeder Ecke angebotene Kiff zu probieren.

»Ich werde mit Abou reden«, versprach sie, »aber mach dir keine zu großen Hoffnungen.«

Stefanie fiel ihrer Mutter dankbar um den Hals.

Abou war, wie Sabine vermutet hatte, nicht bereit, seine Zustimmung zu geben.

»Ihr seid wohl verrückt geworden! Reiten! Warum nicht gleich Golf spielen? Reicht es nicht, daß wir ihre teure Schule und ihre Garderobe bezahlen?«

»Abou, ich verstehe dich ja! Aber für Stefanie ist es sehr wichtig. Warum darf sie nicht auch mal ein bißchen Spaß haben?«

»Ja, aber gerade jetzt ...«

»Abou, bitte, reg dich nicht auf! Ich werde die ganze Sache eben selbst finanzieren.«

»Ja, natürlich, du wirst es bezahlen, du hast ja Geld! Ich bin nur der arme Schlucker, der auf deine Kosten lebt! Wahrscheinlich glaubst du auch, daß ich dich nur wegen deines Geldes geheiratet habe. Ich weiß schon: Wer das Geld hat, hat das Sagen! Nie würde sich eine Marokkanerin dem Willen ihres Mannes widersetzen!« brach es aus Abou heraus.

Sabine riß der Geduldsfaden. »Wie kannst du nur so etwas glauben! Nie habe ich dich spüren lassen, daß es mein Geld ist, mit dem wir unsere Existenz aufbauen. Nie habe ich dich kontrolliert. Unsere Heirat war eine Liebesheirat, sonst nichts. Aber du mußt schon akzeptieren, daß ich den Standpunkt verteidige, den ich für richtig halte. Wenn du jemanden vorziehst, der zu allem Ja und Amen sagt und keinen eigenen Willen hat, hättest du eben wirklich eine Marokkanerin heiraten sollen. Obwohl ich stark bezweifle, daß sie wirklich so unterwürfige Wesen sind, wie du behauptest.«

Abou gab klein bei. »Tut mir leid«, sagte er, »ich weiß auch nicht, warum ich so bin. Natürlich kann Stefanie reiten. Aber ... ich habe solche Angst, daß du es bereust, mich geheiratet zu haben. In Deutschland hattest du alles: Geld, eine schöne Wohnung, einen Job, sicher viele Verehrer ...«

»Nein, Schatz, ich bereue es nicht. Wir lieben uns doch, auch wenn wir manchmal verschiedener Meinung sind!« Sabine gab Abou einen Kuß. »Und jetzt entschuldige mich, bitte. Stefanie wartet auf mich. Wir wollen zusammen zu Maruschka fahren.«

Stefanie war es gelungen, ein grünes Taxi aufzuhalten.

»Nun«, fragte sie, »wie hat Abou reagiert?«

»Er fand es verrückt, wie vorauszusehen war.«

Stefanies Gesicht spiegelte ihre Enttäuschung wider.

»Aber schließlich bist du meine und nicht seine Tochter!« fügte Sabine schnell hinzu. »Jetzt fahren wir erst einmal zu Maruschka, und wenn es mir dort gefällt, bekommst du meine Erlaubnis!«

»Bitte, fahren Sie uns zur Rue Darwin!« bat Stefanie den Taxifahrer auf arabisch.

»Ich wußte gar nicht, daß du so gut Arabisch sprichst!«

»Ach, das ist nicht so schwer. In der Schule sind viele Marokkaner, und da schnappt man schon ein paar Brocken auf. Ich kann auch ein bißchen zählen: *ouahed, djaisch, tleta, arba chamsa …*«

»Fabelhaft! Das mußt du mir bei Gelegenheit beibringen.«

Inzwischen waren sie in der Rue Darwin angekommen. Der Reitstall befand sich am Fuß der Montagne, in einer sehr vornehmen Wohngegend.

Das Taxi fuhr durch ein enges Tor, Stefanie zahlte, und sie stiegen aus.

Sabine war sofort von dem Reiterhof begeistert. Sie wußte nicht, warum, aber dieser Ort strahlte Frieden und Harmonie aus.

Vor einem kleinen, ziegelgedeckten Wohnhaus stand eine enorme, schattenspendende Platane, die zu dieser Jahreszeit natürlich noch kahl war. Rund um den Platz waren Pferdeboxen angeordnet.

Ein Stallbursche – Stefanie hatte ihn mit Mohammed begrüßt – war gerade dabei, eine Box sauberzumachen, und Abdellatif, der andere Stallbursche, spritzte einem Pferd mit einem Schlauch die Beine ab.

Neben dem Wohnhaus befand sich eine kleine von Mimosenbäumen gesäumte Manege, die aber im Winter wegen des Regens nicht benutzt werden konnte.

Stefanie wechselte ein paar Worte mit Abdellatif und kam dann zu Sabine zurück. »Maruschka ist in die Stadt gefahren, wird aber bald wieder dasein. Können wir auf sie warten?«

Sabine, die sich sehr wohl in dieser Umgebung fühlte, war einverstanden.

Stefanie riß ein bißchen Gras ab, ging von Box zu Box, um die Pferde zu begrüßen, und stellte sie dabei ihrer Mutter vor. »Das ist Dèsme, das Fiquiria, Rouacha, Lanère, der einzige Hengst. Und das ist mein Eco-Schatz! Ist er nicht süß?«

Sabine fand, daß dieser braune Wallach in der Tat sehr sanfte Augen hatte.

»Wirst du auf Eco reiten?« fragte Mohammed.

»Vielleicht«, antwortete Stefanie und sah dabei ihre Mutter an.

»Er ist ein fabelhaftes Pferd, viel Kraft, trotz seines Alters, aber ein verdammter Dickkopf! Du wirst dir ein paar blaue Flecken holen, das ist sicher.«

»Das macht nichts«, sagte Stefanie vergnügt, »wir werden schon sehen, wer der Stärkere ist.«

»Ist es nicht gefährlich?« fragte Sabine besorgt.

»Wenn es gefährlich wäre, glaubst du wirklich, daß Maruschka mich dann auf ihm reiten lassen würde?«

Plötzlich hörte man das Brummen eines Motors.

»Da ist sie!« rief Stefanie.

Tatsächlich kam eine kleine Gestalt mit großem Cowboyhut auf einem Moped in den Hof gefahren.

Sofort wurde sie von ihren Hunden lautstark begrüßt. »Schon gut, Rubia, laß das, Saaba!« rief Maruschka und stieg von ihrem Moped. Sie nahm den Hut ab und strich sich mit den Fingern durch ihren grauen Pagenkopf.

Sie gefiel Sabine auf Anhieb: eine Frau von ungefähr sechzig Jahren, klein, schmal, aber zäh und energiegeladen. Ihre kleinen braunen Augen blitzten vor Humor. »Wie geht's, Stefanie?« fragte sie auf deutsch. »Ist das deine Mutter?«

Stefanie stellte Sabine vor.

»Kommt doch rein, ich spendiere euch einen Schnaps!« Sie gab den Stallburschen ein paar Anweisungen, halb auf spanisch, halb auf arabisch, dann gingen alle zusammen in ihr Häuschen.

Als Sabines Augen sich an das Halbdunkel gewöhnt hatten – die kleinen Fenster ließen nicht viel

Licht ein –, erkannte sie einen Raum, halb Schlafzimmer, halb marokkanischer Salon. Er war mit Fotos, Trophäen von gewonnenen Turnieren und anderen Andenken geschmückt. Zwar bröckelte der Putz an manchen Stellen von den Wänden, und in den Ecken hatten sich ein paar Spinnen häuslich niedergelassen, trotzdem fand Sabine Maruschkas Häuschen sehr gemütlich.

Maruschka verschwand in der Küche und kam mit einer Flasche polnischen Obstlers wieder. Sie schenkte Sabine und sich ein Schlückchen ein.

»Auf daß Stefanie eine hervorragende Reiterin wird!« prostete sie.

»Meinen Sie wirklich, daß Stefanie Talent hat?« fragte Sabine.

»Natürlich! Sie mag Pferde und hat keine Angst runterzufallen. Der Rest kommt später ganz von selbst.«

Sie unterhielten sich noch ein wenig über Sabines Eindrücke von Marokko – Maruschka lebte schon seit zwanzig Jahren hier und liebte Land und Leute –, und Stefanie machte einen Stundenplan mit Maruschka aus.

Dann verabschiedeten sie sich, um sich ein Taxi zu suchen. Auf der Heimfahrt waren beide sehr zufrieden.

»Deine Maruschka ist wirklich sehr nett!« meinte Sabine.

»Tatjana sagt, sie hat eine Engelsgeduld ... das wird sie bei mir wohl auch brauchen. Ach, Maman, ich bin ja so glücklich!«

Einen schöneren Dank hätte Sabine nicht erwarten können.

31

Es war Anfang März, als sich Sabine und Marina Dupuy durch Zufall wiedertrafen.

Sabine verließ gerade die Bäckerei »Florence«, wo sie eine Mouna, ein zuckerbestreutes Hefegebäck, gekauft hatte, als der gelbe VW von Frau Dupuy am Gehsteig hielt.

»Frau Meyendorf, wie gut, daß ich Sie sehe!« rief sie, als sie ihr Autofenster heruntergekurbelt hatte. »Ich habe beim letzten Mal vergessen, Ihnen meine Telefonnummer zu geben. Tut mir wirklich leid. Wollen Sie nicht auf einen Drink zu mir kommen? Ich wohne gleich um die Ecke.«

Sabine freute sich ehrlich, Marina Dupuy wiederzusehen, und nahm die Einladung an, obwohl sie bereits in Zeitdruck war.

Frau Dupuy öffnete ihr die Wagentür von innen und ließ Sabine einsteigen.

Auf dem Rücksitz saß ein kleines blondes Mädchen von ungefähr vier Jahren, daneben eine junge Marokkanerin, mit dem blauen Trägerrock einer Schuluniform bekleidet.

»Das sind meine Tochter Céline und Najat, von der ich Ihnen schon erzählt habe. Wir kommen gerade vom Optiker. Najat braucht dringend eine Brille, und ihre Mutter hat natürlich weder die Zeit noch das Geld, um sich darum zu kümmern.«

Sie fuhren ein paar Meter die Rue Fernando do Portugal entlang und bogen dann in die Rue Prince Héritier ein. Der VW hielt vor einer kleinen Villa.

»Alles aussteigen!«

Frau Dupuy zeigte Sabine das Haus, das von zwei hohen Kaminen beherrscht wurde.

In der Küche war ihr Hausmädchen Khadija gerade dabei, Gemüse zu putzen.

»Khadija kocht ausgezeichnet, aber mein Mann verträgt das marokkanische Essen leider nicht. Zur Zeit ist er auf Geschäftsreise in Italien, und so profitiere ich von seiner Abwesenheit und lasse Khadija kochen.«

Sie setzten sich in die mit braunem Kordsamt bezogenen Sessel im Wohnzimmer, tranken einen Porto und unterhielten sich angeregt.

»Vielen Dank auch für Dépannage, er ist wirklich ein Retter in der Not«, sagte Sabine.

»Freut mich, daß er Ihnen helfen konnte. Und wie steht es mit dem Hotelbau?«

»Der ist inzwischen weit gediehen, und unser Bungalow wird wahrscheinlich noch eher fertig.«

»Da kann man ja nur gratulieren.«

»Ja, ich bin sehr froh darüber. Das Leben in Kastillia ist ziemlich nervtötend.«

»Hier ist es auch nicht besonders.«

»Aber das Haus ist doch sehr schön.«

»Trotzdem würde ich lieber woanders wohnen, etwa in California. Aber hier gleich um die Ecke ist die Französische Schule, in die Céline später gehen wird, und ich habe keine Lust, sie viermal am Tag durch die Stadt zu kutschieren.«

Sie plauderten munter über dieses und jenes – Sabine gefiel Frau Dupuys offene Art – und merkten gar nicht, wie rasch die Zeit verging.

Endlich warf Sabine doch einen Blick auf ihre Armbanduhr. »Oh je, jetzt muß ich mich beeilen, sonst wird das Essen nicht rechtzeitig fertig, und ich weiß nicht, wie mein Mann das aufnehmen würde.«

»Das wissen Sie nicht?«

»Es ist mir noch nie passiert.«

»Dann sollten Sie es vielleicht mal ausprobieren.«

»Lieber nicht.«

Sie mußten beide lachen.

»Haben Sie heute Nachmittag etwas vor?« fragte Madame Dupuy.

»Nein, warum?«

»Wir könnten zusammen ein wenig am Strand spazierengehen.«

»Am Strand? Um diese Jahreszeit?«

»Seien Sie nicht so entsetzt! Natürlich kann man noch nicht baden, aber die Sonne scheint, und die Seeluft ist herrlich erfrischend. Ziehen Sie sich warm an, und kommen Sie mit, es würde mich wirklich freuen.«

»Einverstanden. Wann?«

»Ich bringe Céline zuerst in den Kindergarten, und anschließend hole ich Sie ab ... so gegen zwei Uhr.«

Sie verabschiedeten sich wie Freundinnen. Sabine fühlte sich beschwingt und war Punkt zwei Uhr fertig angezogen. Sie trug Jeans, Gummistiefel, eine rosa Steppjacke und hatte sich als Schutz gegen den Wind ein taubenblaues indisches Kopftuch umgebunden. Sobald sie das Hupen hörte, lief sie die Treppe hinunter. Marina Dupuy hatte sich ähnlich ausgerüstet, nur trug sie statt des Kopftuches eine knallrote Wollmütze.

Sie fuhren zur Plage Municipal, dem Mittelmeerstrand, und parkten den VW vor dem »Hotel Solazur«, einem der größten Hotels Marokkos.

Ein alter bärtiger Mann, mit Sarrouel und Turban gekleidet, an dessen Weste das Messingschild des offiziellen Autowächters, des »Gardien«, blinkte, ging an den Autoreihen auf und ab. Mit einem großen Stock vertrieb er die kleinen Jungen, die sich neugierig um die ausländischen Fahrzeuge scharten.

Meer und Himmel schienen aus ein und demselben Blau zu sein und miteinander zu verschmelzen. Trotz des kalten Windes spürte Sabine die Kraft der Sonne auf ihren Wangen.

Die beiden Frauen schlenderten in Richtung Osten, so nahe am Wasser, daß ihre Stiefel ab und zu von einer kleinen Welle überspült wurden.

»Mein Mann mag gar nicht, wenn ich hier allein spazierengehe«, sagte Marina Dupuy, »er meint, es wäre zu gefährlich. Und das stimmt vielleicht auch: gleich hinter den Hotels beginnen die Armenviertel, die ›Bidonvilles‹, wie man hier sagt. Da kommt es schon mal vor, daß ein Tourist zusammengeschlagen und ausgeraubt wird. Aber den stadtnahen Teil des Strandes mag ich nicht besonders, man wird dauernd von irgendwelchen Typen angemacht, und es ist schwierig, sie abzuwimmeln, ohne ihren Stolz zu verletzen.«

»Ja, in dieser Hinsicht sind die Marokkaner ziemlich empfindlich«, stimmte ihr Sabine zu.

Sie gingen eine Weile schweigend nebeneinander her. »Wissen Sie, Frau Meyendorf ...«

»Sagen Sie doch um Himmels willen Sabine zu mir!«

»Gerne. Und ich heiße Marina.«

»Entschuldigen Sie, Marina, ich habe Sie unterbrochen.«

»Ich wollte Ihnen nur sagen, daß ich wirklich sehr froh bin, daß Sie in Tanger aufgetaucht sind. Man hat es nicht leicht hier, als Frau und als Ausländerin. Gewiß, es gibt die deutsche ›Kolonie‹, aber die haben Sie ja bereits genossen ...«

»So übel sind diese Frauen nun auch wieder nicht!« meinte Sabine wenig überzeugt.

»Na, es reicht gerade für eine oberflächliche Freundschaft. Im übrigen bin ich verpflichtet, diese Bekanntschaften zu pflegen, das bringt die Position meines Mannes mit sich. In der Fremde ist man manchmal auf die Hilfe seiner Landsleute angewiesen.«

»Susi Wexer scheint doch ganz nett zu sein.«

»Scheint. In Wirklichkeit ist sie eine arrogante Kuh. Trixie Kehrle ist das oberflächlichste Wesen, das mir je untergekommen ist; außer über ihre Kinder und ihre Fatma kann man sich über nichts mit ihr unterhalten. Und Verena Loderer hat nur Männer im Kopf. Europäer, Marokkaner, Ehemänner, sie muß bei jedem ihren Charme unter Beweis stellen. Sie geht über Leichen, eine Freundschaft bedeutet ihr gar nichts.«

»Hat sie etwa versucht, Ihren Mann zu verführen?« fragte Sabine bestürzt.

»Mehr als einmal. Sie sieht ja auch sehr sexy aus, aber Jérôme kennt sie bereits zu gut, der fällt nicht mehr auf ihre grünen Augen herein.«

»Verkehren Sie auch mit Marokkanern?« Sabine wurde rot, als ihr klar wurde, daß sie diese Frage ungeschickt formuliert hatte.

»Bei uns gehen viele Marokkaner ein und aus, schon deshalb, weil mein Mann sein Büro im Haus hat. Natürlich habe ich mit der Zeit eine ganze Reihe kennengelernt – hauptsächlich Männer, denn die Ehefrauen bekommt man kaum zu Gesicht. Sie sind eigentlich sehr nett, spontan. Doch wenn sie nicht gerade versuchen, mit einem zu flirten, gibt es nur drei Themen mit Variationen: die gute, alte Zeit, als Tanger noch internationales Pflaster war, der Handel und der Schmuggel blühten und rauschende Feste gefeiert wurden. Dann die Möglichkeiten, schnell und ohne Arbeit zu Geld zu kommen, zum Beispiel durch eine vollautomatische Geflügelfarm, wenn man keine Ahnung vom Federvieh hat, oder Computer zu importieren, die kein Mensch warten kann. Und dann bleibt noch das Thema Religion. Da muß ich mich immer schwer beherrschen, denn irgendwann fällt mit Sicherheit der Satz: ›dies oder jenes steht im Koran, also ist es das Wort Gottes, und das Wort Gottes kann man nicht diskutieren‹.«

»Das kenne ich. Sogar bei meinem Mann kommen diese Ansichten manchmal zutage.«

»Die Religion ist tief in den Menschen verwurzelt. Sie spielt eine viel größere Rolle als in Europa. Das sieht man auch daran, daß Politik und Religion eng miteinander verknüpft sind. Der marokkanische König ist zugleich oberste Instanz in allen Religionsfragen.«

Sie hatten inzwischen ein ganzes Stück Weg hinter sich gebracht und erreichten den Teil des Strandes, der »Marbella« genannt wird. Hier befanden sich hauptsächlich Ferienappartements, jetzt im Winter lag die Siedlung verlassen da.

Der Wind hatte etwas nachgelassen. Marina und Sabine zogen ihre Jacken aus und setzten sich darauf. Sie streckten ihre Gesichter der Sonne entgegen. Für eine Weile fiel kein Wort.

Sabine war mit ihren Gedanken in München. Wie mochte es wohl Bernhard gehen? Ob die Krokusse schon blühten?

»Der Frühling ist die schönste Jahreszeit in Tanger«, meinte Marina unvermittelt, »die Felder grünen, die Wiesen sind voller herrlicher Blumen, die man in Deutschland gar nicht mehr wildwachsend findet. Alles ist reingewaschen, strotzt vor Kraft.«

»Sie können Gedanken lesen!« sagte Sabine lächelnd. »Ich dachte gerade an den Frühling in München. Im März kann man bereits seine Vorboten spüren.«

»Bereuen Sie es, Deutschland verlassen zu haben?« fragte Marina ernst.

»Ich ... ich weiß es nicht, ehrlich. Natürlich vermisse ich Deutschland, aber andererseits ... Deutschland ohne meinen Mann wäre für mich nicht besonders reizvoll.«

»Und Deutschland mit Ihrem Mann?«

»Das stand nie zur Debatte. Er würde sich dort nicht wohl fühlen.«

»Und Sie? Fühlen Sie sich hier wohl? Oder opfern Sie sich für das Glück Ihres Mannes?«

»Nein.« Sabine lachte gezwungen. »Ich bin ganz und gar nicht der Typ ›Opferlamm‹. Es gefällt mir gut in Tanger.« Sie wußte, daß das nur die halbe Wahrheit war, und versuchte, Marina Dupuy von dem heiklen Thema abzubringen. »Und was fehlt Ihnen am meisten hier?«

Marina ließ gedankenverloren etwas Sand zwischen ihren Fingern rieseln. »Nun«, sagte sie zögernd, »was mir am meisten fehlt, sind die Zerstreuungen, die europäische ›Kultur‹: Kino, Konzerte, Theater, Vorträge – was das Goethe-Institut oder das Centre Culturel Français hier organisiert, ist doch ziemlich provinziell. Aber ich mag die Leute hier, das Klima. Und ich weiß, daß ich es nicht bis zum Ende meiner Tage in Tanger aushalten muß. In ein paar Jahren wird Jérôme seine Firma einem marokkanischen Partner überlassen und einen Außenposten in Europa, wahrscheinlich in Frankreich, gründen. Bei Ihnen ist das natürlich etwas anderes: Sie werden wahrscheinlich für immer in Tanger bleiben.«

Für immer! Sabine wurde blaß. So kraß war es ihr noch nie zu Bewußtsein gekommen, daß sie wirklich für immer in Marokko bleiben würde. Wie sollte sie das nur aushalten? Aber ihre innersten Ängste wollte sie ihrer neuen Freundin nicht preisgeben. Sie fröstelte. »Es wird langsam kühl, sollten wir uns nicht lieber auf den Rückweg machen?« schlug sie vor und half Marina, sich aufzurichten.

Als der gelbe VW vor Sabines Haustür hielt, wollte sie Marina noch zu einer Tasse Tee einladen.

»Das nächste Mal gerne. Jetzt muß ich nach Hause. Céline ist sicher schon aus dem Kindergarten zurück und wartet auf mich. Aber rufen Sie mich doch am Wochenende an, dann können wir etwas unternehmen – vielleicht sogar mit unseren besseren Hälften.« Sabine sagte begeistert zu. Sie war froh, der Isolation entronnen zu sein.

In der nächsten Zeit sahen sich Sabine und Marina häufig.

Sabine nahm Marina ins Hammam mit, Marina zeigte Sabine den Souk von Kassabarata, der zweimal in der Woche am Stadtstrand von Tanger stattfand.

Hier sprachen die Händler kaum Französisch. Marina und Sabine waren weit und breit die einzigen Europäerinnen. Aber hier wurden sie, im Gegensatz zum Grand Socco, von den Marokkanern respektiert und wie ihresgleichen behandelt.

Sabine staunte, was hier alles verkauft wurde: alte Schrauben und Blechteile, aus leeren Konservendosen hergestellte Backförmchen, aus alten Plastiksäcken zusammengenähte Einkaufstaschen, alte Kleider und Schuhe. Überall sah man auch die aus Speiseölflaschen hergestellten Plastikbehälter, die vor allem zum Wasser- und Milchholen verwendet wurden. Und dabei war alles ein paar Dirhams billiger als in der Stadt.

»Hast du noch nie die alten Weiblein gesehen, die in den Mülleimern herumstöbern und alles Verwendbare herausfischen und in einem großen Tuch auf dem Rücken abtransportieren?« fragte Marina.

»Ih, das ist aber nicht gerade appetitlich!«

»Marokkanisches Recycling – das Land kann sich keine Verschwendung leisten. Und Hygiene suchst du hier sowieso meist vergebens, manchmal sogar in den Krankenhäusern. Angeblich soll jetzt aber in den Schulen eine groß angelegte Aufklärungsaktion gestartet werden.«

»Man kann nur hoffen, daß sie etwas hilft. Wenn ich all den Abfall in meinem Viertel sehe – mir wird ganz übel. Aber die Marokkaner scheint es gar nicht zu stören. Sie schmeißen einfach alles in die nächste Ecke.«

»Das ist, glaube ich, eine Frage der Zeit. Auf diesem Gebiet müssen die Marokkaner noch einiges dazulernen. Komm, ich will dir was zeigen«, sagte Marina und zog Sabine an Getreidesäcken vorbei. Am Ausgang des Souks befand sich eine große Wiese mit zahllosen Schafen, Ziegen und mageren Kühen. Männer in braunen Burnussen standen in Grüppchen zusammen, um die Preise zu diskutieren.

»Vor einem religiösen Fest, wenn ein Hammel geschlachtet werden muß, ist hier der Teufel los.«

»Haben denn so viele Marokkaner genügend Geld, um sich ein ganzes Schaf zu kaufen und innerhalb einer Woche zu verzehren?« fragte Sabine erstaunt.

»Nein, natürlich nicht! Das ist eine alte Sitte, die vielleicht in der Wüste möglich war, aber schlecht in das moderne Leben paßt. Aber die Leute finden, es sei ›*shouma*‹, eine Schande für die ganze Familie, in den Augen Allahs und vor allem in den Augen der Nachbarn, kein Lamm zu schlachten. Also verkaufen die Frauen ihren Schmuck, oder man nimmt ein Darlehen auf. Eine Woche ißt man jeden Tag Fleisch – und dann vielleicht monatelang überhaupt keines mehr.«

»Das finde ich wirklich unverständlich.«

»Nicht nur du. Sogar die aufgeklärten Marokkaner denken wie du. Aber sie können sich dem Druck der Gesellschaft nicht widersetzen. Und natürlich ist es auch für den Viehbestand des Landes eine Katastrophe, wenn mehrmals im Jahr so viele Tiere auf einmal geschlachtet werden. Manches kann man in diesem Land einfach nicht verstehen, daran mußt du dich gewöhnen.«

Zum Schluß kaufte Marina noch bei einer beeindruckend dicken, über das ganze Gesicht strahlenden Berberfrau einen mit Muscheln verzierten Blumentopf.

»Ich würde ja gern öfter auf dem Souk einkaufen gehen«, gab Sabine auf dem Heimweg zu, »aber ohne ein Wort Arabisch zu sprechen, ist das wahrscheinlich unmöglich.«

»Ach, die paar Worte lernst du schnell. Man kauft ja doch immer das gleiche Zeug ein. Salat heißt ›*schlada*‹, Kartoffeln ›*batata*‹, Tomaten ›*tomatesch*‹, Karotten ›*chisse*‹, Apfel ›*teffah*‹, Mandarinen ›*mandolin*‹, Zitronen ›*zhamed*‹, ›*besef*‹ bedeutet viel, ›*schuga*‹ wenig, ›*srir*‹ klein, ›*kebir*‹ groß …«

»Um Gottes willen, hör auf, mir wird ja ganz anders! Und das nennst du eine einfache Sprache!«

»Du solltest mit Abou eben nur arabisch reden!« lachte Marina.

»Dazu ist es wohl zu spät. Aber vielleicht werde ich mich doch mal zu einem Sprachkurs aufraffen.«

»Insh'allah!«

Abou und Jérôme verstanden sich ebenfalls recht gut. Von Zeit zu Zeit unternahmen sie etwas gemeinsam. Einmal veranstalteten sie zu viert ein Picknick im zwanzig Kilometer von Tanger entfernten Forêt Diplomatique, einem Pinienwald, der seinen Namen den dort Wildschweine jagenden Diplomaten Tangers verdankte. Ein andermal fuhren sie in das nahe Städtchen Assilah, das für seine Fischlokale und die mit bunten Fresken geschmückte Altstadt berühmt ist. Wenn sie nicht sehr viel Zeit zur Verfügung hatten, ließen sie auf der »Montagne« Drachen steigen – ein Hobby von Jérôme, das Abou begeistert übernahm.

Einmal gelang es den Frauen sogar, ihre Ehemänner ins »Palace«, die schicke Disco des Hotels »Flandria«, mitzuschleppen. Anfangs fühlte Sabine sich von der lauten Musik und der Dominanz der männlichen Besucher eingeschüchtert, aber im Laufe des Abends tanzten sie und Abou immer hingebungsvoller. Der alte Zauber zwischen ihnen wurde wieder wirksam.

Einmal forderte Abou auch Marina auf.

Eine Welle der Zärtlichkeit durchflutete Sabine, als sie den beiden zusah. Sie liebte ihren Mann, sein klares Gesicht, seine lachenden Augen, sein dunkles gelocktes Haar und seinen geschmeidigen Körper, und sie war stolz zu beobachten, daß er auch auf ihre Freundin Eindruck machte.

Trotz all der kleinen Ärgernisse des Alltags war sie überzeugt, es im Leben gut getroffen zu haben.

32

Dieses Hochgefühl hielt einige Tage an. Dann mußte Sabine zu ihrem Entsetzen feststellen, daß sie einen juckenden Ausfluß hatte.

Als Abou, wie üblich, nach dem Mittagessen mit ihr eine Siesta machen wollte, lehnte sie ab. »Bitte, nicht!«

»Was ist los mit dir? Migräne?«

»Wie kommst du darauf? Ich habe doch noch nie unter Migräne gelitten.«

»Ich dachte, du würdest dir mal was Neues einfallen lassen.«

»Es besteht durchaus kein Anlaß zu dummen Witzen, Abou. Bitte, sei ganz ehrlich: Hast du mich betrogen?«

»Nein!«

»Wenn ich dir nur glauben könnte.«

»Das kannst du unbesehen.«

»Dann verstehe ich gar nichts mehr. Ich habe eine Infektion.« – Sie berichtete ihm von ihren Symptomen.

»Dann bist du es wohl, die untreu gewesen ist«, sagte er kalt, »sehr gewitzt von dir, den Spieß umzudrehen. Ich habe jedenfalls nichts.«

»Du unterstellst mir, daß ich fremdgegangen bin?«

»Warum nicht? Alles ist möglich, Denkst du, ich habe nicht gemerkt, daß du nicht mehr so gern wie früher mit mir schläfst? Vielleicht hast du einen besseren Liebhaber gefunden.«

»Abou, das ist ja lächerlich! Es stimmt, daß ich nicht mehr so begeistert mit dir ins Bett gehe, aber nur, weil es jeden Mittag mit geradezu übertriebener

Regelmäßigkeit sein muß. Ich bin keine Sex-Maschine. Das ist für mich aber bestimmt kein Grund, mich nach einem anderen Mann umzusehen.«

»Wie dem auch sei«, sagte Abou, um Beherrschung bemüht, »wir werden einen Arzt aufsuchen müssen.«

»Wieso wir? Du hast doch gar keine Beschwerden. Oder doch?«

»Nein. Aber ich lasse dich in einer solchen Situation nicht allein. Ich werde einen Termin mit Doktor Hassan in der Rue de Fes vereinbaren.«

Sabine fand diese Fürsorge übertrieben, aber als sie dann ins Wartezimmer von Dr. Hassan kamen, war sie doch froh, daß Abou sie begleitet hatte.

Der Raum war übervoll, viele Frauen waren verschleiert und in Begleitung ihrer Ehemänner.

Abou hatte einen kurzfristigen Termin nur mit Hilfe von »Bakkschisch«, einer Belohnung für die Arzthelferin, bekommen. Dr. Hassan galt als der kompetenteste Frauenarzt in Tanger und war entsprechend überlaufen. Sie mußten gute zwei Stunden warten.

Dr. Hassan ließ sich Sabines Beschwerden schildern, dann führte die Arzthelferin sie in den Untersuchungsraum. Abou blieb im Sprechzimmer, aber die Verbindungstür war halb offen.

Sabine zog sich schnell Slip und Rock aus und wollte sich auf den Untersuchungsstuhl setzen. Aber die Helferin bedeutete ihr, zuerst eine knielange Hose aus weißem Baumwollstoff anzuziehen.

Sabine stellte fest, daß die Naht im Schritt fehlte. Erst jetzt konnte sie sich auf den Stuhl setzen, man breitete ein großes Tuch über ihre gespreizten Beine, und Dr. Hassan begann sie, wie unter einem Zelt, zu untersuchen.

Plötzlich kam ihr die Situation geradezu lächerlich vor. Eine Untersuchungshose! Und die halboffene Tür! Die Ehemänner schienen kein großes Vertrauen in den guten Doktor zu haben.

Nach der Untersuchung war ihr allerdings nicht mehr nach Lachen zumute. Wenn sie sich nun doch mit einer schlimmen Krankheit angesteckt hatte? Und wenn Abou ihr nicht glaubte?

Dr. Hassan setzte sich den Eheleuten gegenüber.

»Nichts Schlimmes«, sagte er, »eine harmlose Pilzerkrankung. Aber es wäre natürlich gut zu wissen, wo Madame sich angesteckt hat!« Er sah Abou an.

Mein Gott, er vermutet, daß Abou mich betrogen hat! durchfuhr es Sabine, aber zu ihrer Überraschung war es ihr unangenehmer, als wenn Dr. Hassan ihre Untreue angenommen hätte.

»Aber ich habe doch keine Beschwerden« sagte Abou. »Das hat nichts zu sagen. Sie können beschwerdenfrei sein und trotzdem die Krankheit übertragen.«

Minutenlang herrschte Schweigen.

»Ich will Ihnen nicht zu nahe treten, aber in einem solchen Fall sollten beide Partner behandelt werden, sonst stecken Sie sich nur gegenseitig wieder an.«

Sabine wußte nicht, wohin sie blicken sollte, und Abou begann unruhig zu werden.

»Oder geht vielleicht einer von Ihnen in ein Hammam?« forschte der Arzt.

»Ja, ich!« sagte Sabine erleichtert. »Könnte ich mich dort angesteckt haben?«

»Das ist gut möglich. Ich hätte Sie schon eher danach fragen sollen, aber ich habe noch nicht oft erlebt, daß eine Europäerin ein Hammam besucht. Dann haben wir das Problem also gelöst«, meinte der Doktor zufrieden, »ich verschreibe Ihnen beiden ein Präparat – sicher ist sicher –, und in ein paar Tagen ist alles vorüber. Und, Madame, wenn Sie weiter ins Hammam gehen wollen, verschreibe ich Ihnen noch ein Mittel das Sie vor unliebsamen Überraschungen bewahrt.«

»Ich weiß gar nicht, wie ich Ihnen danken soll«, stammelte Sabine unendlich erleichtert.

»Nicht der Rede wert!« Dr. Hassan schrieb zwei Rezepte aus, und sie verabschiedeten sich.

Als sie wieder auf der Straße standen, war Sabine doch noch beunruhigt. »Du glaubst mir doch, daß ich mich im Hammam angesteckt habe, oder?«

»Natürlich glaube ich dir.«

»Und du, du hast wirklich nicht ...?«

»Nein, keine Sorge. Du hast mir die Lust gänzlich vertrieben.« Er sah ihr betroffenes Gesicht. »Tut mir leid, das war nicht fair. Ich wollte dir nur sagen, daß ich einer der wenigen Männer bin, denen Sex ohne Liebe keinen Spaß macht. Und im Moment habe ich wirklich nicht die Nerven dazu, mich nach einem anderen Liebesobjekt umzusehen.«

»Aber eines Tages ...« bohrte Sabine weiter.

»Eines Tages kann es schon sein, daß ich mich wieder verliebe«, sagte Abou ernst.

Sabine hätte nie gedacht, daß seine Worte ihr so weh tun könnten. »Abou, was haben wir falsch gemacht? Warum können wir nicht zusammen glücklich sein?« Ohne auf ihre Frage zu antworten, zog Abou sie in ein kleines Taxi. »Marshan!« befahl er dem Fahrer.

Sabine überlegte, was das wohl zu bedeuten hatte. Marshan war ein erhöht liegendes Viertel von Tanger, dessen Wasserturm von überall zu sehen war. Was hatte Abou mit ihr vor?

Er ließ den Fahrer in der Nähe des Fußballstadions halten.

Zu Fuß gingen sie an einigen langsam verfallenden Villen und Palästen vorbei. Marshan war einmal ein sehr vornehmes Viertel gewesen. Sie bogen in eine kleine Seitenstraße ein und überquerten ein unbebautes Grundstück.

Niemals hätte Sabine sich allein hierdurch gewagt. Und plötzlich erkannte sie, was Abou ihr hatte zeigen wollen.

Vor ihren Füßen tat sich ein Abgrund auf, eine Felswand fiel beinahe senkrecht ins Meer ab. Hundert Meter unter ihnen brachen sich die Wellen.

Abou bedeutete ihr, sich zu setzen. Sie bemerkte, daß in den Felsen große Höhlen gemeißelt worden waren – Phöniziergräber, wie sie später erfuhr. Sabine saß neben Abou und wagte nicht zu sprechen, aus Angst, die friedliche Stimmung zu stören. In der abendlichen Sonne konnte sie gut das spanische Ufer und, wie einen weißen Fleck, die Stadt Tarifa wahrnehmen. Der europäische Kontinent schien nur einen Steinwurf von Afrika entfernt zu sein.

Sie tastete nach Abous Hand. »Abou, es ist wunderschön hier.«

»Deshalb habe ich dich hierhergebracht.« Er erwiderte zärtlich den Druck ihrer Hand. »Meine Heimat ist schön. Du mußt sie lieben lernen.«

»Das versuche ich ja schon.«

»Vielleicht bemühst du dich nicht genug. Du siehst alles immer noch mit den Augen einer Europäerin. Aber unsere Welt ist anders.«

Sabine dachte nach. Ich kann meine Wurzeln nicht ganz verleugnen, ging es ihr durch den Sinn.

Er schwieg.

»Sind die Marokkanerinnen wirklich so anders?« fragte sie zaghaft. »Jederzeit bereit für die Liebe?«

»Nicht für die Liebe, aber für Sex.«

»Das kann ich nicht.«

»Unsere Frauen«, erklärte Abou, »erwarten sich vom Geschlechtsverkehr kein Vergnügen. Für sie ist es Pflicht. So sind sie erzogen.«

Sabine versuchte seinen Erklärungen zu folgen.

»Aber gerade deshalb liebe ich dich so. Weil wir unsere Liebe gemeinsam erleben, das ganz große Glück. Das kann ich nur mit dir.«

»Wenn es nur wieder so werden könnte!«

»Ich will versuchen, auf dich mehr Rücksicht zu nehmen«, versprach er, »ich werde mich zurückhalten. Aber wenn ich es nicht mehr aushalten kann, mußt du für mich da sein.«

»Das werde ich!« rief sie. »Oh, Abou, das werde ich!« Sie küßten sich so selbstvergessen wie in erster Zeit ihrer Liebe und konnten sich nur schwer voneinander lösen.

33

Und dann kam Ramadan, wovor Sabine sich schon seit Wochen gefürchtet hatte.

Abou hatte alles darangesetzt, daß das Hotel noch vor dem Fastenmonat fertiggestellt werden sollte. Er hatte die Handwerker überwacht und zur Eile angetrieben. Trotzdem kamen sie nicht so schnell voran, wie Abou gerechnet hatte. Sabine hatte den ersten Gästen, die zu Pfingsten hatten kommen wollen, absagen müssen, was ihre Laune nicht gerade hob.

Sie verstand, daß Abou die Vorschriften des Ramadan einhalten wollte, schon allein, um es seinen Landsleuten gleichzutun. Jeden Freitag zog er sich, wie die anderen Männern, sein bodenlanges Festgewand an und ging in die Moschee.

In der Nacht vor dem ersten Tag des Ramadan wurde das Fest der »Chabana« begangen. Der Neumond wurde mit sieben Kanonenschüssen begrüßt. Gleichzeitig ließen die Kinder Sprengkörper knallen, natürlich unter großem Geschrei. Sabine und Stefanie beugten sich aus dem offenen Fenster und verfolgten die Vorgänge. Von nun an war es von Sonnenaufgang bis zum Sonnenuntergang verboten zu essen, zu trinken oder Zärtlichkeiten auszutauschen. Auch daran hielt sich Abou, was Sabine übertrieben fand.

Durch den Ramadan wurde der ganze Lebensrhythmus verändert. Tagsüber war die Stadt wie tot. Die Geschäfte hatten veränderte Öffnungszeiten, und vormittags war alles ausgestorben.

Nachmittags sah man dann wieder die Männer in den Cafés versammelt – wo sie allerdings nichts konsumieren durften. Kurz vor Sonnenuntergang, wenn die Gläubigen ungeduldig auf den erlösenden Kanonendonner warteten, war es sogar gefährlich, mit dem Auto unterwegs zu sein; nicht selten übersah ein hungriger Autofahrer, der möglichst schnell zu seiner dampfenden »Harira« kommen wollte, eine rote Ampel.

Nach dem Essen ging man dann auf dem Boulevard spazieren oder besuchte Freunde und Verwandte. Dann aß man noch einmal, sah fern oder schlief ein bißchen. Kurz vor Sonnenaufgang wurden dann alle vom *»deggag«* mit Gesang und Trommel geweckt, um das Frühstück einzunehmen.

Sabine glich sich der veränderten Lebensweise an. Sie bereitete die erste Mahlzeit für sich und Abou vor Sonnenaufgang zu, das Abendessen nach Anbruch der Dunkelheit. Aber tagsüber nahm sie alleine eine Kleinigkeit zu sich.

Abou litt vor allem darunter, Sabine nicht lieben zu dürfen.

Alle waren erleichtert, als das Ende des Ramadan endlich gekommen war.

Es wurde mit dem *»Aid es Seghir«*, dem »Kleinen Fest«, begangen. Sabine, Stefanie und Abou feierten es mit der Familie seines Bruders Abdellatif. Der Kanonenschlag, der den Vollmond begrüßte, war das langersehnte Zeichen für alle, sich ausgiebig und mit guter Laune dem Essen zu widmen.

Als man beim Tee angekommen war, konnte Sabine kaum noch die leckeren Süßigkeiten – mit Mandeln gefüllte und mit Honig übergossene Blätterteigteilchen – essen.

Sie trug den Kaftan, den sie sich in Chaouen hatte anfertigen lassen, völlig ungezwungen, als wär sie von Kindesbeinen an an diese Art Kleidung gewöhnt. Tatsächlich fühlte sie sich bei solchen Familienfesten immer weniger wie eine Europäerin; sie wurde auch von den Marokkanerinnen als eine der ihren behandelt, obwohl es immer wieder zu kleinen Verständigungsschwierigkeiten kam.

Am nächsten Morgen schliefen Sabine und Abou bis weit in den Vormittag. Sabine stand nicht einmal auf, um Stefanie das Frühstück zu machen, und Abou scheuchte auch nicht der Gedanke hoch, sich um den Hotelbau kümmern zu müssen.

Es war heller Vormittag, als sie endlich die Augen aufschlug und den liebevollen Blick ihres Mannes auf sich ruhen sah. Sie hob die Arme und zog ihn an sich. Fast noch im Schlaf gab sie sich ihm hin, und seine Leidenschaft schien ihr Teil eines wunderbaren Traums zu sein.

Danach lagen sie noch lange eng umschlungen. Sie hatten eine schwierige Zeit zusammen durchgestanden und fühlten sich enger einander verbunden als je zuvor.

34

Im Juli endlich näherten sich die Arbeiten am Hotel ihrem Ende und – was Sabine wichtiger war – der Bungalow dahinter war zum Einzug bereit.

Ihre restlichen Möbel waren aus München gekommen, aber sie willigte, Abou zuliebe, auch in ihrem eigenen Heim in ein marokkanisches Wohnzimmer ein. Für Sabine war es so oder so der lang ersehnte Traum: ein Haus, großzügig, hell und freundlich, mit geschmackvoll gefliesten Bädern. Sie freute sich schon darauf, im Winter am offenen Kamin zu sitzen.

Die Hotelhalle wurde mit ihren eigenen geliebten Möbeln eingerichtet, und Sabine mußte zugeben, daß sie sich sehr gut dort machten; sie gaben dem Haus eine ganz persönliche Note. Über der Eingangstür prangte der Name, den Abou ihm gegeben hatte »Hotel Sabina«.

Sabines Kapital und Abous Ersparnisse waren inzwischen fast aufgebraucht, und um nicht ohne einen Dirham dazustehen, hatten sie für die Einrichtung des Hotels einen Kredit aufgenommen, den sie in absehbarer Zeit aus den Hoteleinnahmen würden zurückzahlen können.

Auch Stefanie war glücklich über ihr neues Zimmer mit eigenem Bad. Sie hatte beim Umzug mit anpacken und ihre Reitstunden vernachlässigen müssen. Dafür konnte sie sich jetzt jeden Morgen noch vor der Schule in den Swimmingpool stürzen, der in dem kleinen Park zwischen Hotel und Bungalow angelegt worden war. Vier »Fatmas« wurden eingestellt; sie sollten das Frühstück servieren, entweder in dem hellen Speiseraum, im Garten oder auf dem Zimmer, und anschließend putzen und aufräumen. Ein hübscher, gerade aus der Schule entlassener Junge namens Karim erfüllte die Aufgaben eines Hausdieners.

Die Zubereitung des Frühstücks übernahm Sabine selber, auch das Rechnungswesen, Abou den Einkauf und von Fall zu Fall die Abholung der Gäste am Flughafen. Sie hatten sich lange überlegt, ob sie ihr Hotel ganz unabhängig führen sollten, um auch alle Einnahmen für sich zu haben. Doch Sabines Argumente, sich einem Reiseunternehmen anzuschließen, hatten schließlich den Ausschlag gegeben. So mußten sie Abschlagszahlungen leisten und jederzeit mit einer Inspektion rechnen, hatten dafür aber die Garantie, gut belegt zu sein. »In ein paar Jahren, wenn uns ausreichend Stammgäste zugewachsen sind, können wir immer noch auf eigenes Risiko arbeiten«, hatte Sabine gesagt.

Abou hatte das eingesehen, obwohl ihn gerade dieses Risiko gereizt hatte.

Natürlich gab es Anfangsschwierigkeiten. Die »Fatmas« hatten zwar schon in privaten Haushalten gearbeitet, mußten aber erst lernen, was in einem Hotel von ihnen verlangt wurde. Sabine hatte manchmal das Gefühl, es wäre einfacher, die ganze Arbeit selber zu machen, als ständig hinter ihnen herzusein. Aber allmählich lief alles besser, wenn auch bis zur reibungslosen Routine noch ein weiter Weg war.

Karim verlangte eine Uniform, weil die Gäste ihn, wenn er in Jeans herumlief, angeblich von oben herab behandelten. Es gab Auseinandersetzungen. Sabine und Abou scheuten die, wie sie meinten, unnötige Ausgabe. Karim drohte mit Kündigung, und da er ein anstelliger Junge war und sie momentan einen Personalwechsel scheuten, gaben sie nach. Die hellgraue Uniform, die er verpaßt bekam, verlieh ihm tatsächlich eine gewisse Würde und hob, jedenfalls nach außen hin, das Ansehen des Hotels.

Natürlich fielen auch erste Reparaturen an, mit denen sie nicht gerechnet hatten. Soweit wie möglich führte Abou sie selber aus, und wenn er doch einen Fachmann hinzuziehen mußte, beobachtete er ihn bei der Arbeit, um das nächste Mal wieder allein zurechtzukommen. Sabine staunte, wie fleißig er sein konnte. Zu seinen regelmäßigen Aufgaben gehörte es auch, den Swimmingpool sauberzuhalten. Täglich fuhr er sehr früh los – außer freitags, dann besuchte er die Moschee –, um als einer der ersten auf dem Markt zu sein. Er kaufte Obst und Gemüse ein. Die Gäste liebten die frisch gepreßten Säfte, die sie nicht nur zum Frühstück, sondern den ganzen Tag über bestellen konnten. Aus dem Obst, das abends übrigblieb, kochte Sabine Marmelade. Eine Lizenz, alkoholische Getränke zu verkaufen, besaßen sie noch nicht, doch Abou bemühte sich darum.

Es war ein arbeitsreiches Leben, doch es gefiel ihnen beiden. Abou hatte das erreicht, was er seit langem angestrebt hatte: er war endlich sein eigener Herr. Und auch Sabine war glücklich, keinen Vorgesetzten mehr zu haben, keinen Herrn Baumgartner, der ihr hereinredete, und schon gar keine Madame Archinard, die sie schikanierte.

Die kleinen Auseinandersetzungen, die sie hatten, wirkten meist nur belebend.

Wenn die Gäste morgens versorgt sowie Haus und Küche geputzt waren, zog Sabine sich meist, bis es Zeit war, für sich und Abou zu kochen, in das winzige Büro hinter der Rezeption zurück. Hier las sie die Post, erledigte die Buchhaltung, die Korrespondenz mit der Bank und dem Reiseunternehmen und schrieb die Rechnungen aus. Die Gäste des Hotels kamen aus aller Herren Länder, und die Herzlichkeit, die Sabine und Abou ihren Kunden entgegenbrachten, kam genauso zu ihnen zurück. Vor allem Sabines Selbstbewußtsein tat es gut, von Dritten Bestätigung in ihrer

Rolle als in Marokko verheiratete Europäerin zu erfahren. Abou war der heimliche Schwarm aller weiblichen Gäste und war jederzeit für einen Flirt bereit.

Sabine hatte ihre Familie, alle alten Freunde und Bekannten von der Eröffnung des Hotels informiert.

Eines Morgens fand sie in der Post ein Telegramm von Bernhard Heuss. »Treffe 15. August in Tanger ein stop werde zwei Wochen in Eurem Hotel verbringen stop Freue mich schon Bernhard«.

Sie schnellte hoch, fühlte das dringende Bedürfnis, ihre Freude zu teilen. Schon wollte sie Abou per Haustelefon anrufen, als ihr einfiel, daß sie Abou eben noch gesehen hatte. Sie stürzte hinaus und entdeckte ihn tatsächlich, wie er einem jungen Paar den Weg zum Hafen erklärte.

Mit dem Telegramm in der Hand wartete sie, bis das Gespräch zu Ende war und Karim den jungen Leuten das Gatter zur Promenade öffnete.

Abou wandte sich ihr zu. »Na, was gibt es?« fragte er erwartungsvoll.

»Bernhard kommt!« platzte sie heraus.

Sein glattes Gesicht verfinsterte sich sofort. »Bernhard?« wiederholte er mit hochgezogenen Augenbrauen.

»Ach, du weißt schon. Doktor Bernhard Heuss. Der Freund meines verstorbenen Mannes.«

»Du hast ihn eingeladen?«

»Ja, das war doch ausgemacht. Wir wollten doch alle anschreiben, die wir kennen.«

»Aber doch nicht diesen Mann!«

»Hör auf, ihn ›diesen Mann‹ zu nennen. Er ist ein guter alter Freund, und er hat soviel für uns getan.«

»Ich hätte seine Hilfe nicht gebraucht.«

»Bitte, Abou, nun sei doch nicht so! Begreifst du denn nicht, wieviel mir daran liegt, daß ihr euch beide endlich kennenlernt?«

»Er interessiert mich einen Dreck.«

»Du wirst ihn bestimmt sympathisch finden, wart's nur ab!«

»Er kommt mir nicht ins Haus«, erklärte Abou entschieden und wandte sich ab.

Sie packte seinen Arm. »Es ist nicht dein Haus, sondern unser Hotel. Wir treffen alle Entscheidungen gemeinsam.«

»Nun, diese ist schon getroffen. Wenn du klug bist, findest du dich damit ab.«

»Wie oft soll ich es dir noch sagen: ich bin keine gefügige arabische Ehefrau!«

»Willst du mir weismachen, daß ein Europäer die früheren Freunde seiner Frau zu sich einlädt? So was kommt doch wohl nur in einer Komödie vor. Damit die Leute was zu lachen haben.«

»Abou, wie oft soll ich dir das noch versichern: zwischen mir und Bernhard ist nichts, ist nie etwas gewesen.«

»Dann verstehe ich nicht, warum du nicht endlich einen Schlußstrich darunter ziehen kannst.«

»Ich will ihm so gerne das Hotel zeigen – unser Hotel, ihm beweisen, daß ich etwas geschafft habe.«

»Wozu?«

»Du hast es Noureddine und Abdellatif doch auch gezeigt!«

»Sie sind meine Brüder.«

»Wo liegt da der Unterschied? Bernhard ist für mich auch eine Art Bruder oder, sagen wir, zumindest eine Art Cousin, wenn dir das glaubwürdiger erscheint.«

»Ich mag diesen Mann nicht.«

»Aber du kennst ihn doch gar nicht.«

»Er hat immer nur Streit verursacht.«

»Aber das war nicht seine Schuld, sondern deine – weil du voller Vorurteile ihm gegenüber bist, ausgerechnet du, der du Vorurteile bei anderen Menschen immer so sehr tadelst!«

»*Sabine*«, sagte er plötzlich in verändertem Ton, sehr beherrscht, »da haben wir es wieder. In der letzten Zeit lief es doch so gut mit uns, wir haben – wie sagt man es doch gleich? – an einem Strick gezogen. Das ist richtig so, ja? Und kaum mischt dieser Mann sich ein, ist die Hölle los.«

»Es ist toll, wie du die Tatsachen verdrehen kannst«, erwiderte sie ermattet.

»Ich will ihn nicht in diesem Haus haben, nicht unter diesem Dach. Ich würde wahnsinnig, wenn ich mir denken müßte, wie du heimlich zu ihm schleichst ...«

»Abou, jetzt ist's genug!« rief sie dazwischen. »Diese Verdächtigungen habe ich nicht verdient.«

»Es gibt nur einen stichhaltigen Grund, warum du ihn hier haben willst.«

»Aber das ist einfach nicht wahr! Du tust mir unrecht.«

»Wenn es nicht so ist, wird es dir nicht schwerfallen, auf seinen Besuch zu verzichten.«

»Und wie soll ich ihn ausladen? Kannst du mir das verraten?«

»Erklär ihm einfach, daß alle Betten belegt sind.«

»Er ist ein Mann von Welt, Abou. Er wird wissen, daß ein Hotelier für einen gerngesehenen Gast immer noch Platz hat. So was läßt sich arrangieren, und das weißt du ganz genau.«

»Dann wird er eben merken, daß er nicht willkommen ist. Um so besser. Dann wird er dich vielleicht endlich in Ruhe lassen.«

»Und wenn er in einem anderen Hotel in Tanger bucht?«

»Das will ich nicht hoffen.« Er zuckte die Achseln. »Aber ich könnte natürlich nichts daran ändern. Ruf ihn an!«

»Abou, wenn du mich liebtest ...«

»Weil ich dich liebe, muß ich auf dich aufpassen. Jeder weiß, ihr Frauen seid ein wankelmütiges Geschlecht.«

»Auch das noch!« rief Sabine empört. »Aber ihr Männer ...«

In diesem Augenblick kamen zwei alte Damen, weitgereiste Engländerinnen, die Treppe zur Halle herunter, und damit war der Streit unterbrochen.

Sabine sah ein, daß es keine Argumente gab, Abou umzustimmen. Also entschloß sie sich, die Gelegenheit zu nutzen, um mit Bernhard zu telefonieren. Solange Abou sich mit den beiden Ladies unterhielt, konnte er wenigstens nicht mithören.

Sie war nicht nur tief enttäuscht, daß sie Bernhard nun wahrscheinlich nicht wiedersehen würde, sondern vor allem wütend darüber, daß Abou ihr seinen Willen aufgezwungen hatte.

35

Am nächsten Nachmittag kam Marina mit ihrem kleinen Auto angezuckelt. Sabine freute sich sehr.

»Kannst du dir freinehmen?« fragte Marina. »Es wäre nett, wenn du mich begleiten könntest. Ich will zu meinem Juwelier. Wenn nicht, plaudern wir einfach ein bißchen miteinander, und ich mache mich allein auf den Weg.«

Aber Abou erklärte sich bereit, die Rezeption zu übernehmen, Marina bedankte sich mit einem Kuß auf seine Wange, und die Freundinnen fuhren los.

»Ein Glück, daß du heute gekommen bist!« platzte Sabine heraus.

»Ach ja?«

»Ich habe mich schrecklich aufgeregt.«

Marina lachte nur. »Hat der böse Abou dich wieder mal geärgert?«

»Mach dich, bitte, nicht lustig über mich! Die Sache ist mir wirklich an die Nieren gegangen.«

»Dann spuck es aus!«

Das ließ Sabine sich nicht zweimal sagen. Sie erzählte von ihrem Streit mit Abou und ihrer großen Enttäuschung, und zwar in allen Einzelheiten. Marina warf hie und da ein Wort dazwischen, jedoch ohne sie zu unterbrechen oder Stellung zu beziehen.

»Was sagst du dazu?« fragte Sabine endlich in fast triumphierendem Ton; sie war sicher, die Freundin ganz auf ihrer Seite zu haben.

Doch Marina schwieg.

»Was ist los? Hat es dir die Sprache verschlagen?«

»Nein, ich denke nur nach. Weißt du, ich glaube, auch mein Mann würde es nicht gern sehen, wenn ich ihm einen Freund aus der Jugendzeit anschleppen würde.«

»Aber er würde es dir jedenfalls nicht verbieten!« trumpfte Sabine auf.

»Kann sein. Er hat ein anderes Naturell und lebt nach einem anderen Kodex. Aber ich weiß, angenehm wäre ihm so etwas nicht. Also würde ich es ihm auch gar nicht zumuten.«

»Du findest es falsch, daß ich Bernhard eingeladen habe?«

»Zumindest ein wenig rücksichtslos. Wie hat er denn reagiert, als du ihm vorgemacht hast, daß ihr belegt seid?«

»Total gelassen. Er ist immer beherrscht, weißt du. Wahrscheinlich hat er den Schwindel gemerkt. Aber er war nicht die Spur gekränkt.«

»Also ein wahrer Wunderknabe.«

»Ein Gentleman.«

»Sag, warum hast du dann nicht ihn genommen, wenn er so toll ist?«

Darauf antwortete Sabine nicht; sie mochte nicht einmal sich selbst gegenüber zugeben, daß sie gefürchtet hatte, sich in einer Ehe mit Bernhard zu langweilen.

»Oder hat er dich etwa gar nicht haben wollen?« bohrte die Freundin nach.

»Doch. Schon.«

»Hat er dir einen regelrechten Heiratsantrag gemacht?«

»Nein. Harry war ja noch kein Jahr tot, als ich nach Genf ging. Aber es lag in der Luft.« Sie merkte, daß sie vom Thema abgekommen waren. »Doch das ist doch auch ganz egal!« rief sie. »Er ist ein Freund. Warum soll ich ihn nicht wiedersehen?«

Statt auf diese Frage einzugehen, erkundigte Marina sich ihrerseits: »Es stimmt doch, daß Abou schon einmal verheiratet war, ja?«

»Das habe ich dir erzählt.«

»Was würdest du sagen, wenn er seine Ex-Frau bei euch einquartieren würde?«

»Das läßt sich nicht vergleichen.«

»Ich finde doch.«

»Es würde mir natürlich nicht passen«, gab Sabine zu, »aber ich würde die Zähne zusammenbeißen und versuchen, freundlich zu ihr zu sein.«

»Weil du keinen Grund zur Eifersucht hast. Du hast diese Dame ein für allemal aus dem Feld geschlagen.«

»Genauso könnte Abou doch auch über Bernhard denken.«

»Nein, das kann er nicht. Er muß fürchten, daß du immer noch an ihm hängst, und du gibst ihm dazu jeden Anlaß.«

Sabine mußte zugeben, daß Marina zumindest nicht ganz unrecht hatte; aber sie hätte mehr Mitgefühl von der Freundin erwartet. »Du verstehst mich nicht!« behauptete sie enttäuscht.

»Nun schnapp bloß nicht ein! Was wäre das für eine Freundschaft, in der man sich nicht die Wahrheit sagen darf?«

Marina hatte einen freien Platz am Straßenrand gefunden und parkte ein. »Steigen wir aus! Wir wollen uns doch nicht deinen freien Nachmittag verderben lassen. Du wirst sehen, mein Juwelier wird dir gefallen. Er ist ein süßer Typ.«

Sie schlenderten die Rue M'sallah hinunter, an der ein Juweliergeschäft neben dem anderen lag.

»Machst du dir etwas aus Schmuck? fragte Marina.

»Nicht besonders«, behauptete Sabine; Harry hatte ihr zwar ein paar schöne Stücke geschenkt, über die sie sich riesig gefreut hatte, aber das mochte sie der Freundin jetzt nicht auf die Nase binden.

»Komisch. Früher habe ich auch so gedacht. Aber inzwischen, scheint mir, haben die Marokkanerinnen mich angesteckt.«

»Die Marokkanerinnen?« fragte Sabine widerwillig. »Wieso? Die können sich doch so etwas gar nicht leisten.«

»Das hast du dir gedacht. Die meisten legen jeden ersparten Dirham in Gold und Geschmeide an. Weißt du, was der Traum jeder Marokkanerin ist?«

»Woher sollte ich?«

»Ein breiter, fein gearbeiteter Gürtel aus purem Gold, der zum Fest-Kaftan getragen wird. Er hat seinen Wert und, wenn Not am Mann ist, wird er eben, ganz unsentimental, wieder verkauft. Schmuck gilt übrigens auch als Sicherheit für die Frau im Fall einer Scheidung. Er ist ihr persönliches Eigentum, und sie kann ihn in jedem Fall behalten.«

»Du redest wie eine Fremdenführerin«, maulte Sabine. Marina lachte nur. »Und du benimmst dich wie eine Trauerweide!«

Sie lachte Sabine versöhnlich an. Aber es gelang ihr nicht, die Freundin aufzuheitern. Auch Marinas Lieblingsjuwelier, dem Chef des Geschäftes »Goldstar«, konnte sie nichts abgewinnen. Die strahlende Höflichkeit, mit der er Marina bediente, für die er offensichtlich ein Faible hatte, schien ihr übertrieben. Er hatte zwar eine Ähnlichkeit mit dem jungen Omar Sharif, aber sie empfand sein Verhalten als geradezu aufdringlich.

Sie war erleichtert, als Marina sie vor dem Hotel absetzte.

Es dauerte an diesem Abend lange, bis die letzten Gäste nach Hause kamen. Ein Paar aus Köln, ein Chemiker und seine Lebensgefährtin, hatten einmal ganz groß ausgehen wollen. Erst gegen Mitternacht tauchten sie auf, höchst vergnügt und leicht angeheitert. Sabine wechselte noch einige freundliche Worte mit ihnen. Dann verschloß sie den Vordereingang und wartete auf Stefanie, die während der Abwesenheit der Eltern auf deren Baby aufgepaßt hatte.

Sie erschien bald darauf, ein Buch unter dem Arm.

Sabine gähnte. »Das hat lange gedauert«, sagte sie mitfühlend.

»Sie haben für vier Stunden gezahlt. Sehr angenehm.«

»War es mühsam?«

»Überhaupt nicht. Der Kleine schlief, als ich kam, und jetzt schläft er immer noch.«

Gemeinsam verriegelten sie die hintere Tür und gingen durch den Garten auf ihr Haus zu.

Stefanie hatte eigentlich in den Großen Ferien, die gerade begonnen hatten, nach Deutschland fliegen sollen. Aber sie hatte es, um ihrer geliebten Pferde willen, vorgezogen, in Tanger zu bleiben, und verdiente sich mit Babysitten etwas zu ihrem Taschengeld. Die meisten Eltern zogen sie einer marokkanischen Betreuerin vor. »Bernhard hat telegrafiert«, berichtete Sabine.

»Will er kommen?«

»Ja. Aber Abou erlaubt es nicht.«

Stefanie lachte. »Das hätte ich mir denken können.«

»Du findest das komisch?«

»Nein. Eigentlich ist es schade. Ich hätte ihn gern mal in Badehose gesehen.«

»Was für eine Idee!«

»Reg dich nicht auf, Maman! Das ist unsere neueste Masche. Wenn ein Lehrer uns aufs Korn nimmt, stellen wir ihn uns in der Unterhose vor. Das stärkt das Selbstbewußtsein kolossal.«

»Ich kann mich nicht erinnern, daß Bernhard dich je gemaßregelt hätte.«

Stefanie gähnte ungeniert. »Dazu hatte er ja auch kein Recht. Deshalb sag ich ja auch nicht Unter-, sondern nur Badehose. Er ist immer so verdammt korrekt, findest du nicht?«

»Ich bin sehr traurig, daß er uns nicht besuchen kann.«

»Das redest du dir jetzt nur ein. In Wahrheit bist du böse, daß Abou es nicht haben will.«

»Findest du das richtig?«

»Von seinem Standpunkt aus schon. Wahrscheinlich ahnt er, daß Bernhard eine Schwäche für dich hat.«

»Du nimmst ihn immer in Schutz.«

»Nur wenn du ihn angreifst. Im übrigen solltest du froh sein, daß Bernhard nicht kommt.«

»Wie meinst du das?«

»Aber, Maman, denk doch mal nach! Entweder würden die beiden sich in die Haare bekommen, oder sie würden sich gegen dich verbünden. Man weiß doch, wie die Männer sind.«

»Eine Einsicht von überwältigender Weisheit!«

Sie hatten inzwischen den Bungalow erreicht.

Stefanie gab ihrer Mutter einen raschen Kuß auf die Wange. »Schlaf gut, Maman, und träum was Schönes!« wünschte sie und war ins Haus geschlüpft, bevor Sabine sich noch weiter beklagen konnte.

Sie fühlte sich verunsichert. Konnte es sein, daß sie im Unrecht war?

Auch Marina hatte sie nur ausgelacht. Das Schlafzimmer lag im Dunkel. Sabine zog sich rasch und geräuschlos aus.

»Na endlich!« ertönte Abous Stimme. »Komm her zu mir!«

Jetzt hatten ihre Augen sich an die Finsternis gewöhnt, und sie konnte erkennen, daß er mit nacktem Oberkörper, die Arme ausgebreitet, im Bett lag.

»Ich will erst ins Bad«, sagte sie.

»Nein, tu das nicht. Du weißt, ich habe es lieber, du riechst nach dir selbst als nach Seife.«

»Ich bin total verschwitzt.«

»Hauptsache, du bist nicht mehr böse.«

»Woher weißt du das?«

»Das kann ich riechen«, behauptete er.

»Das ist nicht fair«, sagte sie.

»Wie meinst du das?«

»Daß ich immer wieder so ein verdammtes Verlangen nach dir habe.«

Er lachte leise. »Du meinst, sonst könntest du mir auf dem Kopf herumtanzen? Das wird nie geschehen, niemals. Mach dir da keine Hoffnungen.«

»Wir brauchen dringend einen Nachtportier«, sagte sie, während sie zu ihm ins Bett schlüpfte.

»Und den kriegen wir auch. Sobald die Bank ihr Geld hat. Nicht lange, und wir werden die Abende für uns haben.«

Seine Zunge glitt über ihren Körper, wühlte sich in ihre Achselhöhle. Ich hätte mich doch duschen sollen, dachte sie flüchtig, und dann dachte sie gar nichts mehr, sondern fühlte nur noch, wie sie im Feuer seiner Leidenschaft erglühte.

36

Ein paar Tage später bekam Abou Post aus Chaouen. Sabine gab ihm den Brief ungeöffnet, und er steckte ihn, da gerade viel zu tun war, in die Tasche.

Aber beim Mittagessen – es war sehr heiß, und sie bereitete ganz leichte Mahlzeiten, die den Kreislauf nicht belasteten – verkündigte er: »Eine gute Neuigkeit! Meine Cousine Nadine wird heiraten. Die ganze Familie ist eingeladen. Da könnt ihr mal eine richtig große marokkanische Hochzeit erleben.«

»Wie schön!« sagte Sabine und löffelte ihre Gemüsesuppe. »Das wird Stefanie sicher Spaß machen.«

»Dir hoffentlich auch.«

»Aber jetzt in der Hochsaison können wir kaum alle zusammen nach Chaouen fahren und das Hotel sich selber überlassen.«

»Die Hochzeit findet in Tanger statt. Nadine lebt hier, und ihr Bräutigam auch.«

Sie verstand die Zusammenhänge nicht und sah ihn fragend an.

»Na ja«, sagte er, »Nadine ist keine richtige Cousine, eher eine Verwandte ... wie sagt man? ... zweiten Grades. Ich habe sie nur als kleines Kind gekannt.«

»Ach so«, sagte Sabine, nicht sehr interessiert.

»Meine Familie wird natürlich bei uns wohnen.«

»Es wird schwer sein, Zimmer frei zu machen«, gab Sabine zu bedenken und dachte daran, daß Abou nicht bereit gewesen war, Bernhard im Hotel aufzunehmen. »Wenn ich sage ›bei uns‹, dann meine ich auch bei uns. Sie werden natürlich hier wohnen. In unserer Villa.«

Sabine spürte, daß sie blaß wurde. »Nicht im Hotel?«

»Nein, das wäre ›*shouma*‹, Schande, es würde meine Eltern kränken.«

Sie versuchte sich zu beherrschen. »Wie viele Personen werden es denn sein?«

»Das weiß ich nicht.«

»Könntest du nicht nachfragen? Ich meine, nur, damit wir uns darauf einrichten können. Oder wäre das auch ›*shouma*‹?«

»Sehr richtig. Ich freue mich, daß du endlich eine Ahnung von arabischer Lebensart zu bekommen scheinst.«

Sabine war wütend. Natürlich wußte sie genau, daß sie Abous Eltern unmöglich ausladen konnte. Sie wollte sie auch nicht kränken, denn sie erinnerte sich noch sehr gut daran, wie herzlich man sie in Chaouen aufgenommen hatte. Aber die Art, wie er ihr die ganze Sache eröffnet hatte, ärgerte sie.

Es fiel ihr schwer, nicht laut zu werden. »Aber wenn sie zu mehreren kommen – und so sieht es ja wohl aus –, hätten sie es doch im Hotel viel bequemer, Schande hin, Schande her.«

»Rechne dir mal den finanziellen Verlust aus, wenn wir mehrere Zimmer mit Verwandten belegen würden!«

Darauf wußte Sabine nichts mehr zu sagen.

Wieder einmal suchte sie Trost bei ihrer Freundin.

Aber Marina lachte nur. »So ist es hier nun mal. Wenn du im Sommer auf dem Fes-Markt eine blasse, abgemagerte Europäerin siehst, dann kannst du sicher sein, daß sie mit einem Marokkaner verheiratet ist und seine Familie für ein paar Wochen beherbergen muß.«

»Wochen?« rief Sabine entsetzt. »Ich hoffe doch, daß Abous Leute nur ein paar Tage bleiben!«

»Und im August«, fuhr Marina ungerührt fort, »kommen dann die Gastarbeiter auf Urlaub.«

»Die logieren sich wenigstens nicht bei mir ein.«

»Bist du da ganz sicher? Hat Abou wirklich keine Verwandten, die im Ausland arbeiten?«

Sabine dachte nach. »Du hast leider recht. Eine Cousine von ihm lebt mit ihrer Familie in Belgien und ein Bruder in Düsseldorf.«

»Dann mach dich auf was gefaßt!«

»Das ist ja entsetzlich! So habe ich mir das Leben in Tanger wirklich nicht vorgestellt.«

»Du solltest die Dinge mit Humor nehmen!« riet die Freundin.

»Du hast gut lachen.«

»Kopf hoch, Schätzchen! Wahrscheinlich wird es halb so wild.«

Doch es wurde noch schlimmer, als Sabine es sich vorgestellt hatte.

Sie kamen zu acht: Abous Eltern, seine Schwester Rhimo mit ihrem Mann Aziz und ihren beiden Kindern, Nokh, einem wilden kleinen Jungen von fünf Jahren, und Nadija, einem ewig schreienden Bündel von drei Monaten. Es war ein schwacher Trost, daß auch Touria, mit der sich Sabine in Chaouen so gut verstanden hatte, an der Invasion teilnahm. Sie hatten sogar ihre eigene Fatma mitgebracht.

Doch Sabine empfand das junge Mädchen nicht als Hilfe. Sie hatte den Eindruck, daß sie absichtlich alles falsch machte, was sie ihr auftrug. Obwohl sie inzwischen die wichtigsten arabischen Wörter und Ausdrücke kannte und sich mit ihren Angestellten gut verständigen konnte, scheiterte sie hier.

Zum Einstand hatte sie ein großes Essen gegeben – marokkanisch, wie man es von ihr erwartete. Man hatte es höflich gelobt, aber sie hatte selber gemerkt, daß sich ihre Kochkünste mit denen ihrer Schwiegermutter nicht messen konnten. Deshalb hatte sie kurz entschlossen die Küche Aisha und Rhimo überlassen. Die beiden Frauen hatten das wie selbstverständlich hingenommen, wenn Abou es auch als »shouma« getadelt hatte.

»Es kommt doch nicht darauf an, daß ich sie bekoche«, verteidigte sie sich, »es schmeckt ihnen bestimmt viel besser, wenn sie es selber tun. Hauptsache ist doch, wir kommen friedlich miteinander aus.«

Aber das allein war schon nicht einfach. Sabine war froh, daß sie so häufig im Hotel gebraucht wurde. Den ganzen Tag hätte sie es mit Abous Familie nicht ausgehalten. So schickte sie ihnen das Frühstück aus der Hotelküche hinüber und ließ sich dann, außer zu den Mahlzeiten, nicht mehr sehen.

Trotzdem kam es ihr vor, als lebte sie in einem Besatzungszustand. Keine Minute konnte sie mehr mit Abou allein sein. Die jungen Leute hatten, mit Kindern und Fatma, den Salon beschlagnahmt, Touria schlief mit in Stefanies Zimmer, und die Eltern kampierten im Schlafzimmer, zum Glück nur hatten sie das Ehebett verschmäht.

Und dann kam der Tag der Hochzeit.

Sabine hätte es vorgezogen, es sich an diesem Abend endlich mal wieder mit Abou – allein – zu Hause gemütlich zu machen. Aber mit diesem Vorschlag wagte sie ihm gar nicht zu kommen. Die ganze Familie war eingeladen, und Sabine sah ein, daß sie sich nicht drücken konnten, ohne einen Skandal zu verursachen.

Die Brauteltern hatten zu Nadines Hochzeit zwei wunderschön mit Mosaiken und Rundbogen ausgestattete Festsäle gemietet; der Boden war mit dikken, leuchtend bunten Teppichen bedeckt.

Wie bei jeder großen marokkanischen Hochzeit waren nicht nur alle Freunde, Verwandte und Nachbarn geladen, sondern jeder zufällig vorbeikommende Fremde wurde dazugebeten.

Sabine schätzte, daß weit über dreihundert Gäste anwesend waren. Sie zweifelte, ob sich Abous Verwandtschaft einen solchen Aufwand leisten konnte. Aber wahrscheinlich wäre es »shouma« gewesen, nur in kleinem Kreis zu feiern.

Gleich beim Eintreten wurden die Männer in den einen, die Frauen in den anderen Saal dirigiert.

Sabine, Touria und Stefanie fanden nebeneinander Platz. Es wurden Tee und Süßigkeiten gereicht.

»Die Hochzeit hätte eigentlich schon vor zwei Jahren stattfinden sollen«, tuschelte Touria, »aber es heißt, die Eltern der Braut hätten sich partout nicht mit einer symbolischen Mitgift zufriedengeben wollen.«

»Und der Bräutigam ist arm?« fragte Stefanie.

»Sagen wir lieber: er ist nicht reich. Als kleiner Beamter verdient er nicht viel, kann aber eine Familie durchaus ernähren.«

»Abou hat mir erzählt, daß die Eltern sehr viel Geld aufbringen müssen, damit der Sohn eine Frau kriegen kann«, sagte Sabine.

»Stimmt genau. Oder der junge Mann muß sich für den Rest seines Lebens verschulden. So will es ein alter marokkanischer Brauch. Moderne Leute halten ihn für völlig veraltet und inhuman.«

»Wie hat er das Geld denn endlich doch zusammenbekommen?« wollte Stefanie wissen.

»Gar nicht. Nadines Eltern haben nachgegeben.« Touria kicherte. »Jetzt heißt es natürlich, mit Nadines Jungfernschaft sei es nicht weit her.«

Stefanie stimmte in ihr Lachen ein.

»Die armen marokkanischen Mädchen!« meinte Sabine mitfühlend.

»Halb so wild!« behauptete Touria. »Was die Jungfräulichkeit betrifft, da gibt es so einige Kniffe ... bitte, fragt nicht danach, ich kenne sie nicht. Aber die Hebammen sollen darauf spezialisiert sein. Und die reichen Mädchen fahren nach Europa und lassen sich für Unsummen das Hymen von einem Arzt wiederherstellen.«

Eine Gruppe Frauen begannen mit Tarboukas und Tamburins Musik zu machen. Dazu sangen sie, und die anderen – außer Sabine und Stefanie – fielen in den Refrain ein.

Touria wurde genötigt zu tanzen. Sie band sich einen langen Schal um die Hüften und bewegte sich im Takt der Musik.

Das Getrommel wurde immer schneller, und Touria schwenkte die Hüften, bewegte den Bauch, drehte sich im Kreis, daß es Sabine fast schwindelig wurde.

Plötzlich brach die Musik ab, und alle klatschten.

Zwei ältere dicke Damen standen nun auf und fingen ebenfalls an zu tanzen. Trotz ihrer Körperfülle wirkten ihre Bewegungen ästhetisch. Man sah, daß es ihnen Spaß machte, sich vor den anderen zu produzieren.

»Die Lieder haben oft ziemlich unanständige Texte«, erklärte Touria, die sich wieder gesetzt hatte, vergnügt. »Ich beneide euch Marokkanerinnen, daß ihr euch so gut untereinander versteht und euch auch ohne Männer amüsieren könnt!« erklärte Sabine.

»Nun, wir sind gezwungen, miteinander auszukommen. Wir leben nun mal in einer Gesellschaft von Frauen, und so machen wir eben das Beste draus.«

Dann, plötzlich, hörte man die Klänge einer marokkanischen Kapelle.

Die Braut wurde hereingeführt. Sie war in einen wertvollen, dunkelroten Seidenkaftan gekleidet, verschleiert und über und über mit Schmuck behängt. Füße und Hände waren in einem feinen Strichmuster mit Henna tätowiert, das Haar zu einer komplizierten Frisur mit Perlenschnüren geflochten worden.

Die *»negaffa«,* eine Art Hochzeitsladerinnen, die die Braut auch geschminkt hatten, setzten sie auf ein großes Kissen. Unter Jubelgeschrei hoben sie das Mädchen mit dem Kissen auf ihre Schultern und tanzten.

Dann wurde die Braut wieder hinausgeführt. Sie kam nach einiger Zeit zurück, ganz in Weiß gekleidet und unverschleiert. Sie war stark geschminkt, hielt die Augen geschlossen und schien zur Säule erstarrt zu sein.

»Um sie wieder zum Leben zu erwecken«, erklärte Touria, »legt die Brautmutter eine Münze in eine Milchschale. Das ist das Zeichen für alle, ihre Geschenke abzugeben.«

Viele Frauen hatten Stoffballen, Geld oder Schmuck mitgebracht. Sabine hatte für Nadine eine große, goldene Fatima-Hand mit einem grünen Stein in der Mitte gewählt; er sollte vor dem bösen Blick schützen. Während dieser Zeremonie priesen die *negaffa* in ihren Gesängen die Vorzüge der Braut.

Um Mitternacht verabschiedeten sich die meisten Gäste, und nur die Familienangehörigen blieben noch da. Es wurde ein Essen serviert, man aß mit gutem Appetit und erwartete die Ankunft des Bräutigams.

Gegen zwei Uhr morgens – Sabine und Stefanie waren bereits todmüde – erschien er mit seinen Freunden.

Die Tradition will es, daß man den Bräutigam erst lange an die Tür klopfen läßt, bevor man ihm Einlaß gewährt – ein Andenken aus der Zeit, als die Hochzeit eigentlich eher ein Raub war.

Die Braut folgte nun dem Bräutigam, nicht ohne die ebenfalls traditionellen Tränen des Abschieds zu vergießen. Mit Musik wurde die junge Frau in ihr neues Heim begleitet. Hier wurde allen Männern der Eintritt verwehrt, nur die Frauen blieben noch bei der Braut.

Abou meinte, daß es nun Zeit wäre, heimzugehen.

Als sie alle dichtgedrängt im Taxi saßen, fragte Sabine, wie die Hochzeit denn nun weiterginge.

»Die Braut wird nochmals umgezogen«, erklärte Touria, »diesmal in Grün, und von ihren Schwiegereltern willkommen geheißen. Inzwischen ist es dann bereits fünf Uhr morgens. Die *negaffa* holen den Bräutigam und kleiden ihn in eine neue Djellabah und einen Burnus. Die Braut wartet schon im Hochzeitszimmer auf ihn. Und was dann passiert, kannst du dir ja vorstellen. Wenn alles gutgeht, wird am Morgen das mit Blut befleckte Leintuch aus dem Fenster gehängt – und alle *negaffa* werden in Jubelgeschrei ausbrechen. Sie sind stolz, daß die Braut ihre Unschuld bis zur Hochzeitsnacht bewahrt hat und ihrer Familie keine Schande macht.«

»Die arme Braut!« rief Sabine. »Wie wird wohl ihre erste Liebesnacht verlaufen? Das kann doch nur ein Fiasko werden, wenn man bedenkt, wie müde die beiden sein müssen!«

Abou warf ihr einen ungehaltenen Blick zu. »Du mußt Touria nicht unbedingt über jedes Detail informieren!« tadelte er.

Aber Touria und Sabine sahen sich nur an und grinsten.

Als nach drei Wochen Abous Familie immer noch nicht abgereist war, beschloß Sabine zum Angriff überzugehen. »Abou, kannst du mir nicht wenigstens sagen, wann deine Eltern wieder nach Chaouen fahren werden? Ich will sie ja nicht aus dem Haus jagen, aber trotzdem ...«

»Ich weiß es nicht.«

»Dann fühl mal ein bißchen vor!«

»Das ist unmöglich! Meine Eltern würden sofort merken, daß sie unerwünscht sind, und auf der Stelle abreisen. Das wäre wirklich *shouma*.«

»Ein bißchen *shouma* würde ich gerne in Kauf nehmen. Ist dir das Wohl deiner Frau überhaupt nicht wichtig?«

»Doch, natürlich. Aber die Familie geht vor.«

Sabine resignierte. Sie wußte, daß sie mit jeder weiteren Diskussion ihre Zeit verschwenden würde.

37

Am späten Freitag morgen – Abou und die beiden anderen Männer der Familie waren schon in der Moschee gewesen – rief Lisbeth Albers an.

Sabine war höchst erfreut. »Daß du mal wieder von dir hören läßt!« rief sie und warf dabei einen Blick auf ihre Armbanduhr.

»Da staunst du, was? Verdient hast du es ja nicht. Du hast deine alten Freunde schnöde vernachlässigt!«

Nach dem Debakel um Bernhard hatte Sabine es nicht mehr gewagt, irgendeinen ihrer alten Bekannten persönlich einzuladen. »Verzeih mir, ich hatte so wahnsinnig viel zu tun ...«

Lisbeth nahm die Entschuldigung an. »Kann ich mir schon vorstellen. Ich werde gleich mal bei euch vorbeikommen, wenn es recht ist.«

»Du bist in Tanger?«

»Erraten.«

Sabine war so überrascht, daß sie nicht gleich reagierte. Lisbeth weidete sich lachend an ihrer Verblüffung. »Wenn der Berg nicht zum Propheten kommt, muß der Prophet zum Berg gehen – so sagt doch ihr Mohammedaner, wenn ich recht orientiert bin.«

»Keine Ahnung. Da muß ich Abou fragen. Ich bin übrigens nicht zum Islam übergetreten.«

»Also – bis gleich!«

»Nein, hör mal, Lisbeth, leg nicht auf! Heute wäre es ganz schlecht. Wir erwarten jeden Augenblick einen Schwung neuer Gäste. Da hätte ich keine Sekunde Zeit für dich. Warum bist du nicht bei uns abgestiegen?«

»Das wundert dich? Es hat sich herumgesprochen, daß ihr kein Bett frei habt.«

»Für dich doch immer.«

»Tatsächlich?«

»Wenn du dich rechtzeitig gemeldet hättest, hätten wir schon ein Plätzchen für dich gefunden.«

»Schön zu wissen. Aber es hat nicht sollen sein.«

»Und wo wohnst du?«

»Im ›El Minzah‹.«

»Gratuliere. Besser hättest du es gar nicht treffen können. Ich laß dann von mir hören, ja?«

»Machen wir lieber gleich was aus! Wie wäre es mit morgen?«

Sabine hätte lieber erst mit Abou gesprochen, bevor sie eine Entscheidung traf, dachte aber gleichzeitig: Das ist doch zu dämlich! Als ob ich ihn um Erlaubnis bitten müßte! – Im übrigen war es ja auch egal, ob Lisbeth morgen oder übermorgen kam. Abwimmeln lassen würde sie sich bestimmt nicht. »Einverstanden«, erklärte sie nach kurzem Zögern, »und wann?«

»So um diese Zeit?«

»Ja. Sehr gut. Jetzt muß ich Schluß machen. Der Bus ist vorgefahren.«

»Wer war das?« rief Abou ihr quer über die Halle zu. »Meine Freundin Lisbeth. Ich erzähl dir alles später.« Dann strömten die neuen Gäste herein, und sie waren beide voll und ganz damit beschäftigt, sie zu begrüßen, sie nach eventuellen besonderen Wünschen zu fragen und sie in ihre Zimmer einzuweisen.

Es dauerte geraume Zeit, bis wieder Ruhe eingetreten war. Sabine zündete sich eine Zigarette an. Sie rauchte seltener als früher, hatte es aber nicht ganz aufgegeben.

»Lisbeth ist in Tanger«, berichtete sie.

Er runzelte leicht die glatte braune Stirn. »Und du hast nichts davon gewußt?«

»Nein. Aber sie hat darauf angespielt, daß wir Bernhard ausgeladen haben.«

Er sah sie aufmerksam an. »Und? Ärgert dich das?«

»Was? Daß er nicht kommen durfte? Oder daß alle es jetzt wissen?«

»Eines von beiden oder beides.«

»Es tut mir leid, daß du ihn nicht dahaben wolltest, und es ist mir peinlich, daß man jetzt offensichtlich über uns klatscht.«

»Na, jedenfalls bist du ehrlich.«

»Das bin ich immer.«

»Tut mir leid, aber davon bin ich nicht ganz überzeugt.«

Sie hatte keine Lust, sich mit ihm zu streiten. »Ist ja auch egal. Aber was machen wir mit Lisbeth? Sie will morgen um diese Zeit hereinschauen.«

»Konntest du das nicht verhindern?«

»Und wie, wenn ich fragen darf?«

»Du hättest dir was einfallen lassen sollen.«

»Ihr erzählen, daß bei uns die schwarzen Pocke herrschen?«

»Das ist europäischer Humor, oder? Ich muß zugeben, daß mir der Sinn dafür fehlt.«

»Abou, jetzt hör mal! Lisbeth ist Gast in diesem Land. Sie kann tun und lassen, was sie will ... nicht ganz, es gibt einige Verbote. Aber jedenfalls braucht sie keine Genehmigung, um unser Hotel zu betreten. Es ist doch nur natürlich, daß sie neugierig ist.«

»Gut. Dann soll sie kommen«, sagte Abou in einem Ton, als wäre dies ein außergewöhnlicher Gnadenbeweis.

»Und was machen wir mit ihr? In die Zimmer können wir sie nicht führen, denn die sind belegt –

oder sollen wir sie doch in eins hineinschauen lassen? Lieber nicht. Also bleiben die Halle, der Frühstücksraum, der Garten und der Swimmingpool.«

»Ich denke, das ist mehr als genug.«

»Unser Haus«, sagte Sabine, ohne ihn anzusehen, »ist ja leider Gottes von deiner Familie okkupiert.«

»Soll ich sie etwa rauswerfen? Nur weil deine Freundin kommt?«

»Das habe ich mit keiner Silbe erwähnt. Es ist mir völlig klar, daß das *shouma* wäre.« Sie drückte ihre Zigarette aus.

»Nun mach nicht so ein Gesicht, mein Liebling!« Er streichelte ihren bloßen Unterarm, und sie spürte, wie alle Härchen sich einzeln aufrichteten. »Ich werde darüber nachdenken.«

»Da wird was Schönes rauskommen«, erwiderte sie bitter.

»Wart's ab! Du wirst schon sehen: der große Abou löst den Fall.«

Wie diese Lösung aussehen sollte, erfuhr Sabine am Abend von Touria. Zuvor war in der Familie gestritten, gelacht und getuschelt worden. Sabines Arabisch reichte noch nicht aus, um zu verstehen, um was es ging.

»Abou hat seine Mutter herumbekommen«, erklärte Touria, »sie wird ein Festessen kochen für deine Freundin.«

»Aber das ist doch nicht nötig!« protestierte Sabine.

»Ich will nicht, daß sie sich solche Umstände macht.«

»Es soll auch unser Abschiedsessen sein. In ein paar Tagen fahren wir zurück nach Chaouen.«

»Wirklich?«

»Ja. Leider.«

Touria hatte sich mit Stefanie angefreundet, sich daran gewöhnt, sie zu Maruschka und den Pferden zu begleiten, und hatte auch selber Unterricht nehmen dürfen.

»Du weißt, daß du jederzeit herzlich bei uns willkommen bist«, sagte Sabine und meinte es ehrlich, aber sie dachte gleichzeitig: Ob ich Lisbeths Besuch nicht verschieben kann, bis sie fort sind? Und: Warum verschwinden sie nicht gleich, wenn sie es schon vorhaben?

Peinlicherweise schien Touria ihre Gedanken lesen zu können. »Mach dir keine Sorgen, Sabine«, erklärte sie, »es wird alles wunderbar aufgeräumt sein. Wir legen auch Wert darauf, daß deine Freundin einen guten Eindruck bekommt.«

»Das glaube ich dir gerne«, erwiderte Sabine, fand aber, daß sie nicht überzeugend klang.

Dabei hätte sie stolz darauf sein sollen, die Freundin in ihre neue Welt einzuführen. Tatsächlich empfand sie so etwas wie Lampenfieber.

In der Nacht wollte sie sich an Abou kuscheln.

Doch der wich ihr aus. »Nicht doch!« flüsterte er. »Du weißt, daß du mich erregst.«

Sie hätte weinen mögen und klammerte sich ganz fest an die Vorstellung, daß sie bald wieder allein sein würden – keine Schwiegereltern mehr, die das Schlafzimmer teilten.

Stefanie und Touria waren neugierig; sie trieben sich am nächsten Morgen beim Empfang herum.

Sabine hätte sie am liebsten fortgeschickt, wollte ihnen aber das unschuldige Vergnügen, ihre Freundin zu begutachten, nicht verderben. Immer wieder sah sie auf ihre Armbanduhr. Die Gäste verließen nacheinander das Haus, einige kamen zurück, weil sie etwas vergessen hatten.

Dann öffnete Karim schwungvoll die Tür – so schien es Sabine jedenfalls –, und Lisbeth trat über die Schwelle. Obwohl eine riesige Sonnenbrille nicht nur die Augen, sondern das halbe Gesicht verbarg, war es unverkennbar Lisbeth Albers. Sie trug ein grellbuntes Kleid – leuchtend roter Mohn und giftgrüne Blätter auf schwarzem Grund – und ein dazu passendes Hütchen auf dem sehr blondierten Haar.

»Lisbeth!« rief Sabine, schlüpfte hinter dem Empfangstisch vor und stürzte auf sie zu.

»Das ist Lisbeth!« krähte Stefanie.

Die beiden Frauen umarmten sich und legten Wange an Wange.

»He, Lisbeth!« Stefanie schob Touria vor. »Das ist meine Freundin Touria!«

Lisbeth schenkte der jungen Marokkanerin nur ein flüchtiges Nicken und wandte sich dann Stefanie zu. »Sieh mal einer an! Du bist ja kräftig ins Kraut geschossen!«

Stefanie hatte eine schnippische Antwort schon auf der Zunge, riß aber dann, als sähe sie einen Geist, die Augen auf. »Bernhard! Du auch?« Völlig überflüssigerweise fügte sie hinzu: »Maman, da ist Bernhard!«

Er hatte, bevor er die Hotelhalle betrat, die Sonnenbrille abgenommen und war während Lisbeths Begrüßung unbemerkt stehengeblieben. Jetzt lächelte er Sabine zu: »Ich wollte dich nicht erschrecken, Liebes!«

Sie spürte, daß sie unter ihrer sonnengebräunten Haut blaß geworden war. »Oh, nein, das hast du nicht«, stammelte sie, »wie könntest du …«

Er faßte sie bei den Armen, küßte sie auf beide Wangen und schob sie dann ein Stück zurück, um sie aufmerksam zu betrachten. »Du siehst nicht gut aus«, stellte er fest.

Sabine hatte sich wieder gefaßt. »Was für eine reizende Begrüßung.«

Stefanie hatte es Touria übersetzt. »Il est tres charmant, n'estce pas?« kommentierte sie.

»Dich hätte ich fast übersehen«, sagte er.

»Noch charmanter!« parierte sie seine Bemerkung. »Ich halte mich für durchaus ansehnlich.« Tatsächlich sah sie, mit ihren strahlend blauen Augen, braungebrannt und die blonden Locken von der Sonne gebleicht, reizend aus. Die braungelockte, glutäugige Touria bildete einen dekorativen Gegensatz zu ihr.

»Tut mir leid«, sagte er mit einem kleinen verzerrten Lächeln, »mir scheint, ich trete von einem Fettnäpfchen ins nächste.«

»Kann man wohl sagen!«

Stefanie übersetzte, so gut es ging, und Touria lachte. »Kann ich euch etwas anbieten?« fragte Sabine. »Tee? Kaffee? Saft? Alkohol führen wir nicht – noch nicht.«

»Dafür wäre es ja wohl auch noch zu früh am Tag.«

»Ich muß meinen Mann verständigen, damit er mich ablöst«, erklärte Sabine und trat, als suchte sie Schutz, hinter den Empfangstisch zurück.

»Es soll ein großes marokkanisches Essen für dich geben, Lisbeth«, erklärte Stefanie, »aber für Bernhard wird es bestimmt auch noch reichen.«

»Aber wir haben gar nicht daran gedacht, zum Essen zu bleiben!« protestierte Lisbeth.

»Nein, wirklich nicht!« stimmte Bernhard ihr zu.

»Ihr wollt doch sehen, wie wir leben? Also.«

»Je vais informer ma mère«, sagte Touria und flitzte davon.

»Ich zeige euch jetzt mal, was es zu zeigen gibt«, erbot sich Stefanie.

»Ja, bitte« sagte Sabine, »geht mit Stefanie!« Sie griff zum Telefonhörer, stellte die Verbindung zu Abou aber erst her, als die anderen verschwunden waren. »Lisbeth ist da«, erklärte sie.

»Ich komme sofort, sie zu begrüßen.«

»Nein, warte, hör zu: sie hat Bernhard mitgebracht.«

Am anderen Ende der Leitung blieb es still.

»Diesen Mann«, fügte sie hinzu, »du weißt schon. Ich habe nichts davon gewußt.«

»Warum verteidigst du dich? Niemand hat dir einen Vorwurf gemacht.«

»Weil es mir unangenehm ist.«

»Deinen alten Freund wiederzusehen? Das hast du dir doch seit langem gewünscht.«

»Nicht auf diese Art. Ich fühle mich überrumpelt.«

»Reg dich nicht auf!« sagte er sanfter. »Wir werden die Situation schon meistern.«

»Wenn du mir dabei hilfst.«

»Darauf kannst du dich verlassen.«

»Mir fällt ein Stein vom Herzen.«

Sabine rief Karim herein und bat ihn, sie an der Rezeption zu vertreten. Sie ging in den Garten hinaus, der fast leer war. Die meisten Gäste waren um diese Tageszeit am Strand. Die jungen Bäume, die jeden Abend gegossen werden mußten, boten nur wenig Schatten. An der Rückwand des Hotels war eine Markise über einer schmalen Terrasse heruntergelassen. Es war sehr heiß.

Auf der Höhe des Pools begegnete sie Abou; unwillkürlich griff sie nach seiner Hand. Er lächelte ihr beruhigend zu, und sofort fühlte sie sich sicherer.

Bevor die Münchner die Hotelhalle betreten hatten, war sie mit ihrem Aussehen sehr zufrieden gewesen. Ungeschminkt, nur die tiefblauen Augen und den Mund nachgezogen, hatte sie sich geradezu jung gefühlt. Sie wußte, daß das schlichte, ärmellose Kleid aus weißem Pikee ihr blendend stand. Aber Bernhards Bemerkung hatte sie aus dem Gleichgewicht gebracht.

»Denen werden wir es zeigen, ja?« sagte Abou.

Sie blühte auf. »Und ob!«

Hand in Hand schlenderten sie Stefanie, Lisbeth und Bernhard entgegen, die durch den Hintereingang des Hotels traten. Sabine machte Abou mit Bernhard bekannt. Erst jetzt stellte sie fest, daß Bernhard in Jeans, T-Shirt und Sandalen ganz anders wirkte als der seriöse, stets korrekt gekleidete Anwalt, den sie von München her kannte – sehr viel jünger und weniger offiziell. Abou wirkte im Vergleich zu ihm um einiges eleganter. Gekonnt spielte er den liebenswürdigen Hausherrn und nahm die Komplimente, die man über das Hotel machte – Lisbeth beeindruckt, Bernhard eher widerwillig –, mit lächelnder Selbstverständlichkeit entgegen.

Sabine ließ frisch gepreßten, eisgekühlten Saft aus der Küche kommen. Sie setzten sich in den Schatten der Markise und plauderten miteinander.

Als Touria sie zum Essen bat, gingen sie zum Bungalow hinüber.

»Es tut mir leid, daß ich unsere Villa im Augenblick nicht im besten Licht präsentieren kann!« erklärte Abou. »Meine Familie ist zu Besuch, und so ist sie zur Zeit ... wie soll ich sagen ... übervölkert.«

Sabine und Lisbeth gingen hinter den Männern her. »Ich hab direkt ein schlechtes Gewissen«, behauptete Lisbeth.

»Ja?« fragte Sabine und erwartete, die Freundin würde sich dafür entschuldigen, Bernhard unangemeldet angeschleppt zu haben.

»Daß wir euch kein Gastgeschenk mitgebracht haben!« sagte sie statt dessen. »Aber wir wollten wirklich nur mal kurz hereinschauen ...«

»Das macht doch nichts! Wir haben alles, was wir brauchen. Ich wüßte beim besten Willen nicht, was ich mir noch wünschen sollte.«

»Wirklich nicht?«

»Vielleicht ein wenig mehr Freizeit ... aber die könnt ihr mir auch nicht verschaffen.«

»Ich kann mir vorstellen, daß so ein Hotel eine Menge Arbeit macht.«

Abou hatte mitgehört; jetzt drehte er sich zu den Frauen um. »Ich überlege mir schon, ob ich mir nicht eine zweite Frau zulegen soll.« Er zwinkerte Lisbeth zu. »Wie wäre es mit dir? Könnte dich das reizen?«

Sabine wußte, daß dies nur ein Scherz sein sollte. Aber sie ärgerte sich trotzdem. Lisbeth hatte nicht genug Sinn für Humor, um den Spaß zu verstehen.

»Du lieber Himmel, nein!« rief sie sogleich ganz entsetzt.

Stefanie, die stehengeblieben war, erklärte mit gespieltem Ernst: »Ein Mohammedaner kann sich nämlich vier Frauen halten. Ist das nicht wunderbar? Sie können ein Doppel im Tennis spielen und brauchen nie jemanden zum Bridge einzuladen.«

»Vor allem wäre es natürlich für die Arbeit eine unglaubliche Erleichterung«, setzte Abou hinzu.

Sabine verstand, daß die beiden die Besucher auf die Schippe nehmen wollten, aber sie sah auch, daß Lisbeth und Bernhard einen ganz erschütterten Blick wechselten.

»Hört auf mit dem Unsinn!« befahl sie. »Ihr solltet euch schämen.«

Sie ärgerte sich noch mehr, als Lisbeth ihr zuflüsterte: »Das hast du nicht verdient!« – doch sie hatte keine Lust, die Dinge richtigzustellen. Es wäre auch keine Zeit dazu geblieben, denn inzwischen hatten sie das Haus erreicht und waren eingetreten.

Die Familie wartete im Salon. Von den beiden Kindern, Nokh und Nadija, war während des ganzen Besuches nichts zu hören und zu sehen; Sabine vermutete, daß man sie einer Fatma anvertraut hatte. Nach einer lautstarken und herzlichen Begrüßung nahmen alle auf der marokkanischen Bank Platz.

Sabine stellte fest, daß weder Aisha noch Rhimo sich heute die Handflächen mit Henna gefärbt hatten. Alle waren um einen guten Ton bemüht, doch trotzdem kam keine wirklich Unterhaltung zustande, denn Abous Familie verstand, abgesehen von Touria, kein Französisch, und bei Lisbeth und Bernhard ging der französische Wortschatz kaum über »bitte« und »danke« hinaus.

Das Essen war köstlich, und Lisbeth, überrascht von der köstlichen Suppe, bediente sich reichlich. Sabine war nahe daran, sie zu warnen, daß dies erst der Anfang eines ausgiebigen Menüs war, unterließ es dann aber doch. Lisbeth hätte es ihr als Mißgunst auslegen können, und warum sollte es der Freundin bessergehen als ihr bei ihrem Antrittsbesuch in Chaouen? Bernhard dagegen hielt sich bei allen Gängen zurück; er rauchte dazwischen und machte kein Hehl daraus, wie zuwider es ihm war, die Hühnerknochen auf die Tischdecke neben die Teller zu legen.

»Wie praktisch!« befand Lisbeth mit einem maliziösen Lächeln.

»Ja, nicht wahr?« gab Sabine freundlich zurück, als hätte sie die Beleidigung nicht empfunden. Sie beobachtete nicht ohne Genugtuung, wie Lisbeth mit jedem neuen Gang erst rot, dann blasser wurde, Schweiß ihr auf die Stirn trat und langsam ihr kunstvolles Make-up zerstörte.

Als das traditionelle Hammelgericht in konischen Töpfen und ohne Teller serviert wurde, streikten sowohl Bernhard als auch Lisbeth.

»Tut wenigstens so, als ob ihr eßt!« zischte Sabine ihnen zu; sie wollte verhindern, daß Aisha gekränkt wurde.

»Reg dich nicht auf«, sagte Abou begütigend, »meine Mutter weiß, Benehmen ist ... wie sagt man doch gleich?«

»Glückssache!« warf Stefanie ein.

»Glückssache!« wiederholte er zufrieden. »Ja, das ist das Wort, das ich suchte.«

Verlegen führten Bernhard und Lisbeth ihre Löffel in den Topf, zogen sie leer heraus, um sie leer in den Mund zu stecken – eine Pantomime, die Stefanie und Touria so komisch fanden, daß sie laut herausprusteten.

Aisha warf ihnen auf marokkanisch ein scharfes: »Benehmt euch!« zu.

Aber sie konnten sich nicht auf Befehl beruhigen, sondern stürzten hinaus, um Luft zu schnappen.

»Manieren«, erklärte Lisbeth mißbilligend, »hatte Stefanie ja noch nie.«

Sabine wollte fast die Frage stellen, wer wohl hier und jetzt die schlechteren Manieren an den Tag legte, zog es dann aber doch vor, den Mund zu halten. Sie wollte Streit vermeiden und erkannte zudem, daß Stefanie es durchaus nicht nötig hatte, gegen Lisbeth verteidigt zu werden.

Als Tee und Gebäck serviert wurden, waren die beiden Mädchen, noch Lachtränen in den Augen, aber würdigen Ernst demonstrierend, wieder auf ihren Plätzen. Bevor die Schwiegereltern sich zu einem Nickerchen zurückzogen, zeigte Sabine den Gästen noch schnell ihr großes helles Schlafzimmer, die beiden Bäder und die anderen Räume.

»Hübsch habt ihr's hier!« ließ Lisbeth sich gnädig vernehmen; sie verschwand auf der Gästetoilette, um ihr Make-up in Ordnung zu bringen.

Bernhard schwieg sich aus.

Als sie in den Garten hinaustraten, sagte Lisbeth: »Ihr beide müßt uns unbedingt im ›El Minzah‹ besuchen.«

»Wir können unser Hotel nicht gut allein lassen«, erwiderte Abou.

»Ihr müßt es möglich machen. Ihr könnt eine Gegeneinladung nicht ausschlagen.«

»Vielleicht«, sagte Bernhard, »den einen Abend Sie, Monsieur Quazzani, und du, liebe Sabine, gibst uns an einem anderen Abend die Ehre.«

Sabine, die Angst hatte, daß Abou gegen diesen Vorschlag protestieren könnte, erklärte rasch: »Ohne meinen Mann gehe ich nirgends hin.«

»Wie ist es möglich. So unselbständig kenne ich dich gar nicht.«

»Ist es nicht auch in Europa so, daß man ein Paar zusammen einlädt oder gar nicht?« fragte Abou mit gespielter Naivität. »Mir kommt es vor, als hätte ich es so gelesen.«

»Aber Sie werden auch wissen, daß es keine Regeln ohne Ausnahmen gibt«, konterte Bernhard.

»Wir könnten uns am Mittwoch freimachen«, schlug Sabine vor. »Karim könnte den Abenddienst übernehmen. Was meinst du, Abou?«

»Eine sehr gute Idee. Machen wir es so.«

Man verabschiedete sich, und Abou und Sabine begleiteten die Besucher auf die Promenade.

»Du hast dich gut gehalten«, sagte Sabine, als sie wieder allein waren.

»Ich werde froh sein, wenn sie erst wieder fort sind«, gestand er.

»Diese Bemerkung ist *shouma*«, wie sie ihn zurecht. »Ein Wort, das ihr Europäer gar nicht kennt.«

»Es kommt nicht auf das Wort an, Abou. Es kränkt mich, wenn du schlecht von meinen Freunden sprichst.«

»Wenn dir auch noch soviel an ihnen gelegen ist, brauche ich sie doch nicht hochzuschätzen.«

»Das gleiche könnte ich über deine Familie sagen.«

»Das sind ehrenwerte Menschen.«

»Lisbeth und Bernhard auch. Ach, Abou, stell dich bitte nicht so an. Wir werden sie noch einmal sehen, und dann ist Schluß.«

»Hoffentlich«, sagte er nur.

Aber sie spürte, daß es ihm aus tiefstem Herzen kam.

38

Abous Familie hatte am nächsten Morgen aufbrechen wollen. Sabine überprüfte im Frühstückszimmer die gedeckten Tische, als Touria, schon reisefertig gekleidet, hereingelaufen kam.

»Seid ihr soweit?« fragte Sabine, die nichts anderes glaubte, als daß das Mädchen sie zum Abschiednehmen holte.

»Nokh geht es gar nicht gut«, berichtete Touria, »er jammert und ist ganz heiß.«

Ausgerechnet! dachte Sabine, aber sie war alt genug, um zu wissen, daß es Schicksalsschläge gab – in diesem Fall war es ja nicht mehr als ein kleiner Wink von oben –, die man hinnehmen mußte. So fragte sie dann ganz ruhig: »Hat Rhimo Fieber gemessen?«

»Ja. Sie sagt, er hätte Temperatur.«

Sabine überlegte kurz; unmöglich konnte sie die Familie nach Hause schicken, wenn der kleine Junge ernstlich krank war. »Ich werde den Arzt rufen«, entschied sie und ging durch die Halle zur Rezeption, die zu dieser Stunde noch nicht besetzt war.

Dr. Raschid kam wenig später. Er war ein freundlicher älterer Herr, der lange Jahre Schiffsarzt gewesen war und gern und ausgiebig von seinen Fahrten und Abenteuern berichtete. Jetzt hatte er die Betreuung einer Reihe von Hotels übernommen, darunter auch das »Sabina«, und kümmerte sich um Sonnenbrände, Verdauungsstörungen und Verletzungen; schwierigere Fälle pflegte er an die Kliniken zu überweisen.

»Haben Sie selbst nach dem Jungen gesehen?« fragte er, als Sabine ihm gesagt hatte, was sie wußte.

»Nein, seine Mutter und seine Großmutter. Ich denke, das dürfte genügen.« Sie wies auf die hintere Tür. »Gehen Sie durch den Garten. Das ist der kürzeste Weg.«

Sabine hätte in der Küche zu tun gehabt, aber sie wartete an der Rezeption, um den Doktor nicht zu verpassen. Nervös zündete sie sich eine Zigarette an.

Endlich kam er zurückgewatschelt, strahlend vor Selbstgefälligkeit. »Scheint eine Kinderkrankheit auszubrüten, ein Virus, wahrscheinlich Morbilli rougeole ... oder, wie Sie vielleicht besser verstehen ... Masern.«

»Das ist doch nichts Schlimmes?«

»Nein, Madame. Aber ich würde dringend davon abraten, ihn in diesem Zustand zu transportieren, Was er braucht, ist Ruhe, ein abgedunkeltes Zimmer, viel Flüssigkeit. Hat Stefanie übrigens schon Masern gehabt?«

»Ja. Und ich auch. Wie es mit meinem Mann steht, weiß ich nicht.«

»Die meisten Erwachsenen haben es irgendwie hinter sich gebracht. Allerdings, als ich auf der ›Aquarius‹ im Indischen Ozean unterwegs war ...«

»Bitte, lieber Doktor«, unterbrach ihn Sabine so liebenswürdig wie möglich, »jetzt nicht! Ich habe zu tun. Können Sie morgen wieder nach Nokh sehen?«

»Jeden Tag, meine Liebe, wenn Sie es wünschen.«

»Ja, das wäre mir lieb.« Sie drückte ihre Zigarette aus. »Und wie lange wird es dauern?«

»Nun, die Inkubationszeit ist vorbei ... Zehn bis vierzehn Tage würde ich sagen. Wenn keine Komplikationen auftreten. Aber die sind bei Morbilli selten.«

In der Küche war Abou dabei, die Kisten mit Obst und Gemüse hereinzubringen, die er auf dem Markt gekauft hatte. Sabine erzählte ihm, was passiert war. Er begriff sofort, was es für sie bedeutete. »Das tut mir leid für dich«, sagte er.

»Für dich nicht?«

»Eher noch mehr.«

»Insh'allah«, sagte sie, »da kann man nichts machen.«

»So gefällst du mir. Das ist die richtige Einstellung.« Er machte eine Bewegung, als wollte er sie in die Arme nehmen, unterließ es dann aber doch, weil er sich von den Fatmas beobachtet fühlte. »Ich werde mal rübergehen. Vielleicht entschließen sich mein Vater und Aziz ja doch heimzufahren.«

»Richte ihnen aus, daß ich sie herzlich bitte, so lange zu bleiben, wie sie wollen‹ »rief sie ihm nach. Das war zwar nicht ehrlich gemeint, aber sie wußte, daß man diese Haltung von ihr erwartete.

Die meisten Gäste saßen schon beim Frühstück, als Abou wieder auftauchte.

»Es hat ein ziemliches Hin und Her gegeben«, erzählte er, »erst wollten die Männer trotzdem fahren, mit Nokh – Masern, was ist das schon? Aber meine Mutter und Rhimo sträubten sich mit Händen und Füßen. Nokh jammerte schrecklich. Er hat Husten, Schnupfen, und die Augen tun ihm weh. Also gaben sie nach, wollten aber allein los, was bedeutet hätte, daß sie in vierzehn Tagen zurückkommen und die anderen holen müßten. Schließlich einigte man sich darauf, daß alle bleiben werden, bis der Junge gesund ist.«

»Das ist wahrscheinlich die beste Lösung«, sagte Sabine ergeben.

Er legte ihr die Hand unter das Kinn und zwang sie so, ihm in die Augen zu sehen. »Na, hör mal! So kenne ich dich gar nicht.«

Sie erwiderte sein Lächeln. »Sieht so aus, als werde ich allmählich erwachsen.«

Dr. Raschids Diagnose bewahrheitete sich. Wenige Tage später zeigten sich im Gesicht und am Körper des kleinen Jungen die charakteristischen roten Flecken. Seine Mutter atmete auf. Nokh hatte bis zu vierzig Grad Fieber gehabt, und obwohl alle bemüht gewesen waren, sie zu beruhigen, hatte sie viel Schlimmeres befürchtet als eine relativ harmlose Kinderkrankheit.

Am Abend fuhren Sabine und Abou ins Hotel »El Minzah«. Sie hatten sich beide schön gemacht. Er trug ein weißes Dinnerjackett zur schwarzen Hose, sie ein fließendes figurbetonendes Seidenkleid. Das Abendpublikum im Hotel war elegant: nicht nur Smokings und Abendkleider waren zu sehen, sondern auch kostbarer Schmuck wurde zur Schau gestellt. Sabine hatte ihre Saphire nicht angelegt, weil die Freunde sie als ein Geschenk von Harry kannten.

Lisbeths und Bernhards Aufmachung war dagegen eher bescheiden. Er hatte einen hellgrauen Anzug gewählt, sie ein verspieltes rot-weißes Kleidchen mit Bolero.

Man begrüßte sich herzlich und stand dann ein wenig unschlüssig in der Halle herum.

»Nehmen wir erst mal einen Drink«, schlug Bernhard vor.

Abou lehnte dankend ab.

»Sie trinken überhaupt nicht?« fragte Bernhard mit hochgezogenen Augenbrauen. »Aus religiösen Gründen?«

»Ganz so streng halte ich mich nicht an das Gesetz. Zum Essen werde ich gern ein Glas Wein trinken.«

Sabine stimmte ihm zu.

»Du hast dich verändert«, bemerkte Lisbeth, »früher hast du ganz gern gepichelt.«

Sabine übersetzte Abou, der sie fragend ansah. »Sie meint, daß ich früher einem Aperitif nicht abgeneigt war.« Zu Lisbeth gewandt, erklärte sie: »Der Mensch verändert sich eben mit den Jahren. Es wäre schrecklich, wenn man auf einer Entwicklungsstufe stehenbliebe.«

Im sogenannten »Kleinen Speisesaal«, für das bessere Publikum reserviert, wurden die vier an einen runden Tisch in der Ecke des Raumes geführt. Der Ober reichte Abou die aufgeschlagene Weinkarte. Obwohl Bernhard hatte reservieren lassen, hielt er offensichtlich Abou für den Gastgeber, ein Fauxpas, der Bernhard verstimmen mußte. Aber er ließ es sich nicht anmerken.

Mit einem entschuldigenden Lächeln reichte Abou die Karte weiter. »Von alkoholischen Getränken verstehe ich leider gar nichts«, erklärte er und gab dem Kellner mit einem Kopfschütteln ein Zeichen.

»Oh, pardon, ich bitte tausendmal um Verzeihung«, sagte der sofort mit deutlich übertriebener Zerknirschung.

»Ich denke, wie nehmen Champagner!« Bernhard sah sich fragend im Kreis um, und als niemand widersprach, entschied er sich für einen »Veuve Cliquot« Jahrgang 1984. »Gut gekühlt, bitte!«

»Aber sicher, Monsieur.«

Man beriet sich und entschied sich dann für das abendliche Menü – geeiste Suppe, Meeresfisch mit Kräutern in der Folie gebacken, Lammkoteletts auf Curryreis, Eis, Käse und Obst.

Der Oberkellner öffnete die Champagnerflasche, goß Bernhard einen Schluck ein und füllte, auf sein Zeichen hin, die Gläser.

Nach dem ersten Schluck wurde die Unterhaltung gelöster. Lisbeth und Bernhard hatten viel zu erzählen. Sabine stellte fest, daß all diese Münchner Geschichten sie eigentlich gar nicht mehr interessierten, ganz gleich, ob es sich nun um einen politischen Skandal, einen hinreißenden Theaterabend oder um Verkehrsprobleme handelte. Sie nahm an, daß dies alles für Abou noch viel langweiliger sein mußte. Aber sein Gesicht war ganz höfliche Aufmerksamkeit. Beide nippten nur an ihren Gläsern.

»Du mußt bald wieder einmal nach München kommen!« sagte Lisbeth beschwörend, als sie beim Dessert angekommen waren.

Abou antwortete an Sabines Stelle. »Das haben wir uns schon vorgenommen.«

»Ach ja?« meinte Lisbeth, leicht irritiert.

»Ich hätte euch gerne noch zu einem kleinen Essen eingeladen«, erklärte Sabine, und sie erzählte von dem überraschenden Krankheitsfall, der Abous Familie an der Abreise gehindert hatte.

»Aber hätte man den Kleinen nicht besser in ein Krankenhaus bringen sollen?« fragte Lisbeth.

»Das kann nur eine Frau vorschlagen, die keine Mutter ist. Ein so kleines Kind in eine Klinik abschieben – was für eine Idee!«

»Da magst du recht haben«, stimmte Bernhard zu, »man muß wohl auf die seelischen Belange Rücksicht nehmen. Aber warum die Männer auch geblieben sind, verstehe ich, ehrlich gestanden, nicht ganz.«

»Wenn Schwierigkeiten auftreten«, behauptete Abou, »rücken arabische Familien noch enger zusammen.«

Sabine lächelte in sich hinein, denn so selbstverständlich war der Verbleib der männlichen Familienmitglieder ja durchaus nicht gewesen.

»Es ist zu schade, daß du so angebunden bist«, sage Lisbeth ziemlich zusammenhanglos.

»Angebunden?« wiederholte Sabine erstaunt. »Wie kommst du darauf?«

»Mußt du dich denn nicht dauernd um dein Hotel kümmern?«

»Doch nicht dauernd, Lisbeth. Ich habe durchaus mal ein oder zwei Stunden Zeit, ans Meer zu gehen oder mit einer Freundin zu bummeln.«

»Du hast eine Freundin hier?« Lisbeths Ton war leicht pikiert.

»Ja. Marina Dupuy. Sie ist mit einem französischen Ingenieur verheiratet. Ihr solltet euch gelegentlich kennenlernen. Ich würde das sehr gern in die Wege leiten.«

»Spricht sie deutsch?«

»Ja, natürlich. Sie ist Deutsche.«

»Na, muß trotzdem nicht sein. Was ich mir aber wünsche: daß du mich auf einen Einkaufsbummel begleitest! Du kennst dich bestimmt viel besser aus mit der Qualität der Waren und was sie kosten dürfen.«

»Da könnte ich dir noch besser helfen«, erbot sich Abou.

Lisbeth hatte reichlich getrunken – eine zweite Flasche Champagner war inzwischen auf den Tisch gekommen – und legte keinen Wert mehr auf Höflichkeit. »Nein, ich will mit Sabine zusammen sein«, erklärte sie schroff.

»Das läßt sich doch durchaus machen«, erklärte Sabine besänftigend.

»In den nächsten Tagen nicht!« fuhr Abou sehr rasch dazwischen, und er redete auf französisch so schnell auf Sabine ein, daß die anderen es nicht verstehen konnten.

»Mein Mann hat recht«, erläuterte Sabine, »im Augenblick ist es ausgesprochen ungünstig. Ich will euch nicht mit Einzelheiten langweilen. Aber nächste Woche läßt es sich bestimmt einrichten.« Sie warf Abou einen warnenden Blick zu. »Das ist versprochen.«

»Wann?«

»Montag?«

Der Tisch war abgeräumt worden, und Kaffee wurde serviert. Sabine nahm sich eine Zigarette, und die Herren wollten ihr Feuer geben, aber Abou kam Bernhard mit seinem schweren goldenen Feuerzeug zuvor. Sabine bedankte sich bei beiden.

»Also Montag«, bestätigte Lisbeth und fügte fragend hinzu: »Und wo?«

»Vor dem ›Musée de la Kabash‹. Das ist ein beliebter Treffpunkt.«

»Nein. Bitte, hol mich lieber im Hotel ab.«

»Noch besser. Dann brauche ich nicht auf die Minute pünktlich zu sein. Zwischen zwei und halb drei.«

Es wurde noch über dies und jenes geplaudert, ziemlich lustlos, denn der Alkohol hatte Lisbeth und Bernhard die Zunge schwer gemacht, und Abou und Sabine begannen müde zu werden. Dann brachte der Ober die Rechnung, und Bernhard unterschrieb. Als sie aufgestanden waren, legte Abou ein großzügiges Trinkgeld auf den Tisch.

»Das wäre nicht nötig gewesen«, sagte Bernhard verstimmt, »ich hatte schon einen *›tip‹* gegeben.«

Abou zuckte gleichmütig die Achseln. »Man kann gutes Personal nicht genug motivieren.«

Natürlich wurde er daraufhin mit ganz besonderer Aufmerksamkeit zur Tür geleitet, und er genoß es. Er hatte das erreicht, was er angestrebt hatte: er war kein Niemand mehr, er war ein Herr. In Tanger war er weithin bekannt als Besitzer eines Strandhotels und einer ebenso schönen wie wohlhabenden europäischen Frau. Im Auto sagte Sabine: »Ich würde zu gern wissen, ob die beiden etwas miteinander haben.«

»Eifersüchtig?«

»Nein«, behauptete sie, obwohl die Vorstellung von Bernhard und Lisbeth als Liebespaar sie befremdete, »nur neugierig. Was denkst du?«

»Bestimmt nicht. Er hat nur Interesse an dir. Wie er dich mit seinen kalten grauen Augen anblickt!«

Kalte graue Augen? dachte sie. Kluge Augen! »Das ist mir nicht aufgefallen.«

»Wahrscheinlich, weil du daran gewöhnt bist.«

»Warum hast du Einwände dagegen, daß ich mich mit Lisbeth treffe?«

»Es ist eine Falle.«

»Aber, Abou, ich bitte dich! Kann es etwas Harmloseres geben als zwei Freundinnen, die gemeinsam ›shopping‹ gehen?«

»Es ist nicht harmlos. Nichts, was diese beiden aushecken, kann harmlos sein.«

»Sie haben gemerkt, daß du es mir vermiesen wolltest. Das hat einen sehr schlechten Eindruck gemacht.«

»Ist mir total egal.«

»Aber mir nicht. Ich will nicht, daß meine Freunde mich bemitleiden.«

»Bemitleiden? Dich? Eine Hotelbesitzerin?«

»Sie werden glauben, daß du mich wie eine Sklavin hältst.«

Er lachte amüsiert. »Auch Haremsdamen sind keine Sklavinnen: sie werden von Sklavinnen bedient.«

»Mach dich nur lustig. So gut kennen die beiden nicht die arabischen Gebräuche.«

Mitternacht war vorbei, als sie im Hotel eintrafen. Die Außenbeleuchtung war abgeschaltet und die Haustür verschlossen. Obwohl Abou einen Schlüssel hatte, klingelte er. Ein verschlafener Karim ließ sie herein.

»Irgendwas Besonderes gewesen?«

Der Junge rieb sich die Augen. »Nein. Die letzten Gäste sind kurz nach elf gekommen. Madame Cronin verstand nicht, warum ich ihr den Safe nicht öffnen konnte. Sie dachte, ich ...«

»Das kannst du uns alles morgen erzählen. Sieh jetzt zu, daß du ins Bett kommst.«

Erleichtert wünschte Karim ihnen eine gute Nacht und machte sich aus dem Staub. Abou schloß hinter ihm ab. Die Halle lag im diffusen Schein der Nachtbeleuchtung. Sabine empfand es plötzlich als sonderbar, ja fast gespenstisch, daß sie hier, so fern der Heimat, von ihren alten Möbeln umgeben war. Tagsüber hatte sie dies Gefühl noch nie gehabt, aber in dieser Nacht schien alles verändert.

Abou nahm sie in die Arme, sie hielt ihn ganz fest und erwiderte seine Küsse voller Leidenschaft. Nach der unfreiwilligen Abstinenz der letzten Wochen war ihr Verlangen nach ihm sehr stark. Sie hatten sich schon an ausgefalleneren Orten geliebt.

»Sabine«, stammelte er, »Sabine, ich liebe dich so sehr.«

»Ja«, stöhnte sie, »ja ...«

»Versprich mir eines!«

»Was du willst.«

»Triff Lisbeth nicht!«

Sie hörte ihn, verstand ihn aber nicht gleich. »Was?«

»Versprich mir, daß du diese Frau nicht wiedersiehst.«

Sie war so jäh ernüchtert, daß sie taumelte. »Du bist verrückt«, sagte sie tonlos, »du mußt verrückt geworden sein.« Mit Anstrengung löste sie sich von ihm.

»Bitte, versteh mich, Sabine, ich könnte es nicht ertragen ...«

»Das ist absolut albern. Du führst dich auf wie ein ... nein, ein Pascha ist nichts gegen dich. Du mußt krank sein.«

Er wollte sie wieder an sich ziehen, und natürlich war er sehr viel stärker als sie.

»Laß das!« zischte sie. »Oder ich schreie! Ich schreie das ganze Hotel zusammen. Ich fürchte mich nicht vor dem Skandal.«

Er starrte sie ungläubig an. »Du würdest alles zerstören?«

»Das wundert dich? Was tust du denn? Merkst du nicht, daß du drauf und dran bist, alles kaputtzumachen?«

Sie drehte sich um und ließ ihn stehen, schob den Riegel vom Hinterausgang zurück und trat in den Garten. Während sie ihn durchquerte – sie rannte nicht, denn sie wollte nicht den Eindruck erwecken daß sie vor ihm davonlief –, lauschte sie gespannt. Aber er folgte ihr nicht.

Er kam auch nicht ins Haus, als sie sich ausgezogen hatte und ins Bett schlüpfte. Ihr war nach Weinen zumute, doch sie unterdrückte ihre Tränen, um die Schwiegereltern nicht aufzuwecken.

Abou verbrachte die Nacht auf der schmalen Pritsche im Büro hinter dem Empfang.

Sabine wollte Abou für ihr Treffen mit Lisbeth nicht um das Auto bitten. Also bestellte sie sich am Montag nach dem Mittagessen ein Taxi. Sie hatten in den letzten Tagen nur das Nötigste miteinander gesprochen und waren sich, soweit es eben möglich war, aus dem Weg gegangen. Allerdings waren beide bemüht gewesen, Abous Familie und Stefanie gegenüber den Schein zu wahren. Zu einem Eklat hatten sie es nicht kommen lassen.

Sabine wollte dem Fahrer gerade Anweisung geben, wohin er sie fahren sollte, als Stefanie angelaufen kam und von der anderen Seite her einstieg.

»Hei, Maman!« rief sie unbefangen. »Nimmst du mich mit?«

»Zum ›El Minzah‹!« sagte Sabine dem Chauffeur und wandte sich dann erst ihrer Tochter zu: »Wie komme ich zu der Ehre? Du bist doch sonst kein Fan von Lisbeth.«

Stefanie lachte und gab ihr einen raschen Kuß auf die Wange. »Aber von dir, Maman! Außerdem hoffe ich, daß beim Einkaufen was für mich abfällt.«

»Brauchst du etwas?«

»Neue Sandalen zum Beispiel.«

»Die besorgen wir zwei lieber ein andermal. Lisbeth wird der Sinn eher nach Kokolores stehen.«

Lisbeth erwartete sie in der Hotelhalle, sehr fein gemacht in ihrem Mohnblumenkleid mit Hütchen; bei Stefanies Anblick runzelte sie die Stirn. »Du auch?«

»Was dagegen?« parierte das junge Mädchen.

»Stefanie hat Lust, uns zu begleiten«, erklärte Sabine, »und wir sollten froh darüber sein. Sie spricht wesentlich besser arabisch als ich.«

»Tatsächlich?« fragte Lisbeth, und es klang nicht gerade erfreut.

Sabine faßte sie beim Ellenbogen. »Also gehen wir.«

»Möchtest du nicht erst Bernhard begrüßen? Er erwartet dich.«

»Ach ja?« Unwillkürlich blickte Sabine sich in der Halle um.

Stefanie trat vor Ungeduld von einem Bein auf das andere.

»Er sitzt draußen«, erklärte Lisbeth.

Was Lisbeth mit »draußen« bezeichnet hatte, war der große schattige Innenhof des Hotels, in dessen Mitte ein Springbrunnen plätscherte. In den Ecken standen üppig blühende Sträucher in schweren Kübeln. Bernhard saß im äußersten Winkel, genau dort, wo ein breiter Streifen Sonnenschein über die Mauer fiel.

Er stand auf, als sie sich ihm näherten, faßte Sabine bei den Armen und küßte sie, eher verhalten als zärtlich, auf die Wangen. »Schön dich zu sehen, Liebes! Du trinkst doch einen Kaffee mit mir?«

»Eigentlich haben wir es eilig«, drängte Stefanie.

Er lächelte. »Für eine Limonade hast du doch sicher Zeit?«

»Nein, danke.«

»Weiß du, Stefanie«, sagte Lisbeth, »könntest du eben mit in mein Zimmer kommen? Ich habe schon allein einiges erstanden, was ich dir zeigen möchte. Ich bin auf dein Urteil gespannt.«

»Ich dachte, wir wollten einkaufen?«

»Das werden wir auch. Später. Mußt du denn so wibbelig sein?« Sie versuchte, das Mädchen mit sich zu ziehen.

Stefanie wehrte sich. »Ich möchte nicht ...«

Sabine fand es angebracht einzugreifen. »Stefanie, bitte, stell dich nicht so an! Mach doch Lisbeth die kleine Freude.«

Stefanie sträubte sich. »Aber wenn ich doch keine Lust habe!«

»Es kann im Leben nicht immer nach Lust und Laune gehen«, wies Sabine sie zurecht, »also sei so gut, und schwing dich auf!« Als Lisbeth und Stefanie sich entfernt hatten, wandte Sabine sich wieder Bernhard zu. »Ich verstehe gar nicht, was sie hat. Normalerweise ist sie ausgesprochen gutwillig.«

»Sie will wohl gewissenhaft ihren Auftrag ausführen. Also, bitte, setz dich doch. Ist dir wirklich nach Kaffee, oder willst du lieber etwas anderes?«

Sabine folgte seiner Aufforderung. »Ihren was?« fragte sie.

»Ist dir nicht klar, daß Abou sie dir als Aufpasserin mitgegeben hat?«

»Aber das ist doch lächerlich.«

Er lächelte schief. »Tut mir leid. Ich hätte das nicht sagen sollen. War nicht gerade diplomatisch von mir.«

»Diplomatie kannst du dir mir gegenüber sparen.«

Es war heiß in der Sonne. Sabine erwog, die Jacke ihres maisgelben Hosenanzugs auszuziehen, mochte aber nicht Bernhard im trägerlosen Top gegenübersitzen. Sie stand auf. »Bitte, wechseln wir den Platz!«

Ein schlanker brauner Boy in taillierter roter Jacke trug Bernhards Geschirr zu einem Tisch im Schatten und brachte gleich darauf für Sabine ein Kännchen Kaffee. Sie schenkte sich ein, nahm eine Zigarette und ließ sich von Bernhard Feuer geben.

»Ich dachte, du liebtest die Sonne«, sagte er.

»Wenn sie mir nicht direkt auf den Kopf knallt. Aber du bist schon schön braun geworden.«

Er sah sehr viel besser aus als bei ihrer ersten Begegnung in Marokko. Sein blaues Hemd betonte seine guten Farben. Seine grauen Augen – nicht kalt, dachte Sabine, vielleicht kühl – fixierten sie sehr klar und durchdringend.

»Du weißt, worüber ich mit dir sprechen will«, begann er.

»Keine Ahnung.«

»Es muß endlich Schluß sein. Bisher habe ich dich an der langen Leine laufen lassen. Ich dachte, du brauchtest das, Harry war ein guter Kerl, aber nicht gerade das, was man eine Unterhaltungskanone nennt. Ich verstand, daß du Abwechslung brauchtest, Lust auf Abenteuer hattest. Im Vertrauen gesagt: in meiner Jugend ist es mir auch eine Zeit lang so gegangen.

Jedem geht das wahrscheinlich irgendwann mal so. Man will raus aus dem Alltag, was erleben. Ich hatte und habe dafür volles Verständnis. Aber man darf die Dinge nicht auf die Spitze treiben.«

Es wurde ihr bewußt, daß sie ihm mit offenem Mund zugehört hatte; jetzt preßte sie die Lippen zusammen und fragte dann: »Sag mal, wie redest zu eigentlich mit mir?«

Er ließ sich nicht aus dem Konzept bringen. »Du weißt, daß ich dich liebe, du hast es immer gewußt. Deshalb dachte ich, ich bräuchte es nicht zu beschwören. Aber wahrscheinlich war es falsch. Ich hätte dich nicht nach Genf ziehen lassen sollen. Fehler Nummer eins. Und wenn ich das schon geschehen ließ, hätte ich dich rechtzeitig zurückholen sollen. Aber irgendwie habe ich den Moment verpaßt. Fehler Nummer zwei. Fast hätte ich eingegriffen, als du Harrys Wohnung verkaufen wolltest. Aber da habe ich es mir versagt, weil ich mich dir gegenüber nicht kleinlich verhalten wollte. Das war kein allzu großer Fehler. Das Geld ist ja nicht verloren, auch wenn es Abou dir nicht auf einen Schlag zurückgeben kann. Das verbieten die Gesetze dieses Landes, wie du wohl wissen wirst. Aber er wird Ehrenmann genug sein, es dir peu à peu zukommen zu lassen.«

»Ich will das Geld gar nicht wiederhaben!« protestierte Sabine.

»Doch, das willst du. Du kannst mehrere Hunderttausend nicht einfach in den Wind schreiben, das bringst selbst du nicht fertig. Die Wohnung aufgeben, das war exzentrisch genug. Ich habe sie übrigens gekauft.«

»Du?«

»Ja, ich. Du kannst dort einziehen, sobald wir sie möbliert haben. Die alten Sachen kannst du ruhig hier lassen. Sie machen sich ja recht gut in der Hotelhalle. Jedenfalls würde sich der Transport nicht lohnen. Ich nehme auch an, daß sich dein Geschmack inzwischen geändert hat.« Er beugte sich vor und sah sie so beschwörend an, als wollte er sie mit seinem Blick festnageln. »Hör mich an, Sabine! Du mußt dieser Farce ein Ende machen. Er kann dich nicht gegen deinen Willen festhalten. Du bist immer noch Deutsche, in Besitz eines deutschen Passes. Hast du den übrigens bei dir?«

»Ja.«

»Um so besser. Dann brauchst du gar nicht mehr zurück. Mach dir klar, daß deine sogenannte Ehe nur auf dem Papier besteht. Eine marokkanische Ehe gilt nach unserem Recht gar nichts. Du hast die Wahl: entweder fährst du noch einmal in dein Haus, hast eine letzte Aussprache mit dem Burschen und packst – obwohl ich das für gänzlich überflüssig halte – das eine oder andere. Beim Reden kommt doch nicht mehr heraus, und deine Kleider kann er dir nachschicken, auch deinen Schmuck. Aber wenn du willst, werde ich dich natürlich begleiten – oder du bleibt gleich hier, wofür ich plädieren würde, und fliegst mit uns nach München zurück. Also entscheide dich! Ich bin nicht bereit, noch länger zu warten.«

Sabine schwieg; sie fühlte sich dermaßen überrumpelt, daß sie keine Worte fand. Ihr Mund war trocken. Sie nahm einen Schluck Kaffee. Aber der war inzwischen kalt geworden.

Er bot ihr eine Zigarette an, und als sie den Kopf schüttelte, bediente er sich selbst, inhalierte tief und stieß eine Rauchwolke in die heiße Luft. »Und erzähl mir jetzt nicht, daß du auf deine Tochter Rücksicht nehmen müßtest. Das hast du bisher nie getan, und es wäre nicht einzusehen, warum du gerade jetzt damit anfangen solltest. Außerdem ist das Schuljahr gerade zu Ende, also der denkbar günstigste Moment für eine Übersiedlung. Mit ein paar Nachhilfestunden wird sie nahtlos Anschluß an ihre alte Klasse im Max-Joseph-Stift schaffen.« Er rauchte nervös. »Also entscheide dich!«

Sabine hatte notdürftig ihre Gedanken gesammelt. »Warum meinst du, sollte ich mich von Abou trennen?«

»Weil er nicht zu dir paßt. Er ist für dich ein Fremder und wird dir immer fremd bleiben. Du gehörst nicht zu ihm und noch weniger zu seiner Familie. Warum verlangst du, daß ich dir das vorbete? Das weißt du doch selber ganz genau.«

Hat er recht? fragte sich Sabine. Vielleicht hat er ja doch recht.

»Ich jedenfalls bin nicht bereit, noch länger auf dich zu warten.« Er drückte seine Zigarette so heftig aus, als wäre sie ein Feind, den er vernichten müßte. »Vielleicht denkst du zur Abwechslung auch mal an mich. Ich kann nicht ewig Single bleiben. Ich gehe auf die Vierzig zu. Ich brauche ein Heim, eine Frau, die für mich sorgt, vielleicht auch Kinder. Dafür biete ich dir Sicherheit und Geborgenheit.«

»Klingt überzeugend. Du solltest eine Heiratsanzeige aufgeben.«

Er zuckte zusammen, als hätte sie ihn geschlagen.

»Bitte, verzeih mir«, sagte sie besänftigend, »das ist mir einfach so rausgerutscht. In dem einen oder anderen Punkt gebe ich dir sogar recht. Meine Ehe ist kein Zuckerschlecken. Abou und ich sind sehr verschieden. Es kommt immer wieder zu Spannungen. Aber eines ist mir inzwischen klargeworden: auf keinen Fall möchte ich in den alten Mief zurück.«

»Danke. Das war deutlich.«

»Ich wollte dich nicht verletzen. Aber ich denke, du hast das Recht, die Wahrheit zu erfahren. Du warst mir immer ein guter Freund ...«

Er ließ sie nicht aussprechen. »Du hast mich ausgenutzt!«

»Du hast dich ausnutzen lassen. Das hat dir ein Gefühl der Überlegenheit gegeben.«

»Wie dem auch sei. Das ist vorbei.«

»Damit werde ich leben können.«

Lisbeth war aus dem Hotel und auf ihren Tisch zugekommen. »Nun?« fragte sie erwartungsvoll.

»Wo ist Stefanie?«

»Sie ist gegangen. Tut mir leid, ich habe sie nicht aufhalten können. Ihr wißt, was für ein widerborstiges kleines Biest sie ist.«

»Mit dieser Meinung über sie, Lisbeth, stehst du allein auf weiter Flur.«

»Aber sicher. Du nimmst sie natürlich, wie immer, in Schutz. Ich wette, sie ist schnurstracks zu ihrem lieben Abou gelaufen und hat ihm erzählt, daß du mit Bernhard allein sein wolltest. Na, wie gefällt dir das?«

»Willst du dir unter diesen Umständen deine Entscheidung nicht doch noch einmal überlegen?« drängte Bernhard sie.

»Aus Angst vor Unannehmlichkeiten? Angst ist wohl der schlechteste Ratgeber, den man wählen kann.« Sabine erhob sich. »Also, macht's gut. Ich denke, wir haben einander nichts nachzutragen.« Sie rang sich ein Lächeln ab, wandte sich um und ging.

Ein langes Kapitel ihres Lebens war damit abgeschlossen.

39

Sabine hatte nicht vor, sofort nach Hause zu fahren. Nach einem Blick auf ihre Armbanduhr wußte sie, daß sie jetzt noch nicht erwartet wurde. Also wollte sie lieber die Gelegenheit nutzen, sich die Beine zu vertreten und die Auseinandersetzung mit Bernhard zu verarbeiten.

Doch sie war nicht weit gekommen, als ein Auto neben ihr am Straßenrand hielt. Sie erkannte Abous alten Mercedes.

Er saß am Steuer und öffnete die Tür. »Steig ein!« Sie schlüpfte auf den Beifahrersitz. Er fuhr sofort los. »Du willst mich also verlassen«, sagte er, und es klang wie eine Feststellung.

»Nein.« Da er nicht reagierte, setzte sie hinzu: »Nein, das will ich nicht. Ganz und gar nicht.«

»Aber man hat es von dir verlangt?«

»Ja, Abou. Dein Verdacht war begründet. Es war eine Falle.«

»Verdammter Mistkerl!« fluchte er.

»Ich werde ihn nie wiedersehen. Es ist endgültig Schluß. Mit ihm und auch mit Lisbeth. Obwohl dir das vielleicht leid tun wird. Ich weiß, du magst sie.«

»Nicht so, daß ich ohne sie nicht leben könnte.« In seiner Stimme schwang ein erleichtertes Lachen.

»Da bin ich aber froh.«

»Und wie soll es jetzt mit uns weitergehen?«

»Wie bisher. Diese Störung haben wir ausgeschaltet, aber machen wir uns nichts vor: andere werden kommen. Wir müssen uns immer wieder zusammenraufen.«

»Es klingt sehr dumm«, sagte er, »und es ist sehr unmännlich. Ein Mann sollte so etwas nicht zugeben, nicht einmal denken. Aber ohne dich hätte ich nicht weiterleben können.«

»Doch, das hättest du«, widersprach sie, obwohl ihr Herz höher schlug, »du bist sehr stark, Abou.«

»Allah sei Dank, daß ich mich dieser Probe nicht stellen mußte.«

»Eines«, sagte sie, »sollten wir wohl doch ändern. Ich wünsche mir, daß wir uns auch nach deutschem Recht trauen lassen.«

Er lächelte sie an. »Damit du mich fester an der Kandare hast?«

»Auch das!« Zärtlich legte sie ihre Hand auf sein Knie. »Hauptsache aber, daß niemand mehr mir vorhalten kann, daß unsere Ehe eigentlich nicht gelte.«